蜀风川韵

四川青年话剧编剧人才培养项目

优秀作品集

曾宪文 何斌◎主编

四川大学出版社
SICHUAN UNIVERSITY PRESS

图书在版编目（CIP）数据

蜀风川韵 ： 四川青年话剧编剧人才培养项目优秀作品集 / 曾宪文，何斌主编. — 成都 ： 四川大学出版社，2024.4

ISBN 978-7-5690-6704-0

Ⅰ. ①蜀… Ⅱ. ①曾… ②何… Ⅲ. ①话剧剧本—作品集—中国—当代 Ⅳ. ①I234

中国国家版本馆 CIP 数据核字（2024）第 042435 号

书　　名：蜀风川韵——四川青年话剧编剧人才培养项目优秀作品集
Shufeng Chuanyun——Sichuan Qingnian Huaju Bianju Rencai Peiyang Xiangmu Youxiu Zuopinji

主　　编：曾宪文　何　斌

选题策划：梁　平　杨　果
责任编辑：孙滨蓉
责任校对：吴连英
装帧设计：裴菊红
责任印制：王　炜

出版发行：四川大学出版社有限责任公司
地址：成都市一环路南一段 24 号（610065）
电话：（028）85408311（发行部）、85400276（总编室）
电子邮箱：scupress@vip.163.com
网址：https://press.scu.edu.cn
印前制作：四川胜翔数码印务设计有限公司
印刷装订：成都金龙印务有限责任公司

成品尺寸：185mm×260mm
印　　张：21
字　　数：513 千字

版　　次：2024 年 6 月 第 1 版
印　　次：2024 年 6 月 第 1 次印刷
定　　价：88.00 元

扫码获取数字资源

四川大学出版社
微信公众号

序　言

梨花风起正清明，草长莺飞三月春。戏剧的春风也从一个梨园飘入另一个“梨园”。在四川省艺术基金项目——四川青年话剧编剧人才培养项目这个摇篮中，青年学员创作的27个剧本迎着壬寅年的阵阵春风与缕缕花香款款而出。

北阙垂恩露，南宫取德星。项目的顺利开展与有序推进，得益于各级各部门的关怀和指导，特别是四川省剧目工作室和达州市文旅局的大力支持。项目组从川渝两地招收了30名优秀青年编剧学员，邀请了全国各地的20多位深耕于戏剧创作、戏剧评论的专家学者为学员传道解惑。培养班的集中教学以春节为界分为前后两个阶段，共计32天。传者乐道，受者乐学，通过专题讲座、人文采风、剧本研讨、小组讨论等多种教学方式，教师分享绝学真招，学员真诚真切交流，为以后的戏剧创作之路奠定了坚实基础。

从对西方莎士比亚戏剧的创作分析到戏剧创作如何弘扬中华优秀传统文化，从个人戏剧创作经验分享到巴风赍韵灿烂华章剖析，从“羊人剧”到《秃头歌女》，从宋金院本到《陈焕生的吃饭问题》，从大戏的创作感悟到小品的捏碎、揉烂的规律提示，从新文化运动到当代中国如此多娇……20多位名师大咖以专题讲座、名剧欣赏、互动交流等形式为学员梳理中国戏剧千百年流转脉络，细数中外戏剧之精华，品析戏剧流派之神韵。

知之愈明，则行之愈笃。创作采风、创作研讨是理论走向实践的重要过程。学员寻红色革命足迹，悟文艺创作初心；入古老汉阙，寻文化密码；研方言小品，碰智慧火花。学员以生活体验和感受作为创作源泉，辛勤耕耘终结硕果，27部戏剧作品受到各方好评，点染了巴蜀戏剧风韵，彰显了川渝青年编剧之光。

发于心，言于声，溢于表。16部小戏，11部大戏，题材广泛，有颂扬革命先驱的，有记录乡村振兴的，有邻里故事……作品人物形象丰富多样，有真诚灵动的支教女大学生，朴实善良的农村大爷，无私奉献的教育者……戏剧故事矛盾冲突激烈，情节波澜起伏，生动有趣。

笔墨书巴风蜀韵，戏剧歌时代精神。四川青年话剧编剧人才优秀作品集凝结了学员的智慧与努力，反映了青年编剧对继承四川戏剧创作优良传统、讲好中国故事、弘扬中华文化的使命与担当。青年编剧优秀作品的结集既是项目的阶段性总结，也体现了川渝戏剧文脉的延续，期望以后培养班的各位学员以此为契机，携手书写四川戏剧的新辉煌。

四川文理学院“四川青年话剧编剧人才培养”项目组

2024 年 4 月

目　录

话剧小品篇

大戏篇

话剧小品篇

三个爸爸

陈利平

时　间：春日上午。
地　点：某茶楼。
人　物：木　兰——28 岁，青春靓丽，气质佳。
爸　爸 1——50 多岁，身材高大魁梧，声如洪钟。
爸　爸 2——50 岁左右，身材瘦削。
爸　爸 3——40 多岁，身材适中，稍有口吃。
江　涛——31 岁，木兰男朋友，职场精英，憨厚老实。
江　妈——60 岁左右，江涛妈，退休工人。

【幕启，街道上车水马龙，人来人往。

【木兰哼着《婚礼进行曲》的旋律上。

木　兰：（双手打着节拍）当当当当，当当当当……

木　兰：（手机响，接电话）妈……什么，你来不了啦？那咋办呢？人家江涛家都准备好了，唉，我知道你是有紧急任务，什么？叫爸爸去，哪个爸爸？好好好，叫他们别太折腾就是了。（咧嘴笑）又有好戏看咯。

【木兰从包里掏出镜子，左瞧右看，理了理头发。

木　兰：（唱）当窗理云鬓，对镜贴花黄。（停）哈哈，待会儿去见婆母。（捂嘴笑）

【换幕。茶楼一包间。一张桌子，上有几杯茶，茶水正冒着热气。

【江涛妈在房间里焦急地走来走去。

江　妈：涛儿，都快十一点了，她俩怎么还没来？

江　涛：妈，别急嘛，不是约好了的嘛。可能是路上耽搁了吧。

江　妈：涛儿，木兰老家是哪儿？哎呀，我可得把功课备足呢，待会儿见了家长，好拉家常啊。

江　涛：好像是川江县川东镇的。

江　妈：（惊讶地）啥？

江　涛：怎么了？妈。

江　妈：（恢复了平静）没啥。

【木兰敲门。

江　涛：看吧，她们到了。

【江涛开门，木兰进。

木　兰：（鞠躬）阿姨您好。

江　妈：（亲热地）木兰快坐，你妈妈呢？

木　兰：（不好意思地）阿姨，我妈她单位临时有紧急任务，来不了了。

江　妈：（失望地）没事儿，没事儿，快坐。

【木兰坐。

【三位爸爸迈着正步上。

爸　爸1：走喽，我们去看女婿喽。

爸　爸2：走喽，我们去看亲家母喽。

爸　爸3：老大，敲……敲门。

【爸爸1敲门。木兰从位子上跳了起来。

木　兰：我爸爸们到了。

【木兰打开门。

【三位爸爸迈着正步走进房间，然后三人站成一排。

三位爸爸：（一起鞠躬）拜见亲家母，亲家母万福！

江　妈：（疑惑地看了江涛）好，好，坐。

江　妈：木兰，这……

木　兰：阿姨，这是我的三位爸爸。

江　妈：（调侃地）看你们这阵仗，跟阅兵似的！快，快请坐！

【三位爸爸坐下。江涛妈把江涛拉到一边儿。

江　妈：不是说她没有爸爸吗？怎么一来就是三个呢？

江　涛：妈，我不知道啊！

江　妈：那到底哪一个是亲生的呢？

江　涛：妈，我还是不知道啊。

江　妈：（掐了江涛一下）不知道去问啊。

【江涛向木兰走去。把木兰拉到一边。

江　涛：木兰，这怎么回事儿？到底哪个是亲爹呀？

木　兰：（捂着嘴偷笑）都是亲生的呀。

【江涛回到母亲身边。

江　涛：（耳语）妈，木兰说全都是亲生的。

江　妈：啊，这可咋办呢？到时候要彩礼不是还要三份啊？

江　涛：妈，看你说的，你想到哪儿去了？人家能那样做吗？

江　妈：你怎么知道？怎么就不能呢？

爸　爸1：（干咳了一声，清了清嗓子）那，亲家母，我们今天别的不说，就只说一件事吧！

江　妈：好，就说一件事儿吧。

爸　爸1：好嘞，那我就打开窗户说亮话了。

【爸爸3起身打开窗户。

爸　爸1：你干吗呢，关上！

爸　爸2：听到没有？叫你关上！

爸　爸3：你不是要……说……说亮话吗？

【爸爸3关上窗户。

爸　爸1：我们今天呢，就说彩礼。

爸爸2、爸爸3：（点头）对，彩礼！

江　妈：好，那你们谁说了算？

爸　爸1：我是老大，我说了算！

爸　爸2：我是老二，我说了算！

爸　爸3：我是老……三，我……我说了算！

三位爸爸：（齐）我说了算！

江　涛：（点头哈腰地）三位爸爸，不，三位叔叔，你们说的都算！

江　妈：（瞪了江涛一眼，微笑着）对、对！

爸　爸1：那我先说，我女儿小时候啊，我抱她最多了，我要30万。

【江涛妈吃了一惊后，故作镇静。

爸　爸2：我女儿小时候呢，我给她讲的故事最多，我也要30万。

【江涛的妈妈做了一个捂胸的动作。

爸　爸1：（打了爸爸2一拳头），你就不能少要点？（小声地）你呀，别把人家心脏病吓出来了。

爸　爸2：不能少！

爸　爸3：好，该……该我了。我给女儿买的玩具最多，我要……要40万！

【江妈深深地吸了一口气，想生气又不好发作。

爸　爸1：亲家母，你看这样可不可以？

江　涛：（抢）可以，可以，叔叔，你们说的都可以。

江　妈：（恶狠狠地瞪了江涛一眼）这个、这个好说，我们……我们得商量一下。

江　涛：妈，商量个啥呢？他们要多少就给多少吧，我们又不缺这个钱。

江　妈：（拉过江涛）得了吧，你这不要了我的老命啊！

爸　爸1：那好吧，亲家母，就这样定了。你看，这整数多吉祥——100万！（打响指）

江　涛：（打着哈哈）哎哟，我的妈嘞，可真成了百万新娘了！喝水，你们喝水。

【江妈颤抖着手端起茶杯。

爸　爸1：亲家母，亲家母？

【木兰走到三位爸爸的面前，重重地咳了一声嗽。

木　兰：（悄声地）差不多你们就得了吧？不然我收拾你们。

【木兰又退至一边儿。

爸　爸1：亲家母，你看就这么定了，有没有问题呢？

江　妈：没……有……有问题！

爸　爸1：（哈哈大笑）亲家母，对不住了，刚刚我们只不过给你开了一个玩笑，不是百万，是白送！

爸　爸1：你看我们闺女这么漂亮，又懂事儿。

爸　爸2：这小伙子吧，既能干又帅气。

爸爸1、爸爸2：我们把女儿白送给你！

爸　爸3：对，白……白送！

江　妈：（不好意思地）这怎么行？

【木兰来到三位爸爸身边。

爸　爸1：亲家母，实话跟你说吧，木兰的亲生爸爸是位大英雄呢。

江　妈：是吗？

爸　爸1：二十八年前，他为了从火海中救出一位三岁的男孩，不幸殉职了。

【爸爸2、爸爸3开始抹眼泪。木兰也跟着抹眼泪。

木　兰：那时我妈还没有生我呢。这些年来，就是这三位爸爸一直照顾我们。他们是我爸生前的战友，他们都是我的亲生爸爸。

【木兰扑向三位爸爸。

木　兰：（带着哭腔）爸！……

三位爸爸：好女儿，不哭！

【木兰和三位爸爸抱成一团，哭声一片。

爸　爸1：（用手擦泪水）亲家母，我们要了你的彩礼，那不损了大英雄的英名吗？

江　妈：对了，木兰她爸，我是说亲生爸。哎呀，你们都是亲生的。我是说那位大英雄爸爸，是在哪里救的那个小男孩？

爸　爸3：（抬起头）川……川东镇。

爸　爸2：对，木大哥老家是川东镇，当时他正在老家，发现火灾立马冲了上去。

江　妈：（哽咽地）他……他是不是叫木光荣？

木　兰：（不解地）阿姨？我爸就叫木光荣啊。

江　妈：（激动地）木兰，好孩子，你爸救的就是江涛啊！

木　兰、江　涛：（吃惊地）啊？

三位爸爸：（吃惊地）啊？

江　妈：（对江涛）涛儿，木兰真的是你的百万新娘啊！（对三位爸爸）三位亲家，这百万彩礼我给定了！

三位爸爸：（坚决地）不行！

木　兰：（坚决地）对，不行！

【江妈一手拉着江涛，一手拉着木兰，三人站成一排。

江　妈：孩子们，齐步走！

【三人走至三位爸爸面前。

江　妈：让我们向大英雄的战友致敬！

【六人同时行军礼。

剧　终

终于举报了

陈小菊

时　间：秋日下午。

地　点：疗养院病房。

人　物：李警官——25 岁，陪王父演戏，以下简称“李”。

王　父——68 岁，儿子去世后，患阿尔茨海默病，以下简称“王”。

吴　妈——60 岁，护工，以下简称“吴”。

【幕启。疗养院病房，病房中有轮椅，桌子上有全家福照片。

【王推着李上。

王：（生气，激动地）回切，给老子跪倒！

李：（心虚地）哎，爸，爸，小声点，莫让邻居听到了。

王：小声点？你吸毒还怕……

【李捂住王的嘴巴，四下张望，快速拉王进门。

李：（心虚地）爸，啥子事脾气这么大嘛？

王：跪倒！

李：（跪下）爸，你这是干啥子？

王：干啥子，老子今天要举报你！

【拿起手机准备举报。

李：（起来抢下手机）你举报我啥子？

王：我怀疑你们在吸毒。

李：吸毒？哪个吸毒，你莫乱说！

王：为啥我敲门，那么久才开门？

李：大家在跳舞，音乐声放的大，没听到。

王：为啥我进门后，你们慌里慌张的？

李：这是朋友家的房子，他以为她婆娘回来了。

王：我看你们是做了坏事，心虚！

李：没有，他是个耙耳朵。这个，你深有体会咄……

王：哪个喊你贫嘴？

李：爸，你就莫一惊一乍的。

王：你莫想糊弄我。我问你，刚才在你朋友家的矿泉水瓶里，为啥都插了根吸管？

李：插吸管，肯定是为了喝啊。

王：20多岁的人喝瓶矿泉水还插吸管？

李：你管别人怎么喝水？

王：好，这个我不管，那你们男男女女慌张后，又一副，一副……哎呀，那个表情，我都不好意思说。

李：大家紧张后的放松。

王：再说你们房间哟，一打开，乌烟瘴气，一股焦油味！

李：谈生意，抽烟很正常嘛。

王：谈生意？大白天谈生意需要拉上窗帘？

李：不是我朋友怕老婆嘛。

王：不对，肯定不对。

李：哎呀，爸，干啥子嘛，我是你儿子，不是犯人。

王：就因为我是你老子，我才不要看到你走歪路。

李：一口一个毒品，一口一个歪路，你到底对我哪点不满？

王：如果我看到你走歪路，不救你，那才是对你不满。

李：爸，我，我，我真没吸毒，我，我吃的是糖，刚才那个房间的地上，是不是有这种包装的糖纸？

【拿出包装像糖的东西。

王：我看看呢，包装还好看呢，真不是毒品？

李：真不是。

王：不行，当心糖衣炮弹。（向李伸手）拿一颗给我，我找禁毒办的同志看一下。

李：（收回）爸，你咋这么不相信我？

王：儿子，不是不相信你，是毒品这玩意儿不能沾呀。

李：放心嘛，这真的只是一种进口糖。

王：（想了想）啊，我头好晕，被你气得……

李：啊，爸，你怎么了？

王：估计是没吃早饭，血糖低了。把你手上的糖拿给我吃一下就好了。

李：不行！

王：不行？

李：不是不行，爸，这……

王：既然是糖，怎么不敢拿给我吃？给我！

李：不给！

王：看来，这个东西真的有问题。

【王去抢，李躲。王想了想，拿出电话，李去抢电话。

李：爸，我求你了，别报警！

王：为啥子怕我报警？做贼心虚？

李：好吧，不瞒你了，我出事了。
王：啥子事？
李：我在网上参与赌博，输了很多钱。
王：赌博？
李：还不是我的同学，把我拉到一个微信群里，在群里天天看他们说赚了好多好多钱，我就想，要是赚了大钱，我就拿钱把你“炸晕”。
王：嗯？
李：不是，就想拿出来孝敬您老人家。
王：快说哟，莫东扯西扯的，急人！
李：我就想，我有钱了，你就能早点退休养老。
王：直接说，到底输了好多？
李：几十万。
王：几十万？
李：……
王：你哪里来的这么多钱？
李：网上借的。
王：你还网贷？老子打死你！
李：爸，我错了，我鬼迷心窍了。
王：不对，你是被人拉入坑的，你是受害者，那就更要报警了！
李：别，爸，警察要是晓得我参与网上赌博，会被抓起来的。
王：儿子，不怕，我们主动坦白，争取宽大处理，不能让网络诈骗那些龟儿子逍遥法外。
李：爸，我的老子啊，你就给我留一点面子嘛。
王：面子？
李：说出切怕别个笑话。
王：儿子，爸不图你发大财，只希望你一生莫走歪了。
李：再说这件事，还是跟你有关。
王：跟我有关？
李：谁叫从小你就不相信我，总觉得我做啥子都是错的，让我感觉我是烂泥扶不上墙……
王：我没这样想过。
李：你虽然没有这样想，但你就是这样做的，你从来都瞧不起我！
王：我哪里瞧不起你了？
李：如果你瞧得起我，这几十万，我们家又不是拿不出来，为什么不拿给我还，还网贷？
王：你硬是想气死我呀，那是给你以后娶媳妇买房子用的。
李：娶媳妇，如果你报了警，让别人晓得我上当受骗，我哪里还娶得上媳妇？
王：也对，哎，这不对！刚才我们说的是你吸毒的事情，你怎么扯到赌博的事情了？

李：哎呀，你咋还没有忘掉这个事哟！

王：你呀，我宁愿相信你吸毒，都不会相信你赌博。

李：（计谋得逞般讨好地）爸，你就这么相信我？

王：那是，其他的不说……不对，快说吸毒的事情。

李：你咋又扯回来了呢。

王：顾左右而言他，越想越觉得不对头，必须报警了。

李：哎呀，爸，你咋不活的糊涂一点嘛。

王：啥意思？

李：老子举报儿子，你不要面子，我还要呢？再说你还想不想要孙子？

王：要了面子，就会丢了儿子，没有儿子，哪里来的孙子？（拿起电话）喂，110 吗？

【李急忙抢王的手机，挂掉。

李：爸，别报警，我坦白，我坦白！

王：你真的在吸毒？

李：（难过地点点头）……

王：（深吸一口气）多久了？

李：（欲言又止）刚开始……

王：怎么吸上的？

李：跟女朋友去玩，吸上的。

王：你女朋友？

李：她也吸。

王：天啦，你们……你们……

李：爸，别生气别生气，我错了，我错了！

王：儿子，报警吧，咱们到戒毒所里去戒毒哈。

李：不要，爸，我自己戒，我自己戒行吗？

王：儿子，毒品有瘾，自己戒不掉的。

李：我能自己戒，我才开始吸，能戒掉的。

王：真的？

李：（眼神躲躲闪闪）真的，看嘛，我才开始吃这个。这是初级阶段。

王：好，我相信你，但你们那群人……

李：我不跟那群人联系了。你要是举报了他们，他们就会找上我，我，我跟他们彻底就断不干净了。

【李偷偷看着王。

王：你真能自己戒掉？

李：我保证。

王：我信不过你。

李：怎么信不过嘛？

王：从小做事半途而废的人，我信不过！

李：你不是想抱孙子吗？

王：……

李：要是我吸毒的事让邻居知道了，啷们办嘛……

王：……

李：爸，我发誓，我绝对戒掉，如果戒不掉，你再报警，要不要得？

王：（思考后，犹犹豫豫地）相信你一次。

李：爸，谢谢，你真好。

王：但愿我的心软不会害了你。

【光渐暗，李露出笑脸。突然咚的一声。

王：（大喊）不行，我要报警，我要举报我儿子吸毒。

【音乐起。

王：（突然跑起来）举报，我要举报我儿子。

李：王叔，王叔？

【李脱下小王的衣服，露出警察服。

王：（拉着李警官的手）找警察，找警察……

李：我是警察，我就是警察。

王：警察同志，我儿子吸毒啦，快把他抓起来，赶快呀，赶快呀。（抱头，蹲下）我错了，我错了，我不该心软，不该心软……

【护工吴上，拿过轮椅。

李：王叔，你已经举报了，那个团伙的人都被抓起来了！

王：（自言自语）儿子，我的儿子……

【吴和李扶王到轮椅上。

吴：李警官，谢谢你，又来陪老王演这场戏。

李：希望他能走出心理阴影。

吴：一开始发现就举报，小王也不会吸毒过量而死，这是老王的心结呀！

李：是呀，禁毒工作一定要警察、家人、社会相互配合才行。

吴：他老伴也不会受不了打击，走了。

李：又一个家庭因毒品破碎了。

吴：他今晚又能睡个好觉了。

王：（痴痴呆呆地）打死毒品，我要举报，打死毒品，我要举报……

剧　终

棒棒儿长

杜　桢

时　间：夏季的一天。
地　点：市场门口。
人　物：小　娟——22岁，积极阳光，主动去山区工作的师范生。
小娟爸——50岁，热情善良，性格执拗，挑棒棒儿卖小吃。
老　黄——58岁，棒棒儿1，憨厚老实。
小　马——44岁，棒棒儿2，风趣幽默。

【舞台左侧是马路栏杆，右侧是一棵大树，大树旁有一组台阶通往市场。吆喝声、汽车声、知了声此起彼伏。

【两个棒棒儿合力扛着一大袋物品上台阶，边说顺口溜边要下场。

合：一根棒棒上山下乡
两根索索捆嚯不落
刮风下雨都要雄起
哪里有活你就找我
价格便宜不得烧你

【小娟爸担着小吃上场，看到棒棒儿朋友十分吃力地上台阶，放下扁担去帮忙。

小娟爸：（边帮忙边调侃）大哥，今年怕不是快60岁了哟，还像年轻小伙子一样卖力气。咋？住不惯闺女给你买的大洋房呀？

老　黄：棒棒在肩人不慌嘛，干了十来年，哪舍得说放就放。

小　马：对灿，好歹大家也算是个体户，自己给自己打工，逍遥自在。

【画外音：棒棒儿！快灿!!

小　马：噢！来喽！

小娟爸：（对两位喊）干完活来这吃凉粉！

【老黄、小马下场，小娟爸整理摊位。

小娟爸：（吆喝）凉粉！凉虾！凉膏!!

【老黄、小马擦汗出场。

小娟爸：（边盛边说）来来来！这么热的天，快解解暑。

小　马：（边吃边打趣）哟，自从你家小娟当了老师后，你这活儿都斯文了不少，不干苦力改走技术了。

小娟爸：嘿！你一天天话咋这么多。当初在戏班子里可没见你这么活跃，早知道《闹蝗会》里的石知县就该让你演。

【小娟拎着包上场。

小　娟：（故意）啥子戏？

小　马：（起身）哟！是小娟！

老　黄：小娟回来了。

小　马：刚刚还提到你。

【小娟爸看了小娟一眼，没吱声，别过头。

小　娟：黄伯、马叔，都在呢。这几天孩子们过周末，我看学校也没什么事，就想着回来看看。

【小娟欲往爸爸跟前走，小娟爸生气地转过身去。小娟和老黄、小马使眼色，两人回应。小娟看见爸爸没啥反应，走到跟前郑重其事地鞠了一躬。

小　娟：爸！对不起！

【小娟爸起身走到大树另一边。

老　黄：（边扶小娟边说）孩子，没得事。（对小娟爸）兄弟，你咋就过不去了，小娟这么大老远回来，你怎么……

小娟爸：是啊！是大老远！

小　马：（拉小娟过来）重庆这几天太阳很毒，吃碗你爸的凉粉去去火。你不知道，自从你爸成为一名光荣的小学教师的父亲，嘛，洋盘得很！时不时给大家伙吟诗一首：重庆城，重庆魂，重庆的女人热情得很……

小娟爸：（激动）把嘴闭到起！

小　马：（越说越来劲）卖凉粉都专挑学校门口，说是“教师之家”牌凉粉，吃一碗考一百，吃两碗考双百，吃三碗年级前三摆一摆。

小娟爸：（顺手抄起棒棒儿，追小马）懵戳戳的，你给老子站住！

小　娟：（拉爸爸）爸，好了！

小娟爸：（赌气）不好！

小　娟：（想了想）当初大学毕业我选择当小学老师，您也同意啊！

小娟爸：那你没说去哪里当啊？

小　娟：哪里当不都一样吗？

小娟爸：那能一样吗！

小　马：是有点不一样。

小娟爸、老　黄：闭嘴！

小娟爸：（埋怨地）当初勒紧裤子供你上学，就是想让你离开那个乡栅栅来到主城，来见见世面。你倒好，毕业后又一头扎回农村去了。

小　娟：爸，我知道您为我好，但是现在乡镇小学急缺老师……

小娟爸：就缺你一个吗？

小　娟：不是。

小娟爸：缺你一个，学校就揭不开锅?!

小　娟：爸，我们师范生，每年毕业的有很多，如果每个人都想着毕业找好的城市、好的教育环境、好的教学条件，那像我一样从小就在乡村里读书的孩子，谁来管！谁来教！

小娟爸：谁管谁教，也轮不到你。

小　娟：（着急）当然是我的事，让每一个孩子接受更好的教育是我们这一代人的使命，也是师范生的义务和责任。

【众人沉默，小马偷偷对小娟竖大拇指。

小　娟：记得我上小学时，您没干棒棒儿之前，班主任叶老师家里人过寿，邀请您和伯伯、叔叔去唱灯戏，临走时您硬是没收叶老师的钱，口口声声感谢老师就像对待自己的孩子一样，起早贪黑地照顾我们、教育我们。

小　马：想起来了，有这一回事。

老　黄：当时你爸翻跟头，一不小心还扭伤了腰。

小　娟：嗯！爸，在我的记忆中，在您说的那个乡栐栐里，老师少、流动性强，你们这些家长就盼着自己娃娃能遇上好老师。因为我们都知道乡村里的学生太需要好的老师，好的教育了。如今您的女儿毕业了，我也想成为叶老师那样的人，成为家长口中的好老师！能扛起教育振兴的大旗呀！

小　马：（鼓掌）说得好！不愧是大学生，肚子里墨水多。

小娟爸：（嗔怪）你听懂啥子旗吗？乱鼓掌。

【小娟给老黄使眼色。

老　黄：我说，小娟他爸呀，我们这旁人一听啊，都忍不住为小娟点个赞。

小　马：是啊是啊！

老　黄：小娟打小就聪明伶俐、善良朴实、为人正直、有才华，相信在不久的将来绝对是个顶呱呱的好老师。

小　马：简称教学名师。

小娟爸：（打趣）再是什么师也不比你闺女强啊，这辈子是住不上大洋房了。

小　马：（嫌弃）啧啧啧啧，谈钱太俗，格局小了。

小娟爸：（不懂）你说啥子?!

小　娟：（着急解释）小马叔叔说您大人大量，（撒娇，要抱爸爸）爸，原谅我吧！

小娟爸：（不好意思，推开）那你一个女娃娃家，在那冷了、热了、渴了、饿了的，一个人能照顾好自己吗？

小　娟：（明白爸爸态度缓和了，高兴）爸，您就放心吧，现在乡村小学的条件可比以前好多啦。（边想边说）学校有电视、有风扇、有操场，交通方便，网络覆盖。

【小娟爸认真听着点点头。

小　娟：对了，国家还多次强调我们乡村教师的待遇保障，严格落实义务教育教师平均工资收入不低于当地公务员的规定，所以（偷偷对爸爸）我挣的可不比您少。

【小娟爸放松下来，微笑。

小　马：（偷听）说得我都心动了，啥时候组团去小娟学校看看。那小娟说好了，到了你可得请叔叔吃饭，平时可没少帮你卖力气（指指小娟爸）。

小　娟：放心吧，小马叔！

老　黄：（帮着收摊）还不快回家给女儿做顿饭，庆祝下。

小娟爸：（制止）莫慌，还有个事，是我这老汉心里的坎。

老　黄：娃娃都这么懂事了，有啥放心不下？

小娟爸：啥子事？你闺女都抱了两娃，我闺女要是在那工作，堂堂小了，（着急）不好耍朋友dai。

【小娟哈哈大笑，递给众人一封邀请函，众人打开看。

小娟爸：邀请……啥子？

小　马：（一把夺过）邀请函。（对小娟爸）你怕不是要给闺女当学生，再认认字哦。

小娟爸：（着急）快读！快读！

小　马：（正式地）尊敬的灯戏传承人，枣园村小学全体师生诚……诚……（想）诚挚地邀请您来我校参加“戏剧进校园”的演出。

老　黄：邀请我们？

小娟爸：（抢邀请函）我们去啥子？

小　马：去演灯戏dai！

小娟爸：都是些出臭汗的苦力人，去学校吓到娃娃哦。

老　黄：是dai。

小　马：现在还有人看灯戏？（对小娟）当初搞了个民间剧团生存不下去了，我们才改竹杠变棒棒儿，来这里谋生计……

小　娟：（立马接话）现在传承灯戏的人越来越少，这项国家级非物质文化遗产更应该被小朋友关注和认识，所以就邀请三位给孩子们上一节特别的课。

小娟爸：我们也都是些业余的，会些假把式，没正式训练过。

小　娟：会有导演指导大家的。

小娟爸：啥子导演？

【小娟害羞地指了指邀请函，大家没懂。

小娟爸：（指着邀请函）是这个陈航？

【小娟害羞地应声。

小　马：（激动）小娟有了！

小娟爸：（捂嘴）莫乱说！（不解）有啥子了？

三　人：（明白过来，激动）这是……不会是……

小　娟：（害羞）你们说他是谁，他就是谁！

【画外音：（男声）小娟，排练啦！

【众人跑上台阶快速看向发出声音的位置，小娟害羞地捂嘴招手。

小娟爸：（满意地笑了笑）老黄、小马，棒棒儿变竹杠！

老　黄、小　马：好！

小娟爸：（唱）小女十八离开家，要学师范把证拿；我本高兴她前途发达，谁知她一转身就跑回了家；担心她苦，担心她累，担心她年纪大了无人陪；蹚过小河，爬过山坡，位置偏僻怕是得有人背。可万万没想到：绿的山，清的水，学校的老师威信高；明的窗，净的屋，学校的娃娃心里笑。跟着女儿进村小，老旧观念都得抛；乡村教育真得搞，惠及民生确实好！

剧　终

焕 新

郭艳辰

时　间：夏日下午。

地　点：张素家中。

人　物：张　素——女，41岁，以下简称“张”。

刘拾光——女，19岁，以下简称“刘”。

刘拾光同龄同学四个，以下代称“甲、乙、丙、丁”。

【景置——一张沙发，一张茶几，一台冰箱，一台电视，一个电视柜，一面落地镜，两扇卧室门。

【幕启——张素系着围腰打扫卫生，刘拾光推门回家。

刘：（心情低落）妈，我回来了。

张：嗯，今天还算早哈。

刘：（皱眉）妈，我刚放假两天，天天六点不到就让我回家，我那些同学还……

张：（打断刘说话）你不要说你那些朋友，我跟你说了，朋友之间淡淡相处，你天天跟他们混能学到什么。

刘：我都上大学了，我知道怎么看人。再说，我那群朋友都是我高中同学，你又不是不知道。

张：他们考的什么大学？四级考过没有？我跟你说了，你多跟你大学同学玩，跟别人好好学。

刘：（略显不耐烦）知道了，知道了，那我一会儿能不能出去吃个饭，我大学（强调“大学”两个字）同学过生日。

张：（停下手里的活）几点了，还要出去。早说你要出去，我还给你做什么饭。出去出去，出去了就不要回来了，真是的。

刘：我吃个饭就回来了，绝对不超过九点。（转身走进自己的卧室）

【电话铃声响，张从包里掏出手机。

张：（捂着话筒，小声）喂，医生，嗯，你说你说，是吗？那就必须这两天呗，行行行，那我一会儿就过来。

【挂了电话后，张转身回了自己卧室。

【刘从卧室推门出来，换了一件吊带背心，一条短裙，嘴里哼着小曲，拿着口红在镜子面前补妆。

刘：妈，我出去了哈。

【张推门从卧室出来，换了一件休闲服，拖着行李箱。

张：等一下，你这穿的什么衣服，重新换一件，女孩子穿得这么暴露像不像话。

刘：（略生气）妈，你不懂我们年轻人就是这样穿的。（低头看到妈妈拖着行李箱）妈，你要去哪呀？

张：哦，我们公司组织团建，去欧洲旅游，大概，大概要去半个月。你自己在家，我跟你婆婆说了，她周末过来给你做点吃的放冰箱。哦，还有，（从包里掏出一点钱）这是提前给你这个月的生活费，你省着点花，不准天天在外面玩，到点就回家。

刘：不用麻烦婆婆，我可以的。妈，你放心吧，好好玩，多拍点美照。

张：嗯，你现在回房间给我把衣服换了，这是小女生该有的穿着吗？

刘：哦，知道了。（转身回房间）

【张拖着行李箱在门口又停下，回头看了一眼女儿的房门，面露难色最终还是推门离开了。

【刘听到关门声，立刻探了个脑袋，确定妈妈已经走后，马上走出房间。

刘：（拿起电话）喂，告诉你们一个好消息，我自由了。你们来我家玩，快快快，楼下顺便买点吃的上来。哎呀，别问了，来了再说。

【刘开心地在家里手舞足蹈，拿起手边的眼影盒对着镜子开始化妆。

【敲门声响起。

刘：来了，来了。（拉开门）

刘：哎呀，你们总算来了，快进来。

同学甲：你妈，你妈不在吗？

刘：你说我家母老虎啊，他们公司团建，我自由半个月呢。

同学乙：你终于没人管了。我给你说，过两天我男朋友过生日，我带你一起去酒吧，你都没去过吧。

刘：好呀，好呀，我太想去了，总算不用九点之前回家了。你们说，我是不是马上就能遇到我的白马王子了。

【众人哄笑，坐到沙发上。

同学丙：咦，你化妆了呀，挺好看的。我咋从来没见过你化妆呀。

刘：你可别说了，我跟着网上博主偷偷学了好久，买的化妆品都要发霉了。我家母老虎不让我化妆呀，非说什么（站起来学妈妈说话）小小年纪化什么妆，这个岁数化妆，我看你老了皮肤多差。

【众人哄笑。

刘：你们买啥吃的了，拿出来拿出来。等等，我放个嗨点的音乐。

同学丁：我们来的路上猜你应该一个人在家，所以，我们买了几瓶酒，给你，尝尝。

刘：哇，你们真的太懂我了，真的是我姐妹。

【五人随着音乐开始肆意玩耍。

同学丁：哎，时间差不多了吧，我们也该回去了，不然没地铁了。

（同学甲、乙、丙附议）

刘：好吧，好吧，时间也不早了，我要开始享受我的第一个自由夜晚。

【刘送走同学们，转身看着一片狼藉的房间，突然不知道怎么下手收拾。下意识地看向妈妈卧室门，准备叫妈，又反应过来，妈妈已经出去玩了。刘只能拿起垃圾袋开始收拾垃圾，拿起扫帚开始扫地。

刘：（自言自语）哎，果然垃圾食品不顶饿。

刘：（走到冰箱面前）啊，什么都没有啊，好饿好饿，只能点个外卖了。

刘：（走回沙发躺下）吃点啥呢，炒菜，不要，天天吃；冒菜，太大份了，吃不完；炸鸡，算了算了，刚才吃了；烧烤，这个可以，母老虎之前从来不让我吃，就它了。

刘：（放下手机）也不知道母老虎在哪儿潇洒呢。算了算了，管她呢，好不容易自由了。

【不一会儿，刘睡着了。

【黑幕。

张：拾光，出来吃饭了。

刘：（画外音）马上。

张：拾光，刘拾光，出来吃饭了。

刘：（画外音）来了，来了。

张：（走到刘卧室门口）你就是我祖宗是吧，叫多少遍不答应，非要我请你是吧。

刘：我答应了呀。

张：今天学的咋样，这次六级能过了吗？

刘：还行吧。

张：什么还行啊，你都考第二次了。你看隔壁王姐家的儿子，一次就过了。你看看你，少出去玩，多背背单词，也不知道高中给你交那么多补课费干吗了。

刘：知道了，知道了。

张：要不要给你报个补习班？我看你自己学，考到毕业都考不过。

刘：你为什么不相信我呢，我怎么就考不过了，你不要管，反正说了你也不懂。

张：（放下碗筷）什么我不懂，你觉得自己长大了是吧，觉得自己翅膀硬了是吧，现在敢这样跟我说话了。

张：快吃，今天这个鸡肉给你做的新吃法。你说不吃油的，我今天给你煎的，没油。

【刘继续不说话，拿筷子吃饭。

张：这个，今天我们公司发的新鲜红薯，可以吃，不长胖。

刘：嗯。

张：（转身回厨房）哎呀，汤忘了，等一下，给你做了豌豆尖汤，你前两天说想吃

的。（拿碗给女儿盛了一碗汤）

张：我给你说，你不能靠不吃饭减肥，身体这么重要，等你老了你就知道了。我就见不惯你们这些年轻人，冬天不穿秋裤，光着个……

刘：（扒了两口饭）我吃饱了。（起身回屋）

张：（待在原地，自言自语）唉，我是不是说话太重了。

【黑幕。

【背景音，敲门声。

刘：（从沙发上醒来，揉了揉眼睛）原来是梦，怎么会想那个母老虎。

刘：（站起身，走向门口）来了。

刘：（从猫眼确认是外卖员）你把外卖放门口就行。

刘：（推门快速拿回外卖）一个人还是有点害怕呢。

【提着外卖走到茶几边，把外卖放下。

刘：我得找点纸垫一下，免得我一会儿还要打扫。

【刘开始在家里翻找废纸。在电视柜下面停下，将两张 A4 纸拿在手上。

刘：肿瘤医院，活检报告。

刘：（站起身）这是，我妈的报告？姓名，张素，年龄，41 岁，这真的是我妈！

【刘慌忙寻找手机，给妈妈打电话，但是没人接。

刘：（紧张地踱步）你这个母老虎为啥不告诉我，我可是你女儿啊。（奔跑着推门而出）

剧　终

暖心面馆

孟立敬

时　间：夏日早晨。
地　点：某面馆。
人　物：面馆老板（中年人）/张禄喜——35岁左右。
邻居（颤花儿）/战花——25岁左右。

布　景：舞台上有“暖心面馆”的招牌，有桌椅板凳。

背景音：（电视新闻报道）在今年消费者权益保护日到来之际，我市评选了十家“诚信商家”，树立典范，弘扬社会主义核心价值观（电视声音逐渐消失）。

【面馆老板张禄喜上。

张禄喜：南来北往，记到倒拐，
暖心面馆，欢迎您来。
光头老板，长得不帅，
高汤细面，一清二白。
我大名张禄喜，是这暖心面馆的老板，走过路过记到倒拐，拐进来吃碗面。吃碗面胀起肚皮好做活路哦！

【门口一中年妇女拉着背书包的小女孩走过店门口。

张禄喜：王孃，又送娃儿去上幼儿园啊？以后早上莫在家做饭。过来店里，我给娃娃下面条、煎鸡蛋，再喝碗海带汤。吃嘞多才能长嘞快，长嘞快才能学得好。

小女孩：张叔叔，你好烦哦。这样吃我就长嘞胖成猪，人家就不叫我小美女喽。

【中年妇女作势要打小女孩。

中年妇女：小孩子家家，不要胡说。

张禄喜：莫得事。小美女，到了学校好好学习哦。

【中年妇女拉着小女孩，小女孩吐舌头扮鬼脸下场。张禄喜摸着光头看着她们。

张禄喜：七尺招牌撑门楼喜迎万千户，

暖心面馆敞开怀笑看春秋度。
做人要正立天地才能行大步，
做事要善处世间才能获幸福。
做面要诚挣银钱才能不得虚，
光头老板讲道理清楚不糊涂。

【幕内唱：正身行善世人懂，
做面要诚讲不通。
编剧一看是外行，
不懂莫要开黄腔。

张禄喜： 你们晓得个啥哦。这做面是要诚实嘛。你们也不看看，现在这面馆里面，牛肉面只见香菜根根不见肉，煎蛋面里只见番茄汤汤不见蛋，挂根须须就叫鱿鱼面，放根草草就叫虫草面，撒个虾米儿就叫海鲜面，改天我要是放根萝卜儿还不是得叫人参面啊。真材实料，做面要诚。煮面就是人生，人生就是煮面。跟你们摆嘞真的没得意思，我还是去煮面，煮面。

【张禄喜在舞台上表演煮面，下面/挑面/翻面/调作料/放碗/捞面。

【面馆邻居（颤花儿）/战花上场。

战　花： 呦，今天这天气不错。朗朗晴空，有风无云，你说我是不是该去家门口摆上竹椅子，泡一杯我七大姑的八大姨的小舅子的邻居从美国带回来的碧潭飘雪。那个味道啊，不摆喽，真嘞好。
哥哥我本就是堂堂男儿身，
谁承想爸妈用“花”字来做名。
遵祖训我姓战由天不由人，
请现场众看官认真把理评。
（白）我战花是不是颤花儿？
你说我战花是不是颤花儿？
（帮）生下来你就是朵花，
安心嘚瑟做颤花儿。
（白）颤花儿也是花，我来张自拍。

【战花摆出自拍的姿势，一不小心手机掉了，慌忙去地上捡。发现了地上有张百元大钞，偷偷向前把钱抓在手里。站起来四处观望。

战　花： 哎，（高声）哪个掉钱啦？（低声）
没得人看到哇？（高声）哪个掉钱啦？（低声）
哎呀，这不是我掉的吗？从我的钱包缝缝里头跑出来的。（高声）天要下雨，娘要嫁人，我要发财，鬼都难当。（悄声说）你说我拿这一百块钱能干吗？就是一百块嘛。吃个串串不够，请个火锅太少，吃个豆汤饭倒是够，还能买个盘飧市的卤肉锅盔。这老话说得好：走路发财，花钱消灾。这钱得赶快花出去。

【战花手上又摸了几下钱，发现不对。认真地把钱拿起来对着阳光看。

战　花：我说的嘛，哪来这么好的运气。

买了这么多年彩票只见出钱不见进，

抽了那么多次奖最大就中了个小夜灯。

这纸摸起来有点轻，

这色看起来有点浅，

这人头看起来不太清，

这百元大钞肯定是假不是真。

（帮）捡假钞惹来真灾祸，

要消灾还得自己把钱花。

【战花在思考到底怎么弄，一边走一边思考，一抬头看到了“暖心面馆”的招牌。

战　花：啄瞌睡遇到了枕头，

颤花儿要把羊毛薅。

进面馆快把张哥叫，

吃碗面假钞换真钞。

张哥，来二两素椒干杂，稀里糊涂，吃完上路。

张禄喜：等一哈儿，马上就好。

战　花：张哥，你说你老汉儿咋个给你取的名字啊。人家是“福禄寿喜，儿孙满堂”。你这叫张禄喜，缺福少寿，有点背时哦。

张禄喜：颤花儿，你又皮痒啦。吃完上路？你要去哪儿？

战　花：这么好的天气，不能浪费。回家喝茶赏花晒太阳。

【张禄喜端着面出来，给战花放到了桌子上。

张禄喜：（边走边说）又回家喝你七大姑的八大姨的小舅子的邻居从美国带回来的碧潭飘雪哇？你拿给我的，我好好看了一下。这茶叶，下过海，上过天，漂过太平洋，到过美利坚，旅游特产带回家，一看，产地就在峨眉山。你这颤花儿就长点心吧！

战　花：你喝不到就少在这儿酸。张哥，好多钱？

张禄喜：十块钱。微信、支付宝都可。在桌子上，你自己扫。

（帮）一心要把假钞花，兜中手机不能拿。

【战花一边吃面，一边假装找手机。

战　花：哎呀，张哥，忘记带手机了。

张禄喜：没得事，明天再给嘛。反正你跑得了和尚跑不了庙。

战　花：不用不用，我带着钱嘞。现金放哪儿？

张禄喜：颤花儿，你又不是不知道。门后有根桩桩，桩桩上有个筐筐，筐筐里面有一沓沓零钱，自己去放自己找。

（帮）自己去放自己找，花出假钞赶快逃。

战　花：我自己去找。

【外卖场外声：您有新订单啦。张禄喜开始煮面。

张禄喜：你娃莫要多拿哈，我有数嘞。

战　花：张哥，我是那样的人嘛。我有嘞是钱。

【战花刚刚吃了面，站起来，准备去拿钱。突然手机铃声响了，慌忙拿出手机来接电话。张禄福也拿出了手机。

战　花：这一看就是贷款电话，贷款贷款，贷款不用还嗦。（把手机按了，一抬头看到张哥看着他）

张禄喜：颤花儿，你不是说没带手机吗？

战　花：这个……这个，刚刚搞忘喽，在我的裤兜里面。

张禄喜：那你就微信给咄。

战　花：张哥，带了现金嘞。我换了零钱好去打牌。

张禄喜：颤花儿，你随便。

【战花站起身，背对着张禄喜走向放钱的筐子。拿出了一百块钱，准备放进去，突然电话又响了。他一惊，钱掉到了地上。一边弯腰捡钱，一边拿出了手机，一看不是自己的电话就把手机放进了口袋。张禄喜也拿起来了手机，按下了接听键。战花同时把钱放进了筐子里。

【幕内白：心是颤嘞，
手是抖嘞，
放进筐里就是赚嘞。

张禄喜：喂。

战　花：啊？

张禄喜：贾超？

战　花：我没得假钞。

张禄喜：真的是贾超？

战　花：我真的没有假钞。

张禄喜：你娃可以哦。

战　花：张哥，我错了。

张禄喜：没得错。

战　花：张哥，我晓得错了。

张禄喜：没法，这个恐怕得去派出所。

战　花：（吓得跪到了地上，自言自语）张哥，我就是捡了张假钞，想在你这里花出去。犯不着送去派出所吧。我上有老下有小，中间还有个臭婆娘。你不能这样吧，就一百块钱，我赔给你就是了。我真嘞知道错了哇。

【张禄喜挂了电话，走过来听着战花自言自语。

张禄喜：颤花儿，我跟一个叫贾超的老同学打个电话。你跪到这里做啥子？给王母娘娘上香，还是给寿星公公祝寿哇。

战　花：张哥，你刚刚不是跟我说话啊？那你说去派出所。

张禄喜：我老同学问我给娃上户口有没有熟人，我不让他去派出所，难道你给我办哇？

战　花：原来……

【幕内录音播放，重现刚刚场景。

张禄喜：喂。

贾　超：张哥，我是贾超。

剧　终

一口好锅

姜雅舒

时　间：春季午后。
地　点：某居民小区。
人　物：奶　奶——65岁，瘦小，质朴。
爷　爷——66岁，敦实，好面子。
李　俊——儿子，40岁，孝顺忠厚。
王　丽——儿媳，38岁，爽直干练。
轩　轩——孙儿，7岁，聪明伶俐。
赵主管——李俊公司领导，44岁，性情温和。

【舞台左侧。

奶　奶：哎哟，好重哟。

爷　爷：重啥呀重，你就是不注意保健，体弱、力气小。

奶　奶：老头子，你送这锅去做啥？人家家里又不是没有。

爷　爷：这可不是一般的锅，这上面的涂层除了防锈防黏，还含有很多的微量元素和维生素，什么锌、铁、钾，还有什么什么离子，对身体好得很！说了你也听不懂，咱孙子正在长身体长智力，这口锅一定要交给他用。

奶　奶：真这么好，人家为啥白送给你？

爷　爷：这个是养生馆的小董专门给我申请的优惠，会员卡充五千块钱，就送这个价值两千块的锅，还额外送两副负离子老花镜，还有六双保养关节的发热袜，一双原价188块哦！

奶　奶：一双袜子卖这么贵！还能保养关节，里面放了什么名贵草药？

爷　爷：草药！说出来惹人笑话，人家用的都是现代科技，你太落后了。对了，我给你说的这些，你可要保守秘密哟，否则大家都找小董要赠品，他还怎么做生意？

奶　奶：知道了知道了，我不给别人说，连儿媳妇也不说！你别忘啦，上次你从小董那买一条磁场腰带送给她，她不领情，还劈头盖脸说了你一顿。

爷　爷：哼，她还说我被骗了，我看是她不懂科学！北京来的专家特意给我们开了讲座，那可是上过电视的专家，她难道比人家厉害？

【二人自舞台左侧下，右侧灯光亮起，呈现出一个客厅，王丽自右侧上。

奶　奶：我看你还是别说实话了，免得她又不高兴。

爷　爷：知道了知道了。

奶　奶：你慢些走，路上小心啊！

【爷爷自舞台左侧上，敲门，王丽开门。

王　丽：爸，你来怎么也不提前说一声？快坐下。（接过锅）哟，怎么还带了东西来。（转身）轩轩，爷爷来了！

爷　爷：这是我前几天在商场买的一口锅，这马上要过新年，新年新气象，锅碗瓢盆都要用新的。

王　丽：爸，咱家又不是没有锅，你干吗花钱买这个？

爷　爷：这可是好锅，和家里普通的铁锅不一样。而且也没花多少钱，就 500 块。原价 1000 的，我看商场有打五折的活动，立马就买了。

王　丽：什么锅，居然这么贵？

李　俊：好，多一口锅，过年做团年饭就快多了。

轩　轩：（自房间出）爷爷！

爷　爷：（抱住孩子）这锅好就好在涂层，不仅防锈，还能释放微量元素到菜里边儿，补身体呀！就是有几点要注意，人家店员说了，这锅不能用洗洁精，不能用锅铲使劲刮，钢丝球也不行，不然涂层容易受损！

王　丽：洗洁精也不行？那怎么去油污？这锅也太娇气了点。

李　俊：我们注意点就是。（小声地向王丽）老人一片好心，你就别挑刺啦，伤感情！

爷　爷：轩轩，这星期在学校都学什么啦？

轩　轩：这星期，数学老师教了我们画对称轴，语文老师教了古诗词，英语老师教了我们 1 到 10 的数字……昨天班会课，班主任还给我们讲了个故事。

爷　爷：爷爷最爱听故事，你给爷爷讲讲。

轩　轩：好！那爷爷你听——从前，有只天真可爱的小白兔，他的妈妈要出门看望外婆。于是兔妈妈在出门前告诉他，家里准备了足够的食物，让小白兔小心坏人，千万不要吃外面的东西。兔妈妈出门的第一天，小白兔发现家门口有一根美味的胡萝卜，他想起了兔妈妈的话，于是观察了很久，见胡萝卜周围没有危险，就马上把胡萝卜带回了家，他开始觉得外面的世界并不像妈妈说的那么危险。第二天，小白兔又在家门口发现了一根胡萝卜，只是离家门口远了一些，他又观察了许久，用小树枝试探了一会儿，发现周围没有危险后，又立马把胡萝卜带回了家。小白兔心想，妈妈一定是吓唬他，不让他出去玩儿。第三天，小白兔又在家门口的草丛中发现了一根胡萝卜，这次，他大摇大摆地朝胡萝卜走了过去。可当他刚碰到胡萝卜时，草丛中突然弹出一只铁夹子，夹住了小白兔的手，让他不能动弹。原来这是猎人设下的陷阱。小白兔这时才想起妈妈的话，后悔也来不及了。

爷　爷：那这个故事告诉了我们什么道理？

轩　轩：告诉我们应该听大人的话！

爷　爷：还有呢？

轩　轩：还有……还有……

爷　爷：还告诉我们，小朋友要有防范意识，不能因为别人给一颗糖、一个小玩具就上当了。

轩　轩：对，防范意识！爷爷，你怎么知道老师说了这个词？

爷　爷：我是大人，大人什么都知道。

轩　轩：为什么？

爷　爷：因为大人比你大几十岁，懂的就比你多。

轩　轩：但是爷爷比爸爸妈妈大了几十岁，懂的也没有爸爸妈妈多。

爷　爷：谁说的？我懂怎么种树，他们就不懂。

轩　轩：可是爷爷，你会用手机吗？

爷　爷：那我确实不会，但轩轩可以做我的老师，教我用手机。

轩　轩：好呀好呀！（举起手机）教什么好呢……那我来教你网上购物吧！你看，点这里可以打字，打出你想要的东西，再点这个搜索就能找到了。如果你看到一个东西，很喜欢，但不知道它叫什么名字，就可以点这个相机的图案，然后对着想要的东西拍照，就能搜到一样的东西了。爷爷，我给你示范一下，就拍这个吧！（起身对着锅的外包装拍照）我搜到啦！（把手机递到爷爷面前）爷爷你看，第一个就是，月球牌，69元。

王丽和爷爷：69？

爷　爷：怎么可能才69块呢？

王　丽：轩轩，手机拿来我看看。（看着手机，又看看包装盒）R－T－X200，型号也是一样的。爸，您这锅是在哪里买的？

爷　爷：我，我是在明月商场里买的呀，明码标价的500块。

李　俊：不管是在哪买的，能用就行。

王　丽：我是怕您被人坑了。

爷　爷：正规商场怎么敢随便骗人呢？网上这个价格卖的肯定是假货。上次我隔壁的老张，在手机上买了便宜的牛奶，还和我炫耀呢，结果喝了没几天就上吐下泻，就是贪便宜买到伪劣产品了。你们不要轻信网上的东西，便宜没好货！

李　俊：对呀，网上山寨品很多的。

王　丽：那倒是，网上的东西，看得见摸不着，不可信！那我今天就用这口锅做红烧牛肉给大家尝尝。（准备拆包装）

【门铃声响起，李俊起身开门。

李　俊：哎呀，赵主管，您怎么来啦！快进来吃点水果！

赵主管：不不，我就不进来了。小李呀，我是来问问，你们家有多余的炒锅没有？我家在招待客人，但只有一口锅，实在忙不过来呀。所以就到楼下来找你帮忙。

王　丽：有！赵主管，您稍等。（把李俊拉到一边）不如，咱们就把这口新锅送给主管吧？最近你们单位不是要裁员吗？你可得好好表现表现。

李　俊：可是……总得和爸说一声，不能伤他的心呀。

王　丽：我来和他说。（走向爷爷）爸，现在来借锅这位，是李俊的上司，正好李俊最近工作上需要人家帮衬……就把新锅送给人家，行吗？

爷　爷：这么好的锅，送给他？借给他不就行了？我不同意。

王　丽：爸，正好领导有求，我们就做个顺水人情，不好吗？不就是口锅嘛，我再去商场买就是了。

爷　爷：买不到的！

王　丽：买不到？

爷　爷：我是说，再去买就没有活动价了，要贵 500 块呢。

王　丽：我还以为多大回事儿。不就 500 块钱嘛，要是能让领导感觉到我们有求必应，领导高兴了，换来李俊工作的稳定，不亏！

爷　爷：可是……唉！我实话告诉你，这锅可不止 500 块，而是 2000 块！这么贵的东西送人，我真舍不得。你就不想尝尝 2000 块的锅炒出来的菜有什么不一样吗？

王　丽：能有什么不一样，不就是个工具吗？

爷　爷：（一把夺过包装盒）我看你是山猪吃不来细糠，这锅的涂层里有营养物质的，不然怎么能卖这么贵？

【话音刚落，包装盒砰的一声掉落在地，里面的锅摔了出来，锅把儿掉了下来，两人呆住。

王　丽：（捡起地上的锅把儿和锅）李俊，快拿我们的旧锅给领导。

李　俊：（连忙到厨房拿出旧锅）主管，您久等了，家里就这一口锅，您看能用不？

赵主管：一口锅嘛，有什么讲究的，没破就能用。谢谢啊！

李　俊：不客气，您慢走。

【关门声。

王　丽：这么贵的锅，摔一下，把儿居然就掉了。明明还有外面的盒子做缓冲呢。

李　俊：是不是因为有质量问题，所以才打折处理？

王　丽：爸，您一会儿说这锅 500 元，一会儿说 1000 元，一会儿又说值 2000 元。那么这锅到底是多少钱买的，您不会被骗了吧？

爷　爷：呃……原价是 2000 元，我怕你们觉得我浪费钱，就撒谎说 500 块买的。

李　俊：我们怎么可能说您浪费钱呢？

王　丽：那您花出去 2000 块？

爷　爷：没有……是两……不对，是 500 元。

王　丽：这样，也不用多问了，您买东西的发票还在吗？我们去找商场退货。

爷　爷：发票，发票在家里……

王　丽：那一会儿您先回去拿发票，我们再一起去商场。

爷　爷：唉，唉！好啦，我承认，这锅不是在商场买的。是在养生馆充值送的。

王　丽：充了多少钱？

爷　爷：5000块。

王　丽：5000！爸，我之前不是劝过你好多次，不要再去什么保健养生馆吗？都是骗人的！你们这些老年人，就是贪小便宜，别人给你们送米送油送鸡蛋，吸引你们去听讲座，听完就被所谓的专家忽悠。您不相信我，总要相信权威吧。您仔细看看那些保健品上，标注着食品药品监督管理总局批准的“食字号”，代表这个东西只是食品，不是保健品也不是药品。什么补脑口服液，其实是饮料。什么菌菇素营养片，其实是压片糖果。这些东西名字花里胡哨的，但压根儿就不能养生，更不能治病！您呀，就是花大价钱买了一堆零食回家！

李　俊：行了行了！你就别咄咄逼人了。

王　丽：我咄咄逼人？

李　俊：爸花的是自己的退休金，我们凭什么管着他呢？

王　丽：不管花的是谁的钱，也应该用在刀刃上，要是被骗了，钱打水漂了多可惜。

李　俊：只要这钱他用着开心，不伤身体，那就是用在了刀刃上。

王　丽：你这不是愚孝么！

爷　爷：好啦好啦，你俩都别吵了！今天，丽丽给我上了一课，让我知道了这些东西只是“零食”，没有保健的作用。不过，我认识养生馆的小董两三年了，我觉得我比你们更了解他。要是你们见到他，和他说两句话，就会发现他是个非常好的小伙子。你们光看到我在他们店里花了多少钱，但不知道我不买东西也能在店里坐着休息、喝水，和别的老头老太太聊天打牌，小董还会主动给我按摩腿、按摩背。家里灯泡坏了，他看见我买了新的，自告奋勇跟我回家，替我换灯泡。甚至他自己家炖了鸡汤，也给我送一份。平时你们工作忙、带孩子累，十天半月才来看我们一次，我们也不想随便打扰你们，生活上大大小小的麻烦都靠小董帮忙。你们觉得小董是骗子，但我认为他是个好人，不至于骗我们这些老年人的钱。就算他店里的产品不值那个价格，我也愿意买单，支持小董的事业。

李　俊：爸，我觉得不管怎样，你开心健康就好。

王　丽：（背对着丈夫）孝顺错了方向，才是最可怕的。不想着花时间多陪伴老人，不让坏人有可乘之机，而是不分黑白一味地口头上维护老人，结果只能是吃更大的亏！（转身面向丈夫和爷爷）既然这样，我也不过多唠叨了，以后我和李俊会常来看你们，但我还是希望您，把钱花在真正需要的地方。

【电视里传来新闻播报的声音，三人渐渐围拢在电视机前。

电　视：高新区一保健品店老板疑似卷款潜逃，过去一周曾通过大量赠品引诱会员高额充值。该店铺现已闭店三天，房东前来收房租时发现店主董某强的电话已经变成了空号，彻底失联。根据现场维权客户统计，诈骗金额已达

30 万元。

爷　爷：董某强，不就是小董吗？（指着电视）天啊，天啊，真是他！

王　丽：您别激动，先坐下来。

电　视：（受害群众发言）这个董某强太缺德了，平时对我们嘘寒问暖，真看不出来是这样的人！旁边那个大姐，没有后人，平时把他当亲生儿子看待，信任得不得了哇。这次，把多年攒下来治病的好几万块都砸进去充值了，他这么做怎么对得起人家，让人家后半辈子怎么过……

爷　爷：还真是知人知面不知心哪。

李　俊：爸，别太难过，比起人家亏了几万十几万，咱们算幸运的了，就当是花钱买个教训。

王　丽：对呀，塞翁失马焉知非福。

爷　爷：看来，那锅确实也是他吹出来的劣质品了。我真后悔没早点听丽丽的。我们为了买这些保健品，平时省吃俭用，别说去旅游散心，都舍不得买只鸡买条鱼，生活苦闷呀！现在想来，吃这保健品，还不如吃好喝好来得健康养生呢！

王　丽：其实我们作为子女，也应该为这件事负责。平时我们只顾着自己的生活，常常忽视了你们，才导致你们依赖一个外人，造成今天的局面。以后，我们一定常来看望你们。要是你们遇到问题，即使是鸡毛蒜皮的小事，都别怕麻烦我们。你们也不要再因为一些小恩小惠，就轻信他人，甚至和自己的孩子斗气。

轩　轩：不能像小白兔那样！

李　俊：丽丽，你刚刚说我是愚孝，说得真对。表面上我处处维护爸妈，但平时又对他们的生活缺乏真正的关心，只知道做面子工程，最后损害的还是爸妈的利益。

王　丽：因为这一口锅呀，咱们一家人都学到了新东西，认识到自己的不足。

李　俊：做出改变，生活一定会越来越美好！

齐　声：果真是一口好锅呀！

剧　终

有缘分

刘　元

时　间：某日上午。
地　点：某小区楼下。
人　物：小　伟——28岁，小李网恋男友，外省在川“打工人”，有正义感，以下简称“伟”。
　　　　小　李——28岁，小伟网恋女友，某小区三楼住户，外表泼辣，内心温柔，以下简称“李”。
　　　　陈大哥——40岁，小李邻居，某小区一楼住户，性格急躁，耿直热心，以下简称“陈”。
　　　　张孃孃——55岁，社区文明劝导员，认真负责，平易近人，以下简称“张”。

【幕启：
小伟身着白衬衣，黑色西裤，手拿一枝红玫瑰，上。

伟：（蹩脚普通话）本人今年二十八，至今单身没成家，自从网上遇见她（陶醉）什么？什么牛粪配鲜花？欸，好好说话，今天可是第一次来见她……我……

【突然楼上泼水下来，小伟一身打湿，一楼住户陈大哥气冲冲地从后台冲出来，侧转身朝后台喊。

陈：楼上哪个背时的在乱倒水？把我晾在院坝的铺盖都打湿完了！

伟：（望向楼上）谁啊？谁在乱泼水啊？这么没素质，搞什么嘛搞！

陈：（指着楼上）三楼的，我看到你在浇花，你不要以为我不晓得，就是你在乱倒水，你现在不下来给我讲个清清楚楚，我就上来跟你说个一二三四五。现在我们正在创建文明城市，欸！社区也一天都在号召大家不要乱丢乱倒，讲文明，树新风。嘿！凡事嘛，跛子进医院——（治脚）自觉咄。

伟：这个大哥，你讲得对啊，像这种没有公德心、不讲文明的人，就是应该受到强烈谴责和批评。（口水不小心喷到陈大哥脸上，二人尴尬，陈大哥抹抹脸，一脸正气，点头“嗯”）

陈：简直太过分了，我今天必须扼杀这股歪风邪气。

伟：（义愤填膺）就是！一定要和这种不文明的现象做斗争。

陈：（陈大哥看了一眼小伟，一脸不屑）那你去嘛。

伟：（环顾左右）我，我，我是来等人的。

陈：那你吼得比哪个都“展劲”。（转身看楼上）三楼的，你给我下来！

伟：你给我下来。

【小李上。

李：吼啥子，吼啥子，你们在吼啥子？

【小伟赶紧躲到陈大哥身后。

陈：吼的就是你。

伟：就是你。

陈：你乱倒水做啥子？

李：呵！你哪只眼睛看到水是我倒的呢？咹？

伟：（结结巴巴）我……我……我看到了！

陈：刚才楼上只有你在浇花，不是你是哪个？

李：哼！你说话还有点笑人！莫非哪个在浇花，就是哪个倒的水？

陈：（一时语塞）啊，啊，就是！

李：（假装态度好转，微笑）那好嘛，我只能说，看我的口型（指着自己的嘴，陈、伟二人同时转身望向小李），该遭！哪个喊你在楼下私自乱搭乱晒的？这是公共用地！

伟：欸，欸，你这个美女说话就不对啦，人家大哥晒不晒被子，你都不应该乱倒水嘛。这是两码事。你看看我，一身都打湿了，看这里，看这里，看这里。

陈：你今天不说清楚，那我就只有找社区来解决。

李：（不屑）找呗，谁怕谁，乌龟怕铁锤。你们这些住楼下的，随时都是占山为王，自家门口这里扯一根铁丝，那里拉一根绳子，晾铺盖，晾衣服，还……还……还晾摇裤儿，只图个人方便！

陈：嘿！你这个妹儿说话才喜剧。

李：莫非我说错了吗？

陈：（拉小李）走，到社区去，喊他们来评一下理。

李：把手拿开！

伟：（着急，跑到陈、李中间）哎呀，大家有话好好说嘛，不要伤了和气，俗话说，君子动手不动口。

【陈、李同时看着小伟。

陈、李：啥子呢？

伟：哦，哦，我说错了，是君子动口不动手。

李：（小李一手把小伟撩开）你给我过去哦。

陈：走！

李：我今天不走，看你能把我怎么样？

伟：你们都先消消气，凡事讲文明，讲文明，讲文明，重要的事情说三遍。

陈：（将小伟拉到一边）小伙子，不关你的事，你也是受害者，我今天就要主持公道。

李：主持公道？哼，你先把你自己管好再说。

【陈大哥与小李摆开比武架势。

【小伟先拉小李，被小李一巴掌误伤，打倒在地。

李：狗拿耗子。

【小伟迅速爬起来再拉陈大哥，被陈大哥又一巴掌误伤打倒在地。

陈：多管闲事。

【张孃孃穿着红色马甲，戴着“文明宣传员”的红袖章吹口哨上。

张：（着急）你们在搞啥子，咹？

【陈、李停手。

伟：（哭腔）阿姨啊，他们在打架啊。

张：小伙子，你咋个不去劝架把他们拉开呢？

伟：（委屈）我去拉了，你看我……

张：（摸摸脸）哎呀，脸都打肿了的嘛。

陈：（将张孃孃拉到一边）张孃，你来得正好，这个妹儿住三楼，乱倒水，你看嘛，把我晾的铺盖打湿了。

李：你搞清楚了再说！孃孃，我刚在阳台上浇花，他就说这水是我倒的。

张：哎，我说你们啊，都这么大的人了，为这点鸡毛蒜皮的事就闹得不可开交，又不是娃娃家了。

伟：（眼泪汪汪）就是嘛，你看看我，被泼了一身水，还挨了打，我到底得罪了谁啊。

【陈、李相互背对。

张：我们现在正在创建文明城市，这三月份社区才专门召开了“创建文明城市”的专题会议和居民动员大会。（突然提高嗓门，川普音）首先，就要对各个社区居民乱丢乱倒、乱停乱放、乱搭乱建的不文明现象和违法行为，坚决制止，和……和……

伟：和依法打击。

张：（指着小伟，川普音）哦！对头，就是他说的那个，依法打击。

陈：张孃，说了这么多，那你说，像她这种乱倒乱扔的行为是不是就应该坚决制止嘛。

李：乌鸦说猪黑，自己不觉得。你乱搭乱建咋个不自己反省一下呢？

【说完，陈、李又要动手。

伟：好啦，好啦，社区阿姨在这里，就让她来评评理。

张：你们住楼上楼下的，就应该和平共处沙，俗话说远亲不如近邻，这个邻里和睦，也是我们文明创建的一部分沙。

伟：对嘛，凡事有话好好说，打架就是不对的。

陈：张孃，我也不是那种不讲道理的人，铺盖打湿了，我是有点冒火嘛，（转身指向小李）嘿！结果这个妹儿完全像无所谓。

李：我无所谓？我还在楼上，都还没有下来开口解释，你就在楼下惊风火扯地叫，哪个听了都冒火。

张：妹儿，你住在楼上，乱倒水就是不对的哈。

李：张嬢，我没有乱倒水啊。

陈：看嘛，看嘛，鸭子死了嘴壳子硬，打死个舅子不承认。

伟：我就是证人，这个湿衣服就是证据！

李：对，我刚才确实是在浇花，但是这水真的不是我倒的。

【陈大哥与小伟对视一眼。

陈、伟：不是你倒的？

李：是阳台上那个水管突然破了，水喷出来了。我刚才已经打电话叫维修师傅了。

张：哎呀，你咋个不早点说嘛。

李：我本来是要下楼来解释的，结果这个大哥……

陈：（陈大哥面露尴尬）这，这，哎，我这个性子。

伟：（打圆场）这就对了嘛，误会一场，说清楚就好了。

张：（语重心长对陈大哥）铺盖湿了，还能晾干嘛，为了这点小事就大动干戈，邻里情没有了，那就得不偿失了。小陈，你还是把你门口这些铁丝取了哈，乱拉乱搭，影响美观嘛。

陈：（不好意思）要得要得，马上就取，马上就取。

李：（愧疚地）陈大哥，不管怎么说，我，应该给你道个歉。

陈：（耿直地）妹儿，没得事，我这个人大度得很，这点小事，完全不计较。哎，也都怪我性子太急，没问清楚事情缘由就大吼大叫的。

李：（微笑，向陈大哥鞠个躬）陈大哥，对不起哈。

陈：（笑脸，向小李鞠躬）是我对不起你哈。

李：（再向陈大哥鞠躬）实在是不好意思。

陈：（再向小李鞠躬）是我不好意思。

【陈、李二人相互鞠躬道歉，不小心碰头，四人笑。

张：（看着陈、李二人）这就对了嘛，楼上楼下，和谐邻里，这也是城市文明程度的体现嘛。这个创建文明城市，还是要靠我们大家共同努力才得行呲。

陈、李：嗯，对头，对头。

伟：（开心）这下好了，一切 OK 了。

张：欸，小伙子，你衣服湿了，咋个办呢？

伟：（广普音）毛毛雨啦，小意思啦，一会儿就好啦。

陈：（热情地拉住小伟的手往后台走）欸，走我那儿去，换上我最好的那套灯草绒的衣服，洋盘得很。

李：（一把拉住小伟的另一只手）哎呀，走我那儿去，我用吹风机几下子就给你吹干了。

陈：走我那去。

李：走我那去。

【陈、李二人将小伟相互拉来拉去，“哗”——白衬衣撕破。

陈、李、张：哦嗬——

伟：（面露难色）芭比Q了，这下完了，等会儿见我女朋友，我怎么说得清楚？

李：嗯，嗯，这样，等下她来了，我们帮你解释。

张、陈：（齐声附和）要得！

伟：没有这么夸张啦，我女朋友人蛮好的。只是今天第一次见面就这么狼狈，我……

张：咹？女朋友还是第一次见面？

陈：哎呀，张嬢，你就不懂了嘛，人家这肯定是网上冲浪认识的嘛，简称浪友。

【张嬢似懂非懂。

张：（点点头）哦。

李：啥浪友哦，网友，人家这肯定是网恋嘛。

伟：对，对，我们就是网恋，她就住你们这里的。（边说边往楼上望，自言自语道）让我在楼下等她，都好半天了。

陈、张、李：打电话嘛。

伟：（恍然大悟，高兴地）哦，哦，哦，对，对，打电话。

【小伟边拿出电话拨号，往旁边走。

伟：你看，她早上才给我发的号码。（转身对陈、张、李三人笑道）第一次跟她通话，还有点紧张。

【陈、张、李笑，三人小声议论。

【小李的电话响。

【小伟与小李各自背对着接听电话。

李：喂。

伟：莎莎，你在哪里啊？

李：我在家呀，你在哪里？

伟：我已经在你们小区楼下啦。别忙！我好像听到你声音了……

李：咦？我也好像听到你的声音了……

【二人慢慢相互转身，放下电话，对视，惊讶，尴尬，大笑。

伟、李：哎呀，就是你呀！

【张、陈面面相觑，笑。

张、陈：哈哈哈，有缘分——

剧　终

柚子花香

刘长宇

时　间：工作日的一个下午。

地　点：村委会办公室。

人　物：张淑华——女，刘之河的妈妈，以下简称“张”。

王天坝——男，王燕的爸爸，以下简称“爸”。

王　燕——女，乡村教师，以下简称“燕”。

【置景：一张办公桌，三把椅子，一扇门，一个水壶，两个杯子。

【幕启：张淑华在村口给刘之河打电话。

张：之河，妈不请自来啰。啥子喃，你在外面忙啊？那我自己去村委会办公室等你。

张：今天我一定要看下他找的女朋友咋样。

【紧接着王燕父女俩和张淑华脚前脚后进入村委会办公室。一进门，张淑华又打电话。

张：之河，我到村委会办公室了……

爸：（小声说）燕子，好像就是她。

燕：（小声说）老汉儿，再听下哆。

张：你忙你的，放心，我已……喂……

【张淑华和王燕父女对视了一眼，礼节性地笑了笑。

爸：大姐，你是？

张：滚开哦，大姐？你才是大姐！

爸：那小姐……

张：你狗嘴里吐不出象牙哇。

燕：阿姨，我老汉儿不会说话，请包涵。

张：我是人见人爱一枝花，看到我都要跳一下。

爸：为啥子？

张：美艳惊人㖞。

燕：哈哈哈！

张：别人都喊我小姐姐。

爸：小……我喊你妹子算了，你姓张？

张：你咋晓得喃？

爸：刘书记喊你来这儿的？

张：嗯。

爸：（小声说）她就是刘书记给我介绍的那个对象，养猪大王。原来以为长得像杨玉环，结果整得像貂蝉。

燕：（小声说）老汉儿，稳到。

张：啥子貂蝉？

爸：没啥子。先介绍一下，我叫王天坝，这是我女儿王燕。

张：王燕？师范大学汉语言文学专业毕业……

燕：阿姨，你咋晓得呢？

张：之河给我提了好多次啰。（小声说）原来安排女朋友一家接待我嗦。

爸：刘书记介绍得很具体。妹子，吃饭没有？

张：饭是吃了，就是现在嘴巴有点干，不晓得哪个给我倒点水喝喃？

爸：我来。

张：哪个敢喊你倒水哦！

爸：燕子，快给阿姨倒杯水。

【王燕不情愿地给阿姨倒了杯水。

张：咋个是冷水哦，我肠胃不好，喝不得。

爸：燕子，快去找个热水壶去烧点。

张：算了，嘴巴又不干了。

【王燕白张淑华一眼。

爸：妹子，我们聊点啥子喃？

张：聊王燕灿。

燕：聊我干啥子？

爸：（小声说）她说啥就是啥，听到起莫打岔。

爸：要得，王燕从小没有妈，靠我一手拉扯大，又当爹又当妈，至今还未再成家。

张：哪个问你哦，我问王燕的情况，现在做啥子喃？

燕：在镇上小学教书。

张：职业、样样儿都不错，感觉可以一起过。

爸：（小声说）燕子，听到没有，肯定你老汉儿啰。

女：（小声说）那我咋回答？

爸：（小声说）你就说“嗯，谢谢”。

燕：嗯，谢谢。

张：欸，这个女娃娃还外向嘞。

张：属啥子喃？

爸：我属虎。

张：哪个问你哦，我问燕儿。

燕：属狗。

张：（小声说）今年二十八，年龄倒合适哈。

爸：（小声说）听到没有，合适。

燕：阿姨，你也简单自我介绍一下嘛？

张：之河没给你讲啊？

燕：没有。

张：我十四岁入团，二十岁入党，工作半年就上了光荣榜，现在生活小康有保障。唯一担心我儿子，怕他工作忙忘了找婆娘。

爸：我们情况不要说还很像。

燕：啥子像，你生活小康啦？

爸：当老师的，要看到别个的变化和成长：我原来确实莫名堂，不种庄稼不修房，只等国家来帮忙。刘书记来了以后，不偷懒了不打望，多种柚子勤开荒。现在也是万元户，已经走上致富路。你看下我这身衣服。

张：你这身……借的吗？

爸：啥子借的哦？昨天买的。

张：难怪哦，标签都没扯！现在年收入还可以哇？

爸：至少十几万。

燕：咳咳咳。

爸：你咳嗽它还是十几万。我种的柚子水分多销量好，你来了肯定饿不到。妹子，你看。

张：这个是啥子？

爸：柚子花，你看那个颜色，比圈里的猪儿还白。

张：都是啥子形容哦！

爸：妹子，这个花不仅香，还激励我拼搏向上。

张：（一脸尴尬，委婉推回去）不好意思，我对花有点过敏。燕儿，那你咋选择回来喃？

燕：城头环境好机会多，但离家远；回来陪到老汉儿身边，他也不觉得孤单；再说现在乡村振兴势头好，柚子又是一块宝，我们更要把它经营好。

爸：我的女儿样样棒，我们老了有保障。

张：看来是个有孝心、会过日子的娃娃。你觉得之河咋样？

燕：挺好的，他来了以后，让我们村大变样。

爸：那是……

张：你咋老插话，大哥，听燕儿说。

燕：哈哈，原来村头穷得响叮当，整片的山空到拿来荒。自从振兴的春风吹进村，三四月满山柚子花美得很。刘书记还想些新花样，把柚子浑身都利用上。

张：想了些啥子？

燕：柚子花酿蜜，柚子皮烤鸡。

张：看不出他想法还多欸。那我同意啰，先好好处嘛。

爸：幸福来得好突然。

燕：老汉儿，等哈。阿姨，我觉得不合适。

张：你这个女娃子，咋个闪火哦?

燕：门不当，户不对，个头身材都不配。

张：我觉得还合适喃。

爸：就是，你看气质多合的喃。

张：闯到鬼了哦，哪个跟你合哦?

燕：就是岫，阿姨，那你还要先处一处。

张：我是说你和我儿子刘之河。

燕：咹，刘书记是你儿子啊？我们没有谈恋爱呢。

爸：你不是那个养猪大王张桂花啊?

张：我叫张淑华，是你们刘书记的妈!

爸：丢脸他妈给丢脸开门——丢脸到家了。

张：（打电话对方关机）刘之河现在在哪里?

燕：刘书记好像说……

爸：现在我们也不晓得他在哪里，但他说半个小时后要回来，你在这儿等下他嘛。

燕：（小声说）老汉儿，你咋扯谎哦?

爸：（小声说）刘书记正在柚子生态园做规划，你看她脸色那么不好，见到刘书记还不发飙，我们先在这里给她稳到。

燕：阿姨，你坐会嘛。

张：（气势汹汹）燕儿，刘之河是不是一会儿要回来?

【王天坝拉了拉女儿衣服。

燕：是的。

爸：（小声说）刘书记他妈对你印象好，你先安抚到。

燕：阿姨，刘书记最近给你打电话多不多?

张：不要提了，经常给他打电话都说“妈，长话短说”。小时候一步也离不开妈，现在感觉像释放的秀发。

燕：其实不是，刘书记真的很忙，你看满山的柚子花。

爸：真美。

燕：（小声说）闭嘴。

张：乡村振兴真的好，我为儿子也骄傲。但他为啥要骗我，你们晓得不，我儿子淳朴诚实，从小到大都没有扯过谎。

爸：水有源，树有根。

燕：我老汉儿说得对，阿姨，或许你也有原因。

张：每次电话里他都提到你，说你和他一样，都有一颗积极向上的心，满满的爱，还以为你们真的在谈恋爱。

爸：那看来刘书记可能喜欢我女儿，只是没有表白。

燕：（白他老汉儿一眼）我们平时交流比较多。

张：其实父母对娃娃都差不多，就希望在退休前看到他成家立业。

爸：就是，你看我女儿今年也二十八，至今也未谈婚嫁。

燕：（小声说）你老人家是来帮忙还是来帮倒忙哦？

张：这一点我和你老汉儿的心情是一样的。

燕：阿姨，其实刘书记又高又帅，人见人爱。

张：燕儿，你把我们之河一顿猛夸，要不给他个机会……

燕：啥子机会？（羞涩转过去）

张：我牵线，你们试着处一处？

爸：我觉得可以哦！

张：你看你爸都同意了，要得不？

【王燕羞涩地点点头。

张：这个就对了咄。

爸：妹子，你不生气啦？

张：老生气成气球啰。

【三人一起笑。

张：那我们去柚子生态园嘛。

燕：阿姨，你咋晓得喃？

张：我耳朵好，刚刚说的都听到了，不过生气也不能影响他的工作咄。

爸：觉悟高，那走嘛。

张：你走哪儿去哦，我跟燕儿去就行啰，你在这里等到你的张桂花哦。你喃就给我一朵柚子花，就当送给燕儿一个发卡。

燕：好看不？

张：你衬花，花衬你，共同让乡村更美丽。

爸：妹子，你比我有文化。

张：那还需要说！

爸：女儿的幸福时刻我咋能不在场呢，你们等到我！

剧　终

你莫走

罗成岗

时　间：某日下午。
地　点：农村。
人　物：邹婆婆——78岁，右腿行动不便，以下简称“婆婆”。
李桂芬——53岁，农村留守妇女，以下简称“儿媳”。
童　童——8岁，男，调皮，邻居孙子。

【屋中央摆着一张八仙桌，包抄手用的东西。

【婆婆正在包抄手。

【儿媳接儿子打来的电话。一边接，一边往外走，躲着婆婆。

儿媳：喂，儿子，我还不知道咋开口呢。啥，胎儿供氧不足？可能要提前？嗯，好，我抓紧，马上就给她说，好，等会儿给你回电话……（接完电话，转身回屋的时候，看到童童一个人在外面田坎上耍，正在用弹弓打田里的鸭子）

儿媳：背时娃儿，你又在做啥子孽事？
（听到李婆婆的喊声，童童连忙藏起手中的弹弓，然后东张西望，笑嘻嘻的）

童童：李婆婆，田里有条野狗在撵鸭子，我是在做好事，撵狗。

儿媳：那条狗还神奇喃，还会用弹弓？
（童童做了个鬼脸）

儿媳：放学回来不做作业，又一个人在外面晃？你爷爷喃？

童童：没在家。

儿媳：那你来我们家做作业。我们在包抄手，今天晚上就在我们家吃抄手。

童童：好哩好哩，我最喜欢吃您包的抄手了。

儿媳：（转身回屋）妈，跟你商量件事，过两天，我就去省城带孙子了。

婆婆：（呆住，一下转过头看着儿媳）啥子？去省城？

儿媳：树森来电话，说胎儿缺氧，马上生了。

婆婆：地里的菜籽、麦子咋办？

儿媳：事情有点急，顾不到那么多了。

婆婆：可惜了！为了背儿筐农家肥，在床上躺了三天，现在却要白白送人了？

儿媳：那咋办呢？孙子重要，以后回来了又种就是。

婆婆：菜籽麦子后面可以再种，那我咋办喃？哪个来管我喃？

【童童抱着作业本上。

童童：祁祖祖（农村对曾祖的称呼），莫人管还不好，我最讨厌哪个管我了。

儿媳：莫人管你还得了，天都要叫你捅漏了。

童童：李婆婆，你不要诬陷我，捅天是要触犯天条的！

儿媳：你还晓得天条？专心做作业，莫东跑西跑的。

儿媳：妈，我们想让你去老幺家住，行不？

婆婆：不去。

儿媳：过年给你带个白白胖胖的重孙子回来。

婆婆：芬啊，你莫走行不？你走了，我害怕。

儿媳：妈，老幺也是你亲生的，你怕啥？他是不给你吃的，还是不给你穿的？

童童：幺爷爷敢不给你吃的，我们去告他，让法院教育他。

婆婆：你晓得的还多哩。吃的倒是有，就是莫福消受。

童童：祁祖祖，有吃的你还挑，挑食是要挨揍的。

儿媳：耶，天条法律你都懂，啷们没看到你遵规守法喃？

童童：我嘛，那是因为……还未成年嘛。

婆婆：童童，祖祖年龄大了，嚼不动了。

童童：哦，原来这样。

儿媳：（起身放下已装满抄手的盘子，看到童童在卷子上乱涂乱画，一把抓过来看，读卷子上的错题）我看看你做的咋样了。

“用像字造句”。

“运动会上，枪声刚响，同学们就像一条条脱缰的野狗飞奔而去。”

“天热了，我爷爷剃了个光头，就像山上庙里的老秃驴一样。”

野狗、老秃驴，看你写的都是什么玩意儿！

婆婆：你要把老秃驴气死哦！

童童：电视里面不就是喊的老秃驴吗？

儿媳：行行行，你好好写字，给你们家老秃驴续点命。

婆婆：祖祖老了，硬了嚼不动，糯了粘牙巴，油了拉肚子，干了不消化，稀了不经饿……

童童：老秃……哦，不，我爷爷做的饭可好吃了。

儿媳：（边说边放下手中的活，站起身来拉婆婆去看冰箱，一层一层拉开）妈，你过来看，汤圆、抄手、肉丸子、猪脚杆，全是你爱吃的，你要是不想吃老幺煮的饭了，就自己回来煮。咋样？

婆婆：走路都没本事了，你喊我自己煮？万一绊一跤咋办？

儿媳：说得就是，前阵子，弯里张老太爷死了，你晓得不？

婆婆：那咋不晓得，多能干的人，七十几岁了，还在种庄稼。听说头天还好好的，第二天人就没了，也不晓得咋回事。

童童：听说是高血压，把血压到脑壳里边去了。

儿媳：胡说八道，啥子把血压到脑壳里去了，那是脑出血。人昏倒在屋头，莫人晓得，等人发现的时候，已经死翘翘了。

婆婆：哎，造孽。

童童：邹祖祖，去我们家住，我和爷爷两个人，有点孤单和寂寞。

婆婆：背时娃儿，我哪儿有法住你们家去哦，那不遭人笑话。

童童：那有啥笑话的，我本来就没得婆婆，你去给我当婆婆算了。

儿媳：你砍脑壳的，乱说啥子，喊你祖祖当婆婆，差着辈儿！

婆婆：（举手要打童童的样子）背时娃儿！

婆婆：那张老太爷，要是有个老伴儿打个120，说不定现在还活得好好的。

儿媳：所以嘛，喊你去老幺家住。

婆婆：老幺家独门独户的，他忙的时候，每天早上天还没亮就出门了，晚上回来我又睡着了。

儿媳：老幺现在不挣点，老了咋办?！一个壮劳力，不可能像我一样天天把你守到嘛！

童童：喊你来我们家，我和爷爷把你守到，你又不来。

婆婆：大人说话，你莫搭白，东一句，西一句的。

儿媳：哪个儿女不想守到父母，哪个父母不想巴到儿女。

婆婆：你在家，随时有说有笑的，你走了，说句话的人都没有。我不想变成痴呆！

儿媳：（故作神秘地拉着婆婆到柜子边，从抽屉里拿出一个小纸盒）你看这是啥子？

婆婆：啥东西？

儿媳：你孙子买的，来看看喜欢不？（从盒子里拿出老年人专用便携式播放器）

婆婆：（好奇地看了一眼，马上又转过头去，假装不感兴趣）一个收音机，我还以为啥宝贝！

【童童赶紧凑过来看稀奇。

童童：哇，老人神器！

儿媳：你看到村主任他妈提的那个玩意儿没？这个比她那个还高档，不仅可以放歌，还可以当电视看，你二天也可以走到哪儿嚼到哪儿，（一边学村主任他妈走路的造型）洋盘得很。

【童童好奇地乱点，恰好放起了《你莫走》。

儿媳：快关了，关了……（瞟一眼婆婆，慌忙中抢过播放器。）

婆婆：这个小玩意儿就把我哄住了？

儿媳：你看你孙子想得周到不？你要是不喜欢，我就给老幺拿去。

婆婆：（一把抢过去）买了收音机，我还是不得去。

童童：邹祖祖，有了这么洋气的东西，我保证你瞌睡都不想睡了！还可以看视频哦，好耍得很。

儿媳：你去老幺家住，我们也好放心。

童童：哎，李婆婆，你是不是得了关心病哦？

儿媳：啥？冠心病？

童童：我爷爷就得了关心病。

儿媳：啥时候的事？我看他好好的啊？

童童：得好久了，好像是我上幼儿园开始就有了，每天回来就东问西问的，学校冷不冷啊，吃不吃得饱啊，睡不睡得好啊……烦死了。

儿媳：哦，你说的是这个关心病？我得了几十年了。

婆婆：对，得个冠心病，死了算了，免得给你们添麻烦！

儿媳：妈，你看你说的啥子话，我嫁过来几十年了，要你干啥活没有？

婆婆：（望着生气的桂芬，发呆）所以……你走了我不习惯。

儿媳：你去看看我们村上，像我这个年龄的，哪个没在外面打工挣钱？我呢？自从你那年摔一跤，工地上的活都没做完就跑回来，天天在家洗衣做饭，照顾你、伺候你，我有一句怨言没？你不能一辈子只想着自己吧?!

童童：邹祖祖，你为啥非要喊李婆婆在屋头啊？

婆婆：你小娃儿懂啥哦。祖祖现在就跟你一样是小娃儿，离了大人就没法活。

童童：离了大人没法活？我才不信呢。

【儿子的电话再次响起，李侧身往外走接电话。

儿媳：喂，儿子，要不请你丈母娘去帮忙带带孩子？……是、是，我晓得，也不是让他们一直带……（电话那头，声音很大）别、别、别，我来还不行吗？（电话挂断）

【婆婆把头探过来，想听清楚电话里说的什么。儿媳瞪了她一眼，马上又缩了回去。

儿媳：树森说，如果我不去，他们就不要这个娃儿了，反正没人带，也养不起，咋个整？

婆婆：芬……要不，我……跟你一起去带孙孙，行不？

童童：听说他们在外面打工的，都是很多人一起住窝棚，又脏又臭。

儿媳：童童说得对，我怕你吃不了外面的苦。

婆婆：我不怕，我就想跟你们在一起，你洗衣、煮饭的时候，我还可以逗孙孙玩。

儿媳：逗孙孙，我看你是在逗我哦？

童童：李婆婆，你说我们这些小娃儿是不是个麻烦？

儿媳：为啥这么说呢？

童童：你看他们大人，一年到头在外面打工，村里全是老的老、小的小。他们倒是撇脱了，老年人在家洗衣做饭、种庄稼，还要带娃儿，你说他们是不是把小娃儿当麻烦了。

儿媳：童童，你晓不晓得你爸爸妈妈在外面是咋做活路的？

（童童摇头）

儿媳：七月间，我们都躲在屋里吹电风扇的时候，他们顶着大太阳，四十多度的高温，身上的皮都要晒脱一层。冬天，冰天雪地的，零下十多度，手和脸全都冻裂了。就这样的天气，光喊你在外面站半个小时你都够呛，还不要说那么累的劳动了。

婆婆：是啊，他们在外打工的造孽得很哦。

儿媳：今年过年，你去看一下你爸妈的手，就晓得他们在外面有多苦了。

童童：李婆婆，听你这么一说，好像是这样的。上次我抢我爸的手机耍，他一抓，我的手背就像被刀子划了一样，我以为他手上藏的有啥东西哦，把他的手翻开看，结果啥也没有，手掌和手指上全是开裂得多深的伤口，新的旧的，满手都是。

儿媳：那你还觉得他们是把你当麻烦扔给你爷爷？

童童：每天放学的时候，我看到好多同学都是爸爸妈妈来接，我羡慕惨了。其实，我也想跟爸爸妈妈在一起，听他们的话，做一个乖娃儿。

儿媳：童童，爸妈不在家你一样可以做个乖娃儿，那样他们就能安安心心地挣钱了。再说了，城里不像我们农村，花钱的地方多。

婆婆：我一个老太婆又不挑嘴，你们吃剩下的都够我吃了！

儿媳：就算你不挑食，洗碗、喝水、上厕所的水费、电费总要嘛，那都是钱啊！当父母的没法给儿女好的条件，但是也不能再给他们增加负担了啊！

婆婆：走、走、走，你敢走，我就死了算了！（用手肘把桌上包抄手用的东西扫落在地）

儿媳：老天爷，你这是要把我们往死路上逼啊！妈，我求求你了，我也想抱抱孙子啊！你看童童他们家，童童他爸爸比树森还小两岁啊，再想一下我们家，我这心里像猫抓一样。

童童：邹祖祖，你让李婆婆走，我照顾你，让大人们安安心心挣钱，不给他们添麻烦。

婆婆：哎……

儿媳：我咋摊上这么个自私自利的妈哟，一天到晚把我粘到屋头，啥都做不了，我命咋这么苦啊！

童童：李婆婆，你莫哭了。

儿媳：（嚎啕大哭，情绪失控，瘫坐在地）一边是被黄土埋了半截的老太婆，一边是日思夜想的孙子；一边要尽孝，一边要尽责，天老爷啊，你来告诉我，我到底该咋个做嘛？

童童：李婆婆，你放心走，老师说了，美好的生活需要我们自己去创造，我们每个人都要奋斗。爷爷没空煮饭，我给祖祖煮饭。这样，我们三个人都不会孤单了。

婆婆：（看到情绪崩溃的儿媳，想去拉她起来）芬啊，你不要哭了……

儿媳：（甩开婆婆的手，拖长了声音）妈，你就不能体谅体谅我们的难处？我孝顺你几十年了，现在树森是最需要帮助的时候，我必须去尽一点我这个当妈的责任！不然，我要后悔一辈子。

童童：（被李婆婆的话感染，哭着叫喊）李婆婆，我想给我爸爸妈妈打电话，告诉他们一个秘密：爸爸妈妈，以前，我以为打人家的鸡鸭、打烂学校的东西、不听老师的话，老师就会喊你们回来管管我。我错了，你们为我吃那么多苦，我一定听爷爷和老师的话，做一个听话的娃儿。

【婆婆被儿媳的失声痛哭吓住了，拉起儿媳之后，慢慢转身，从衣柜里拿出一个腰带，向儿媳走过去。

儿媳：这是啥?

婆婆：你看看，咋样。

婆婆：我晓得你选好久了，一直舍不得买，我喊小玲在手机上买的，你腰不好，听说这个保护腰杆，效果好得很!

儿媳：妈……

婆婆：芬，你说，天底下有哪个当妈的不疼爱自己的儿女？你们两口子有多累，孙子有多不容易，这些我能不晓得吗？我能不晓得你们对我的好吗?

儿媳：妈，人都有老的时候。

婆婆：我啥都晓得，吃饭炒菜，你都是按我喜欢的口味来，整得稀溜粑。隔三岔五就买点鱼啊肉的，煮好之后，总是先夹到我碗头来。我晓得你喜欢吃辣的，但是炒的菜里从来都没辣味，因为，我不吃辣。

儿媳：妈，莫说了。

婆婆：你孝顺，这亲戚邻居的都晓得。

儿媳：可是现在，我要不孝了。

婆婆：芬，其实，我也晓得你该去帮帮树森，这几十年衣来伸手、饭来张口，无忧无虑惯了，想到以后，老幺自己都忙不过来，我连个说话的人都没有，这心里就害怕啊!

儿媳：妈，你坚持两年，等树森他们缓过来，我就把你接回来，继续伺候你。

婆婆：芬，你放心去，明天我就搬到老幺家去住。

【听了婆婆的话，儿媳若有所思，过去拉着婆婆的手。

儿媳：妈……

剧　终

铁锤錾巴

罗寅峰

时　间： 夏季的一天。
地　点： 列宁街一老院子。
人　物： 徐老爷子——90 多岁，徐兰兰的爷爷。
徐兰兰——12 岁，徐老爷子的孙女，列宁街小学学生。
小　崔——20 多岁，某区文化馆馆员。
徐三娃子——48 岁，徐老爷子的儿子，石桥镇村支部书记。
桂芬儿——40 多岁，徐三娃子的老婆。

【幕起：一条悠长的青石板路上，一处临街的老院子门口，一位耄耋之年的老大爷嘴里含着烟斗，眺望着远方写着“列宁”二字的石牌坊。形单影只的老人家眼里包含着岁月的沧桑，仿佛从他倦容中可以感觉到被岁月雕刻的痕迹……

桂 芬 儿： 又在门口坐着看那个石牌坊……
（徐老爷子由于年事已高精神恍惚，仍然坐在门口，寻思着铁锤錾巴）

桂 芬 儿：（端着一碗饭菜走到跟前急切大声）老汉儿，吃饭了！

徐老爷子：（四周寻找）个背时的，我那个盒子放到哪里去了？桂芬儿你看到没得？

桂 芬 儿： 老汉儿，你莫找了，在这里！

徐老爷子： 噢，噢！哎哟，我的心肝宝贝哟，吓死我了！

桂 芬 儿： 生活一辈子只晓得摸你这个盒子，要不就是在门口发呆地看着“列宁”二字的石牌坊。（叹气）管你吃不吃哟！

徐 兰 兰：（写完作业）妈，我饿了。

桂 芬 儿： 把手洗了，来吃嘛。

徐 兰 兰： 要得。

桂 芬 儿： 看嘛，这一天老的老，少的少，屋头活路才多哟，伺候完老的，还伺候小的，我命才孬哟！
（徐老爷子咳嗽一声）

【徐三娃子上场，从镇上办完扶贫工作回来……

徐三娃子：爸爸，先别摸你这个心肝宝贝了。先吃饭嘛！

【徐老爷子精神恍惚地点了个头，仍继续深情抚摸着那盒子。

徐 兰 兰：爸爸，回来了啊，快来吃饭。

徐三娃子：要得，幺儿。

桂 芬 儿：你咋个现在才回来？这一天更是见不到人了噢……

徐三娃子：老婆，现在脱贫攻坚的任务繁重，我忙得很。

桂 芬 儿：莫给我说那些，你各人稀饭都没吹得冷。你当个村支书，钱挣不到还倒贴，忙得家都不落。

徐三娃子：桂芬儿，你要理解。我们村今年必须脱掉贫困的帽子，建设美丽新农村。全村脱贫致富！

桂 芬 儿：（不屑一顾）致富！致个铲铲，你还是把这个家先致富了再说。管那些空闲事。

徐三娃子：懒得和你说，我吃了还要走。

徐三娃子：幺儿，把饭菜给爷爷端过去。

徐 兰 兰：要得。爸爸！

徐 兰 兰：爷爷，爷爷吃饭了。

徐老爷子：要得，要得。

（桂芬儿瞪了一眼徐老爷子）

桂 芬 儿：我是啥子命哦？看到你们三爷子就够了。老的就喜欢在屋门口发呆，要不没事就抱着那盒子，大的一天不落屋忙工作，小的这个读书吃喝拉撒我管完。我就是个活脱脱的保姆。

徐三娃子：嘿嘿，老婆辛苦了！老汉儿年龄大了我们当后人的就顺他的意嘛，抚养兰兰是我们的责任和义务，至于钱这个东西慢慢挣嘛。

桂 芬 儿：你说得比唱得都好听，把钱拿来哟。

（徐三娃子无语了）

徐老爷子：桂芬儿，来端碗。

（桂芬儿瞪了一下徐老爷子，很是无奈，叹气……）

徐 兰 兰：爸爸，你慢慢吃，我去看书了哈。

徐三娃子：要得幺儿，桂芬儿，我等会儿要去村上看看。晚上吃饭别等我。

（桂芬儿不予理睬，进了厨房）

【一位青年，一身运动装，背着旅行包，拿着相机，戴着遮阳帽登场。

小　　崔：老大爷，您好！请问列宁街，怎么走？

徐老爷子：小姑娘，这就是列宁街。

徐老爷子：你去列宁街干啥子呢？

小　　崔：老大爷，我是代表我们区文化馆来列宁街搜集红色革命题材排节目的。

徐老爷子：噢，你是文化馆的同志啊，那排练啥子啊？

小　　崔：排练新中国成立七十周年文艺汇演的节目。

徐老爷子：哦，好啊，好啊。小姑娘，你叫什么名字啊？

小　崔：老大爷，你叫我小崔就是了。

徐 兰 兰：姐姐，我记得老师说过列宁街就是“中国红色第一街 ”。

徐老爷子：兰兰，说得好！

（小崔听到这里内心好奇，徐兰兰示意……）

徐 兰 兰：姐姐，你进来坐啊？

徐老爷子：（叹了口气）咳，现在的年轻人都嫌弃我们这些老年人。我媳妇儿嫌弃我，三娃子虽然孝顺，但平时工作也很忙顾不上我。我也是个活一天算一天的人……过一天算一天，咳……

小　　崔：老大爷，千万别这么说。家有一老就是一宝哦。您保重身体！

徐老爷子：听口音，小姑娘，你不是我们达州人啊？

小　　崔：我是山东人，我爸爸是文工团的，妈妈是报社的，我从小就出生在文艺世家。我大学也是学的艺术类专业，我毕业后就到文化馆工作，我们还经常送文化下乡。

徐老爷子：噢！我们这穷乡僻壤的，你咋个跑到这里来吃苦？

小　　崔：我是主动申请到列宁街来的。

徐老爷子：啥子？还主动申请？

小　　崔：是啊，现在国家政策好，提倡建设新农村，做好群众文化辅导。

徐老爷子：好哇，好哇。小姑娘，年轻有为。

小　　崔：哪里，哪里。老大爷，做好群众文化辅导，进行文化宣传，这是我的本职工作！

徐老爷子：那倒是，现在的人生活富裕了，都往城里跑。谁还记得“红色第一街”？谁还记得铁锤錾巴？

徐 兰 兰：我们老师说过，闻名遐迩的“中国红色第一街 ”是红色革命的摇篮，曾经留下过徐向前、李先念、许世友爷爷等老一辈无产阶级革命家光辉的战斗足迹。

（徐老爷子眯缝着眼睛看着孙女徐兰兰……）

小　　崔：噢，老大爷那您刚说的铁锤錾巴是？

徐 兰 兰：姐姐，就是爷爷手里那个盒子里的东西。

徐老爷子：是一把铁锤和錾子，说起这个铁锤錾巴我就想起我的老庚儿。

小　　崔：老庚儿是什么意思？

徐 兰 兰：姐姐，我们四川称老庚儿，就是同年同月同日生的人。

（徐兰兰说到这里，爷爷心里一阵酸楚……）

徐老爷子：他叫“三娃子”，年仅十二岁，是我们红三十军政治部的錾字队小战士。他姓冉，我们同岁，他家住大巴山，因为家穷，上不起学，也没正式的名字，所以大家都喊他三娃子，而我喊他老庚儿。

徐 兰 兰：怎么和爸爸的名字一样？

小　　崔：老大爷，您能够给我讲讲这三娃子的故事吗？

徐老爷子：那是1933年，红三十军政治部进驻石桥古镇，打响了“万源保卫战的枪声”。三娃子接到了上级领导的指示，让他在新场街的石牌坊上刻字。三娃子和一位名叫胡成绪的红军姐姐爬上了新场街最高的二号牌坊。胡姐姐先在前面写了“列宁主义街”几个大字，三娃子便身背绳索，手持铁锤錾巴，脚踩石墩，悬在离地一丈多高的空中，开始一锤一锤地錾刻。眼看当天即将錾刻完工……

小　　崔：怎么了？

徐老爷子：当时场镇外响起了密集的枪声，通讯员通知三娃子火速转移。“不行！列宁的‘宁’字还剩下最后竖勾的勾了。”高高的牌坊上传来的是三娃子兴奋而坚定的声音，“你们先撤吧！我一定要完成指导员交给我的任务。”

徐 兰 兰：三娃子爷爷真勇敢！

小　　崔：（焦急万分地听着）“宁”字刻完了吗？

徐老爷子：枪声一阵紧似一阵，子弹在牌坊石上溅起火花，一分钟、两分钟、三分钟……三娃子把“宁”字终于錾完了！

小崔和徐兰兰：（兴高采烈）太好了！

徐老爷子：不过三娃子没有了退路，已经被场镇外的反动军阀包围，他们恶狠狠地用枪逼着他拿起铁锤錾巴将“列宁”二字和其他的红军标语铲掉。

（徐兰兰听着很认真和期待）

徐老爷子：他一声怒吼：“ 呸！你们这些狗东西！”然后，使出浑身力气把手中的工具砸向敌人！

徐兰兰和小崔：（兴高采烈）好，太好了！

（徐老爷子这时沉默了，徐兰兰和小崔在高兴中询问……）

小　　崔：真过瘾，然后呢？

徐老爷子：然后……然后……

徐 兰 兰：三娃子爷爷怎么了？

（徐老爷子成了泪人）

徐老爷子：“砰——”一声枪响，子弹穿透了三娃子的胳膊，这位年仅十二岁的小红军在敌人的子弹下，永远地闭上了那双快活而机灵的大眼睛……

（一旁的徐兰兰和小崔沉默了，眼眶里闪动着晶莹剔透的泪花儿）

徐 兰 兰：爷爷，三娃子爷爷是个大英雄，爸爸的名字是不是也是从你这位老庚儿这儿来的？

徐老爷子：对头。

小　　崔：老大爷，这么感人的英雄事迹，还是我从事文化工作以来第一次听到。

【徐三娃子上场……

徐三娃子：老汉儿，你说的我刚刚全听到了。原来我的名字……

小　　崔：叔叔，我想老大爷给你取名叫三娃子，是因为在他心中有一段对红色革命情怀的依恋。我们应该尊重！

徐 兰 兰：爸爸。

徐三娃子：（感动）幺儿。

（桂芬儿从厨房出来）

桂 芬 儿：你只晓得你那个老庚儿和床下那盒子里装的两柄生锈的破铜烂铁。你怎么不让你儿子走点心靠点谱。别个左邻右舍早就发了财搬到城里去住了，我们还在这椕椕头。

徐三娃子：桂芬儿，我作为村上第一书记，帮扶乡亲们脱贫致富，这是我的工作职责。

桂 芬 儿：三娃子，你是第一书记，好威风噢！你有想过我和兰兰吗？你有想过我们这个家吗？我一天省吃俭用，照顾老的小的。你又拿了几分钱回来？

徐三娃子：我咋个没拿钱，哪次没上交给你。再说你对老汉儿说话还是尊重点哈。

桂 芬 儿：你一天上山下乡搞扶贫。你咋不把你自己的这个贫困的帽子脱了呢？再说我咋个不尊重老汉儿了，你是站着说话不腰痛，你来搭理屋头的事呲，这日子没法过了！

徐三娃子：桂芬儿，我给你说哈，你一天莫胡搅蛮缠的……

徐 兰 兰：（哭了）爸爸妈妈，你们两个莫吵了嘛！

徐老爷子：吵啥子吵嘛，你们别说了，都是我这个老东西拖累了这个家。我个人走。

徐 兰 兰：爷爷。

徐三娃子：老汉儿，不是那个意思。

（桂芬儿一下不语……）

小　　崔：叔叔、阿姨，你们别吵了，都少说两句。别把孩子吓着了。我倒是觉得亲情比财富重要，一个家庭，父母健康，儿女孝顺，夫妻恩爱，家才和谐。不是常说家和万事兴吗？

徐老爷子：对，家庭和睦，才能事业兴旺。

徐 兰 兰：爷爷说得对！我不准你们吵架。

桂 芬 儿：我……

徐三娃子：小崔，你有学问就是不一样，书读得多，说起话来都很有道理。

小　　崔：阿姨，确实你很辛苦。叔叔的工作，你还是要理解和支持。现在我们全区响应国家号召：精准扶贫，脱贫致富。以后为你们石桥镇建设美丽新农村，改变你们全村面貌多好。

桂 芬 儿：小崔，你们有知识文化，说话就是好听。

徐三娃子：喊你读书，你爬皂角树。

桂 芬 儿：你晓得我是刀子嘴豆腐心，我不是嫌弃老汉儿，我就是个嘴巴子强！

桂 芬 儿：老汉儿，对不起。您把盒子拿给我，我给您好好保管起。

徐老爷子：好，好！没事，桂芬儿，你也辛苦了！

徐三娃子：小崔，听你刚刚说，你是来排练啥子节目的啊？

小　　崔：叔叔，我是排练馆里新中国成立七十周年文艺汇演的节目。我还担心没有红色革命素材，这下全有了。

小　　崔：我要把铁锤錾巴、三娃子的故事写成剧本，编成小品让大家都来看。

徐三娃子：（喜不自胜）那就太好了！

桂 芬 儿：小崔啊，你就把老爷子说的这个“铁锤錾巴”的故事好好地排练一下，也让大家晓得这一段红色记忆和历史。

徐三娃子：让更多的人认识我们石桥镇。

徐 兰 兰：认识“列宁红色第一街”。

徐老爷子：小姑娘，我这个老头儿也不中用了。希望你回去之后一定要把铁锤錾巴的故事好好地讲给大家听，让大家勿忘革命历史。

小　　崔：老大爷，我回去一定好好整理材料，到时候听说节目还要上电视，现场直播的。

（三人很是激动和高兴地拥抱在一起……）

徐 兰 兰：妈妈、爸爸……

徐三娃子：老婆……

桂 芬 儿：老公……

徐老爷子：（饱含深情，慢慢走着，看着远方的石牌坊“列宁”二字）三娃子啊，三娃子啊……我的老庚儿啊！（思念）

徐三娃子和桂芬儿：爸爸。（上前扶着喜极而泣）

徐 兰 兰：爷爷。

大家齐声说：那就太好了！

（小崔沉默不语，心里也很是感慨……）

剧　终

出　嫁

王为维

时　间：1933年。
地　点：大巴山区，赵家。
人　物：赵　母——35岁。
赵大花——16岁，赵母的大女儿，以下简称“大花”。
赵小花——13岁，赵母的二女儿，以下简称“小花”。

【幕启。舞台上有一张床。旁边是一堵道具墙。

【床上铺着破旧的被褥，褥子上放着一套嫁衣，枕头旁边有一套男孩衣服和一双崭新的男孩鞋。

【大花在床边叠自己的衣服。

【赵母从墙后走进来。

赵　母：收衣服呢？（指着床上的嫁衣）这嫁衣是你外婆给我的。今天我给你了。

大　花：（看了一眼嫁衣）您自个收着吧。

赵　母：明天你就嫁人了，我可没钱买新的。

大　花：（停止叠衣服）我不想嫁！

赵　母：当初我还不想嫁给你爹呢，最后不还是嫁过来了？

大　花：他都五十了，还有麻风病！

赵　母：他家地多、有钱！

大　花：那……我是图他钱吗？

赵　母：嗨，不图他钱你图他啥！

赵　母：（走到床前，摸了摸嫁衣，回过头说）有的人家老早就把闺女卖出去当童养媳。童养媳啊，那是吃不饱穿不暖还挨打挨骂，我们家再怎么说，也是把你养大嫁人的。洗洗睡吧，明天精神点！

【赵母走进里屋。

【小花拿着一块布兜上场。

小　花：（担忧）姐，那张麻子满脸麻子，还坑过我们家。

大　花：我不嫁！

小　花：（着急）明天张家就来接亲了！

大　花：今天晚上我就走！

小　花：去哪里？

大　花：去县城！

小　花：县城？

大　花：对！在县城，说是男女平等，男娃娃能做的，女娃娃都能做。

小　花：真的？

大　花：那天我去捡柴，看见一个女“大官”戴着帽子，腰杆上拴着一根皮带，皮带里还有一支枪。她在那里招人，说什么参加“红军”“妇女独立营”。她说的有些词我也不太懂。她叫张姐！今天晚上她们集合去县城，我让她带上我，她答应了。

小　花：去县城？可是，我们村你都没出去过。

大　花：总比嫁给张麻子好！一会儿趁着妈不注意，我偷偷溜出去。

小　花：那快点走！

【小花把布兜打开，里面露出一双新鞋。

小　花：（把鞋递给大花）给！我给你做的鞋！

大　花：（接过鞋）等我安顿好了，我把你也接过来！我们去过好日子！

小　花：（笑着点头）嗯！

【这时赵母的声音传来。

赵　母：明天嫁了人，你就不是赵家的人了。

【听到声音，小花、大花赶紧把鞋藏起来。

【赵母走进来。

赵　母：妈心里还是有点空落落的。今天晚上我陪你一宿。

小　花：妈，我陪着姐。你去睡吧。

赵　母：（训斥）你懂什么，嫁人后的规矩我得跟你姐说道说道。

大　花：过了明天，我不知道什么时候才能回来一趟。今晚我要妹妹陪我！

小　花：（走到赵母身边，小声）妈，我姐不太同意这门亲事。我帮你劝劝她！

赵　母：（看了小花一眼）你跟你姐好好说，明儿让她开开心心上花轿！

小　花：好嘞！

【赵母离开。

小　花：姐，妈回她的屋了。快点走！

【大花点点头，快速把自己的衣服、鞋放在包袱里。当她把男娃娃的衣服也放进包袱里时，发现不对，又把男娃娃的衣服拿出来。

大　花：妈要收养个儿子。衣服都做好了，看来他快来我们家了。

小　花：就知道一心要儿子！

大　花：妈说争家产的时候要靠男的，女的没用！

小　花：我们家就剩这间破屋了，有啥家产可争的！

大　花：（模仿赵母口气）破屋也得有儿子继承！

小　花：哼！男娃娃能做的，女娃娃凭啥子不能做！

大　花：所以，还是红军说得对！

小　花：姐，妈屋里没动静了，她好像睡了。

【大花点点头，拿起包袱，往外推门。

大　花：门从外面锁住了！

小　花：这是……怕你逃跑？

【大花的包袱落在地上。

大　花：哪有谁家娘防女儿像防贼一样？！

【远处传来敲锣打鼓及唢呐声。

【赵母进门。小花挡住包袱。

赵　母：哎呀，我看是亲家来人了！那灯笼上的“张”字明晃晃的！

小　花：不是明天吗？他们怎么提前来了？

赵　母：（生气）是有点不讲规矩！（转而笑了）哎，早一天晚一天不都一样！

【小花看了一眼大花。

赵　母：小花，你去前面看着，迎亲的人来了，挡着点，不能让他们轻易进门。

小　花：好！

【赵母走到大花身边，小花趁着赵母不注意把包袱踢到床底下。

赵　母：（回头）你怎么还在这儿，咋不过去看看！

【小花离开。

大　花：我不嫁！

赵　母：你这个孩子就是倔！你嫁过去了，我们有靠山，就没人欺负我们了！

大　花：张麻子，又老又丑，白胡子都这么长！（用手比画着）

赵　母：那又咋啦？

大　花：我今年才十六岁。就算嫁人，我也不能嫁给他这样的！

赵　母：有钱又年轻的人家，看得上我们？

大　花：现在县城都在“重新分配土地”，地多也没用。

赵　母：哟，你从哪儿听的词！

大　花：红军说的！

赵　母：你还信这些呢？

大　花：他们还说“妇女解放”“婚姻自由”。您这档子事，不算数！

赵　母：别听他们瞎说。这世上只有你妈我是为你考虑的！快去换衣服！

大　花：我不嫁！

赵　母：你再说一遍！

大　花：我不嫁！

【赵母一巴掌扇在赵大花脸上。

赵　母：你咋就不为我们家想想？（眼里含着泪花）几年前你爹没了，嫁给张家，我们娘仨才有靠山！（坚决又狠狠地说）你不嫁，那就你妹妹嫁！你俩，必须得嫁过去一个！

【大花吃惊地看着赵母。

大　花：妈……

【小花进场。

小　花：张家的人到了，实在挡不住。

赵　母：真不中用！你帮你姐打扮打扮。我去看看！

【赵母离开。

小　花：姐！这可怎么办？

大　花：白天我把梯子拿到了后院，可以爬出去！

小　花：那赶紧走！

大　花：可是，我……我走了，你怎么办？

小　花：大不了让妈把聘礼退回去！

大　花：张家兄弟十几个，都不是好惹的。我们家就你和妈，我要走了的话……

小　花：你走了，张家人还能强抢不成？

大　花：可是……

小　花：快点！你听，张家人要进来了。

【敲锣打鼓唢呐声。

【小花拿起包袱，推搡着大花走。这时，包里掉出一双鞋。

【大花捡起那双鞋。

小　花：别管它了……

大　花：（看着鞋）我不走了。

小　花：什么？

大　花：（把鞋放进包袱里）我，不走了！

小　花：可是，那个张麻子……

【悲怆的音乐响起。

大　花：你说自从爹没了，我们过的是啥日子？

小　花：爹没了后，家里的几亩地租出去，但是妈不会买卖，入的钱没有出的钱多。

大　花：张麻子从中使坏，让我们家卖地的钱少得可怜。

小　花：我们家过得有上顿没下顿。

大　花：村里的地痞子来找碴儿，妈拿着锄头把他们赶出去。

小　花：气不过别人、斗不过别人的时候，妈把气往我们身上撒。

大　花：别人欺负我们，我们拧成一股绳。可是，现在是妈欺负我们，非让嫁给张麻子……我们该怎么办？

【大花哭的声音。

大　花：我的包袱你拿着，以后你去找红军的人。（背对观众，张开双臂）给我，穿嫁衣吧。

【小花走到床前，欲拿起嫁衣，又放下。

小　花：姐！不可以！

大　花：（哭腔）妈说，如果我不嫁，就让你嫁！

【舞台上沉默了一会儿。

小　花：妈说了不算！

大　花：小花……

小　花：谁欺负我们，我们就打回去！这是你说的？

大　花：对！

小　花：妈欺负我们，我们就服吗？！

大　花：你是说……

小　花：我们的事儿我们自己做主！

大　花：我们的事儿我们自己做主？

小　花：对！

大　花：和那些欺负我们的人反抗到底？

小　花：反抗到底！

【大花在小花耳边嘀咕。小花点点头。

【赵母的声音从后面传来。

赵　母：你俩磨蹭啥呢……

【小花和大花分别站在墙的两边。

【赵母进来。大花把门关上。小花和大花，一个捂住赵母嘴，一个抱住赵母腰。

大　花：妈，不是我不帮您！

小　花：这个婚，我姐不想嫁！

【赵母挣扎不脱，嘴巴里嗡嗡发声。

大　花：今晚上我就走了，参加红军！

小　花：我也去！

【外面传来枪响。唢呐等音乐声停止。一阵慌乱的脚步声、哀嚎声。

【赵家三人停止不动。

【门外传来敲门声和一男人的声音：开门！开门！……赵老婆子！你害我！

【赵母吃惊又恼怒。大花、小花松开手。

赵　母：（小声）张麻子！

【张麻子的声音：你等着，我饶不了你！

赵　母：（气恼）你俩呀！现在可怎么办？

大　花：您跟我们一块儿走。

赵　母：（支支吾吾，来回走动）这……不……这可……

大　花：您得罪了张麻子，他不会给您好果子吃的！

小　花：您在这儿，能安稳过日子吗？

【这时外面传来一女人的声音：赵大花！出来吧！刚刚我们把张麻子这个恶霸赶跑了！（停顿一下）我看你没来，我们就来找你了！

大　花：（惊喜）张姐！

赵　母：张姐是谁？

大　花：红军！

赵　母：红军？

大　花：对！

【大花、小花拿起包袱，欲推着赵母往墙后走。

大　花：妈，走吧！

【赵母不想走，她走到床前，摸着男娃娃衣服，哭了起来。

小　花：妈，走吧！

【大花、小花把赵母拦着。大花、小花朝前走，赵母被两个女儿架着，她的脸和手仍朝向男娃的衣服。

赵　母：（哭腔）这要去哪里？

大花、小花：（合）去县城！

赵　母：（哭腔）去县城做什么？

大　花：去县城，参加红军，打倒恶霸！

小　花：对，参加红军，打倒恶霸！

大花、小花：（合）参加红军，打倒恶霸！

【三个人离开舞台，只留下两人的声音在回荡。

剧　终

美丽的梦想

吴欣蔚

时　间：春日上午。
地　点：公园。
人　物：任有志——大学毕业在城市事业有成的青年，以下简称“任”。
甜　甜——任的同学、女友，以下简称“甜”。
阳　刚——甜甜的男闺蜜，以下简称“刚”。

【公园大屏图片为背景，舞台上放着一条长椅，任坐在长椅上打电话。

任：（面对观众）我叫任有志，最近立了个大志，想回乡创业，抒写点青春故事。我的女友叫甜甜，平时一切都好，一听说我要回乡，瞬间有点不理智，她约我在公园见面，说要好好把我收拾！我怕啥啊，又不是没遭收拾过！（看表）趁她还没来，我先溜达溜达，等等她。（下）

【甜拉着刚上场，刚手捧鲜花，被甜拖拽到台中。

刚：（嗲嗲）哎呀，你弄疼我啦！

甜：瞅你软趴趴的样！

刚：我可不软，我叫阳刚。你要嫌弃，我就走了，看你慌不慌！

甜：（拉住刚）别走！我和有志哥相爱几年了，买好车和房都准备结婚了，可是最近他告诉我，他要回乡创业。我说他，他还和我吵！所以我要让你假装追我，好好气气他！

刚：让我追你？你是气他还是气我?!

甜：（不高兴）说什么呢，你？

刚：（笑）我不是那意思，主要是你看我这天生丽质的气质，怎么看也不像追求你这种女孩子的样子。

甜：我不管，反正你是我男闺蜜，你必须帮我！

刚：行！帮！不过你得把买花的钱给我报了。

甜：抠死了，不报！

刚：（缠着甜）不行，必须报！

甜：（跑到台中）不报！

【二人打打闹闹，此时任上场。

任：（大怒）住手！

刚、甜：（停手）没人打架！

任：（气愤）可是你们要拥抱！

甜：（甩开刚）谁拥抱了！

任：（笑）甜甜，咱俩才应该抱抱！

（任伸手，被甜伸手拦住）

甜：（把刚拉到面前）认识一下，我的新男朋友！

任：（大惊）啥？

刚：别震惊！还没那么夸张，我只是在追甜甜而已！

任：（气愤）你！

（拽过刚衣领，准备挥拳）

甜：不许打人！

任：我……（气得无奈地徘徊转圈）

甜：也不许拉磨！

（任停住）

刚：（对任，扭身子挥手）嗨，帅哥前辈你好！我姓阳，叫阳刚！

任：谁是你前辈？你都算阳刚？活像一个大姑娘。

甜：管他呢，我还就喜欢这种温柔体贴的男人。

任：（急得转圈）咱俩谈着恋爱呢，他算怎么回事啊？

甜：你要回乡创业，咱俩以后都不见面了，可以中断咱们的关系链了！

任：我回乡创业是有原因的！

甜：（捂着耳朵摇头）我不听！我不听！

刚：你有原因，你说啊！

任：我……

甜：我不听！我不听！

任：（郁闷）你俩怎么配合那么默契呢？

甜：行嘛，你先说吧！

任：甜甜，你要理解我！

甜：谁理解我啊？

刚：（翘兰花指）我理解！我姓李，大家都尊称我李姐！

任：你不是姓阳吗？

刚：只要甜甜喜欢，我连性别都能换，何况姓名？

任：甜甜，你真的就能看上他？

甜：他虽然不太阳刚，但是人家知道疼人。

刚：对，我知道疼人！

（掐了甜甜手臂一下）

甜：哎哟，好疼。（揉手臂）

任：（推开刚）你干吗掐她！

刚：这不是疼人嘛！

甜：（一把推开任，拉过刚）我喜欢，不要你管。

任：（郁闷）你这是有病呀！

甜：你别管，我们阳刚名字刚，其实内心很柔软，对吧？（眼神暗示刚）

刚：对！（献花朗诵）我的心只为甜甜柔软，她打我左脸我伸右脸！我的船只为甜甜靠岸。

任：你这也太……肉麻了吧！

甜：肉麻怎么了，肉麻说明人家心里有我。

刚：（拿出纸条念）你是我的心，你是我的肝，你是我生命的四分之三！……我要把你来陪伴，天天围着甜甜转！

任：哼，工作不干天天围着转，谁来养活甜甜？

甜：我乐意，我养活他也可以！

刚：（对甜唱天仙配）你耕田来你织布，你担水来你浇园！

甜：对，只要有人陪我，我什么活都干也行！

任：你俩到底谁是女汉子啊？！

甜：（怒）我爱他就给他一个吻，我不爱你就请你马上离开！

任：行！哼，想不到你会爱上这么个阴阳怪气的人，我走！我走！

【任生气地狠摔外套于长椅上，气下。

刚：（追看）哎呀，咱们的戏是不是演过了头，他气得把衣服都扔了呀！

【甜刚要说话，外套里突然传来手机铃声，甜去接。

甜：……你好，什么？找你爸爸？谁是你爸爸！任有志？……他是你爸爸？……你想他……他好久回乡……（失魂落魄）他不在！他走了！我是谁？我是你后妈！（愤怒地挂断电话）

刚：这个结局太意外了！（急扶差点晕倒的甜）挺住，放心，都是女汉子，姐妹挺你！（甜恸哭却无声音）你得哭出个声啊！

甜：苍天啊！（发飙）我说你怎么要回乡创业，原来你在老家结了婚都有了孩子，喊你走你走得那么干脆，原来是要回家去当父亲养儿子呀！（一个劲地拍打刚）

刚：停！甜甜，我是来帮你的，你把我打死也不起作用啊！

甜：不行，我要找他问清楚！（狮吼功般喊任的名字）任有志！！！

任：（飞奔）到！甜甜，我来啦！

刚：保持距离，接受我们的审查！

任：甜甜……

甜：（哽咽地）告诉你，（挽刚手）我……我和他明天就结婚！

任：啥？！这么早？

刚：哼，没你早！（翘起兰花指叉腰）

甜：（哭着）后天就生孩子！

任：这……这么快？

刚：没你快，你早就当父亲了。赶快老实接受审查！

甜：（甜过去打任）你说不说！……说不说！

任：（推开甜）你倒是问啊，一个劲儿打我又不问，你要我说什么？

甜：（委屈）这还用问吗？（拿起任的手机）刚刚你的手机响，一个孩子在找你这个爸爸，原来你……呜呜呜……（哭泣）

刚：铁证如山，你这个负心汉，还有什么话好说！

任：（恍然大悟）你们误会了啊！甜甜，是这样的，这孩子不是我的孩子！

刚：不是你的孩子难道是我的孩子？怎么不管我叫爸爸？

任：（嫌弃）你这样的他只能叫妈！

甜：（怒吼）快老实交代！

任：（悲伤音乐起）他只能喊我爸爸了！这孩子，是村里的一个留守儿童，他的爸爸妈妈在外打工意外去世，家里只有爷爷照顾他。我回乡参加村里举办的留守儿童慰问会，认识了他，每次回家都会去看看他。有一次，我去陪他，他做梦梦到爸爸妈妈了，醒来抱着我边哭边叫爸爸，我也舍不得再纠正，就这么叫下去了。我一直关爱着这孩子，我有能力照顾他，可是村里的留守儿童那么多，我照顾得了吗？所以我想从根本上解决问题。我本身学的是农学专业，应该随着振兴乡村的号角，回乡创业发挥我的所长。家乡的土地、气候非常适合种植葡萄，我要让家乡成为葡萄飘香的果园，让脱了贫的家乡更加富裕，让外出打工的爸爸妈妈都回来上班，让孩子们不再当留守儿童！

甜：（激动地）你……你怎么不早说呢？

任：从城市到农村，重大的人生转折，我怕你接受不了，几次话到嘴边……唉，算了，既然甜甜喜欢你，你也喜欢她，我就该放手。

刚：哈哈哈哈，你错了，她不喜欢我，我不喜欢她，我们是假装的。

任：啊?!

甜：他是我男闺蜜，我不想让你回乡，所以我才让他假装追求者气气你。

任：真的吗?!

甜：（娇羞地）真的！行啦，我有别的办法留住你！

任：什么办法？

甜：（动情地）有志哥，我错怪你了。原来你是在做一个善良、美丽的回乡之梦，你的梦深深地打动了我，我……我要和你一起去实现你美丽的梦想！

任：甜甜，那太好了！

刚：我也要为那些孩子做贡献去，就像你说的，我能给孩子们当妈妈！

甜：那你当妈妈我当什么？

刚：你自己不是都说了，你是他后妈啊！（笑着转身跑下）

甜：（追打）讨厌！（转身拥入了任的温暖怀抱）

剧　终

抓赌现场

武计涛

时　间： 秋日上午。

地　点： 诗乡茶馆。

人　物： 王一鸣——男，30 多岁，记者。

张小萌——女，20 多岁，记者。

王大彪——男，30 多岁，诗乡农民。

张小虎——男，30 多岁，诗乡农民。

翟　壮——男，30 多岁，诗乡农民。

王大彪老婆——女，30 多岁，诗乡农民。

【幕起：

【舞台中间有一间茶楼，坐着三个人。

【王一鸣和张小萌从舞台左侧走上台，王一鸣走在前面，面对观众。

王一鸣： 写稿没灵感，有人告诉我，这里会有赌博上演。记者反赌，狗拿耗子，这闲事，我不妨管一管。

王一鸣：（接起电话）×博士×博士我是战狼 1 号，我是战狼 1 号，已就位，地点就是诗乡茶馆吗？收到，收到，我们的口号“要将反赌进行到底”。

张小萌： 王组长，聚众赌博这种事情，我们不是应该先报警吗？

王一鸣： 对，小萌，你现在打 110，然后在外面等他们，我要先进去取证。

【王一鸣快速走到一间茶楼包间门口。

张小萌： 好的，组长。

【张小萌掏出手机拨打 110。

张小萌： 哎，110 吗？这里有人聚众赌博。

【张小萌从左侧下舞台。

【王一鸣轻轻地在门上敲了几下。

里面的人： 是谁？

王一鸣： 服务员。

王一鸣：（冲了进去，举着相机一阵乱拍，还大声嚷嚷着）大庭广众、朗朗乾坤、聚众赌博，丢尽了我们诗歌之乡的人。

（屋里的几个人懵了，等王一鸣嚷嚷完，定睛一看，也懵了。

桌子上根本就没有麻将，而他们的脸上却贴着各种纸条。

房间正对着门的那面墙上贴着几个大字，赛诗会）

王一鸣：（缓了两秒，故作镇定地整理了下衣服，缓缓说道）现在赌博的反侦查意识都这么强了，伪装成这么高级的文化活动了。

王一鸣：（拍了拍给他开门那人的肩膀）不错不错，你们这现场伪装得 very good。

王一鸣：王大彪、张小虎，还有你翟壮，你们三个人聚在一起，不是赌博，鬼信。哎对，经常跟你们在一起的那个董波今天怎么没来？

其中一个人答道：他老婆看得死，出不来的嘛。

王一鸣：哈哈，说漏嘴了吧。

（王一鸣在房间里走了一圈，猛地掀开桌子上的布。并没有什么东西）

王一鸣：你们把麻将藏哪里了，赌资又藏哪里了？

张小虎：王大记者来了，正好给我们做裁判，给我评评理，他说我的诗是狗屁不通，他写的才是低俗幼稚。

（王一鸣坐下，看着张小虎递过来的一张纸）

王一鸣：（笑道）你这个是狗屁不通的嘛，平仄不分，押韵不明，还有……

【再次响起敲门声。

王大彪：（颤巍巍的声音）谁？

门外一个女声：我，服务员。

王大彪：（做手势做噤声状，紧张地对其他几个人）是我们家的母老虎。

王一鸣：嫂子来了，怕什么呀，你们又不是在赌博。

王大彪：她要是知道我们哥仨在这里赛诗，能笑话我们一年。

王一鸣：哎，不会的。

其他几个人异口同声：不要开门……

（张大彪急忙将墙上赛事会的标语取下。一边慌乱地从口袋里掏出麻将。还给王一鸣桌前摆了一排）

王一鸣：（打开门）哎呀，是嫂子啊。

（来人径直往前走）

王一鸣：嫂子啊，别误会，我们是在……

其他三个人异口同声：打麻将。

（此时桌子恢复了一个麻将桌该有的样子）

王一鸣：（很诧异，又围着屋子转了一圈）你们是在变魔术吗？

王大彪：啥子魔术，几张麻将牌你都找不到？刚才掉到桌子下面喽，我给你找到了。

张小虎：还愣着做啥子，该你喽。

（王一鸣百口莫辩，气呼呼的）

王大彪：老婆，我跟你坦白，是王大记者喊我们几个出来耍的，不过你放心，没得彩头，王大记者这点心里还是有数的。

（王一鸣看看王大彪老婆，用手指着王大彪，然后用手捶胸）

（电话铃响）

王一鸣：×博士，喂喂，你说话啊……

王大彪老婆：（拿着手机从他身后走了过来）在这里哪。

王一鸣：（转身）你，你就是×博士？

王大彪老婆：叛徒，十分钟前还信誓旦旦地说要把反赌进行到底，现在就被拖下水了？没骨气！

王一鸣：（有点崩溃了，从口袋里掏出一把钱拍在桌子上）我给你打赌，他们刚才没在打麻将，他们是在赛诗。

王大彪老婆：赛诗？

其他三个人：（装作一脸无辜的样子）赛诗？

（所有人都看向王一鸣）

王一鸣：我是黄泥巴落裤裆里，我说不清楚了我。说完，他重重地蹲下去。

（这时又响起了敲门声）

王大彪：（颤巍巍的声音）谁、谁……呀？

门外女声：服务员。

（王大彪他们三个直接从椅子上坐到了地上）

王一鸣：（喜滋滋地站起来）救兵终于来了。

王一鸣：（走到门前，还回头对王大彪他们）别紧张，这是我的搭档，美女小萌。

（王一鸣打开了门）

其他几个人：（发出惊叫）啊！

（王一鸣也吓了一跳，两个穿制服的警察站在门口）

王一鸣：啊！

（警察甲快速走进屋里，像之前王一鸣进屋一样，一阵猛拍。大声嚷嚷着，大庭广众、朗朗乾坤、聚众赌博，丢尽了我们诗歌之乡的人）

警察乙：（握着王一鸣的手）谢谢你，王记者，不光给我们举报了窝点，还给我们保留了证据。

（警察乙一只手握着王一鸣，一只手指向那堆钱）

王大彪他们三个喊道：冤枉啊，冤枉啊，我们没赌博。钱不是我们的。

警察乙：好了，别嚷嚷了，上次你们也是这台词，“钱不是我们的，钱不是我们的”，能不能换点新台词。

王大彪：（重重叹口气）唉！

（王一鸣得意地笑着围着王大彪他们三个转一圈）

王一鸣：这真是完美的犯罪现场啊，有钱，有麻将，还有四个人。

（王一鸣指了指王大彪的老婆）

王大彪老婆：你可不能血口喷人啊，我是来抓赌的啊！

王一鸣：（哈哈大笑，走到王大彪面前）是不是很冤枉？

（王大彪用力点点头）

王一鸣：是不是有种……怎么说的来，黄泥巴落在裤裆里，不是屎也是屎了。

王大彪：（又重重地点了点头）嗯。

王大彪：（反应过来，有点慌了）大记者，我们刚才错了，不应该为了骗我老婆，冤枉你。

警察甲：这都是什么乱七八糟的？

王一鸣：（哈哈大笑）他们确实没有赌博，他们一开始是在赛诗。

王一鸣：（拉过王大彪老婆）她进来以后，他们为了骗她，假装赌博，你们进来的时候看到的就是以假乱真的赌博现场了。

警察甲：那这钱？

王一鸣：这钱是我的。

王大彪：（赶紧说）我可以作证。

王一鸣：（摆摆手）没关系，然后指指自己胸前的相机，一直都录着哪。这个会拿给我们警察同志做证据。本来我以为会拍到你们赌博的证据，没想到现在成了你们没赌博的证据。

警察乙：（问王大彪）赛诗就赛诗，干吗骗你老婆在赌博喃？

王大彪：这不是怕她嘲笑我们嘛！

王大彪老婆：（动情地说）我怎么会嘲笑你，你这些天的变化太让我感动了，脾气不那么暴躁了，眼里也有活了，以前你是从来不刷碗的。

王大彪：（难为情的）这些就不要在这里说了吧。

王大彪老婆：不，我要说，我担心你会走上赌博的老路，回到那些赌红了眼、六亲不认的日子。（王大彪老婆擦泪）

王大彪老婆：所以是我把你们可能在这里赌博的事情举报给了王记者的。后面不放心，我也赶过来了。

王大彪：你做得对，赌博的那些日子，现在想想自己真不是人。

王一鸣：浪子回头金不换，都过去了嘛。

王大彪：我们几个写诗其实也不是为了出名，（王大彪看了看另外两个兄弟）我们几个几斤几两我还是很清楚的。

王大彪：（继续说）其实一开始我们就是写着玩玩。不能赌博以后，感觉整个人都轻飘飘的了，干啥都没有兴趣，而让我们几个活起来的就是写诗，写诗让我不断地去发现生活中的美，不断地感受到了自己存在的意义。现在我们国家的政策越来越好，我们村有种特色李子的，有养殖肉兔的，还有随着我们北山诗歌之乡的名号越来越响，来我们这里旅游的也越来越多，像我们家就开了个农家乐，小日子越过越滋润，可人也容易空虚，以前我们是用赌博来排解这种空虚，现在我们有了她——诗歌。

（门外响起一阵鼓掌声，一个人走进来）

王大彪：啊，镇长，你也来了。

镇　长：你讲得这么好，我不想来也给你吸引来啦。

王大彪：（挠挠头）没有，没有。

镇　长：我们的乡村振兴不光是让我们的口袋富起来，还要让我们的脑袋富起来，让我们的精神富起来。这才是我们诗歌之乡的未来。

（大家鼓掌）

镇　长：（摆摆手）你们的赛诗会搞得好嘛，我们诗歌之乡第一届赛诗会就从这个小小的麻将房开始，从麻将到诗歌，这种转变才能看到我们新时代新农民的新变化嘛，但是我们未来的赛诗会会走出这间小小的麻将房，要走向更大的舞台，走向更宽广的田野。

（大家热烈鼓掌）

王大彪老婆：那不行，第一届赛诗会都是你们男人搞的，我们不服。

张小萌：对，我们不服。

王大彪：怎么地，你们要和我们比一比？

王大彪老婆：（和张小萌使了个眼色）那当然，我们的诗不光能读，还能唱哪，我们就唱一唱我们北山诗歌之乡的新变化。

【《再唱小白杨》音乐起。

【王大彪老婆和张小萌上前。

有一个地方
它叫作北山乡
有那一位少年郎
他去到了北疆
在那大漠哨所旁
他写下了小白杨
从此那棵小白杨
伴随我的成长

如今再唱小白杨
炽热初心永不忘
那涌动的春潮
又激荡了山乡
那曾经的小村庄
早已改变了模样
我那通达之川
通向大道康庄
那一首歌儿
已传遍了四方
少年郎的故乡
升腾着新希望

看那奔康大道旁
又种下了小白杨
从此莽苍巴山上
幸福歌声嘹亮

如今再唱小白杨
炽热初心永不忘
那涌动的春潮
又激荡了山乡
那曾经的小村庄
早已改变了模样
我那通达之川
通向大道康庄

如今再唱小白杨
炽热初心永不忘
那涌动的春潮
又激荡了山乡
那曾经的小村庄
早已改变了模样
我那通达之川
通向大道康庄
通向大道康庄
（两人唱完，鞠躬）

王一鸣：（大叫一声）有灵感了，有灵感了。我也要写写我们诗歌之乡的新变化。

【王一鸣跑下。

【众人大笑。

剧　终

年　华

苑　迪

时　间：某年夏季。
地　点：某乡村学校。
人　物：李　林——支教老师，处事犹豫保守，充满矛盾。
刘　杰——支教老师，性格大大咧咧，但心思细腻。
小　虎——山村学生，爱学习，充满求知欲的山村孩子。
小虎妈——小虎妈妈、一个朴实、明事理、爱孩子的山村妈妈。
小　玉——山村学生。
陈阿姨——李林妈妈。
老　头——刘杰的爸爸。

【李林和刘杰的宿舍，前方是山村的教室。李林在收拾东西，一会儿刘杰气冲冲地走了进来。刘杰抱怨着学校生活的不如意，这时小玉跑了进来，告诉两人小虎妈妈正在教室里闹事儿。

第一幕

李　林：老刘，谁又招你了，不知道的还以为你吃枪药了。
刘　杰：你知道我今天上什么课吗？
李　林：不就英语吗？咋了。
刘　杰：你还好意思问啊！几个英文单词教了十几遍，你猜怎么着了。
李　林：到现在没人会。
李　林：哎，山区嘛！基础教育不太好，正常！你耐心点教不就行了吗？至于生这么大的气嘛？
刘　杰：我知道是山区，但是你知道最关键的是什么吗？
李　林：那你说说什么关键啊？
刘　杰：啥关键！我告诉你，我去问村主任，这才知道这里的学生就没怎么上过英语课。

李　林：那怎么了？这不有你吗？着啥急啊！慢慢儿来呗！

刘　杰：我着急？我是替你着急，当初你来的时候是怎么说的，带完这一批就回去，这眼见着，这帮学生明年就高考，就他们这英语水平，就算是有加分，就这半拉的英语水平，根本过不去，你明白吗？

李　林：这怎么了，考不过咱们尽力了不就行了吗？他们总不能把我怎么样吧！咱们来这儿一年半了，没有功劳也有苦劳吧！咋还走不了了？

刘　杰：你懂什么，你就不怕，村主任用这个理由把你留下来？

李　林：那能怎么办！事儿都这样了，只能硬着头皮上了。

刘　杰：要不我给你出个主意。

李　林：你说。

刘　杰：有水没？都说半天了怎么一点眼力见都没有啊！赶紧给爷来点。

李　林：你小子还摆上谱了。嘚瑟啥呀！

刘　杰：哎哟！还是可乐，啥时候藏起来的，我怎么不知道，早知道你还藏着这玩意儿，我也不三天两头委屈自己了。

李　林：那次没给你？可告诉你啊！这是最后一瓶了，这还是我进城的时候买的。

刘　杰：唉！……这日子啥时候是个头啊！你说说这儿，啥也没有，当初我就不该和你一起来。你说说你也是，自己来这儿也就算了，还把我给拖上。想当初……

李　林：我可跟你说，你不趁现在年轻，镀个金再回城里，这将来什么事儿能轮上我们？

刘　杰：那我宁愿就当个小老师，也不在这地方受罪。你看看这儿，前不着村，后不着店啊！

李　林：你差不多行了啊！叨叨不完了，赶紧说怎么解决。

刘　杰：前些天老头给我写信了，告诉我点事儿！

刘　杰：我家老头走了走关系，马上就能给我们调回去。

李　林：真的！

刘　杰：哪能有假。

李　林：假如啊！我是说假如……我们要是走了，这儿的学生怎么办？

刘　杰：你管他呢？咱们先把自己过好行不行，你说你，你爸走得早，就剩下你妈一个人了，住院多长时间了，你都没去看！

李　林：我是担心这儿的学生……

刘　杰：能怎么样，咱们走了，不还有别人吗？

刘　杰：你还不明白，这地儿就是个韭菜地，你就是那把镰，割了一茬又一茬，反正这韭菜都会老，早一会儿晚一会儿有啥的呀！

李　林：哎！我就是担心那帮孩子会……

刘　杰：会怎样，怎么你还指望他们将来报答你呀！

李　林：我就是担心他们一下子……你明白吧？

刘　杰：我不明白，我只知道，如果我妈病了我会拼了命地回去。你别以为我不知道，是谁一个人晚上出去抽烟。

【李林沉默，小玉上。

小　玉：李老师，刘老师，出事儿了，虎子妈妈去教室非要带走虎子，不让虎子上学了，都在教室闹起来了，你们快去看看吧！

刘　杰：你还愣什么呢！还不快走？

李　林：走。

第二幕

【教室里，小虎妈妈正在拉着小虎，让他回家。这时李林和刘杰赶了过来。

小　虎：我不走，老师一会儿就来上课了。我不走，我还要考大学。

小虎妈：你这孩子咋这么倔呢？

小　虎：我不回去，我要在这读书，我不用你管。

小虎妈：不用我管，我把你养这么大，供你吃、供你喝、供你上学，现在你不用我管了？

小　虎：就不用你管了。

小虎妈：你说什么，你再说一遍。

【刘杰、李林、小玉上。

刘　杰：住手，你想干什么，这里是教室，不是你家。

小虎妈：这是我们家的事儿轮不着你管。

刘　杰：这是我的教室，小虎是我的学生，你在我的地盘上打我的学生，是不是有点过分了。

小虎妈：哟！国家养着你们这帮人就是教训老百姓的？

刘　杰：那不归你管。

小虎妈：行，那就说点我能管的事儿，小虎不念了，能不能走？

刘　杰：能！但是小虎现在18岁，是成年人，怎么？你一句话就定了。这可犯法啊！

小虎妈：怎么？我自己的孩子我说了还不算吗？

李　林：这事儿你说了还真不算。这事儿还是问问小虎自己吧！

李　林：小虎，你告诉老师你还想不想读书了？

小　虎：我……我……

小虎妈：现在我们能走了吧？

李　林：小虎，难道你就想一辈子待在这个山沟沟里，外面的城市难道你就不想去看看吗？

（小虎为难地跟小虎妈离开了教室）

刘　杰：算了，这人要自己成全自己，你管得了一时，管不了一世。

李　林：没事儿我就是不放心，不行我得去看看。

【李林下。

第三幕

【小虎家住一间十分破旧的土屋里，小虎正在院子里和妈妈争吵着。而这一幕恰巧被李林看到。

小虎妈： 你真的以为念两天书就能走出这个大山沟沟了。别做梦了，你以为他教你什么，真能让你考上大学？我可听说了那两个老师明年就走，你自己算算吧！

小　虎： 李老师亲口说，要让我们走出大山，让我们每个人考上大学。

小虎妈： 说管什么用。这儿来了多少个老师，你自己心里没数？

小　虎： 李老师和刘老师，是来教我们时间最长的老师。

小虎妈： 那你自己问问他。

李　林： 小虎妈妈。

小　虎： 李老师，我妈说你明年就走，是不是真的？

李　林： 小虎，我……

小虎妈： 虎子，你去山上背捆柴火，我给李老师烧杯水。

小　虎： 妈！

小虎妈： 你如果还想念书，就去。

李　林： 虎子，听话，去吧！

【小虎下。

李　林： 小虎妈，有什么话您就直说吧！

小虎妈： 李老师，您也是个明白人，那我就直说了，我是山里人，不懂什么大道理，我家那口子走得早，是我一个人把虎子拉扯大的。我不知道念书有啥用，可我就知道他只要是个人都得念书，只要我家虎子愿意念，我就是砸锅卖铁，我也供虎子念。

李　林： 那您今天……

小虎妈： 李老师，你可能不知道，以前我们这穷地方来过好几个老师，都是教不了多久就走了，那些老师我也知道嫌我们这儿穷不想在这！可你们这些老师知道不知道我孩儿是咋过的。

小虎妈： 你们这些老师一走，我孩儿就自己一个人不高兴，我不指望虎子有多大本事，我就想他高高兴兴就行。我就想你给我个准话，你走不走？

李　林： 小虎妈，我……对不起。

小虎妈： 我明白了，不怨你，算起来你已经是在这待的时间最长的了，你走吧！

【李林下，小虎上。

小　虎： 妈，我回来了，李老师呢？

小虎妈： 他走了，你也不用去学校了，我和他说好了。

小　虎： 你是不是和李老师说什么了。

小虎妈： 你还不明白？你真以为他愿意待在这儿，人家是城里来的，看不上我们这穷山沟，也看不上你这穷学生。你以后老老实实地就在家待着，我和你三叔说好了，你就跟着他学门手艺。

小　虎：我不信，我自己去问他。

【小虎、小虎妈妈下。

第四幕

刘　杰：唉，老李，你咋了？

李　林：没咋！

刘　杰：没咋，你魂不守舍的。

李　林：真没事儿。

刘　杰：是不是看上哪家姑娘了，没想到啊，我们李大才子也逃不过这七情六欲？

李　林：去你的吧！

刘　杰：行行行！不拿你开玩笑了，和你说个事儿，我保准这事儿你一听立马就乐了。

李　林：啥事儿啊？

刘　杰：陈阿姨出院了。

李　林：什么，我妈出院了，真的？

刘　杰：我能拿这事儿骗你？今上午村主任来找你，你出去了我接的电话，陈阿姨出院了。

李　林：太好了，我妈还说什么了？

刘　杰：陈阿姨说，让你别担心她，医生交代了只要按时吃药，应该没多大问题。

李　林：老刘，你爸给我妈找的医生太靠谱了，改天我一定得登门道谢。

刘　杰：别着急，有你谢的，我再告诉你件事儿，保准你乐。

李　林：啥呀？

刘　杰：记不记得我和你说的调令的事儿？

李　林：下来了？

刘　杰：和你说啊！我家老头已经办好了，而且我们一进去就是副主任。

李　林：嗯！

刘　杰：你又咋了？这可不是你的作风啊！这事儿你该高兴啊！终于不用在这儿待着了。

李　林：老刘，我，我不想走了。

刘　杰：你咋了？我老头费了那么大劲才办好，现在你说不走就不走了？

李　林：我明白叔叔对我好，但是我，我……

刘　杰：我知道了，你又心软了，对吧？你想过阿姨吗？阿姨才刚刚出院，身边正需要人照顾呢！你不打算回去看看？你这个当儿子的是不是该回家看着？

李　林：我，我对不起妈妈，但是我想妈妈会理解的。

刘　杰：你是对不起陈阿姨，但是你更对不起你自己。

刘　杰：李林，当初是你把我带到这儿的，你想过怎么把我带出去没有？这都没关系，哪怕就是你不走也没关系，不过我就问你一句，你自己呢？

李　林：我，我……我不知道。

刘　杰：你不知道，行！你可以，你清高，啊！我告诉你。

（刘杰抓起李林的领子）

刘　杰：你是不是忘了我们毕业的时候怎么说的，要当最好的老师，教最好的学生，你是不是都忘了！啊？

李　林：我没忘，我一刻都没忘。

（李林整理一下自己的领子）

李　林：我没忘，刘杰，我问你，什么是好老师？我记得当年我们的老师说，“君子知至学之难易，而知其美恶，然后能博喻。能博喻，然后能为师”。以前我不明白这句话什么意思，现在我明白了，我们不能辜负那些求学的人呢！

刘　杰：那你也不看看，这都是些什么材料。玉石和朽木终究有差别，木头你雕到最后也就是根牙签，这你不明白吗？

李　林：我当然明白，可你要知道就算是根牙签也有自己的作用，玉石很美，可终究只是一个装饰，牙签虽然普通，可每个人都需要。你想想当年我们是什么样的，我们的老师放弃过我们谁？现在我们自己当老师了就更应该这样啊！

【小虎上。

小　虎：李老师，刘老师。我，我想……

李　林：小虎，男子汉大丈夫，别扭扭捏捏的，有事儿就直说。

小　虎：我妈说，您告诉她，您就要走了。是真的吗？

李　林：小虎你喜欢读书吗？你想读书吗？

小　虎：当然想。

李　林：行，小虎你给我记住了，只要你想读书我就一直教你，只要你们还有一个人愿意读书我就不会走。

小　虎：真的？

李　林：君子一言，驷马难追。

【刘杰下。

李　林：老刘，你……

刘　杰：我没事儿，你自己考虑清楚就行。

李　林：小虎，别记恨你妈妈，她是世上最好的母亲，回去了以后和妈妈好好谈谈！这两天你落下不少课，后边你要一字不落地给我补回来。否则别怪我不客气。

小　虎：谢谢李老师。

李　林：行了，别婆婆妈妈的，回去吧！我去找刘老师，我们还得备课呢！

【李林下、小虎妈上。

小虎妈：虎子，和妈妈回去吧！

小　虎：妈，李老师说他不会走，只要还有人愿意念书他就不会走，永远不会走。

第五幕

【刘杰正在教室给学生上课。

刘　杰：我知道大家的英语基础不太好，今天开始咱们就一步一个脚印从头学起。勤能补拙，每天背单词、背句子、背课文、练听力，我还就不信了，各位高考能差到哪儿去。还有，不懂就问，我宿舍就在这儿，一天 24 小时，哪怕就是我睡着了，有问题就来问，明白了吗？

众　人：明白

【李林上。

（刘杰指着李林）

刘　杰：你还愣着干什么呀！来上课呀！就等你了！拿着国家工资不干正事儿。你迟到啰，罚你一人一瓶可乐吧！

李　林：昨晚你去哪儿了？

刘　杰：你管我呢！

李　林：我还以为你走了呢。

刘　杰：真是狗眼看人低。

李　林：是兄弟我看走眼了。

刘　杰：那你怎么补偿我？

李　林：你说吧，怎么办？

刘　杰：那还不简单，可乐我要整箱喝。

李　林：喝这么多，也不怕得病。

刘　杰：课堂交给你了，我还得和老头说说呢！

剧　终

两河镇

张　杰

时　间：某年秋季。
地　点：两河镇。
人　物：王雅萍——48岁，以下简称"王"。
于大海——42岁，以下简称"于"。
刘芊惠——26岁，以下简称"刘"。

一

【景置：乡镇街头的十字路口。

王：（唱）我有一独女，
自小随我住城里；
我独爱我女，
自小待她倍珍惜。
谁知乖女长大后，
上班要去乡村里，
条件艰苦路难走，
劝她莫再干下去。
今日来到乡镇上，
我要找她摆道理；
莫说三七二十一，
都要带她回城里。

王：嘿，嘿，你好兄弟，我是从城里头来的，要去镇上的中学找人，不晓得路咋走了，你可不可以告诉我两河镇中学咋走喃？

于：哦，你好哟大姐，正好我要去两河镇中学，你要是去就跟我一路instance，很快就走拢了。

王：好的，谢谢了哈。

于：莫得事，我们这里有点古镇气息，小路多，确实容易走落。

王：（脚崴了一下）哎呀，就是哇，村镇上的路弯弯曲曲的，下起雨来，浇稀稀，再好看的鞋子都遭弄得脏兮兮。

于：大姐你莫再崴到了，我们这村镇的路还是有变化的哦。

于：（唱）以前乡村的小路，不如城里柏油路；
如今乡镇的小路，青石街道又复古。
这位大姐城里来，一看就是来看孩。
城里小孩升初中，不是人人都成功；
大人坚持读高中，送到乡镇来读书。
看娃家长有很多，给钱又把手机送；
我就带她去学校，父母把娃瞧一瞧。

于：大姐，你看，这以前的路是不好走，现在基本上都铺成青石板路了哦。这两河镇啊，因为是两条河的交汇处，已开始搞文化村项目了哦，以后发展得还很不错哦。

王：真的假的哦，这边离城里有好几十公里，还可以发展文化民俗村，我觉得你有点嚯我哟。

王：（唱）你看这个农村人哟，确实好心又热情，
把我带到学校去，我是真心要感激。
可你看这个农村人哟，穿着真是不咋地，
老老实实，踏踏实实，一看就是送货的。
他说那个民俗村，真的能够搞下去？
等我劝回女儿后，有心打听有心问，
若能谈成大生意，不枉这趟乡村行。

于：是的哦，这几年我们村不管是经济还是教育，都搞得不错，好多城里头的艺术家、画家跑到我们村里来开工作室哦。现在不是在搞生态文明建设吗？我们村都修了几条自行车绿道，这几天刚刚暑假，好多人跑来骑自行车哦，你不信，一会儿你跟你娃儿一起去逛逛inline。

王：可以，可以嘛，不过始终我来的还是一个小乡镇。

于：哈哈，现在乡镇变化大得很。大姐哟，你看时间刚好，这马上下课了，前头就是中学校门口了哟。

（下课铃声响起）

二

【景置：学校门口，刚响完下课铃。

刘：（唱）中午放学多热闹，夏天风吹艳阳照；
学生时代多美好，高考就要见分晓。
我最关心咱学校，今年成绩有多高；
两河镇地方虽小，莘莘学子步步高。

刘：（惊讶）呀，妈，校长。你们两个咋遇得到哦？

王：（惊讶）咹？原来你是这个学校的校长嗦！我，我还以为你是给学校送货的。

于：（惊讶）啊？原来你是刘老师的妈？我还以为你是学生家长哦！你好，你好。

王：哈哈哈，学生家长，我有这么年轻吗？我在想哪个学生家长会把娃儿送到这里读书哟。

于：有哦，大姐，好多城里的家长把娃儿送到我们这种乡镇中学读书哦，地方远，但没啥子打扰，娃儿读书读得好。

王：我是来找女儿的，就是她，我要跟她说点事。

刘：啥子事喃？妈，妈你咋来这里来找我喃？你又不爱出门，这么远跑过来不累嗦。

王：累，咋不累，我还要问你，你咋跑到这儿来了？说都不说一声，你城里头的学校是咋回事……

刘：（没等王说完话，面向于）于校，你中午过来，找我有啥事哇？

王：（唱）我去城里开了一个会，

会上领导指导很干脆；

领导说，乡镇教育要重视，

安排了几个新老师，

来我们两河镇中学扶持教学。

我想起刘老师，

你是城里人，

来我乡镇教书育人勤勤恳恳，

我要你帮助几个新人熟悉工作和环境。

刘：好啊，校长，这些新同事来我们镇上的学校也不容易，我一定好好帮助新同事进入教学工作。

王：芊惠，刘老师，你是不是把我这个妈忘记了？刚才的问题你还没回答我哦。

于：那……大姐，小刘老师，你们母女先聊一会儿。小刘老师，你妈大老远跑来，空了还是带她去参观一下镇周围的环境冊。

刘：要得嘛于校长，你去吃饭吧。

【于离开。

三

【景置：两河镇两河交汇口。

刘：妈，你说你找我有啥子事喃？

王：（唱）你从小是我一块宝，万事都听我的话；

长大想你在身边，担心你来把牵挂；

谁知你不告诉我，悄悄来到乡镇上；

城里工作不好吗，非要来过苦生活；

今天到此给你说，快快离开找回市里的工作。

刘：哎，妈，原来你是来喊我回去的呀，我现在不想回去哦。这里的学生需要我。

王：需要你？少了一个你学校还不是会继续办下去，学生又不是没有人来教。你看，你在这里，交通信息都不方便，青春就耗在这里了，划得来吗？

刘：妈，这不是你做生意。你也是从乡村走到城市的，你肯定晓得乡村的教育对这些娃娃来说是多么重要。

王：是啊，我就是从乡村走出去的，所以我不想你再过以前的生活了呀！快，你一直听我的话，现在也该听我的话，随我一起回去吧。

刘：哎呀，妈！从小你就安排我整这样整那样，哪样我没有听你的？我上大学参加过支教，晓得乡村教学很需要师资。我现在长大了，我可以选择我的生活跟理想了嘛。

王：（激动）你是咋了喃？你不听我话了，从小到大你一直听我的。我跟你爸一起打拼一起做生意就是想为你好，你却，你却连我的话都不听了，跑到这个小地方来，等于倒退了几十年。你不听，你不听我就从这两河交汇口跳下去给你看。

（刘芊惠还没有反应过来，王雅萍已翻上了河边的围栏，此时于大海突然出来，抓住王雅萍）

于：（挽着王雅萍）哎呀，大姐。你这又是何必，好大一点事嘛！

刘：于校长，你咋来了喃？

于：这不是刚刚要吃饭嘛，接到通知，说我们镇要继续开发非物质文化遗产项目——民俗村项目，喊我们都去听一下动员会，说是我们谁有资源都可以推荐，这是政府都资助补贴的项目。我路过这里就看到你妈要跳河，哎呀大姐，没得必要啊。

王：你去开你的会呀，来管我们说话干啥子。

刘：哎呀，妈，你可能不晓得。

刘：（唱）我亲爱的母亲呀，你听我说几句。

从小我知你为我好，辛苦打拼不容易。
如今我作为年轻人，视你为榜样做自己。
你们辛苦为梦想，我也努力为自己事业。
如今乡村大变新，再也不在贫困里。
不在贫困里，就想着要前进，从重视教育起。
我在这里找自己，看着学生很欢喜，
我的工作我最爱，学生也对我关怀。
你是投资生意人，刚好考虑乡村里，
你看这条生态路，你看那座新宝塔，还有你站的两河公园嘞，
哪个不是新修的。

王：呀，女儿啊，原来你是把我当成了榜样啊，为啥子之前不给我说喃？如果这里是你的理想，妈妈肯定会加油支持呀。

（这时候，刘电话铃响）

刘：恭喜啊张同学，你考到了重点大学；啥子喃，崔同学也考到了哇，还有谁还有谁，你快告诉我。哦，还有这么几个呀！

刘：你看妈，我这几个学生，有的是村镇的，有的是城里来读书的，他们刚刚都考到理想的大学了。

于：可以哦，刘老师，我要给新老师说，我们学校还是有考入重点大学的学生，当然还有你这个教书小能手。

王：小惠啊，难道，你就真的甘愿在这里？

于：其实大姐啊，我也是城里人哟。

王：啥子喃，于校长也是城里的？

于：是啊，我是10年前来到这里教书的，我妻子和女儿都在城里头。我尊重她们的选择，她们也尊重我的选择。现在乡村发展真的跟以前不一样，时代变了，国家重视文化发展，重视文化传承，不管是教育还是经济，乡村的水平都在不断进步。

于：（唱）你们看这大山哟，山下两条小河哟；
河里的水静静流，河里鱼儿快活游。
你再看现在，这美好的时代。
城市跟乡村哟，就像是这两条小河哟；
汇聚在这两河镇，汇成激流冲向前哟。

刘：是啊，妈，我们城市跟乡村就跟这两条河一样，哪个也离不开哪个，大家汇在一起往前冲，整个社会才可以进步呀。于校长不是说现在村镇在搞项目投资吗？你可以去了解一下啊。

王：（唱）不是我专制，也不是我管你，我是怕你受累，我痛心。
看见你努力，为教育伤心，我从你眼中看到了我自己。
年轻时，我努力。现在换成你。
你加油吧，你放心，妈都尊重你。
至于你说投资项目，我会继续去打听，互惠又互利。

王：（平和了心情）于校长，可以给我说一下镇上项目投资的事吗？

于：可以啊，大姐，你随我来，我慢慢给你讲起。

刘：（笑）妈，妈，你不继续跳了吗？

王：（笑）我，我哪里是跳河，我，我是想加入小河，汇聚大河往前冲呀。

剧　终

家书故事

张瑞祥

时　间：战斗间隙。
地　点：丘陵地区，简易指挥部外。
人　物：小豌豆——男，17岁，精瘦。

【假定这里就是战场。

【根据剧情需要摆放道具。

小豌豆：（跑着上场）哎呀，陈队长……陈队长，你莫走嘛，你听我把话说完嘛。我求求你了，你就让我去嘛，我保证不拖后腿，再说了，毛娃子比我还小呢，他都能去我咋不能去嘛，难不成我不是战士哟，哪个说的拿笔杆子就莫法打仗了嘛，部队又没有规定笔杆子不上战场，是不是嘛！啥子？先完成写信的任务！嘿嘿，陈……陈……陈队长，那个写信也只是分分钟的事，你先答应我嘛，嘿嘿！

【陈队长要走。

小豌豆：（拉住陈队长）哎哎哎，陈队长，莫急嘛，嘿嘿！我的话还没说完喃！（拉陈队长坐）陈队长你坐嘛！你不坐？那劳烦你站到这儿听我把话说完要得不嘛？我昨天听别人说，你们今天要去执行任务，要到通江县城去支援是不是？可不可以把我带上，我保证……

【陈队长不同意。

小豌豆：你不同意？你为啥子不同意嘛！上回你们到县城执行任务也没有让我去，这次不管咋样我都要去。（陈队长说小豌豆年龄太小）啥子？你说我年龄太小，我都十七岁了，我在我老家都能顶起一片天。再说了，凭啥子我就不得行？

【陈队长说小豌豆生来是拿笔杆子的，不是拿枪杆子的。

小豌豆：那个笔杆子和枪杆子又有啥子不同嘛，都有个杆子，说不定我还是个能文能武的青年呢！你莫看起我文文弱弱的，我有的是劲。我私下还和毛娃子他们比试过，他们根本不是我的对手，你不晓得他们有好佩服我。（看陈队长的眼神）糟了，说漏嘴了。对不起陈队长，我不是故意的，不不不，我晓得部队有纪律，不准私下比试。都是我的错，不关他们的事，是我鼓捣拉他们跟我比试的。我下次再也不敢了，哦！不不不，再也没有下次了。

【突然有人喊紧急集合。

小豌豆：陈队长，在喊紧急集合了。（陈队长立马跑得没影了）欸！陈队长跑得比狗还快。（小豌豆转过身看到桌子上的信）欸！陈队长，你母亲给你回的信，在这儿说了半天把正事给忘了。（打个响指）你不让我参加任务，我偏要跟去。到时候我就说是给你送信。对对对，就这样。我小豌豆多聪明啊！（小豌豆把信揣到衣服包包里就走）

【小豌豆拉住一个士兵问路。

小豌豆：兄弟，陈队长他们去县城走的哪条路？哦！走的小路，谢了兄弟。（立马出发走小路，偷偷跟在小分队后面）

【陈队长发现有人跟踪。

小豌豆：别开枪，别开枪，是我是我，小豌豆。陈队长，你咋那么快就发现有人跟在后面喃？咹？是毛娃子发现的。（手指到毛娃子）毛娃子，你是个啥子人哦！尽拖我后腿，小心我把你身上的毛拔光。我二天再也不得帮你给你妈写信了。啥子？你不晓得是我，你不晓得是哪个嘛！那你先弄清楚是哪个跟在后头，你再跟队长报告要得不嘛？你这个人才笑人喃！

【陈队长说小豌豆才笑人。

小豌豆：啥子？陈队长，你说我才笑人。咋个这样说我喃？陈队长，我不是乱来，也不是破坏纪律，我是有任务才来的。（陈队长问是啥子任务）啥子任务啊！我等下才给你说，你先把我带上边走边说。

【陈队长呵斥小豌豆。

小豌豆：陈队长，你咋个赶我走喃？哎呀，我晓得这次任务很危险，我晓得其中厉害，我虽然没有参战经验，但是我保证我一定服从命令，你叫我干啥子，我就干啥子。绝对不得拖你们的后腿。（转过身向战友们保证）亲爱的战友们，我是小豌豆，你们大都认得我，我请求参加这次任务，我向大家保证，我小豌豆绝对不拖大家的后腿，我会勇往直前，与大家一起完成任务。（向战友们敬礼）

【陈队长同意小豌豆参加任务。

小豌豆：（激动地握住陈队长的手）陈队长，你同意了，你真的同意了！谢谢，谢谢，谢谢。我终于可以和你们并肩作战了，让那些敌人看到我都害怕，哦！不，是看到我们都害怕，不战而逃。我吹？吹啥子吹，不是我吹，事实摆在面前。啥子？陈队长，你让我躲在后头，那好窝囊哦！我想冲在前头，让我当哨兵都要得，咋个让我躲在后头哦。那也算个兵嘛！我不需要你们保护，让你们保护那不是显得我好莫用哦！我就是要证明我是个能为人民为国家做贡献的人。你这样安排咋个突显出我的作用？我也晓得参加战斗不是一腔热血就够了，我还是多聪明的。说不定我还能起到决定性的作用哦!

【陈队长命令小豌豆服从命令。

小豌豆：(不情愿地敬礼)是，小豌豆服从命令。(看陈队长眼神)(大声)是，小豌豆绝对服从命令。

【陈队长让小豌豆解释小豌豆之前要执行什么任务。

小豌豆：任务？啥子任务？哦！我之前说的那个，我是来送你母亲给你……

【有人喊前方有情况。

小豌豆：那么快，那么快就要参加战斗了，我还没做好心理准备。陈队长，欸！咋又莫见了，我的话又没说完。(整理衣服)(高喊)前方的鬼子，你大爷小豌豆来了，快快举手投降。

【背景声效：枪击声。

【陈队长高喊找遮蔽物藏身。

小豌豆：(听到了陈队长的声音，找一处藏身后，缓缓往前爬)毛娃子，你手杆中枪了，我帮你包扎止血。(撕下衣服一角给毛娃子包扎)毛娃子，我扶你到后头去，你莫犟，你的手杆都受伤了，枪都举不起来了。走，先到后头躲到起。(小豌豆把毛娃子的枪拿过来)毛娃子，你放心，现在杀鬼子，我把你的那一份也算上，杀他个片甲不留。(转身向前爬)(跟二狗子打招呼)二狗子，我来了。我们一起打鬼子，等会儿把鬼子打跑了，我们一起去骑马，我要跟你比比看哪个更厉害。约好的，说话要算数哦!

【有人喊到前方支援，对方火力太猛。

小豌豆：二狗子，搞快，我们到前头支援陈队长。(匍匐前进)陈队长，我和二狗子来支援你了。陈队长，都这个时候了，你还撵我到后头去。现在人手都不够了，毛娃子他们都负了伤。(转过身去)二狗子，二狗子，二狗子，你醒醒，你醒醒，你睁开眼睛，睁开眼睛。天杀的小鬼子，大爷要你们的命！陈队长，左边的兄弟坚持不住了，我过去帮他们。

【陈队长叫小豌豆回来。

小豌豆：(陈队长替小豌豆挡了子弹，倒在小豌豆的背上)陈队长，陈队长，(扶起陈队长，手摸到陈队长背上流的血)陈队长，小豌……豌……豌豆对不起你，是我害了你。

小豌豆：陈队长，我晓得，我记到了，我会坚持，我会坚持到我们胜利的那一刻。(把陈队长的遗体搬到一旁)小鬼子，我来了。(拿枪扫射敌人)

【有人喊胜利了。

小豌豆：(拖着受伤的腿爬到陈队长身旁)陈队长，你听到没有？你听到没有？听到我们战友的呼喊没有？我们胜利了，我们胜利了，(边哭边喊)我们胜利了，(用手拍胸口)我们胜利了。(手摸到口袋里的信，拿出沾满血的信)信，信，信。陈队长母亲的信。陈队长，对不起，你的信，你母亲给你回的信，我还没来得及把信给你。以前我总是帮你念你母亲给你写的信，有时候一封信就短短几行字，你总是让我念好几遍，你说要念到你把信里的每一字每一句都记住。我当时还笑话你，现在我也继续帮你念信，你要把每一字每一句都记住哟！（拆开信）亲爱的幺儿，母亲一切都好，你给我寄来的东西我都收到了，你不用给我寄钱了，我用不到几个钱，你这几年给我寄的钱，我都给你存起的，留到你回来给你娶媳妇儿。亲爱的幺儿，母亲一切都好，你给我寄来的东西我都收到了，你不用给我寄钱了，我用不到几个钱，你这几年给我寄的钱，我都给你存起的，留到你回来给你娶媳妇儿。亲爱的幺儿……

剧　终

大　戏　篇

青山青

陈利平

大纲：

李青山，某县公安局某大队的队长，也是某县“9·18”大洪灾中的抗洪英雄，在脱贫攻坚时被任命为青山村的第一书记。他在致力于引导乡亲们脱贫奔小康的路上时，历经了许多鲜为人知的困难，遭遇了许多刻骨铭心的辛酸事。而他，不但没有被诸多困难和困扰打败，反而更加坚强、刚毅地行进在脱贫攻坚的路上。

贫困户李大冲是李青山脱贫路上的钉子户，他因连续几年高考失利便失去了对生活的勇气和信心，懒惰成性，无所事事，专门找李青山的麻烦。在村级毛坯路的施工现场，李大冲像无赖一样躺在地上不让施工，原因是不让毛坯路经过他家的山林，后来还因此事在网上发帖告发李青山，说他滥用职权强占村民土地，导致李青山被记者苦苦追问，幸亏张翠花及时赶到对记者告知事情真相才解除误会。几经周折后，经过李青山的开导，李大冲终被感化，还以李青山为原型，写了一篇名为《泡面书记》的小说并被某刊物发表。

李大冲的哥哥李跛子喜欢村上的贫困户寡妇翠花，但难获其芳心。为了改变贫穷落后的现状，由李青山担保，李跛子买了十几头良种牛，慢慢走上致富道路。在李青山的帮助下，他学会了上网，在网上与人谈生意。后来经过不懈努力，李跛子终于实现自己的愿望——和翠花结为夫妻。

李月月是县二中的老师，大学毕业没几年，年轻，时尚，有激情，在“9·18”大洪灾中遇险，幸被李青山救下。从此，李月月便喜欢上了李青山，并在县上的抗洪英雄颁奖大会上给李青山献上了一大束火红的玫瑰花。后得知李青山有老婆和孩子时，又认李青山为干哥哥。后被李青山的老婆徐悠悠发现，误会了两人的关系。

徐悠悠在单位体检时发现自己患有肾衰竭后，为了不让女儿婉儿受到失去母亲的伤害，一再请求李月月答应做女儿的后妈，并故意三番五次找李青山离婚。徐悠悠在去青山村催促李青山离婚的途中，经过施工现场时，眼看被一块巨石砸中，幸被李月月救下。而李月月失血过多，无法抢救，把自己的肾捐给了徐悠悠，原来月月早已身患绝症。

失去月月后，月月的母亲张大婶悲痛异常，整日以泪洗面，无法从悲伤中走出来。李青山和徐悠悠带着婉儿和母亲来到张大婶家中，跪在地上，说张大婶以后就是他们的亲妈，他们就是张大婶的儿子和女儿。张大婶被感动，答应了他们的请求，李青山和徐悠悠把张大婶接到了他们家中和他们生活在了一起。婉儿因为多了一个奶奶而兴奋不已。

人　物：李青山——男，县公安局某大队队长，青山村第一书记，30多岁。
徐悠悠——女，李青山老婆，县二小教师，30多岁。
李月月——女，县二中教师，20多岁。后考上大学生村干部。
晓　晓——女，徐悠悠的闺蜜，县二中教师，30多岁 。
大　头——男，约30岁，李青山同事。
二　虎——男，约30岁，李青山同事。
常大鹏——男，青山村村支书，50多岁。
青山妈——女，李青山的母亲，60多岁。
张大婶——女，月月的母亲，60多岁。
婉　儿——李青山和徐悠悠的女儿，8岁。
李跛子——男，青山村村民，系建档立卡贫困户，40多岁。
李大冲——男，青山村村民，李跛子的弟弟，30多岁。
翠　花——女，青山村村民，寡妇，系建档立卡贫困户，40多岁。
记　者——女，20多岁。
饭店服务员一名。
村民若干。

第一幕　疑云重重

第一场　县城某饭店（2012年春）

【幕启。饭店里，一张桌子，几根板凳，桌上一大束红玫瑰。

李青山：（唱）啊，牡丹，百花丛中争鲜艳。啊，牡丹……

【李青山拿起桌上的那束玫瑰，摇了摇头。

李青山：（叹了口气）唉，不是牡丹呢，是玫瑰。这颜色刺得我眼睛疼，哎呀，真疼！

【李青山放下玫瑰，掏出手机，拨打电话。

李青山：大头，你们都到哪儿了啊？

【大头、二虎上。

大　头：（画外音）老大，我们在门口呢。

【李青山开门，大头、二虎进。

李青山：大头，你不是谈恋爱谈得热火朝天嘛？

大　头：是啊老大，有何指示？莫非给我放假约会？

二　虎：你想得美！

李青山：（朝花努了努嘴）记得吃完饭后把它带走。

大　头：老大，这可是那妞送你的呢，你不要？

李青山：拿去送你女朋友吧！

二　虎：就是，大哥对你真好，这都帮你想到了。

大　头：可是，这……这是二手货嘛。

李青山：啥二手货，这不新鲜着吗？你看，还噙满露水哩。

大　头：老大，那不是露水，那是人家（坏笑）对你扑闪扑闪的一颗芳心呢。

二　虎：你要不要？不要我要。

大　头：你要它干吗？你又没谈恋爱。

二　虎：我，我孤芳自赏行吧！

李青山：到底要不要？

大　头：要、要，老大。

李青山：这就对了。（朝内）服务员，上菜！

服务员：（在内）好嘞！

【服务员端着菜盘子上。

服务员：上菜嘞，几位慢用嘞！

【服务员下。

【李青山端起酒杯。

李青山：这段时间辛苦你们了，来，我们三兄弟干一杯。

大　头：谢谢大哥，祝你桃花运越开越旺，灿若星辰。

二　虎：祝大哥人面桃花相映红！

李青山：你们说啥呢？叫你们来吃饭，不是叫你们来作诗的。

大　头：老大，这自古呢，无诗不成酒，无酒不成诗。

二　虎：诗中有酒，酒中有诗也。

【李月月上。

李月月：（鼓掌）我今天算大开眼界了，三位诗人好！

大头、二虎：美女好！

大　头：（朝二虎使眼色）老大，我还有点事，不好意思。

二　虎：老大，我也有点事，我也不好意思。

【大头、二虎下。

李青山：别走，这……

李月月：李大哥，今天真是个好日子，祝贺你，你是当之无愧的抗洪大英雄呢！（伸出大拇指）

【李月月欲拉李青山，李躲开。

李月月：李大哥，你知道吗？自从你救我的那一刻起，你伟大光荣的形象就在我心中生根发芽，开花结……

李青山：（打断话）哎呀，你过奖了！

李月月：（撒娇地）李大哥，你听我说完嘛。后来呀，我跟同事们讲述了你的英勇事迹，他们……他们……（捂嘴笑）

李青山：（诧异地）他们怎么啦？

李月月：他们叫我以身相许呢，我……我……（故作害羞地）

李青山：（尴尬地）别乱说，你有嫂子了，还有侄女呢。

【李月月突然站起。

李月月：（失望地）什么？你意思是……是……

李青山：我已经结婚了，有孩子了。

李月月：李大哥，可是我、我……

李青山：别可是了，你也老大不小，找一个合适的吧！

李月月：（托腮，脉脉含情地盯着李青山）可我认为合适的只有一个。

李青山：别乱说。

李月月：我没乱说。（兴奋地）对了，我可以认你做干哥哥嘛，我没有哥哥，你就做我的哥哥吧。

李青山：这……

李月月：这也不行，那也不行，你要我怎么办嘛？

李月月：（拉着李青山的胳膊，撒娇地）好不好嘛？好不好嘛？

李青山：（无奈地）好好好，你先松开手。

李月月：那我从现在起叫你大哥了。

李青山：好。

李月月：（嘟起嘴巴）我都改称呼了，你不改？叫我小妹，好不好？

李青山：（难为情地）小妹。

【李月月掏出手机。

李月月：来，大哥，今天是我们兄妹结拜的第一天，一定要留个纪念，来来来，我们合一张影。

【李月月靠近李青山，一手挽着李青山的胳膊，一手举起手机。

李月月：来，大哥，笑一个！

【徐悠悠上。

徐悠悠：哟，我这不是睁着眼睛走瞎路吗？妨碍有人谈情说爱了呢。

【李青山立马挣脱开李月月站了起来。

李青山：你来了？

徐悠悠：怎么，我不能来啊？这大路朝天各走一边，不好意思啊，打扰你的好事了吧？

【徐悠悠突然抓起一个酒杯，猛地向李青山扔去，李青山一躲，酒杯"砰"的一声碎在地板上。李月月上前欲劝说，被徐悠悠猛地用力一推，李月月摔倒在地板上。

李青山：徐悠悠，你干什么？

【李青山拦住徐悠悠。

李月月：嫂子，听我解释，我和大哥在这儿是……

徐悠悠：你跟我住嘴，谁是你嫂子？满口的骚味，真难闻。

李青山：徐悠悠，你住口，听你说的啥？（对李月月）小妹，你先走。

【李月月捂着肚子痛苦地下。

【徐悠悠一巴掌向李青山甩去，李青山抓住了徐悠悠的手。徐悠悠用力地挣脱掉李青山的手。

徐悠悠：真不要脸。

李青山：你讲不讲理？怎么不听解释呢？

徐悠悠：听什么解释啊？我眼瞎啊？滚！

李青山：滚就滚，真是不可理喻！

【徐悠悠拿起桌子上的玫瑰，用力地扔在地上，不停地踩着。

【灯光渐隐。

第二场　李青山家客厅（2016年夏）

【幕启。徐悠悠在跟李青山打电话。

徐悠悠：你什么时候回来？

李青山：（画外音）（调侃地）回去干吗呀？我现在是青山村的人了。

徐悠悠：哟，李大队长，李大书记，你真厉害呀，再等两年，你是不是要飞上月球啦？

李青山：（画外音）我不在这儿忙吗？挂了啊！

徐悠悠：挂什么挂？你一走就是大半年，不回来看我们娘俩，也该回来看看你老娘吧，你良心被狗吃了！

【徐悠悠发现李青山挂了电话，把手机用力地扔到沙发上。

【徐悠悠坐在梳妆台前，开始梳妆打扮。

徐悠悠：（唱）沉默就是代表我的错，分手就是唯一的结果。我只是还没有想好，该怎么对你说……既然你已经犯错，为何还要折磨我？我是真的真的好难过，你是真的犯了错……

【唱到此处，徐悠悠刚好把眉形勾好，起身照镜子，突然她看到自己头上多了许多白发，她低下头，用手分开头顶头发，发现了更多的白发。

徐悠悠：（惊恐地大声尖叫）啊！

【晓晓上，晓晓敲门。

徐悠悠：（不耐烦地）谁呢？

晓　晓：是我，晓晓，快开门。

【徐悠悠开门，晓晓进。

晓　晓：十里以外都能听到你的尖叫声了，咋啦？家里有坏人啦？（捂嘴笑）

徐悠悠：晓晓，你看，你看我的白发。（把头凑近）

晓　晓：我以为啥呢，就几根白发嘛，你那是相思害的。

徐悠悠：呸呸呸，谁相思了？接个电话他都不耐烦，这日子咋过成这样了，真不想这样过了。

晓　晓：又来啦，又来啦，人家不是有特殊任务吗？是谁当初还洋洋自得地说，（模仿徐悠悠的口气）我跟你说呀，我们家青山在他局长面前立下军令状了，说青山村不脱贫，他就不回来。

徐悠悠：那当时我是为他骄傲，可现在（捶几下自己的胸口），宝宝这里苦啊。对了，我要你办的事，办好没有？

晓　晓：徐悠悠，我告诉你，人家李月月现在没在我们单位上班了，你还想着去找她的麻烦，人家都换手机号码了。

徐悠悠：我不找她找谁啊？看她那一副狐狸精的样子，我就来气。对了，你必须给我找到她的联系方式。

晓　晓：咋呢？还穷追不舍呢？

徐悠悠：我就是要穷追不舍，乘胜追击。

晓　晓：你疯了吧？

徐悠悠：放心，我还没有疯。他们不是一个郎有情一个妾有意吗？那好，我成全他们。

晓　晓：我看你真有病。

徐悠悠：对，我就是有病，我已经病入膏肓了，所以，我要干件大事儿，成全他们！

晓　晓：你真要和李青山离婚？

【婉儿和奶奶上。

婉　儿：妈妈，谁要离婚啊？

奶　奶：是啊，你们在说谁呢？

晓　晓：哎呀，阿姨、婉儿，是这样的，我们有一位好姐妹，她这段时间正在闹离婚呢，我专门找悠悠一起商量，该如何去劝她呢。

徐悠悠：对、对。

奶　奶：好，那我去做饭了，晓晓别走啊。

【奶奶下。

徐悠悠：妈，您歇会儿吧，我来做。晓晓，不准走哈。

晓　晓：那好，我们一起去做饭吧！

【切光。

第二幕　大冲要赖

第一场　青山村山野间（2016 年秋）

【幕启。李青山走在弯弯曲曲的山路上。走了两步，四处望了望，又在本子上记着什么。手机短信息提示，李青山掏出手机。

李青山：离婚？她是不是发神经病啊？

【李跛子赶着一群牛上。一阵阵牛叫声响起。

李青山：（亲热地）李大哥！

李跛子：李书记，这么巧，我们又碰上了。

李青山：李大哥，你看你这牛一个个喂得膘肥体壮的，看着可真爽心。（笑起来）你看，我都能叫出它们的名字了。这是“豌豆花”，那是“秃尾巴”，那是“月亮弯弯”……

李跛子：（兴奋地）李书记，这都全靠你呢，要不是你为我担保贷款买牛，哪有今天这光景。对了，告诉你一个好消息，昨天居然有人专门来和我商量买牛的事呢。

李青山：好事啊，李大哥，说来听听。价格如何？

李跛子：价格倒还公道。只是……

李青山：只是什么？

李跛子：他说可以随时在网上联系，可我这不是不会嘛，我这都一老头了，哪会玩那玩意啊？叫大冲教我，他说我学不会不教我，这小子！

李青山：我当是什么事呢。这事啊，不算个事，包在我身上啊。这QQ啊、微信啊，现在都流行这些了，我们都要跟上时代的步伐，也要慢慢学，他不教，我抽空教你哈。

李跛子：那就好，那就好。

李青山：（神秘地）李大哥，你跟翠花嫂现在进行得怎么样了？

李跛子：哎呀，李书记，你就别取笑我了，以前哪，是我癞蛤蟆想吃天鹅肉呢。现在呀，我只想早点脱贫致富呢。

李青山：说得好！好好干，你很快就会富起来的。

【李跛子一抬头看到牛群已走远。

李跛子：李书记，我得去照看那些牛了，我回头再找你帮忙。

李青山：（催促地）快点去吧！

【李青山继续在本子上记着什么。电话响，接电话。

村民甲：（画外音）李书记，你快到毛坯路上来一下，李大冲不让铲车过路哦。

李青山：好，我马上来。

【李青山边说边匆匆地下。

【切光。

第二场　青山村毛坯路施工现场（2016年秋）

【幕启。李大冲四仰八叉地躺在挖土机的前轮下。众人指指点点，议论纷纷。

【李青山匆匆地上。

挖土机司机：李书记，你看这个人真是不讲理，我跟他说了半天他就是不让。说什么修路可以，但不能占用他家的山林。

李青山：辛苦了，师傅。

【司机重重地吐了一口唾沫在地上。

挖土机司机：他还说什么给钱让道，哟嘿，你说他小子是不是武侠小说看多了，跑来打劫过路费的，真是的！我还是第一次看见世界上居然有这种另类……

【司机越说越生气了。李青山递给司机一支烟，又拍了拍司机的肩膀。

李青山：你先休息一下吧，我去看看。

【李青山走近李大冲。

李青山：（和气地）大冲老弟，你个大男人躺在这里像什么？

【青山伸手去拉李大冲。

李青山：快起来吧！有什么事起来再说。

【李大冲拿出打火机和一支烟，慢腾腾地吸烟。突然，李大冲猛地一个翻身起来。

李大冲：（油腔滑调地）李书记，我家山林我也有份。不能我哥一个人说了算。修路是好事，可没有一个人跟我说过这事！你看你看，你们全都不把我当人看嘛。

李青山：大冲老弟，来，我们商量一下。

李大冲：（气冲冲地）商量个啥！

【李大冲下。

村民甲：李书记，这个癞皮狗是出了名的。要我说，直接把他抓起来。

众　人：对，抓起来！

【突然下起了大雨。

李青山：下雨啦，你们都快回家吧。

【众人下。只有李青山还站在原地。雨越下越大，李青山盯着毛坯路出神。

【常大鹏打着雨伞上。

常大鹏：（着急地）哎呀，李书记，他们说我还不相信呢？这么大的雨，怎么不回去呢？

李青山：哎！这天气也不让人省心。原计划在立冬以前把毛坯路弄好，想不到天时地利人和都不给力。

常大鹏：李大冲又来闹了？

李青山：是啊。

常大鹏：哎！李大冲真不是人。兄弟俩幼年丧父，是李跛子把李大冲拉扯大，供他读书。李跛子什么苦都受，收废品、捡垃圾、当搬运工。李跛子还因他弟弟的事耽误了自己的婚姻。

李青山：听说他参加了三次高考？

常大鹏：可不是嘛，高中毕业时，李大冲考本科差两分，后来复读了两年，差距越来越大。思想上受到打击，性情大变，蛮不讲理，是个十头牛都拉不动的犟牛儿。

李青山：可我一定会让他重拾希望的。

常大鹏：依我看，难！（气愤地）真不能让他胡作非为了，反正他哥哥同意了可以过他们家山林的。他如果再来阻挠，干脆我们就来硬的。

李青山：（调侃地）那你说说如何个硬法？

常大鹏：（大手一挥）把他抓起来——毕竟扶贫是件大事，他这是在严重阻碍扶贫大事，就该抓！还有洞子村那几个村民也是一样。我猜十有八九是受了李大冲唆使，故意为难。这一群村民，干脆到时一起抓了，你看如何？

李青山：对！这群村民呢，就该抓，哈哈。走！

常大鹏：干什么？

李青山：抓村民去啊？哈哈哈。

常大鹏：哈哈哈。

【两人下。两人的笑声久久回荡。

【切光。

第三场　李跛子家（2016 年秋）

【幕启。李跛子和李大冲正在吃面条。李大冲一边吃面条，一边玩着手机。突然，李跛子“啪”的一声把筷子摔在桌子上。

李跛子：你看你做的好事！人家李书记为了我们青山村能有好日子过，累得脱了几层皮，你又去找他麻烦？你说，你到底想怎样？

李大冲：哎呀，这句话该我说呢，他李青山到底想怎样？好好的山林，他说毁就毁，好好的参天大树，他说砍就砍。就没有一个人站出来说句公道话？你知不知道，我这是替天行道。你不但不表扬，还歪理吧唧地批评我、指责我，居心何在？

李跛子：（生气地）你这是把白的说成黑的！

李大冲：反正不多给些钱，就莫想过我们家的山林！

李跛子：钱钱钱！你就知道钱，干脆让你钻到钱眼里去。

李大冲：一句话：给钱让道，不给拉倒。

李跛子：你怎么这么犟，你喝了这么多年的墨水，怎么这么没见识？

李大冲：我没见识？就你有！——攀上李书记，养上外国牛；靠着厚脸皮，搞上胖寡妇。对了，你得好好感谢我呢。没有我，你以为那胖寡妇真能和你好？

李跛子：你什么意思？

李大冲：什么意思？我就实话跟你说吧，她那几头宝贝猪是我赶到堰塘里去的。你不去屁颠屁颠地冒死相救，人家会跟你好？所以，你得感谢我！

李跛子：你疯了？

李大冲：哈哈，谁叫它们在我们家油菜田里肆无忌惮地吃菜苗呢？活该！

李跛子：我看你才是肆无忌惮！

李大冲：哟哟，都会现学现用了，（坏笑）看来你并不比那寡妇家的猪笨嘛。

【李青山和常大鹏上。

李青山：哟，两兄弟正热闹着呢。

李跛子：（迎上来）李书记好，快请坐，你们吃没有？

常大鹏：李书记没吃，我吃了。

李青山：我也吃了。

常大鹏：又是一碗泡面吧，那也算？

李青山：填饱肚皮就行。

李跛子：我去给李书记煮面吧？

【常大鹏没有回答，看向李青山。

李青山：不用了，李大哥，我真吃饱了。

【李大冲把碗一推，慢悠悠地站起来。

李大冲：我说两位驾到，有何贵干呢？

李青山：大冲老弟，你看，我们是来和你商量事情的。

李大冲：我只有一句话：给钱让道，不给拉倒。还商量啥呢？（仿照《没那么简单》

唱）没那么简单，就能通过，我家的山林，尤其是在，看过了那么多的愚昧，总是不安，只好强悍，谁谋杀了我的浪漫。

李青山：（鼓掌）唱得好！

常大鹏：李大冲你这是唱哪一出啊？

李大冲：我唱哪一出，还需要跟你报告啊？

常大鹏：你！

李跛子：大冲，不要捣乱。

李大冲：我捣什么乱了？明明是他们到我们家来挑衅，你看不见啊？

李青山：大冲老弟，我们还是……

李大冲：别叫我老弟，我承受不起。

李跛子：（生气地）李大冲！

常大鹏：（生气地）李大冲你个犟牛拐拐，我告诉你，你敢再捣乱，直接把你抓起来！

李大冲：你们来啊，我就站在这里，哪个龟儿不来抓！

【“啪”的一声，李跛子五个红红的手印留在了李大冲的脸上。

李跛子：再乱来，老子打断你的腿！

李大冲：（一手捂着脸，愣愣地盯着李跛子）你……

常大鹏：（鼓掌）你什么你，打得好！

李大冲：（发狂般地大笑）好，你们给我等着！

【李大冲跑着下。

【切光。

第四场　青山村村委会办公室（2016 年秋）

【幕启。李青山正在屋子里冲泡面，他把盒盖撕开，倒出佐料，突然听到外面一阵闹嚷嚷的嘈杂声，他赶紧向外走出去。

【记者、一群村民上。

村民甲：就是这。

村民乙：记者同志，你是来采访我们李书记的吗？

记　者：（对李青山）你就是李青山书记吧？

李青山：（疑惑地，点头）对，我就是，你是……

【记者拿出一张名片在青山面前晃了一下。

记　者：你好，李书记，我是“全市大跟踪”栏目的记者，昨天有人在我们栏目的网站上发了一个名为“第一书记为了修路邀功强行占用贫困户山林”的帖子，我们特地来了解一下情况，希望你配合一下。

李青山：（挠了挠头）你……

记　者：看来是事实了。

村民甲：记者同志，怎么回事？

【不明状况的村民一圈一圈地围过来，像包饺子似的把李青山和记者团团包住。

村民乙：是啊，怎么会这样？

记　者：（咄咄逼人地问）举报者写得有根有据的，不会冤枉你吧？

村民丙：这谁举报的呢？

记　者：请问李书记，你是怎样看待这件事情的？到底是扶贫还是唬贫？……

【李青山有些厌烦地打量着眼前这个女孩。女孩的两只眼睛像两支利剑直刺李青山。空气里弥漫着一种剑拔弩张的气氛，喧闹的人群也安静了下来。

【翠花火急火燎地上，她闯过层层包围的人群，冲到李青山和记者面前。翠花跑得满头是汗。

翠　花：（气喘吁吁地）记者同志，你们搞错了。这样，你们有什么事问我——我全清楚！

【记者、李青山、所有的村民都看着翠花。

翠　花：我先说这个帖子。不消你们说，我都知道是谁发的帖子。那你们知道那个发帖子的人是个什么样的人吗？——游手好闲，好吃懒做，蛮不讲理！好好坏坏还读了高中的，怎么这样乱说一通，随便冤枉好人！气死我了！

村民乙：翠花嫂，你不就是说的李大冲吗？

村民甲：对，施工现场那天我也在场，看到他死皮赖脸地躺在铲车下，不准铲车靠近他家山坡呢。

村民丙：太不讲理了！

村民丁：是啊，李跛子该好好管管他弟弟了。

村民戊：翠花嫂，看来李跛子管不了李大冲。你肯定有办法。

翠　花：（义愤填膺地）记者同志，我再说李书记，你们知道他是怎样的人吗？——天下难找的大好人！就拿我来说吧，因为孩子读大学欠了一大堆账，李书记来了后，主动担保帮我贷款买了几头外国猪，现在眼见日子才慢慢好起来。还有李跛子，也是李书记担保贷款买的牛。当然还有很多例子，要不是李书记，我们青山村老百姓的日子还是外甥打灯笼——照旧（舅）呢！

【众村民开始附和。

翠　花：（对记者）记者同志，走，我带你们去看看他平时住的啥，吃的啥。

【记者跟着翠花到了里屋。

翠　花：（指着方便面）你们看，这就是李书记的一日三餐。李书记吃在这里，住在这里，他一心为我们青山村着想呢。

【记者和村民们为李青山鼓掌。

记　者：李书记，不好意思，看来我们是被人误导了，误会了你，请你原谅。

李青山：（挠了挠头）这，没……没事。

【记者下。

众　人：（欢呼地）李书记、李书记……

【切光。

第三幕　青山青青

第一场　青山村毛坯路（2016 年秋）

【幕启。李青山正蹲在毛坯路边，仔细观察着。

【李跛子一边赶着牛群上。

李跛子：（哼唱）妹妹你坐船头，哥哥在岸上走，恩恩爱爱牛绳荡悠悠……

【李青山听到牛叫声，直起腰来。

李青山：李大哥，我听说你的英勇事迹了。怎样？你现在和翠花嫂荡到一起了吧。

李跛子：（一脸笑容地）这翠花嘛，嘿嘿，我们现在挺好。

李青山：（拍拍李跛子的肩膀）我说嘛，功夫不负有心人，有情人终成眷属，喝喜酒时别忘了叫我哟。

李跛子：李书记，到时还想请你证婚呢。

李青山：行！包在我身上。

李跛子：（笑得合不拢嘴）嘿嘿。

李跛子：（收敛住笑，不好意思地）对了，李书记，李大冲上次的事我都听说了，我替他跟你赔不是，都怪我没有管教好他！

李青山：（摆摆手）呵，没事，没事。年轻人嘛，他的思想工作我们还是要慢慢来做。木子李，一家人，大冲这犟牛脑壳（拍了拍胸脯）我打包票扳直！

李跛子：（感动地）谢谢啊！李书记。

李青山：你看，大冲也老大不小了，我觉得该给他找个媳妇了——顺便管管他！

李跛子：（摇了摇头）你看他那个懒蛇样儿，谁愿意嫁给他？

李青山：我听说，大冲读高中时和同班的一位女孩关系不错，那女孩好像是邻村的。

李跛子：（着急地）谁？我怎么不知道？

李青山：她叫张桂花。听说张桂花高中毕业后随表姐到广东打工去了，后来在外面结婚了，再后来，她男人染上了毒瘾，长期不管家，张桂花就和那男人离了。

李跛子：（急急地）离婚了？又结婚没有？大冲还有没有戏？

李青山：（哈哈大笑）看把你急的。放心，我一定找人撮合好他们。

李跛子：太好了！

【李大冲上。

李大冲：（仿照《没那么简单》唱）没那么简单，就能通过，我家的山林，尤其是在，看过了那么多的愚昧，总是不安，只好强悍，谁谋杀了我的浪漫。

【李大冲看到李青山和李跛子在一起，转身想走，却被李青山叫住。

李青山：大冲老弟，等等。

李大冲：（尴尬地）有事吗？

李青山：大冲老弟，有几句知心话想跟你说说。你知道张桂花吗？

李大冲：（喜而不露地）啥？

李跛子：哎呀，就是你那高中女同学，你们有联系没？

李大冲：没。

李青山：那你想不想和她联系呢？

李大冲：咋不想？（怀疑地）你调查我？

李跛子：你个犟牛拐拐，哪个调查你嘛？人家李书记不是关心你吗？

李青山：对，我这有她的联系方式，给你。

【李青山打开随身带着的手提包，拿出一沓资料递给李大冲。

李大冲：这么多？

李青山：不是的，她的联系方式在最上面这一张纸上。下面的是我搜集的一些资料和投稿邮箱，你拿回去抽空研究研究吧。

李大冲：（不解地）你说啥？

李青山：大冲，实不相瞒，我看到你写的帖子了，想不到你文采还这么好。我看，你以后可以尝试着写一些文学作品，比如散文、小说之类的，你的文采才有用武之地呀。

李大冲：（惭愧地）这……

李跛子：这什么这，还不赶紧拿着？

【李大冲接过李青山手里的资料。

李青山：这就对了。

李跛子：（握手）哎呀，李书记，真的太感谢了。（对大冲）快谢谢李书记呀！

李大冲：谢谢李书记。

【切光。

第二场　翠花家（2016 年冬）

【幕启。李跛子提着一大袋苹果，哼着曲子，摇摇摆摆地上。他不时把鼻子凑到苹果袋子里，使劲吸几口香气。翠花家的房门虚掩着。李跛子把袋子放在门前，从中挑了一个最大的拿在手里。李跛子吸了几口，放下苹果，正要从裤兜里掏出手机打电话。忽听得翠花家后院传来一男一女的声音。

翠　花：（画外音）这样行不行？

李青山：（画外音）行！再用力一点……对，就这样，再把脚叉丌一点儿……

翠　花：（画外音）好，好，哎！我已经没力气了。

李青山：（画外音）翠花嫂，再坚持一会儿，马上就好了！

李跛子：（气愤地）啊！受不了啦！他们……他们两个在……在！（捶胸顿足）哎呀，我的个天啦！

【李跛子使劲做了几次深呼吸，伸手去拍门，刚要接触到门，马上停了下来。

李跛子：（干咳了几声，强压心里的火气，轻柔地）翠花、翠花……

李青山：（画外音）我们在猪圈里呢。

李跛子：在猪圈？难道他们两个还在猪圈里干那事？（摇摇头）哎呀，不对，猪圈里哪能干那事呢？

【一阵小猪的叫声传了出来。李青山和翠花上。

翠　花：李书记，今天多亏你了，来，快洗手。

【李跛子看到两人脏兮兮的一身及带血的双手，终于明白是怎么回事。

李跛子：（笑）生了？

翠　花：你才生了！把你电话都打烂了都不接，幸亏碰到李书记，不然今天我就亏大了！

李跛子：翠，不好意思嘛，下次我跟你接生，你多生几个！

翠　花：你，李书记还在这儿呢，你乱说啥呢！

李青山：没事、没事，你们继续！我还有事，先走了！

【李青山下。

李跛子：（邪邪地笑个不停）翠，刚才我心脏差点飞了。

翠　花：看你笑得妖里妖气的，你啥子意思嘛？

李跛子：嘿嘿，我开头听到你们说话，还以为你们……以为你们……嘿嘿……

翠　花：有什么狗屁就快点放，一个大男人，磨磨蹭蹭的。

李跛子：我以为……以为你们在干那事呢。

翠　花：（呸了李跛子一脸的唾沫星子）什么？你简直是以小人之心度君子之腹！你把人家李书记想到哪里去了？我还不是看到母猪在流血水，感觉不对劲，跟你打电话又不接，只好找李书记帮忙了。

李跛子：这李书记也太厉害了，能文能武哟。

翠　花：是啊，看不出来呢。他还说以前没有给猪接过产，就当是来学习经验呢，你瞧瞧，这说的什么话，实在是太谦虚了。

李跛子：动心了？

翠　花：人家可是好干部，你莫张起个西班牙开黄腔！

李跛子：好，好，我不开黄腔。

【说完，李跛子突然把翠花猛地一拉，翠花猝不及防地倒在李跛子的怀里。

翠　花：（愠怒）你这死鬼要干吗？你没有闻到我衣服上的臭味吗？

李跛子：（邪邪地大笑）嘿嘿，不臭，不臭，这样好香哟，比苹果还香。

【李跛子张嘴向翠花凑去。

【切光。

第四幕　悠悠逼李

第一场　青山村村委会办公室（2016 年冬）

【幕启。李青山正在泡方便面。电话响，接电话。

李青山：喂，你说啥？你要来我这里？别，千万别……

【徐悠悠拿着手机上。徐悠悠今天穿得花枝招展的。

徐悠悠：哟！李大队长，李大书记，我以为你是来享清福的。哈哈，你一天就吃这玩意？

李青山：（耸了耸肩，摊开双手，故做无可奈何状）我不是忙嘛。

【李青山上上下下打量着穿得花枝招展的悠悠。

李青山：（调侃地）哟，老婆大人，打扮得这么漂亮，专程来看我呀？

徐悠悠：（从鼻孔里哼了一声）做你的春秋大梦去吧！你今天就给个痛快，到底离婚不离婚？

【李青山凑近悠悠，又把悠悠从上到下仔仔细细地看了一遍。

李青山：你真想离？

徐悠悠：（语气坚定地）是！

李青山：（把嘴凑近悠悠的耳朵，轻轻地问）是看我不顺眼呢，还是外面有情况了？

【徐悠悠咬咬牙，推开青山的脸。

徐悠悠：（语气坚定地）两者都有！

李青山：那行！你回去等着，一周之后我就回来和你去办手续！

徐悠悠：好！

【徐悠悠转身欲走。张大婶提着一篮子鸡蛋上。徐悠悠差点撞到张大婶。

张大婶：（惊讶地）姑娘你怎么……

李青山：（似有所悟地）大婶，莫非你们认识？

【徐悠悠赶紧把张大婶拉到一边，徐悠悠随手拿起一个鸡蛋，背对着青山不停地给张大婶使眼色。

徐悠悠：哎呀，大婶，你这鸡蛋挺新鲜的嘛。

张大婶：（对青山）不认识不认识。莫非她是你……

李青山：（微笑着）对！我妻子！

张大婶：（赞叹地）你看这姑娘多标致啊，李书记有眼光。哎！城里人哪，就是不一样！

【张大婶把篮子递给李青山。

张大婶：（心疼地）李书记，你为了让我们青山村能有好日子过，辛苦得又瘦了一圈。这鸡蛋是我们自家鸡产的，送给你们。

李青山：大婶，你这鸡蛋我们不能要！

张大婶：怎么不要？见外了是吧？你看，这姑娘来一趟多不容易啊。

张大婶：（对悠悠）闺女，你就把我们青山村当作婆家，多住几天吧！

【徐悠悠斜了青山一眼，对张大婶露出甜甜的微笑。

张大婶：你们一定要收下这鸡蛋，这鸡蛋可是有来历的。

李青山：（疑惑地）什么来历？

张大婶：（拍了拍篮子）这可是外国鸡下的！——很名贵的。

徐悠悠：（惊讶地）外国鸡？

张大婶：是啊，是我女儿专门在网上从国外引进的良种鸡，叫什么——新幺儿！

【徐悠悠噗嗤一声笑了起来。

徐悠悠：新幺儿？还旧幺儿嘞。

【悠悠说完，假装捧着肚子不停地笑。

李青山：你女儿真能干！她在哪里上班？

张大婶：（一脸自豪地）就在邻村当大学生村干部呢！她这养鸡场办得还不错，不错！

李青山：太好了，张大婶，你还别说，我手上有一桩麻烦事，你女儿若肯帮忙，这事可就好办了。你女儿叫什么名字？

张大婶：李……

【张大婶立刻用手捂住嘴，假装干咳了几下。

张大婶：我们农村人嘛又不会取名字，就随便取了一个名字，叫李荷花。李书记，你收下鸡蛋，我就一定叫我家丫头帮你！

【李青山无可奈何地接过鸡蛋，放在桌上。

【切光。

第二场　张大婶家（2016 年冬）

【幕启。月月在一台黑色的笔记本电脑上不停地打字。

张大婶在洗碗。

张大婶：月儿，我今天在李书记那里还差点说漏嘴……

李月月：（急急地）妈，不是跟你说了别跟他说我的大名吗？

张大婶：（微笑着）放心，我是说的小名。他一听说你在邻村当大学生村干部，就要我帮忙。哦，不是，（意味深长地看了李月月一眼）是要你帮忙。

李月月：（娇嗔地）妈！

【月月合上笔记本，走向张大婶。李月月从后面撒娇地摇了摇张大妈的双臂。

李月月：（着急地）妈，什么事？你快说嘛。

【张大婶用手指轻轻地刮了一下女儿的鼻子。

张大婶：你看你看，瞧把你急的，心里还是惦记着人家吧！

李月月：（低下头）妈，别乱说，我和青山哥只是以兄妹相称，你也知道人家有家有室的。再说，我们都好久没联系了……

张大婶：（缓了一口气）好，妈知道，妈逗你嘛。说正事！

张大婶：李书记说我们青山村的公路要接上洞子村的路，可最后三百米要占用洞子村几户村民的土地，他们说什么也不答应。李书记托我跟你说一声，无论如何帮帮忙。

李月月：（莞尔一笑）这个嘛，我去试试看。

张大婶：月儿，你这才当村干部，他不知道也是正常，可久了你们自然会碰面的，能瞒多久呢？

李月月：能多久是多久吧。

张大婶：对了，我今天去李书记那里看到徐悠悠了。

李月月：（惊讶地）她来了？干啥呢？

张大婶： 我也不清楚，不过表情怪怪的。对了，月儿，你老实告诉我，上次在医院她跟你悄悄说了些什么？

李月月： （掩饰地）没什么，妈。

张大婶： 说那么久还没什么？还专门躲着我。是不是她欺负你了？

李月月： 妈，看你想到哪里了，别乱想了啊。走，我陪你看电视。

【切光。

第三场　施工现场（2016 年冬）

【幕启。施工现场，轰鸣声一片，一幅巨大的条幅“最后三百米”特别显眼。众人忙忙碌碌。李青山正在指挥，徐悠悠跟着跑上跑下。月月戴着头盔，领着洞子村的一些村民忙碌着。

徐悠悠： （追着李青山）我上次来，你叫我等一周，结果我等了一个月也没结果。这一次你还要我等一周，安的什么心哪？

李青山： 哎，你别在这里闹行不行？

徐悠悠： 那你得给我一个准确的时间！

李青山： 还有最后三百米，公路一通，我就立马回去办手续。扯谎不是人！

徐悠悠： （气愤地）好，最后一次信你！

【徐悠悠转身飞快而去。突然，炮声轰鸣，一块巨石向徐悠悠飞来。

众村民： 危险！闪开！

李月月： 躲开！——

【一个头戴安全帽的身影飞快地将徐悠悠扑倒在地。

村民甲： 李书记，不好了，出人命啦！你老婆她被砸了——

众村民： 荷花——荷花出事了——

【人们将巨石搬掉，月月的安全帽被砸破了，头上的血汩汩地流。

【李青山和村民一起飞快地跑着。

众村民： （齐声喊）荷花——

【村民乙将徐悠悠抱了起来。

村民乙： 妹子，你醒醒吧。

【徐悠悠惊魂未定，全身不住地颤抖。当她看到李月月时，震惊不已。

徐悠悠： （声嘶力竭地）月儿……

【李青山和村民赶到。李青山抱起李月月。

李青山： （痛苦万分，疯狂地）小妹！

【切光。

第五幕　真相大白

第一场　病房（2016年冬）

【幕启。晓晓坐在悠悠的病床边，正在削苹果。

晓　晓：（假装埋怨地）徐悠悠，你太不够意思了，这么重要的事都不告诉我。你宁可只让李月月知道……

徐悠悠：（调皮地抛给晓晓一个媚眼）亲爱的，多一个人知道，多一个人为我操心嘛。

徐悠悠：（轻缓一口气）你看现在我不是好好的吗？

晓　晓：（打了悠悠一个拳头）还真想不到这李月月会冒死救你，还把肾捐给你！也许当初我错了！

徐悠悠：她不但冒死救我，把肾捐给我，还专门给青山留了一封信，说了我得了病故意离婚，并求她当婉儿后妈的事。

晓　晓：我当初就不该跟你打小报告！——也许月月与你老公真的只是好朋友！

徐悠悠：真的是我错了——我错怪她了！

晓　晓：不过我也是服了你了，一边闹离婚，一边求别人当你女儿的后妈，这种事情你都做得出来？

徐悠悠：咋做不出来？（伤感地，轻叹）哎！我该如何去报答我的救命恩人呢？不！无法报答。

【切光。

第二场　张大婶家（2016年冬）

【幕启。张大婶把自己关在屋里，一个人坐在板凳上，左手拿着月月生前的一张照片，右手不停地抹眼泪。

张大婶：（凄惨地）月儿，傻孩子，你怎么不早告诉妈妈呢？你为什么不早说呢？你这傻孩子，呜呜。

【李青山、徐悠悠手提水果上。徐悠悠敲门。

徐悠悠：（轻柔地）张大婶，大婶，大婶在家吗？

【张大婶家的房门还是紧闭着。

【李青山用力拍门。

李青山：（着急地大喊）张大婶，大婶！大……

【突然门开了。大婶摇摇晃晃地出现在李青山和徐悠悠的面前。

【徐悠悠把两人手中的袋子放在桌子上。

张大婶：（神情呆滞地）你们……

【李青山“咚”的一声跪在张大婶面前。张大婶赶紧去拉青山。

张大婶：李书记，你，你这是干啥？

李青山：（动情地）大婶，你没有儿子，以后，就让我来做你的儿子吧。

张大婶：（连连摆手）使不得，使不得啊，李书记。

【徐悠悠也跪了下来。

徐悠悠：（哭）大婶，你就答应吧。从今以后，青山就是你的儿子，我就是你的女儿。月月没有做完的事，我来帮她实现吧。

【婉儿和奶奶上。

奶　奶：妹子，你就答应两个孩子吧。

婉　儿：奶奶，您就答应吧。

张大婶：（含着泪）好孩子，我答应你们……我答应。

李、徐：（齐声）妈！

奶　奶：妹子！

婉　儿：奶奶！

张大婶：（擦着泪花）哎……

【张大婶扶起李青山和徐悠悠，三人紧紧地抱成一团。

婉　儿：（欢呼）我有两个奶奶了！

【切光。

第三场　李跛子家（2017 年春）

【幕启。李跛子家到处一片喜气洋洋。李跛子和翠花、李大冲和张桂花两对新人在大家的祝福声中走上了红红的地毯。

李青山：今天，是我们青山村的大好日子。我有三件喜事要宣布。

村民甲：讲得好！

李青山：这第一嘛，就是，我们村的路——终于通了！（鼓掌）

【众人欢呼。

李青山：第二嘛，我们青山村的才子李大冲的处女作《泡面书记》被一本大刊物采用了！

村民乙：李书记，这个泡面书记是不是你啊？

【众人笑。

李青山：这第三呢，就是这两对新人终于修成正果。掌声响起来。

【掌声响起。徐悠悠、大头、二虎上。

大　头：老大，哎呀，老大，我们来晚了！

李青山：不晚不晚，你们怎么也？

二　虎：嫂子说，今天是你的好日子，不，是你们青山村的好日子，我们来一起见证。（转向徐悠悠）是吧，嫂子？

徐悠悠：对！我们来给你——道喜了！

【切光。

剧　终

油城的女儿

胡楚梦

时　间：20 世纪 60 年代至今。

地　点：胜利油田。

人　物：付　平——女，出生于 1962 年 9 月。资料员。自小被父亲带来胜利油田生活，童年时期家境较殷实，带有油田子弟的骄傲，但不得不面对父母忙碌独自照顾幼弟的苦恼。高中毕业后被分配到采油小队一线工作，相亲认识给领导开小车的赵胜玉，借助赵胜玉的资源关系被调至研究所资料室工作。后经历油田重组改制，丈夫买断工龄炒股欠债，母亲病危，但付平并未放弃这个家。老年跟随女儿离开油田去往他乡，最终获得来自女儿的归属感。

陈美娥——女，付平母亲。出生于 1942 年 2 月。电焊工。常年和丈夫两地分居，一人把三个孩子拉扯大，始终支持丈夫工作，从无怨言。勤劳善良，个性强。

赵梦楚——女，付平女儿。出生于 1990 年 10 月。勘探开发专业。自小被保护得太好，从未经历过挫折，缺乏责任意识，遇到困难习惯性逃避。最终理解母亲的艰难，意识到不得不努力成长成为父母的依靠。

付忠田——男，付平父亲。出生于 1937 年，未知月。32120 队队员，采油工。幼时为贫苦放牛娃，没读过书，但学过功夫，当过警卫员，有着严明的军人意识，服从组织的一切安排。不畏艰辛的第一代石油人，常年奔波五湖四海，哪里需要就到哪里去。

赵胜玉——男，付平丈夫。出生于 1960 年 8 月。曾做过队长，被领导选中做小车司机，以第一名的成绩考入电大。毕业后被分到单位重点培养，却心高气傲，与领导不睦。后买断工龄炒股，却负债累累。感念妻子的不离不弃，细心照顾老丈人十年。

付　宏——男，付平大弟。出生于 1966 年 7 月。

付　勇——男，付平小弟。出生于 1969 年 6 月。

张晓旭——男，赵梦楚丈夫。出生于 1986 年 11 月。

郭蓉慧——女，陈美娥同事，好闺蜜。

李队长——男，32120 队队长。付忠田好兄弟。

王主席——女，工会主席。

秦　艺——女，付宏妻子。

孙秀娇——女，付勇妻子。

邻居大娘——女，付平隔壁楼邻居。

小　丽——女，家装设计师。

采油工人数人。

付平儿时玩伴三人。

序

【幕起。柔和缓慢的音乐起，灯光渐亮。舞台背景是一望无际的芦苇荡。

【一架老旧的抽油机屹立在舞台一角，独自轰鸣。

【老年付平坐在井架的一边，翻开泛黄的日记本。

付　平：（抬了抬老花眼镜）9 月 23 日，星期五，天气晴。你曾是老家田野里的一粒种子，随风而来，本想在这里世代扎根。但是，一场大风，把你连根拔起，你又走了……

【扎着羊角辫的小女孩跑上台。

小女孩：外婆，外婆，你在写什么呀？

付　平：（慈祥地抚摸着小女孩的羊角辫）外婆在写日记。

小女孩：为什么要写？

付　平：怕过去久了，就记不清家乡的样子了。

小女孩：外婆的家乡什么样子呢？

付　平：家乡，什么样子……

【赵梦楚拿着一沓资料上台。小女孩跑上前去。

小女孩：妈妈，妈妈，外婆的家乡什么样子呢？

赵梦楚：（停顿片刻）这里就是外婆的家乡，也是妈妈的家乡，是我们祖祖辈辈建设的家乡。

【小女孩露出似懂非懂的表情。赵梦楚拍拍女儿的小脑瓜，上前搀过母亲。

赵梦楚：妈，我们走吧！

付　平：唉，走吧走吧……

【母女三人缓步走下舞台。付平不断回首。抽油机轰鸣声。

【幕落，灯光渐暗。

第一场　美娥难产生女　忠田井喷抢修

【1962年布景。

【舞台灯光昏暗。圆月高悬。舞台区域被分为两部分，左侧为村庄，右侧为井场。

【急促的敲门声响起。舞台左侧追光，郭蓉慧不停敲门。

郭蓉慧：王主席，王主席！

王主席：谁啊？

郭蓉慧：开门！快开门！美娥要生了！

王主席：（匆忙开门）咋提前这么久？赶紧上车，去医院。

【两人匆忙下。

【舞台左侧灯光暗，右侧灯光渐亮。石油工人人拉肩扛维持开钻正常运行。

众：一二起！一二起！

李队长：忠田！忠田！

付忠田：咋了队长？

李队长：（拿着地瓜干摆了摆手）下来下来！他们说你七八小时没轮班了，也不吃饭，别饿晕了，身体是革命的本钱！

【付忠田满是油污的手随意在工服上擦了擦，接过地瓜干狼吞虎咽地嚼着。

付忠田：队长，这不是你下的指令嘛！工人在井上干8个小时，党员干部一天在井上不少于12个小时，这不还没到时间嘛！

【付忠田嘿嘿笑着，享用着地瓜干。

李队长：那也得喝水吃饭啊！你这样油娃娃还没抱出来，自己就没力气生了！

付忠田：哪能啊！我们把“华8井”打出来了，这“营2井”一样能喷油！

李队长：别傻乐了，忙完这两天赶紧回去看看你媳妇吧，还有不到一个月就要生了吧？

付忠田：嘿嘿！我就希望先抱出个油娃娃，再回家抱个胖娃娃！

【采油工小刘上气不接下气地跑上舞台。

采油工小刘：（喘）付哥付哥！工会电话，说……说嫂子难产，让你快回去！

【付忠田听到后慌张不已，拉着小刘就要跑。

李队长：快，安排车，忠田路上注意安全！

【付忠田和小刘往舞台下场方向跑去。

【后场的声音：井喷啦！井喷啦！井喷啦！井喷啦！快！快！

【急促紧张的音乐起。

【舞台上方黑色绸缎铺天盖地而下，舞台灯光闪烁不止。污水和着油的喷流声渐大。高耸的钻架摇摇欲坠，众人上前合力压井。

【追光。付忠田爬上井架，同众人一起压井。

众：快！快！稳住！

【急促的乐声、重击的鼓声、水油喷洒声、石油汉子们的嘶吼声融为一体。

【付忠田被极大的冲击力击倒，摔下井架。

李队长匆忙滑下井架叫喊晕倒的付忠田。

李队长：忠田！忠田！醒醒啊！忠田！忠田！

【井喷被众人控制住，众人终于松了口气。

【后场的声音：开泵！

【乐声减弱。舞台灯光渐暗。

【左侧舞台灯渐亮。

【陈美娥靠在床上，怀中抱着襁褓中的婴儿。郭蓉慧坐在床边陪着陈美娥，一脸宠溺地逗着小婴儿。

郭蓉慧：美娥，小宝贝太可爱了，起好名字没有？

陈美娥：（冷脸）亲爹都联系不上，谁起名字。

郭蓉慧：别生气，别生气。付哥估计是在井上，许是消息没传过去。等付哥看到这么可爱的胖娃娃，保准乐开花！

【王主席气喘吁吁匆忙上台。

王主席：井场说井喷了……

陈美娥、郭蓉慧：什么？

王主席：没事，现在已经控制住了。就是老付被摔晕了……

【陈美娥吓得坐了起来。

王主席：放心，医生给看了，说是没什么大事，一方面是几天几夜不眠不休，另一方面是饿的，输过液已经醒了。

【陈美娥松了口气。

郭蓉慧：美娥姐，我就说吧，付哥这段时间一直没回信肯定是顾不上来，哪能忘了他的大胖娃娃！

王主席：行了蓉慧，老付正往这边过来，一会就该到了，你去搞点吃的，别在这当电灯泡。

郭蓉慧：（开心地偷偷瞄了眼陈美娥）遵命！

【王主席拉着郭蓉慧下场。陈美娥温柔地拍着怀中的婴儿唱着摇篮曲。

【付忠田满脸堆笑地上场。

付忠田：（激动）哎哟，快让我抱抱我的大胖娃娃！哎哟，我的好媳妇辛苦了辛苦了！

【陈美娥瞪了眼付忠田，做出嘘的手势，侧过身不看付忠田。

【付忠田蹑手蹑脚地走到陈美娥旁边，要抱陈美娥，陈美娥躲开。付忠田悻悻地收回手，只得眼巴巴地望着襁褓中的小婴儿。

付忠田：（轻声）我闺女长得可真俊，（偷瞄了一眼陈美娥）跟我媳妇一样俊！

【陈美娥被逗笑，瞥了付忠田一眼。

【付忠田站起身给陈美娥敬了个军礼。

付忠田：给首长汇报！我们“营2井”出油了！日产555吨，是目前华北地区当日产油量最高的一口井！（高兴得手舞足蹈）你知道吗？555 吨啊！

陈美娥：（惊讶）555 吨？高产啊！

【陈美娥开心至极，随后又清了清嗓子。

陈美娥：（一本正经）付忠田！

付忠田：（立正）到！

陈美娥：你们保质保量完成了任务，组织上给予你们嘉奖！但是，不注意生产安全，嘉奖收回，回去闭门思过！

付忠田：（着急）怎，怎的嘉奖还收回了呢？

陈美娥：你抢险的时候不注意安全，别以为我不知道！

付忠田：这个小刘，我就知道他管不住嘴。

陈美娥：（眼中含泪）这么多天，你书信不回，电话也联系不到，不管我们娘俩也就算了……

付忠田：（着急解释）哪能啊！这几天都在井上，现在初期勘探太苦，等过段时间，我就接你们娘俩一起东征！

陈美娥：我在意的是这些吗？你想想，从玉门到新疆，从新疆到江汉，再从江汉到临盘，我哪一次不是追随你的脚步。我来了，你又走了，我从来都没说过什么。我知道，哪里需要你，你就得到哪里去，这是一个军人的天职，也是一个石油人的工作特性。

【付忠田抱了抱陈美娥安慰她。

陈美娥：可是，我只是担心你的安全。你这个人，工作起来不要命，不吃不喝，不休不眠，你这样是对我们娘俩的不负责任。我只是希望你能平平安安的，我的要求过分吗？

【付忠田看着襁褓中女儿白嫩的小脸，忍不住摸了一把。

付忠田：（心不在焉）不过分，不过分……

陈美娥：认真一点！

【付忠田立马站直。陈美娥气哭。付忠田看情况不对，立马上去哄，从布袋里悄悄摸出两个皱巴巴的丑苹果。

付忠田：老婆，看我给你带了什么。先吃一口，歇一歇再训我。

【陈美娥惊讶地看着付忠田手中的苹果。

陈美娥：这，你哪来的？都说前线找口粮食都不容易。

付忠田：（憨笑）嘿嘿。我拿地瓜干跟老乡换的。

陈美娥：地瓜干？那你吃啥？不饿？

付忠田：我不饿，都说爱吃苹果生出来的女孩皮肤好，看我闺女，皮肤白白嫩嫩的。

陈美娥：我说你……

付忠田：我刚刚就在想，我这么漂亮的大闺女娶个啥名字好呢！哎！你爱吃苹果，又给我进行了一番平安教育，那就叫平平吧。（逗弄孩子）平平……平平……

陈美娥：我和平平就希望你平平安安的。哪怕离我们再远，只要我知道你好，就好……

付忠田：（抱过陈美娥）好，好，老婆，我保证完成任务。

陈美娥：（把苹果塞回付忠田的布袋）闹饥荒呢，吃什么苹果，换回地瓜干去！

付忠田：别啊，好不容易换来的。（赶紧把苹果用袖子擦擦递到陈美娥嘴边）快尝尝甜不甜。

【陈美娥拒绝。

付忠田：换都换了！（付忠田咬了一小口）看这样你还怎么换回去！

【付忠田将苹果硬塞进陈美娥手中。陈美娥低头看着手中的苹果笑了。

【灯渐暗。

第二场　付平尴尬带娃　美娥病中念夫

【1969 年布景。

【舞台区域被分为两个部分。左侧为家中，右侧为厂房。

【婴儿哭声响起。戏谑的乐声起。左侧舞台灯光渐亮。床上坐着三岁的付宏和襁褓中嚎啕大哭的付勇。付平一直在哄着付勇。

付　平：哦，哦，哦，小勇不哭啊，姐姐在，姐姐在。

【三个小伙伴蹦蹦跳跳跑到付平家门口。

众：付平，出去玩呀！

走，我们去跳皮筋！

付　平：你们等一下……

众：我们不想等你……

你太慢了！

付　平：等一会儿，一会儿我分糖给你们！

【小伙伴们等在付平家门口。付平哄好了付勇，付勇渐渐睡着。付宏自己玩着手里的玩具。付平看了看两个弟弟，随后踩着椅子从柜子上的罐子里拿出几颗糖果，分给小伙伴们。

付　平：你一颗，你一颗，给你一颗。

【付平撕开糖纸将糖果放入口中。付宏上前抢付平手中的糖，付平闪躲，付宏哭闹，付平只得拿出一颗糖给付宏。付宏便安静吃糖玩玩具。

小伙伴 A：付平，这糖真甜，为什么你就有糖，我家里就没有？

付　平：（自豪）我妈说因为我爸爸妈妈都有工作，我们家就有好多好吃的！

小伙伴 B：切！

付　平：给你们看样好东西……

【付平从柜子里小心翼翼地拿出一条围巾，绕在自己的脖子上。

付　平：这是我爸从新疆给我寄来的，他拿的是新疆工资，这条围巾是用骆驼毛做的，是骆驼胳肢窝上的毛。你们肯定连骆驼都没见过！

小伙伴 C：（舔了舔手中的糖）那又怎么样？你还不是要带两个拖油瓶？

【小伙伴们嘲笑着跑开，在外面跳起了皮筋。付平眼巴巴地望着，独自一人在家里做着跳皮筋的动作。

【突然付勇大哭起来，付平怎么哄也哄不好。付平手忙脚乱赶忙给付勇冲奶粉。

付　宏：姐！姐！我想拉屁屁！

付　平：等一会儿付宏，我正在给小勇冲奶粉。马上就好！

付　宏：我憋不住了！

付　平：（手上的动作一直没停）马上马上……

付　宏：姐，我拉出来了……

【付平一脸惊恐，推开坐在床上的付宏，看着狼藉的床单。

付　平：（生气地打了付宏一巴掌）怎么办啊……

【付宏哭了起来，付勇的哭声更大，付平也气得哭了。

【谐谑的乐声响起，三个小朋友的哭声此起彼伏。

【舞台左侧灯光渐暗。

【舞台右侧灯光渐亮。背景挂着横幅“胜利指挥部优秀技术标兵表彰大会”。

【陈美娥带着技术标兵的奖章，郭蓉慧满脸羡慕地看着陈美娥获得的战利品——花色脸盆。

郭蓉慧：这脸盆真漂亮，拿回去给平平，她肯定开心极了，终于不用和付宏用同一个脸盆了。

【陈美娥被逗笑了。

郭蓉慧：对了，平平怎么没去上学啊？你想让她明年再上吗？那就晚一年了。

陈美娥：没办法，实在忙不过来。我带着三个孩子，白天上班，晚上还要挖防空洞。平平去上学了，另外两个小的没人管啊。

郭蓉慧：也真是的，小勇刚出生没多久付师傅就被调去克拉玛依了。你一个人带着三个孩子真是不容易。

【陈美娥剧烈咳嗽起来。

郭蓉慧：怎么这么久了你的嗓子还没好，药也吃了不管用，去医院看看吧。

陈美娥：药还没吃完呢，而且也实在抽不出时间，我得回去给孩子们做饭去了。

郭蓉慧：我婆婆现在给我看着孩子，你别太累了，实在不行让我婆婆帮忙一起看，反正带一个是带，多带两个也是带。

陈美娥：别了，你婆婆身体也不太好，别累着了，我没事。

郭蓉慧：上学是大事啊，明年怎么也得让平平上学了，这个事你得跟付师傅好好商量下啊。

陈美娥：嗯，走吧，先回去吧。

【二人下场。光渐暗。

【舞台左侧灯光渐亮。三个孩子哭声起。

【陈美娥看着家中一片狼藉，气不打一处来。

陈美娥：（抄起门边的扫帚就追着付平打）付平！你是怎么当姐姐的！说了多少次看好弟弟，你就知道跑到外面疯玩！

付　平：（委屈躲闪）我没有！我没有出去玩！

陈美娥：还说没有！你弟弟都拉床上了！你还给我狡辩！你眼睁睁看他拉床上的？

付　平：没有！我真的没有出去！

【陈美娥气得追打付平。付平无奈躲藏在床底下，陈美娥拿扫帚杆向床底下使劲戳。付平疼得吱哇乱叫。

【陈美娥气得剧烈咳嗽起来，瘫坐在椅子上。付平从床底爬出来，递水给母亲。陈美娥艰难地咽下一口水，又剧烈咳嗽，咳出一口血来。付平看到后吓哭。

【剧烈的声响引来了郭蓉慧。

郭蓉慧：（走进门，把付平拦在身后）别打孩子，有啥事不能好好说，打孩子干啥？

付　平：（大哭）姨！我妈咳血了！

郭蓉慧：（上前看陈美娥）走，我带你去医院。（又转向付平）带你弟弟去我家吃饭。

【付平满脸泪痕地点头。

【舞台灯光渐暗。

【驼铃声响起。抽油机的轰鸣声。远处传来石油汉子们的嘶吼声：“一二起！一二起！”声音减弱。灯渐亮。

【舞台左侧是陈美娥空荡的家中。郭蓉慧和付平两人走上舞台。

郭蓉慧：医生说你嗓子发炎拖得太久了，都化脓了。你也真是，这么久都不去看，吃饭喝水还使劲往下咽，把血水和脓水都一起咽下去，这样能好才怪！

陈美娥：蓉慧……

郭蓉慧：得了，你啥也别说了。大夫说你要少说话，让你的嗓子静养。从明天开始平平姐弟仨晚上在我家吃饭，你乖乖去打针。

陈美娥：晚上还得挖防空洞……

郭蓉慧：你这几天别管了，我让老刘帮你挖了，虽然他白天忙得找不到人，但晚上还是能顶点用处的。

陈美娥：谢谢你蓉慧……

郭蓉慧：你跟我还客气啥。你说付师傅也真是，说调走就调走，也不说考虑考虑老婆孩子……

陈美娥：他……

郭蓉慧：行了，我知道你又要说他是军人，哪里需要他就要到哪里去……唉，咱们石油人的女人不容易啊，不仅是油城的媳妇，还是油城的女儿啊……

【陈美娥温柔地微笑，拍了拍郭蓉慧的手。

郭蓉慧：现在我可算明白了，“有女不嫁石油郎，日日夜夜守空房”；我家那个倒是“有朝一日回家来，抱回一堆油衣裳”……

【陈美娥忍不住笑了，郭蓉慧看了看陈美娥，两人一起笑了起来。
【灯渐暗。

第三场　付平胜玉大喜　如愿分得新房

【1985年布景。
【舞台区域被分为两个部分。左侧为家中，右侧为大槐树。
【舞台左侧灯渐亮。
【付忠田、陈美娥、付平、付宏围着桌前吃饭，付勇急匆匆跑上舞台。

付　勇：（伸手去抓红烧肉）妈，咋做了这么多好吃的？

陈美娥：这不是周末你们都回来了嘛！（用筷子打付勇的手）快去洗手！

【付勇用抹布随意擦了擦手就坐回到饭桌旁。突然直勾勾地盯着打扮时髦的付平。

付　勇：姐！你这打扮得花枝招展的，戒指是新戒指，包是新包，连这大衣啊，咦，（摇头）不便宜哦！

【付平一脸炫耀地瞥了眼付勇。

陈美娥：这还不都是你姐夫去北京出差给你姐买回来的，这大衣就一个月的工资呢！

付　勇：姐！你可真幸福！

【付平低头笑了笑。

付　勇：自从去年姐夫把你调到了机关，你这可是越来越漂亮了。可不像以前在小队上，灰头土脸的！

付　平：（气）你！

付忠田：（清了清嗓子）吃饭！

付　勇：（嘟囔）咋还不能说了……

付忠田：管好你自己！你们学校老师都告到我这儿来了。为了一个女孩子打群架？你学习这么好，因为这事被开除值得吗！？

付　勇：（争辩）秀娇本来就是我的！谁让他要来跟我抢！

付忠田：你小毛孩子懂个啥！喜欢人家女孩子要对她好，打架能解决问题吗？

付　勇：妈说你之前不也是能动手就不嚷嚷嘛，这叫“子承父业”！

【付忠田愤怒地拍桌子站起来。付勇下意识地躲了一下。
【陈美娥赶忙拉住付忠田，又不断给付勇使眼色。

陈美娥：你们爷俩只要凑一块就嚷嚷。好好吃饭！

【陈美娥给付勇夹了块他最爱的红烧肉。

陈美娥：小勇，我们不是不同意你跟秀娇谈恋爱。只是说你要为自己的前途考虑。咱家就你学习最好，明年技校毕业就要分配了，可别现在留下什么污点。

【付勇头也不抬地扒饭。

陈美娥：你想啊，你跟秀娇都读的油建技校，秀娇她父母是油建双职工，毕业八成分到油建一部。你要是不好好争表现，给你分配到二部，在滨南啊，辛苦就不说了，到基地这边四五个小时。你觉得离这么远，你俩还能好好处？

付　勇：（放下手中的饭，停顿了几秒后，看着付平满脸堆笑）那到时候再请姐夫帮帮忙！把我也调回来！嘿嘿！

付忠田：别老想着调来调去的！男孩子吃点苦算什么！再说了结不结婚还两说呢，就总想着麻烦别人！

【陈美娥拉扯付忠田。

付　勇：（看了眼付忠田，生气）话不投机半句多！

【付勇起身下场。

陈美娥：咱姑爷多好啊！

付忠田：好什么好，长得这么瘦，说话还柔柔弱弱的，没个男人样！

陈美娥：那叫书生气，你懂什么！

付忠田：反正我不同意！

陈美娥：他家里条件是不怎么好，家里兄弟多，他爸走得早，妈又是家属。但他脾气好啊！咱们平平你又不是不知道，被你惯的跟公主似的，这脾气也只有胜玉能受得了。你是不是就觉得谁都配不上你女儿？

付忠田：是，反正我不同意。

陈美娥：可以了！平平不小了，胜玉又对她好。而且他还给领导开小车，工作调动还能说说话。（看了看付平，又看了看小勇）他俩找的都不错，唯独就是付宏，非要找个农村的！

【一直低头吃饭闷闷不乐的付宏放下筷子站起身要走。

陈美娥：付宏，你先坐下。

【付宏坐在原地一动不动。

陈美娥：付宏，我知道你喜欢那姑娘。但你自己想清楚，孩子的户口跟妈，她妈妈是家属，她就是农村户口。以后你跟她结婚有了小孩，你们的孩子也是农村户口啊。

【陈美娥用胳膊肘碰了碰付平。

付　平：（连忙劝说）以后你的孩子享受不到一点福利，你看看你现在的生活，吃大米，吃白面，招工还包分配，都是油田的福利啊。你让你的孩子以后吃苦？从一出生就不如周围的孩子？

陈美娥：就是就是，你现在在大集体工作，但你不可能一直在啊，让你姐夫帮你想想办法转成正式工，到基地这边来工作，离家也近，妈也能照顾着你们。

【陈美娥又给付平使眼色。

付　平：等你回来这边工作，啥漂亮小姑娘找不到啊。基地的小姑娘可又时髦又洋气。

【付宏低着头默默流泪。

【陈美娥拽了拽付忠田和付平。

付忠田：（拿着饭碗离开）唉，我再去盛碗饭！

陈美娥：付宏，你自己好好想想啊！

【陈美娥拉着付平从舞台左侧走到舞台右侧。舞台左侧灯光渐暗。两人追光。

陈美娥：付宏这个事，得多靠胜玉帮忙了啊！

付　平：妈，我感觉我好像也没那么喜欢胜玉了。我在机关这一年看到了好多条件比他好的。他就初中文凭，家里条件也不好。

陈美娥：说实话，妈真不是为了他能把你弟弟调出来。妈是真觉得这孩子不错。胜玉诚实肯干，因为家里孩子多，父亲又去得早，作为大哥，他 15 岁就出来挣钱养家了！他现在受领导赏识，工作能力又强，还当了队长……

付　平：可是，可是他长得不好看。

陈美娥：傻丫头！男人外表没那么重要，要看他的工作能力以及对你好不好。他外形不如你，才会更珍惜你，你才能降得住他。你得让他什么都听你的！

付　平：其实他把我调出来，现在又想尽办法把付宏调出来，我很感激他。而且平时他对我百依百顺的。

陈美娥：唉，你爸就是太宠着你了，把你都宠坏了。妈回去劝付宏去了，真是一个个的都得我操心！

【母女俩笑。陈美娥从左侧下场。

【舞台右侧灯渐亮。付平走到大槐树下。赵胜玉上舞台。赵胜玉手里拎着大包小包笑着走向付平。

赵胜玉：平平，快来看，都是你喜欢吃的。

付　平：（开心上前看着袋子里的东西）五香鱼罐头、午餐肉罐头，橘子、香蕉，你怎么买了这么多啊？

赵胜玉：你爱吃的嘛！都拿回去慢慢吃！

【沉浸在幸福中的付平嘿嘿傻笑着。

赵胜玉：对了平平，付宏的事我在办了。油气集输公司基建处供应科有个空缺，我看能不能把付宏安排过去工作。离得近一点，你们也互相有个照应。

付　平：胜玉，谢谢你……

赵胜玉：平平，我知道我家里条件不好，委屈你了。但是你相信我，我会给你更好的生活。现在电大考试要报名了，我决定去考，以后你老公可就是大学生了！

付　平：哼！美得你！你这还没考就跟考上了似的。不过，你没读过高中，跟高中毕业生竞争，会不会压力太大了？

赵胜玉：平平，只要你相信我，我就一定不会辜负你。我一定会拼尽全力让你过得更好！

付　平：胜玉，我相信你，你这么聪明，一定能考上的。

赵胜玉：（开心）平平，还有个事。我们单位要分房子了，我们结婚吧，我工龄长，我们很快就有自己的房子了！

付　平：（欣喜）真的？

赵胜玉：真的。

【付平开心地点了点头。赵胜玉看到付平同意，抱起付平开心地转圈。

【舞台灯光渐暗。欢快悠扬的乐声。

【后场的声音：（付平读日记）1985 年 7 月 20 日，星期六，晴。老天爷啊，求求你保佑胜玉顺利考上吧！胜玉不容易，我真的很心疼他。小时候家里穷，吃不饱饭，穿的鞋脚趾头都露在外面。为了三个弟弟吃喝上学，他很小就出来工作。他从小学习就好，当他选择不读书了，他的老师都在劝他，为他可惜。胜玉是真的很爱学习，老天爷，求求你，实现胜玉的梦想吧！

【舞台右侧灯光渐亮。鞭炮声响起。舞台后方挂着一张红榜。赵胜玉拉着付平冲上前去看榜。

付　平：胜玉！胜玉！第一名啊！你考了第一名啊！

【赵胜玉和付平欢喜地拥抱在一起。

付　平：胜玉，你太厉害了，你自学跟高中毕业的人一起考，你都能得第一名！

【付平激动地哭了出来。赵胜玉紧紧抱住付平。

赵胜玉：平平，走，带你去看我们的新家！

【赵胜玉拉着付平来到舞台左侧，追光。

【舞台左侧灯渐亮。空荡的房间里挂着赵胜玉和付平的结婚照。

【付平手舞足蹈地规划新家。

付　平：这里，放我们 18 寸的大彩电。这里，我们再买个冰箱，我们每周可以卤大骨头。这里，我们放洗衣机……这里……还有这里……

【赵胜玉默默地看着付平笑着跳着。

【舞台灯光渐暗。

第四场　家庭陷入危机　付平心力交瘁

【2002 年布景。

【舞台区域被分为两个部分。左侧为家中，右侧为医院。

【舞台右侧灯亮。陈美娥躺在病床上。衣着随意，头发凌乱的付平在帮助熟睡的陈美娥擦洗手臂，随后又将水盆放在桌下。起身时，付平剧烈咳嗽，艰难呼吸。付宏拉着付平走出病房。

付　宏：姐，你这气管炎得去看。

付　平：我吃着药呢，没事。

付　宏：没事，什么没事，你别说什么没事。别以为赵哥带你练气功就管用，练什么气功。

【付宏掏出钱塞到付平手中。

付　宏：这是妈让我给你的，妈什么都不说，但她什么都知道。赵哥炒股赔了，妈知道你经济紧张，又爱面子，张不开这个嘴。但是你看看，你怎么活成了这个样子！

付　平：没有，我没事。

付　宏：（激动）没事？你憋得眼睛通红，眼球都快瞪出来了！你看看你一个职工活成了什么样子！看病都没钱，在这活活憋死！你这日子过的什么劲啊，赶紧跟他离了，还过什么过！

陈美娥：平平……

【付平听到声音想要走进病房内，被付宏拉住。

付　宏：咱妈治病要紧，我和小勇商量了，用最好的进口药，每家出 2 万。

付　平：付宏，可我现在真没钱……

付　宏：姐，之前你把公积金给赵哥，现在让他从股市里提出来。妈平时最疼你，又帮你把梦楚带大，你这个时候可不能不管妈！

陈美娥：平平……平平……

【付平听到呼唤匆忙走进病房内。

【灯渐暗。

【舞台左侧灯光渐亮。蓬头垢面的赵胜玉盯着电脑炒股。赵梦楚在角落的书桌上写作业。一脸疲惫的付平走近。付平放下保温饭桶，瘫坐在椅子上。

【舞台上三人均无声。舞台氛围一片沉寂。片刻后，付平缓缓开口。

付　平：杜师傅说你们单位现在缺个门卫，你去干吧。

赵胜玉：（头也没抬）我每天要盯着大盘，哪有时间去。再说了，你让我怎么回去。

付　平：你怎么不能回去了？你还没脸回去？你电大毕业给你提干，提个副队长，干得好好的，怎么就你跟队长合不来呢！

赵胜玉：他一个初中文凭，凭什么啥事都要命令我，还让我给他拿鞋，他这是侮辱我！

付　平：男子汉能屈能伸，你就不能忍辱负重？非要买断！你看现在买断的，有几个能过好的？

赵胜玉：我买断不是为了炒股吗？行情那么好，我又是学经济的，我这不是为了让你们娘俩过上好日子吗！

付　平：你 13 万 6 买断工龄，你去炒股，全赔了！

赵胜玉：胜败乃兵家常事。我还能挣回来，你就不能相信我吗?!

付　平：（停顿片刻，无奈）行吧行吧，你挣吧。

【舞台再次陷入一片沉静。赵梦楚一直低头看着作业本，手却没有动过，也一直不敢抬头。

付　平：付宏给妈买了进口药，说是每家出 2 万。

赵胜玉：（眉头紧皱）现在走势不好，拿不出这么多。再等等，这只股一定会涨。（指着电脑屏幕给付平看，专注）你看，现在它虽然持续走低，但是……

付　平：不用你投进去的钱，我之前提的公积金，你给我拿出来。

赵胜玉：现在……现在它套牢了，但是很快就解套……

付　平：（激动）你全投进去了？你把它全部投进去了？赵胜玉，你不给我说，你就把我的公积金全投进去了？

赵胜玉：我看这只股肯定能涨，现在只是时机问题。再等一下，再坚持一下，它……

付　平：（激动、痛苦）我能等！我妈的命能等吗？你把我所有的钱都赔进去了，我妈的命怎么办？我妈要救命，孩子要交学费！（痛哭、泪流满面）你没钱！你说你没钱！没钱你怎么不去卖血呢！我怎么嫁给你这么个没本事的窝囊废！

【赵梦楚依旧坐在桌前一动不动，捂着嘴无声地痛哭，生怕被听到哭声。

【雷声轰鸣。舞台灯光如闪电般闪烁。暴雨声、风声呼啸。舞台灯光骤暗。

【赵胜玉、赵梦楚下场。

【舞台一片黑暗。付平的背影在窗前一动不动，一束清冷的光打在付平身上。

【后场的声音：（赵梦楚读日记）2002 年 6 月 14 日，星期五，暴雨。这周末是父亲节，老师让我们给父亲写一篇日记，可是我爸已经消失三天了。这三天，我每天放学都问妈妈“爸爸什么时候回来”，妈妈每次都安慰我说，爸爸有事出差过几天就回来。但是我看到妈妈红肿的双眼，听到她电话里不断托人寻找爸爸的下落。我仿佛知道爸爸消失了，至今还生死未卜。可是我却不能让妈妈知道我什么都明白。

夜里我看到妈妈站在窗前，就一直那样站着，我躺在床上一动也不敢动，冷汗却浸湿了我的被子。她会时不时来床前看看我，我只得闭上双眼，装成熟睡的样子。这几夜，只有我知道，她没睡，我也没睡。

【舞台灯光渐暗。

【舞台右侧灯光渐亮。陈美娥躺在病床上。付勇、赵胜玉、孙秀娇、秦艺守在病床前照顾。

【一门之隔的病房外，付宏和付平低声私语。

付　宏：姐，你哪来那么多钱？

付　平：我把房子卖了。

付　宏：什么？你把房子卖了？你卖房子干什么？你的公积金呢？

付　平：公积金在股市里被套牢了……

付　宏：姐，你这日子真的没法过了，你还不离？离了算了！

付　平：梦楚还太小了。

付　宏：姐，我知道你就是想要这个家。从小，爸妈常年两地分居，你得帮忙带我们，你知道妈一个人照顾家不容易。可是，你即使不离婚，这个家还是要你一个人扛啊！

付　平：为了梦楚，我不得不这样。我把胜玉欠的债还了，后面让他找个活干，老实人办老实事。当初也怪我，不该让他去当什么领导，也不该让他去炒股挣什么大钱……

付　宏：（叹气）姐，你卖了房子住哪儿？租房子？你让梦楚跟你们一直搬家？

【付勇走出门。

付　勇：哥，姐，咱妈叫你们。

【姐弟三人走到陈美娥的病床前。

陈美娥：妈有几句话，想跟你们说。

众：妈……

陈美娥：小勇，秀娇，我是最放心的，你们好好过日子，妈不担心你们。（又看向付宏）付宏啊，秦艺是个好姑娘，你要好好待人家，搬回家去住吧，妈不放心你们啊……

付　宏：妈，你放心……

陈美娥：平平……平平啊……（握紧平平的手）平平啊，妈让你吃苦了平平……妈这身体拖累你了，平时你照应最多，你爸现在得病也还需要你多照顾。（转头看向付宏和付勇）付宏啊，小勇啊，你们要永远感谢你们姐夫啊！是他把你们两人的工作全调出来了，让你们在妈的身边啊。尤其是付宏，你现在在供应科，福利待遇好，平时多帮着你姐和姐夫，要记得感恩啊……

【付勇、付宏点头。

陈美娥：你们爸现在身体不好，能照顾的就只有胜玉和平平……（看向付平和赵胜玉）你们搬过去和老爷子住在一起，多费费心了。（又看向付宏和付勇）老爷子在哪退休金就在哪……（拉过胜玉和付平的手）以后你们爸就靠你们了……这个家就靠你们了……

【舞台灯光渐暗。

第五场　梦楚毕业返家　付平退休计划

【2012年布景。

【舞台区域被分为两个部分。左侧为家中，右侧为车站。

【舞台右侧灯光渐亮。火车进站声音响起。

【后场的声音：工作人员、接亲友的同志请注意，由成都开来的K206次列车马上就要进站了，请您站在白色安全线以内，照顾好同行的老人和儿童，不要靠近车厢连接处和站台边缘，注意脚下，以免掉下站台发生危险……

【赵胜玉蹲在接站口处等待。赵梦楚拎着行李箱上舞台。赵胜玉看到赵梦楚后赶忙站起，上前接过行李箱。

赵梦楚：不用来接我，大学四年了，我又不是不认识回去的路……

赵胜玉：（擦了擦额头上的汗水，揉了揉被汗水浸湿的眼睛）女孩子，还是要注意安全。不怕一万，就怕万一。

【赵梦楚痴痴地望着赵胜玉。赵胜玉变得黑瘦了，衣领洗得泛白的翻领T

恤衫也显得肥大宽松了很多，头发花白，走路时背也明显地驼了。赵梦楚盯着赵胜玉看了好久好久，张了张嘴，却什么也没说。

赵胜玉：坐了三天火车，累了吧？

赵梦楚：不累，跟同学在车上聊天来着。我们咋走啊？

赵胜玉：出站有汽车，坐汽车回去……

【隔壁栋邻居大娘走上舞台。

大　娘：欸，放假回家啊？你是住19栋是吧？

赵梦楚：（一脸茫然）嗯……您好……您是？

【大娘看到了赵胜玉。赵胜玉却对旁人面无表情。

大　娘：你爸真不错，照顾你爷爷九年啊。去年你爷爷走的时候你回来了吧？

【赵梦楚一脸迷茫地点头。

大　娘：你爷爷生病这么多年也痛苦，走了也是解脱了。你爸真是个孝子……

赵梦楚：嗯……那是我姥爷……

大　娘：你姥爷啊？哦，我们都以为是你爷爷……

赵胜玉：（拿起行李）上车吧。

【赵梦楚对邻居大娘微笑点头示意，随后跟随赵胜玉上车。

【车门关闭，舞台灯渐暗。

【舞台左侧灯渐亮。付平拿着话筒对着点歌机唱歌。

【急促的门铃声响起。

付　平：哎哟！来了来了！

【付平快步走到门口，开门。赵梦楚看到付平咧开嘴嘿嘿傻笑。

付　平：傻妮儿，还是这么傻啊！咋感觉还变漂亮了呢！

【赵梦楚和赵胜玉走进屋内。

付　平：累不累，先洗手吃点水果！

【赵梦楚看着点歌机和话筒一脸惊讶。

赵梦楚：这啥呀！？

付　平：你爸给我买的点歌机，说是让我练歌儿。

赵梦楚：你啥时候开始喜欢唱歌了？

付　平：（开心、得意）我都到老年大学报名了。过两月我就退休了，我要去老年大学上课，到时候我也是大学生了！

【赵胜玉在一旁看着妻女，满眼是笑。

赵梦楚：你是真行！这从哪买的呀？

付　平：你爸从浙江买的，给我背回来的！

赵梦楚：这么远背这个干啥？

付　平：（得意）他愿意背……（翻箱倒柜拿出珍珠项链）你看这个项链也是你爸买的，这么大个珍珠……

赵梦楚：大得跟假的似的！

付　平：真的！在诸暨买的！诸暨珍珠听过没有！？

【赵胜玉从屋内拎出一个行李箱。

赵胜玉：梦楚，给你买了个行李箱。

付　平：你看，你爸给你买了个行李箱，不便宜呢，花了800多。

赵梦楚：啊？这么贵吗？感觉不像啊，也不太好看啊。

付　平：质量好，你看看，这箱子耐用。

赵胜玉：这箱子厚实，耐用。

【赵梦楚拉开箱子，发现箱子里满满当当装了一箱子袜子。

赵梦楚：（疑惑）买这么多袜子干啥？

付　平：（笑）你爸在义乌小商品城干活，工厂倒闭了没发下来工资，就拿袜子抵工资了。

【赵胜玉拿出袜子给赵梦楚看。

赵胜玉：质量挺好的，都是女士袜子，慢慢穿呗。

【赵梦楚看到赵胜玉拿袜子的手上指甲是空的。

赵梦楚：你手咋了？

付　平：他在饭店洗碗，药水把指甲泡掉了。没事儿，还能再长出来。我不让你爸去干了，让他回来，我还能照顾照顾他。

赵梦楚：（叹气）唉……

付　平：（笑、安慰）没事儿，他回来以后养得好。

【赵胜玉嘿嘿笑着。

赵梦楚：对了，今天在车站遇到了应该是隔壁楼的一个大娘，她一直以为我姥爷是我爷爷。（笑）以为我爸才是儿子，你是儿媳妇。

付　平：你爸照顾你姥爷比较多，我是弄不动。我抬也抬不动，喂饭我也没有耐心，我都急得哭啊，都是你爸弄的。最后给你姥爷安了鼻饲管，一天五顿饭，都是你爸在喂。晚上还得给他翻身，两小时一次，到最后大夫都夸我们照顾得好，说卧床这么多年都没长过褥疮。都是你爸弄的，他都让我晚上睡觉。

【赵胜玉在一旁低着头摆弄点歌机。

赵梦楚：唉，真不容易。

付　平：你姥爷老年痴呆，晚上大喊大叫的，你爸担心影响你，就搬两个折叠椅守在你姥爷房里，怕把你吵醒了。他这九年来就没睡过一个整觉。

【赵梦楚叹了口气。

付　平：其实你姥爷生病这么多年，他也很痛苦，最后大夫都说，老爷子走了也是解脱了。那后面我们就轻松了很多。我都觉得有点无聊了，我想再去找个活儿吧，我准备跟你爸到酒店干客房去。

【摆弄点歌机的赵胜玉抬头。

赵胜玉：你别去，晚上夜班你不行，到家就快凌晨一点了，你睡眠又不好，你干不了这个。

赵梦楚：你去上你的老年大学多好，找啥工作啊……

付　平：我这不是闲得无聊嘛。

赵梦楚：（叹气）我在想我找个工作算了，今年我没考上，但又想再考一年。

付　平：考呗，我们都支持你考研。不要有心理压力，也不要有经济压力。这几年我们攒了不少钱，经济不紧张，只要你想考，都能供得起你。

赵梦楚：可是我觉得不工作备考一年压力有点大，还是边工作边考啊？

付　平：我跟你爸每个月都有工资，旱涝保收，而且我退休金更高了呢，我就一直盼着退休呢。你去考吧！说实话当时你考这个大学我是觉得太亏了，学习这么好，考了这么个学校。我都替你可惜。

赵梦楚：但我感觉我是不是要重新审视一下自己啊，考大学报北京的学校，考研报上海的学校，我是不是太高估自己的能力了。

付　平：我觉得你就是最棒的，大学四年年年第一名，你要对自己有信心！

赵梦楚：那我就去考了！（做出加油的手势）加油！

【厨房传来滴滴的声音。付平匆忙起身。

付　平：欸，饭好了！开饭啰！

【一家三口笑着坐在桌边。付平忙活着把菜端上桌。

【舞台灯光渐暗。

第六场　梦楚成立新家　母女矛盾激化

【2017 年布景。

【舞台区域被分为两个部分。左侧为家中，右侧为车站。

【舞台左侧灯光渐亮。赵梦楚和张晓旭的婚纱照挂在一侧。赵胜玉面无表情地坐在轮椅上，由张晓旭推着上场。付平和赵梦楚手中拿着被子和生活用品跟在后面。张晓旭使出浑身力气将赵胜玉架起，又背到床上，随后拉过屏风。

付　平：（边收拾生活用品边感叹）还好情况稳定住了，终于出院了，这几天真是折腾死了。

【赵梦楚换鞋换衣服。张晓旭麻利地帮着收拾东西，把被褥叠整齐后放好。

赵梦楚：还好稳定了，大夫说他不能再摔着了。

付　平：（看着继续收拾的张晓旭）晓旭，休息会儿吧，这些我自己收拾就行。

赵梦楚：你快坐会儿吧，你也不知道放哪儿。

付　平：都说一个女婿半个儿，我这个女婿比一个儿还顶用，至少比闺女靠谱。

赵梦楚：是吧，是不是发现还是生儿子好。

付　平：没，我觉得闺女也挺好。不过这次多亏了晓旭，忙前忙后跑来跑去的，要咱俩根本弄不动啊。请了这么多天假，耽误工作了吧？

张晓旭：还好，还好，大夫说要注意不能再滑倒了。这个厕所漏水，我去修一修吧。

【张晓旭起身就要去修理。

付　平：别修了，这房子破的没法住了，我把装修计划提前了，估计设计师一会儿就到了。

赵梦楚：啊？现在？现在就要开始装修了？

【门铃声响起。付平兴奋地跑去开门。

付　平：来了来了！

【设计师小丽进门。

小　丽：付阿姨……

付　平：欸，快来快来……

【赵梦楚、张晓旭两人对视一眼，面面相觑。

小　丽：付阿姨，您这小区真好，旁边就是学区，还有大的商圈，小区绿化也好，这房价不便宜啊！

付　平：买房就要买地段，看这学区、商圈不错，我们才选的这。现在价格是涨了，当时就因为这二手房装修太差，买得还算便宜。

小　丽：（看到一侧的婚纱照）欸？这是婚房是吧，小区环境这么好，考虑精装修吧？

付　平：不用不用，简装就行。这是我给我女儿的陪嫁，我女婿说了，这房子就考虑老人养老和孩子上学。这套不用花那么多钱。他们自己有房子，等过两年他们把郊县的房子一卖，换成市区的，那时候你再给他们精装修。

小　丽：（笑）付阿姨，当您女儿太幸福了，您这大手笔啊，陪嫁一套房。我也想有个这样的妈！听您口音，是北方人吧？

付　平：对，我是山东的，胜利油田的。女儿在这定居了，我们就过来和孩子生活在一起，以后有小孩了帮忙照应下。

小　丽：那您住这能习惯吗？

付　平：挺好挺好。我们油田的父母都这样，因为家里就一个孩子嘛，孩子到哪我们就跟到哪。而且我们都有退休金，不给孩子增加负担，还能给孩子帮上点。

小　丽：阿姨，您性格真好，感觉您跟我妈妈特别像，跟您聊得特别来。

付　平：（开心地笑）哈哈，那就以后多来，我给你包大包子吃。

小　丽：好嘞，阿姨。您带我看看，再给我说说您的大概想法，我给您设计设计。

付　平：我现在最重要的就是要改成套三。（付平在客厅的位置比画着）这里再加一个小房间，门开在这边。这个次卧旁边这堵墙砸掉，这里开门。

小　丽：阿姨，本来这个户型挺好的，您要是再加个房间，客厅的空间就太小了，而且影响采光，屋里黑洞洞的。次卧这里开门，那就要牺牲卫生间的空间，而且次卧这个门直接开在干区，就很像厕所的门，感觉进次卧就像进厕所似的。我建议您还是别改。

付　平：我们住还是考虑实用性更多一些，三个房间怎么也比两个房间要方便。

小　丽：阿姨，您还是再考虑下……

付　平：（着急）有这种户型的，其实影响不大，你看……

【付平带小丽走进屏风内，指着不同的位置讲解。

【张晓旭神色有些不悦，看着赵梦楚。

张晓旭：（低声）这啥意思啊？

赵梦楚：我也不知道啊？

张晓旭：（低声）你妈要改成套三，还要把门开在厕所里，这事你知道？

赵梦楚：我不知道啊！

张晓旭：她这不是乱改吗？她真以为今天改过去，明天改过来啊。好好的家改得乱七八糟，家没个家样！

赵梦楚：你别着急啊。

【赵梦楚把张晓旭拉到舞台的一侧。

赵梦楚：我还没搞清楚怎么回事呢，又不是现在就确定了。

张晓旭：不是，你妈凭什么说这是陪嫁啊？我们也出了钱，房贷也要我们还，她说这是陪嫁合适吗？

赵梦楚：我知道我知道，但是她当时不是想在郊县买的嘛，咱不是考虑学区才买进来的嘛。她所有的积蓄就 60 万，她买这里钱又不够，你当时不是说你愿意多出 30 万买个学区吗？

张晓旭：我是在意钱吗？给你买房出多少钱我都愿意，但是她不能拿着我出的钱、拿着我出的彩礼，说成她的陪嫁吧！

赵梦楚：她这不是虚荣的嘛，想跟那小姑娘炫耀一下。

张晓旭：这个家既然是我们一起住，她就不能想怎么改就怎么改。她还真把这当成自己家了！？

【赵梦楚沉默。

张晓旭：我为你们掏空了所有，付出了全部，我的努力有得到过一点认可吗？我不想在这里了，家没个家样！反正我绝不同意改成套三！

【张晓旭欲走。

赵梦楚：你干啥去？

张晓旭：回去工作。

【张晓旭下场。

【付平和小丽讲解完毕走出屏风。

付　平：（看到张晓旭不在）欸？晓旭呢？

赵梦楚：（冷冷）他回去工作了，有点着急。

付　平：也没吃个饭再走……

小　丽：那付阿姨，我就先回去做设计图了哈，等做好再过来给您看。

付　平：好的好的，那就辛苦你了！

【小丽微笑告别下场。

付　平：晓旭啥时候走的？要不我赶紧做个饭？让他回来吃个饭再走？

赵梦楚：不用不用，他工作有急事，让他先回去忙吧！

付　平：最近你爸住院耽误了他好长时间，他平时工作又忙，你多体谅他，人忙起来总有情绪不好的时候。我先去做饭了。

赵梦楚：妈！

付　平：嗯？

赵梦楚：（埋怨）你以后能不能先提前跟我商量一下啊！你这样一意孤行，会让晓旭觉得根本没考虑过他。他本来把我们当一家人，你这样不是把他往外推吗？

付　平：我没有啊，我和你爸现在住在这实在是什么都不好用。你去看看马桶，一直在漏水，我每天都踩在尿水里上厕所。你爸本来走路就不稳，这一滑倒一摔去急诊住院真的很麻烦！我刚收了房租，现在手里还有点钱，我们先装着，家具家电的可以先不买，等后面有钱了再买也行！

赵梦楚：不是钱不钱的事，之前晓旭都跟我说了，装修不用你们出钱，你们攒钱太难，我们来钱要容易很多。现在是你也不商量，就开始直接做了。而且你为什么非要改三个卧室呢？原本户型多好啊，人家设计师也说了一改户型就坏了。

付　平：你不懂，现在两个卧室还行，但是以后有小孩呢？三个卧室怎么也实用些。

赵梦楚：以后有小孩了也用不着再加一个卧室吧，小时候和我们住一起，长大了住校就行了呗，而且我们又不是不再买一套房子。

付　平：你不知道，根本不现实，市区的房子多贵啊！不是说换就换的，起码这房子你要住十年二十年吧！就算你以后买外围的房子，孩子上学还是在这方便，视野和见识就不一样。

赵梦楚：反正我不改套三！到时候怎么弄再看吧！

付　平：哎呀，你不知道啊。你别管了，我来弄。你啥也不懂！

赵梦楚：你非要这么强势吗？晓旭真的不能接受改套三，我们不改了行不行！

付　平：他不懂怎么生活方便！你们都没有生活经历！

赵梦楚：（大声）妈！你是不是非要把我逼到离婚你才开心啊！

【雷声渐大。舞台沉静片刻。

付　平：你不想改，那就不改了吧！（沉静片刻）我只是想，以后孩子大了，需要自己的独立空间。我给自己搭一个小房间，放一张一米的床就够了。你爸身体不好，以后你让我自己去哪？我在这至少有个睡觉的地方。

赵梦楚：唉，妈，你想多了，我们不是不管你，你可以有自己的生活啊，你浙江盖了民宿，东营也有家，你想去哪里玩就去哪里玩，过自己的生活多潇洒啊！

付　平：过自己的生活？我就你这么一个孩子，我前半辈子都是为了你活着，你让我后半辈子为自己活。现在你不需要我了，我都不知道活着为了什么！

赵梦楚：妈，你误会了，我不是不需要你，我只是觉得，你有自己的生活圈子啊！你有同学有同事有朋友，你也可以潇潇洒洒过自己想要的生活！

付　平：油田的父母都跟孩子走了，我同事的孩子到了全国各地，父母也就离开了油田，你说我回去，我找谁去啊？（沉静片刻）我有的时候就在想，我们曾经建设别人的家乡，那我的家又在哪儿呢？（停顿）你说，以后我要葬在哪儿呢？

【舞台左侧灯光渐暗。

【门铃声响起，久久未有应答。钥匙开门的声音。

【舞台左侧灯光渐亮。赵梦楚和张晓旭进门。屋内被收拾得整整齐齐，空荡荡一片。

赵梦楚：妈！妈？

【舞台左侧灯光渐暗。

【后场的声音：各位旅客你们好，由成都开往青岛方向的 K206 次列车已经开始检票了，有乘坐 K206 次列车的旅客，请您整理好自己携带的行李物品，到 21 检票口检票，3 号站台上车……

【舞台右侧灯光渐亮。

【车站等候区，付平推着坐在轮椅上的赵胜玉，拎着大包小包的行李。

【赵梦楚冲上舞台，看到付平和赵胜玉，忍不住捂着脸哭了。

赵梦楚：（大喊、流泪）哎呀！你们要干啥呀！

【舞台沉静片刻。

付　平：（流泪、低声）我想回家。

【又是片刻沉静。

【张晓旭从付平手中接过行李，推着赵胜玉的轮椅。

张晓旭：爸妈，咱回家！

【赵梦楚一手从张晓旭手中拿过一袋行李、一手搀过付平。

赵梦楚：回家……

付　平：回家……

【舞台灯光渐暗。

尾声　梦楚油城出差　付平重回故里

【灯光渐亮。舞台背景是一望无际的芦苇荡。

【一排排抽油机屹立在舞台后方，不停地作业着。

【付平看着办公区电视上播放着国家领导人在胜利油田考察调研的视频。后场的声音：石油能源建设，对我们国家来讲，太重要了，贡献也太大了。胜利油田 60 周年，在此，我代表党中央，向你们并通过你们向胜利油田的广大职工致以崇高的敬意。在这里，祝你们，再创佳绩，再立新功！

【赵梦楚拿着一沓资料打电话走上舞台。

赵梦楚：（打电话）这就是全部页岩油的勘探开发资料，是吧王主任？好的好的，我明天就带回南充。

付　平：现在我们干啥去？

赵梦楚：回家！

付　平：回哪个家啊？

赵梦楚：妈，我在哪，哪就是你家。

【付平、赵梦楚下场。

【音乐起。灯光照射在舞台不停运作的抽油机上。

剧　终

清风湾往事

吕霖枫

时　间：20世纪20年代末至20世纪末。
地　点：清风湾。
人　物：吕兆祥——男，吕丰年之父。
吕兆禄——男，吕丰收之父。
吕丰年——男，世代农民，三股家领头人。
吕丰收——男，世代农民，二股家领头人，后成为生产队长，吕丰年的本家远亲，同辈。
吕福旺——男，吕丰年之子。
牛队长——八路军小队长，后成为村主任。
王桂芝——女，吕丰年之妻。
吕麦香——女，吕丰年之女。
呆　子——男，孤儿。呆，但不傻。

【无场次话剧。

【幕起。

【背景：这是一个山区的小村落，四周绵延起伏的山岭直插云霄，山脚下一道道梯田直矗矗地，蔓延到山顶，山顶上只留下一小块天空，令人感到压抑，窒息。20世纪20年代末期，山脚下的干河沟上一群人正在修梯田，有的拿着钎在铲着土，有的拿着镐在凿着山，有的扛着石头，有的抬着大石条。几个壮劳力正吆喝着“嘿哟、嘿哟”，抬着大石条往山下走。他们都以剪影的方式呈现。

【幕后歌起：

天上星多月不明
一个麦子一道缝
不怕虎生三只口
就怕人怀两样心

【舞台侧前，儿时的吕丰年和吕丰收在舞台一侧，坐在小石板上，用小石头子玩着“狼吃羊”的游戏。

吕丰年：（微怒）你偷我子儿！

吕丰收：（狡辩）谁偷你子儿了！

吕丰年：输了还不认账，还偷子儿！

吕丰收：我咋输了呢！哈哈，我把你的小羊羔都要吃完喽！

吕丰年：我明明把你围住了！

【吕丰年和吕丰收两个人厮打起来。

【吕兆祥剪影上。

吕兆祥：嘿，丰年、丰收，你们两个一边玩去！这儿修田呢，石头纥栏的，可不长眼，伤到了可不是闹着玩的！

【吕丰收一扒拉石头板上的棋子，把石头子全扒拉到地上了。

吕丰收：（狡猾地）嘿嘿，谁输了？谁输了？

吕丰年：（怒气）跟你爹一样！

吕丰收：你说啥！（吕丰收追着吕丰年，想要揪住他的衣服）

【吕丰年跑开，吕丰收追下。

【舞台上一个人的剪影浮现，头戴瓜皮帽，留着辫子。此人即是吕兆禄，上场。

【吕兆禄风风火火，像是从远处赶回来，他匆匆几步上前。

吕兆禄：三弟，连日来辛苦你了（抱拳致歉）。我刚从天津卫回来，就上地里头来瞧瞧（虚伪地）。（急切地）地修得怎么样了？

吕兆祥：（高兴地）二哥，八亩坪放下这块大石条，就成了。

吕兆禄：三弟，慢着（厉声道），咱先说好（抬起手示意众人停止）！钱是我出的，地可得归我哦！

【壮劳力们抬着大石条停了下来。

吕兆祥：兆禄兄，力是我出的，你说咋算？

吕兆禄：（近前几步，拍了拍吕兆祥的肩膀）兆祥兄，兄弟之间，别伤了和气，不行咱这样，一人一……（半字没说出来，就被风水先生打断了）

【风水先生一溜小跑上。

风水先生：兆禄老兄，兆禄老兄。

吕兆禄：呦，赵先生，咋了？有话慢慢说。

【风水先生扯了扯吕兆禄的衣襟，吕兆禄和风水先生往前两步。

【吕兆祥装作不愿听风水先生和吕兆禄的私话，故意远走了两步，但侧着耳朵听着。

风水先生：兆禄兄，这可是修了块风水宝地啊！

吕兆禄：（摆了摆手示意风水先生小声点）上次说的事儿，你没到处乱说吧。

风水先生：兆禄老兄，那是啥事儿，咱能到处说去，传出去不光对你不好，我也得遭殃。

吕兆禄：你说这是块风水宝地，此话怎讲？

风水先生：你看，这左有流水，谓之青龙。右有长道，谓之白虎。前有河沟，谓之朱雀。后有群山，谓之玄武。坐北朝南，靠山面水，不是宝地是啥！在风水上讲，这叫太师椅啊。谁要是弄下了，定能人丁兴旺哩！

【吕兆祥不由得靠近了几步。

吕兆禄：（若有所思）人丁兴旺，人丁兴旺，好啊！

风水先生：我看了半辈子风水了，常说一句话，随山而行，顺势而为啊，你好好思量思量吧！

【吕兆禄若有所思。

吕兆禄：行，回头我到你府上，还要重谢你哩。

【吕兆禄示意风水先生，让他先退下去。

【风水先生下。

【吕兆禄转回来，走到吕兆祥跟前。

吕兆禄：（有意缓和）三弟，咱再商量商量。你是出了不少力，我也都瞧在眼里头了。咱这地从秋天收了豆子，一弄就弄到年根，少说也有小半年了。虽说是，你是三股家的，我是二股家的，宗族里算是远本家了，但咱都是一家人的嘛，咱就不说两家话了。做哥哥的，我没出一分力，实在是苦了你了。你看这样行不行，我算你两年的工钱！不知你意下如何？

吕兆祥：（执意要地）二哥，你知道我这脾性，不像你，一个骡子一匹马，走南闯北都不怕，北上天津卫贩布匹，南下安阳城收稻谷，见多识广，道多您也吃得开。咱没啥本事，就会种地，没地咱家就都得饿死。

吕兆禄：（有意打破）听你这意思是，这地你是要定了？

吕兆祥：（不想撕破脸）咱也没啥其他心思，只能在这地上头苦下力了。

吕兆禄：要是不答应哩？

吕兆祥：（威胁）那可就不好说了！

吕兆禄：你还想端着窝窝头上炕呢你！

吕兆祥：那也不能小燕儿光往你家飞不是？

吕兆禄：你想给我下绊子呢?!（愤怒）

吕兆祥：那倒是不敢，我只能透透风儿。

吕兆禄：透什么风儿？（故意想试探）

吕兆祥：你以为我不知道呢？你早就找那个风水先生看了，只要八亩坪修成了，大掌柜家就得出凶事儿，想要避灾免祸，就得背土离乡。对，还是不对？

吕兆禄：没错儿！大掌柜家代代都是族长，当街头一跺脚，我们二股、三股家就得夹着尾巴走，不就是仗着他们人多嘛！不蒸馍馍，咱也得争口气不是？

吕兆祥：你这口气，可真狠！

吕兆禄：你是不是没吃够苦头？要去你就去！大掌柜家的来了我也不怕，到啥时候这地也得归我！

【众人涌上，站在吕兆禄身后。

吕兆祥：行，行，行，你们本事啊，咱今天就破罐子破摔了！（一看势头不对，想溜）

【吕兆祥匆匆跑下。

吕兆禄：（冲众人）愣着干什么！给我弄！

【众人抬着一块大石条，拄着拐，彼此搀扶着，“嘿哟，嘿哟，嘿哟”响声震天，把大石条抬在了堰坝上。

众　人：落！

【大石条砰的一声落在了堰坝上，一切归于平静。

【几秒后，场外传来：大掌柜摔死了！

【吕兆禄身子颤了一下。

【灯光渐灭，吕兆禄、众人下。

【歌声起。

歌　词：一铺滩滩杨柳树
一铺滩滩的草
一队一队的离乡人
哎呀哟
忘不了咱爹娘好
一铺滩滩骡子车
一个接一个
一件一件破棉袄
挡不住这北风嚎

【灯光渐起，一群人的剪影在舞台深处从右向左。有的赶着马车，有的拉着孩子，有的背着包袱，背井离乡。

路人甲：走！走！大掌柜死了，咱在这清风湾上吃不开了！

路人丙：大掌柜的老婆带着娘家人，把家里的粮食、细软都拉走了！整整拉了三天三夜，不走，也得走！不然得饿死在这儿！

【吕兆祥上。他在路人的耳边嘀咕了几句。

路人甲：此话当真?!

吕兆祥：千真万确！

路人甲：走！走也得把吕兆禄给我打他个半死！

路人乙：对，打死他。

众　人：（七嘴八舌）走！走！打死他！

【吕兆祥领着众人去找吕兆禄。

【吕兆禄上。

吕兆禄：众家兄弟，有话咱慢慢商量。

路人甲：商量个啥？给我上！

【众人纷纷而上。

【吕兆禄身后几个人浮现出来。

吕兆禄：咋？想动手不成？

路人乙：打的就是你！

【两拨人在舞台上撕打起来，钎、榔头、镐成了他们的武器。

众　人：不好啦，出人命了！

路人甲：（害怕）走，快走！走慢了等着吃官司呢！

路人乙：走！快走！

【众人四散而逃，下。

【吕丰年追着吕丰收跑上。

吕丰年：（气愤地）你还我子儿！你还我子儿！

【吕兆祥呆呆地站立一旁。

【吕丰收看到父亲吕兆禄躺在地上。

吕丰收：爹！爹！你咋了爹！

吕兆禄：（微弱地）儿啊，记住！我们二股家和他们三股家世代为仇！记住了不？

吕丰收：记下了。

【灯光渐熄，众下。悲剧性的音乐骤起。

【灯光渐起，一个疯疯傻傻的呆子上场。

呆子慢条斯理地唱起歌谣：

一代亲，二代表，三代四代就拉倒
亲姑妈，假舅妈，半真半假是姨妈
一代亲，二代淡，三代四代不管饭
娘亲舅，爹亲叔，姑父姨父不靠谱
……

【一侧灯光亮起，歌谣延续。时间转到20世纪末，老年的吕丰年白发苍苍，坐在锄把上。中年的呆子有气无力地唱着。

【吕丰年从锄把上站起来，他抻着耳朵听着。

【呆子从幕深处慢慢走近吕丰年。

吕丰年：呆子，你过来。

呆　子：弄啥？

吕丰年：我给你个好吃的。

【吕丰年从怀里掏出一块烤红薯。

呆　子：不吃，给我根儿烟！

吕丰年：嘿嘿，呆子都抽上烟了，这是什么世道。

【吕丰年把旱烟袋磕了磕。

吕丰年：只有这个旱烟袋，你要抽我给你装上。

呆　子：抽洋烟！带洋嘴儿的！

吕丰年：嘿，我老头没有！刚唱的那个歌儿，以后可不敢唱了。

呆　子：嘿嘿，我就唱！

吕丰年：你个兔崽子！你唱！你唱！

呆　子：（唱起）

一个家，兄弟仨

你整我来，我整他
家里穷得叮当响
十里八乡笑哈哈

【吕丰年拿起一个小石头，朝着呆子扔了过去，呆子跑开了。

吕丰年：嘿嘿，呆子抽洋烟，谁这么缺德，教呆子抽洋烟。

【停顿。

吕丰年：也好，也好。这清风湾就剩下我和这呆子了，走了！都走了！城里头有啥好？想不通！想想当年，这八亩坪上，不知道流了多少汗，不知道流了多少血。都过去喽！过去喽！你看这地，也都扔了，撂了荒了；你看这山，也孤零零地，没了生气儿；你看这破砖片瓦……这清风湾要是毁在我们这手上了，我们就是罪人喽！有罪哦！愧见列祖列宗哦！

【顿了顿。

吕丰年：这清风湾的历史说不清了，都说是明朝的时候，从山西大槐树下迁过来的，有段历史喽。你说这人也怪了，一会儿跑西边儿，一会儿跑东头儿，没个定性儿。

【顿了顿。

吕丰年：不过也是，树挪死！人挪活！让他们挪吧，咱是挪不动喽。哎，都要过去喽，过去喽！

【顿了顿。

【吕福旺上。吕福旺手里拿着大哥大，身穿西服，脚着皮鞋，一副老板的样子。

吕福旺：爹！可算是找着你了。

吕丰年：找我弄啥！

吕福旺：爹，你跟我上城去，住在这山里头，半天不见个人影。万一……

吕丰年：你咒你爹死呢。

吕福旺：没，没那意思，爹。

吕丰年：我不去！我还种地呢！

吕福旺：爹，你听我一句。走吧，种地能值几个钱！

吕丰年：这不是钱的事。都要是不种地，你们城里人吃啥！

吕福旺：你种这点儿地够城里头吃几顿（有意讥讽）？

吕丰年：你有几个钱儿，你就忘了姓啥了！

【吕福旺大哥大电话响起。

吕福旺：爹，我不跟你辩论，我去山上回个电话。

【吕福旺掏出大哥大，往山上走去。

吕福旺：啊，啊，对，对，我是吕福旺。工程队的事情你们看着弄就行……

【吕丰收已经去世，吕丰年只要想到吕丰收，吕丰收就以魅影登场。

【吕丰收暗上，似一道魅影，他在吕丰年身边转悠来，转悠去。

吕丰收：狗肉包子，上不了台面的东西！让你去城里头舒服两天呢！

吕丰年：你上得了台面！你不也死在了村里头嘛！

吕丰收：一辈子的庄稼汉，可怜！

吕丰年：你不也是？

吕丰收：我不是！地？能值个什么！我活着，就是为了和你斗智斗勇！

吕丰年：吕丰收，你咋一辈子就瞅上我了，你瞅我好看是不？

吕丰收：（阴笑着）哼，就你那个黑脸，比村里头的叫驴毛还黑呢。我是看你可怜，来照照你。

吕丰年：照我弄啥？

吕丰收：我不在了，你不也是老想我呢，老哥哥。

吕丰年：也是，没了你之后，我这心里头，跟地撂了荒一样。

吕丰收：嘿嘿，咋了没人和你斗了？吃不下饭喽？

吕丰年：我也想你呢！想你死得可怜呢！压根儿我也没想着和你斗，你偏要和我斗！

吕丰收：没想和我斗？说得可够轻松的啊！我爹咋死的？你不是不知道！

吕丰年：我爹告了密，那也不是你爹先作下了孽么！再说，也不是我爹把你爹害死的！

吕丰收：（气愤）要不是你爹，我爹也不能被打成那样！

吕丰年：你别赖人！我可管不着。

吕丰收：哼！那八亩坪你倒是管着了！管了一辈子！

吕丰年：（真诚地）说老实话，我那会儿还真想还你的。

吕丰收：（不信）还我？得了吧，你诚心是害我！

吕丰年：丰收老弟，我是真想还你，只不过，是好心办下了坏事。咱两家斗来斗去，图啥呢？越斗越穷啊。你看这，斗来斗去村子里都没人了！

吕丰收：越是穷才越斗呢！

吕丰年：冤冤相报何时了？和为贵！和为贵！咱全村的门楼上不都是刻一个“和为贵”嘛！

吕丰收：和为贵！糊弄谁呢！别给我装蒜了！你那年卖地给我，存着什么良心？你忘了，我可忘不了！地主的名声，我是替你背了半辈子！

【时间回到 20 世纪 40 年代。

【吕丰收上，后面跟着风水先生，火急火燎的。

【吕丰年坐在锄把上，抽着旱烟袋，他远远望见吕丰收，就赶紧站起来。

吕丰年：丰收老弟。来了？

吕丰收：来了。想好了吧？咱可不能反悔啊。

吕丰年：老弟，咱俩说好的事，反悔那还是男人做下的事儿嘛！

吕丰收：行，赵先生，那写吧。

【先生带笔墨上前一步。

风水先生：你们哪个说？

吕丰收：让丰年哥说吧。

吕丰年：那我就说了。清风湾下八亩坪，西至虎头岩，东至青龙岗，合计八亩三分六厘，原主吕丰年卖于吕丰收。

吕丰收：两担麦子，你就舍得卖给我了？

吕丰年：丰收老弟，这是我们家欠你的。两担就两担，是个意思就行了。

吕丰收：嘿哟，你这是大善人啊！

吕丰收：丰年，咱这可就定了，再反悔也没用了。

吕丰年：丰收老弟，我爹死了，家里兄弟就我一个，这么多地咱也做不了，荒着也是荒着，放心吧，咱说的话，就是吐出的钉子。

吕丰收：行，有你这句话，咱就把心放肚子里了。

吕丰年：这地本是你爹花钱置下的。我知道你心里头不服气！物归原主，意思下就中了。

吕丰收：（假意逢迎）还是老哥宽宏大量啊。

风水先生：既然双方同意，那就签字吧。来，来，签字画押。

【吕丰年、吕丰收两人分别按下了手印。

【风水先生下。

吕丰年：我爹作了孽，心里头堵得慌，八亩坪孤零零种了两年，就得了吃不下的病，三天就送上清风岗了。命不硬，扶不住这块风水宝地。咱俩从小时候玩到大的，不能让一块地结下两家仇不是。

吕丰收：你说得轻巧！我爹的命就值这一块地不成？

吕丰年：那地你是要，还是不要？

吕丰收：地我要了，仇我可忘不了呢！

吕丰年：那我可就不卖了。

吕丰收：想卖就卖，不想卖就不卖？不能由你吧？字你签了，咋还想反悔不成！

吕丰年：（气愤）你这是要赖！

吕丰收：（狡猾）耍赖？赖，我耍得多了，你是知道的！

吕丰年：（豁出去了）行！男子汉大丈夫！头落了，碗大个疤。你说吧，你想咋样？今天我脑袋落了，只要把咱两家的冤仇化了，也值了。

吕丰收：呦，呦，装上大英雄了！那倒是便宜了你，没那么简单！

【一位放羊的老人唱着歌谣赶着羊群从后方走过。

歌　词：放羊过山坡
青草儿多又多
掌柜吃烙饼
我吃糠窝窝
放羊过山坡
青草儿多又多
羊儿不吃草
放羊的受折磨
放羊过山坡

青草儿多又多
河里丢鞭子
当兵去学哥哥
【吕丰年、吕丰收望着老人渐远，愣神了。突然传来两声枪响：“啪！啪！”
【牛队长穿着八路军的服装，领着众人上。
众　人：（七嘴八舌）打倒地主吕丰年！对，斗争吕丰年！
【吕丰年想跑。吕丰收拉住了他，不让他跑。
牛队长：别动！
【吕丰年和吕丰收举起手来。
牛队长：吕丰年，跟我走一趟！
吕丰年：我犯了什么法了？
牛队长：吕丰年，你这个地主，给我老实点！
众　人：打倒地主吕丰年！
【吕丰年在盘算着什么。
吕丰年：牛队长，我不是地主了！
牛队长：你还给我狡辩，八亩坪全是你家的！不算其他的，就这八亩地就够划你个富农，你不是地主谁是地主？
吕丰年：（如释重负）哦，八亩坪不是我的了。我，我，我……我卖给……
牛队长：不是你的，那是谁的，别给我撒谎！老实点！
【吕丰收见势不妙，欲走。
吕丰年：我卖给丰收了！
【吕丰收想要跑。
牛队长：那你也是个富农！吕丰收！给我站住！
【吕丰收定在原地。
【吕丰收悄悄地想把地契撕毁。
牛队长：别动！这是咋回事，说清楚！
吕丰年：我，我把地卖给他了！
吕丰收：（害怕）啊，没有的事儿。
牛队长：拿过来！
【牛队长顺手从吕丰收手里把地契夺过来。牛队长认真地看了看。
【牛队长看过之后，拿起地契直接撕毁。
牛队长：土地改革了，这些地契全部都得销毁！
【顿了顿。
牛队长：吕丰收跟我走一趟吧。
吕丰收：我，我刚买的。
牛队长：刚买的也不行！有啥咱区上说吧。
吕丰收：吕丰年，你算计老子，咱两家这仇是没完了！
牛队长：少啰嗦！快走！

【牛队长领头齐下。

【时间回到20世纪末，晚年的吕丰年。

吕丰年：（自言自语）嘿，我这好心办了坏事啊，谁知道，这仇是越化越化不开了。邪了门儿了。

【吕丰收魅影上。

吕丰收：办了坏事？你让我娶不上媳妇，断子绝孙了！

吕丰年：你娶不上媳妇，还怪到我身上了？

吕丰收：就因为挂上个地主身份，谁家大闺女愿意给咱！

吕丰年：不是地主，你也娶不上媳妇儿！十里八乡的谁不知道你是个孬种。

吕丰收：嘿嘿，你娶了个穷要饭的，你还能起来了！

吕丰年：那也比你强！

【老年的吕丰年和吕丰收渐渐隐去。

【时间回溯到20世纪40年代。

【舞台一侧灯光亮起，一群人纷纷跪下。

【舞台另一侧灯光亮起，吕丰年跪地，尔后起身。

【众人跟着吕丰年磕头。

吕丰年：老龙显灵，大发慈悲，行云布雨，挽救生灵！

【众人抬着龙王爷塑像，在游行。

【牛队长风风火火上。

牛队长：吕丰年，你反了天了！

吕丰年：牛队长，别冲撞了老龙王。（示意牛队长闪开）

牛队长：你们这是干什么！这是封建迷信，你知道不知道？

吕丰年：连着五个月没下一点儿雨了，老百姓们都盼着下点儿雨么。

牛队长：信这个？都给我走！走！走！（驱赶着众人）上山上，开渠引水去！

【牛队长转过头对着吕丰年瞪了一眼。

牛队长：吕丰年，你要再不老实，我把你给关起来！

【吕丰年瘫坐在原地。

吕丰年：你冲撞了神灵啊！

【吕丰年在地上长跪不起，向天祈祷着。嘴里念念有词。

牛队长：你给我起来！

【牛队长踢了吕丰年两脚。

牛队长：你再不起来，我就请人去把你拉起来。

【牛队长愤愤地下。

【牛队长走后。

【王老头和王桂芝上。王老头穿得破破烂烂。

【吕丰年跪在地上，向天磕着头。

王老头：大兄弟，大兄弟。

吕丰年：老龙王，啊，你是老龙王吧。

王老头：这个娃，是神经了吧。

吕丰年：他们冲撞了你啊，老龙王。

王老头：我还老龙王呢，我是要饭的。

【吕丰年清醒过来。

吕丰年：啊，要饭？大爷。（羞涩地笑了，挠了挠耳朵）我在祈雨来着。

王老头：祈雨？真是旱的旱，涝的涝，我们东边县都淹完了。

（停顿）

王老头：这是什么地界儿啊？

吕丰年：清风湾！

王老头：好名字，清风……湾。大兄弟，有啥干粮没有？我俩都饿了三天，一颗小米子儿也没进啊。

吕丰年：（起身就要走）干粮！我回去给你拿。

王老头：我，我怕扛不到那时候。

吕丰年：地里头有红薯，随便刨两个你垫垫肚子。等着，我这就给你拿干粮去。

【吕丰年跑下。

【王老头半躺在地里。

王老头：真是个好人啊。

王桂芝：爹，你挺住啊。（担心）

【王桂芝用力刨着红薯。她一边刨着，一边看着父亲。王老头已经渐渐立不住，躺在了地上。

王桂芝：爹！爹！我快挖到了。

【王桂芝把一个红薯放在王老头的嘴边。

【王老头用力地嚼着。

【吕丰年在舞台一侧，用力地跑着。

王老头：爹，嚼不动了。我怕是大限到了。桂枝，咱是走不到……走不到西边了。

王桂芝：爹，爹，你不能扔下我一个人啊。

王老头：爹走了以后，你就在这儿找个人家吧。

王桂芝：爹，爹！

【吕丰年继续跑着。牛队长暗上。

牛队长：站住！你又想做什么精哩！

【吕丰年定住。

牛队长：干啥去！这么慌里慌张的！

吕丰年：队长，有急事！

【牛队长拉住吕丰年。

牛队长：什么急事?！跟我去修渠引水！

吕丰年：队长，你先去，我过会就来！

牛队长：吕丰年，站住！晚上是诉苦会！你不能缺席！

吕丰年：要批斗谁?

牛队长：吕丰收！你这富农不能缺席，也要好好接受教育！

吕丰年：队长，我要去救人！

牛队长：救谁！

吕丰年：刚遇见一个老头，饿得快不行了。

牛队长：那你不早说，快走！

王桂芝：爹，爹！

【吕丰年俯下身子，扶着王老头。

吕丰年：快，把这个柿子饼先吃下。

【王桂芝把柿子饼掰成块，一小块、一小块地喂着父亲。

【牛队长也俯下身子。

牛队长：大爷，大爷！您先吃点东西。

【王老头睁开眼睛。

王老头：好人啊，谢谢你们。

牛队长：大爷，您慢慢说。

王老头：你是八路军吧？

牛队长：大爷，我是！

王老头：八路军都是好人啊！大爷托你个事儿。

牛队长：大爷您说。

王老头：我们一家老小全饿死了，就剩下我俩了。我怕是不行了，唯独这小女娃放心不下，转眼她也满 19 了，就让她在这清风湾找个家吧。这事情就托付给你了，费心了。

【王老头说完，闭上了双眼。

王桂芝：爹，爹，你扔下我一个人就不管了，爹！

牛队长：（冲吕丰年说）快去叫人。

【吕丰年跑下。

牛队长：你们从哪里来？

王桂芝：东边县。

牛队长：那边情况怎么样？

王桂芝：遭了大涝，全淹了。

牛队长：家里还有什么亲人？

王桂芝：（哭着）都，都饿死了……

牛队长：你们到哪里去？

王桂芝：西边吕梁山里。

牛队长：还有几百里路呢。山里头有狼，路上头有匪，怕是你走不到。

【王桂芝低着头。

牛队长：刚刚，你爹说的话，你同意不？

【王桂芝还是低着头，悄悄地啜泣着。

牛队长：那是不答应了。

【王桂芝还是啜泣着。

牛队长：同意不同意你说个话！

【吕丰年上。

牛队长：这是组织上在问你话呢！

【王桂芝点了点头。

牛队长：好，那就是同意了！

【牛队长踌躇着，踱着步。刚好迎头撞上吕丰年。

吕丰年：牛队长！

牛队长：欸，有了！

吕丰年：什么有了？

牛队长：你看他怎么样？（指了指吕丰年）

【王桂芝望了望吕丰年。没有说话。

牛队长：你说个痛快话。

王桂芝：是个好人。

牛队长：不错，这个人除了成分不好，思想封建，其他的也没什么毛病。好，就这么定了。

吕丰年：定什么了？

牛队长：吕丰年，给你说下个老婆。

吕丰年：啥，我转了一圈回来就有老婆啦？

牛队长：这不是嘛。

【牛队长把王桂芝往吕丰年身边拉了拉。

吕丰年：我？我一个大老粗，粗惯了！人家大姑娘，咱……

牛队长：这是组织上的命令！

吕丰年：（嘿嘿一笑）服从组织安排！

【吕丰年和王桂芝相向而视，彼此低下了头。

牛队长：好了。吕丰年，你的八亩坪重新划分了。

吕丰年：咋分的？

牛队长：八亩坪分成了两半，你和吕丰收一人一半，以石头为界。其他地块一律没收！

吕丰年：啥？就这么分了？（难过）

牛队长：你也想当地主不成？

吕丰年：不敢，不敢。（害怕）

【牛队长下。

吕丰年：（冲王桂芝）你去换换衣裳吧。

【王桂芝下。

【吕丰年一个人高兴地不知道该如何了。他拿起锄头锄了两下地，又扔了锄头，去拔草，拔了几把草，又拿起锄头狠劲地锄起地来。

【音乐起。

歌　词：一铺滩滩杨柳树
一铺滩滩的草
一队一队的抗日军
哎呀哟
数咱八路军好
一铺滩滩新棉衣
一针一线缝
一件一件新棉衣
哎呀哟
送给咱独立营
【时空转换。王桂芝换了一身红色衣服上，已看出怀有身孕。

王桂芝：歇歇吧！看把你累得！

吕丰年：歇歇！这地不好好伺候，咱今年怕是要吃不上饭了！
【吕丰年在拼命地锄着地。

王桂芝：没有锄坏的地！你看你疯样子，就差个缰绳了！

吕丰年：你就是我的缰绳！
【吕丰年呸呸往手上吐了两口唾沫，又拿起锄头狠劲儿干起来。

王桂芝：开这玩笑，不害臊！孩子快生了，取个啥名儿呢？

吕丰年：我早想好了！

王桂芝：叫啥？

吕丰年：生个男娃就叫麦芒，生个女娃，生个女娃……

王桂芝：咋，女娃就不配有个名字了。

吕丰年：生个女娃就叫麦香吧，就像五月的麦子一样，躺在麦子垛里头打滚，真香。
【老年的吕丰年和吕丰收，望着青年的王桂芝和吕丰年，四人同时在场。

吕丰收：瞧你那个骚样！

吕丰年：嘿嘿，那是我一生中最得意的时候。不像你，就知道害人，把自己也给害了！

吕丰收：（悲伤）你比我强，你是比我强。我一辈子，孩子也没一个。

吕丰年：孩子！要不是你，我那孩子就不会死！
【老年的吕丰年陷入了回忆中。
【吕丰年站起来，手拿着锄头去打吕丰收的魅影。吕丰收的魅影渐去，吕丰年在空中挥舞着锄头。

吕丰年：我打死你，我打死你！
【幕后传来，吕丰收的声音。

吕丰收：（同情地）不是我害的她，我还救过她呢！（愤怒）我不像你，不把女娃娃当人！你倒是真想害死她。

吕丰年：（痛苦地）啊，我，我有罪！我起过杀心！虎毒还不食子，天地良心啊……

【灯光渐灭。老年的吕丰年隐去。

【青年吕丰年停下来，握着锄头，憧憬着。

【牛队长上。

牛队长：丰年，你过来，我有话跟你说。（阴沉着脸严肃地）

【吕丰年放下锄头，走过来。看出来牛队长脸色不对。

【牛队长背着王桂芝对吕丰年说了一些什么。

吕丰年：啥！我不干！

牛队长：你不干，我也不想干！可咱有办法不？

吕丰年：眼下又是个荒年，饭都吃不上了。桂芝又怀着孕！你这是要弄死人的！

牛队长：你这是单干思想！知道不？我劝你先想清楚问题的严重性！

【牛队长下。

王桂芝：队长，说啥！

吕丰年：咱的地又没了！

王桂芝：啊?!

【吕丰收扛着锄头，前来八亩坪锄地。

吕丰收：嘿嘿，麻绳绑鸡蛋——怕是要两头空哩！

吕丰年：你不也一样！

吕丰收：我光脚的怕什么，只要你过不好，我就高兴！

吕丰年：嘿，你这是什么话！

吕丰收：什么话？好话！看着你穷，我这心里头就舒服！

吕丰年：你！（指着吕丰收）我从没有害过你！

吕丰收：哼！和姓牛的穿进一个裤裆了，就是正人君子了？差远呢你！

吕丰年：我……

吕丰收：嘿，锄地？不是老子的地了，还来锄啥？

【吕丰收扛着锄头下。

吕丰年：往后的日子可咋办哩？

王桂芝：咋办，能咋办，走一步算一步吧。

吕丰年：这要是生个男娃娃吧，饿死咱也值了；要是生个女娃娃，就……

王桂芝：就什么！女娃娃就不是人了？

吕丰年：谁不是娘生的，可咱眼下也养不活！

【王桂芝头也不回地走了。

【一侧灯光亮起，老年的吕丰年吧嗒吧嗒抽着旱烟袋。

吕丰年：那一年，大涝，雨下到哪里，哪里就发起一个漩，哗啦啦从山上就漫下来了，那河一跃就是几丈高，一会儿像几十匹马，齐头并进，一会儿像一只豹子，迅猛向前。那河往左一偏，一大块地就下去了，往右一涌，三间房子就垮了。就这八亩坪在这湾湾里呢，才留下来了。可庄稼都死了，吃啥啊！小麦香生了，可养不下啊。

【时间回到 20 世纪 50 年代。

【王桂芝提着篮子上，篮子里孩子在啼哭着，一声比一声急促。

【王桂芝四处跑着找寻着吕丰年。

王桂芝：丰年，丰年！

【吕丰年在芦苇丛中摸鱼。

吕丰年：这儿呢！

王桂芝：丰年，弄到鱼了没？

吕丰年：嘿嘿，鱼，连个虾米也没有！

王桂芝：是个闺女。小麦香，小麦香。她还冲我笑呢！（高兴）

吕丰年：大人也快饿死了，还得顾上孩子！

王桂芝：都怪这个牛队长！

吕丰年：地都涝得顶不住，还说什么密植高产！种地他是个外行！这样种，麦子能长高啊？外行当家，真是害死人啊。

王桂芝：别说那么多，眼下咋过啊？

吕丰年：咋过，把孩子给我！我让水给冲走，是福是祸看她造化了！

王桂芝：啥，不行！

吕丰年：给我！（上前夺过来）

【吕丰年把篮子放进水里。

王桂芝：你会遭报应的！

吕丰年：我这是救咱俩啊！（无奈）

（顿了顿）

吕丰年：漂吧，漂吧。漂到哪里，（悲伤地）哪里就是你的家。

【王桂芝随着篮子一直跑呀跑。

【舞台一侧，一束灯光射下，吕丰年蹲在地上，他十分悲伤，用手扒拉着头发。他站起来，原地转着圈。

【舞台上，篮子随着牵引被带到了天空，篮子在舞台上不断地升降，旋转。

【王桂芝跟着篮子一直跑。篮子离她越来越远。

王桂芝：麦香！麦香！娘，对不住你！

【篮子里“哇”的一声，婴儿的哭声响彻天际。

【篮子下降。

【吕丰收上，他把篮子接住。

吕丰收：嘿嘿！小闺女，叫叔叔。

（顿了顿）

吕丰收：爹妈养不起你，就把你扔了！真不是东西！

【王桂芝追上了吕丰收。

王桂芝：把孩子还给我！

吕丰收：孩子是我的！

王桂芝：我的！

【王桂芝欲上前抢孩子。

吕丰收：孩子是我救下的。

王桂芝：你的大恩大德，我领了。

吕丰收：行，那你给我磕个头吧！

【王桂芝恭恭敬敬给吕丰收磕了个头。

吕丰收：（失落）哎，没劲儿，你走吧。

【吕丰收把篮子交还给王桂芝。

【吕丰收腰板挺得直直的，他做了一件大善事，心里有种满足感。

【王桂芝把篮子接过，她微笑地看着篮子。

【时空转换。时间延续到20世纪50年代后期。

王桂芝：麦香，你又偷懒了，别在这里睡着了。

【吕麦香已经是六七岁的小孩子了，她从篮子里爬出来。

【舞台上，灯火通明，一侧竖起了小高炉，炉火映红了天空。

【众人上。

【众人围着高炉。

众　人：老年赛过老黄忠
壮年赛过赵子龙
青年能胜小罗成
老太太赛过佘太君
……

【牛队长（已是村主任）上。

牛主任：钢铁元帅开了张，一切工作都得让。炉对炉，钢对钢，昼夜不停，一片火光。

吕麦香：妈，我饿，睡着了就不饿了。

王桂芝：饿，饿也得受着。

吕麦香：妈，我饿得肚子疼。

【吕丰年上。

吕丰年：你们娘俩嘀咕啥呢？

王桂芝：还不是饿的。

【吕丰年示意王桂芝别乱说。

牛主任：丰年，咱家的褡裢、铁锅都拿来了不？

吕丰年：牛主任，都拿了，钥匙我都给你拿来了，反正家里就四堵墙，没啥偷的。

牛主任：这次你算弄了个先进模范。

吕丰年：牛主任，看你说的，人嘛，思想也得转变转变。

牛主任：好，好。干好了，我给组织上说说，提拔你为小队长。

吕丰年：牛主任，费心了。

牛主任：今天就先歇了吧。（冲众人说）

【转身对吕丰年说。

牛主任：你在这儿看着，我去山上弄点柴火。

【牛主任、众人下。

王桂芝：（小声地）小队长当了又咋样，孩子还不是饿得哇哇叫。

吕丰年：你懂个啥，还不是惦记着咱的那块地不是。走，跟我去弄点槐树叶子，给咱麦香吃。

【王桂芝和吕丰年下。

【吕丰收背着麻袋上。

【吕丰收麻袋里的铁链、镢头一件一件往外摆。

【吕麦香坐在树杈子上，呆呆地看着他。

吕丰收：麦香，饿不饿？

吕麦香：饿！

吕丰收：叔给你掰个玉米。

吕麦香：我不吃。

吕丰收：放心吧，别人看不着。

【吕丰收掰了一个玉米含在嘴里。他使劲儿地嚼着。

吕丰收：这玉米可香了。

【吕麦香渐渐走近了吕丰收。

吕丰收：给，你吃个尝尝。

【吕麦香嚼着玉米。

【吕丰年和王桂芝拿着槐花上。

吕丰年：谁让你吃的，这是公家的东西。看我不打死你！

【王桂芝赶紧从吕麦香手里夺下玉米。

王桂芝：哎呀，快扔了，让别人看到了，可就惹大祸了！

【牛主任上。

牛主任：你们这是干什么？

吕丰年：主任，不，不是你想的那样。

牛主任：不是什么，我都看见了！

吕丰年：这孩子不懂事，你别怪罪。

牛主任：都要像你们这样还行不行了？

吕丰年：谁让你吃的！（一巴掌打在了吕麦香脸上）

吕麦香：是丰收叔给我的！

王桂芝：哎呀！

【吕丰年一脚踹在了吕麦香的屁股上。

吕丰年：别人给你，你就吃啊！

【吕麦香哭着跑了。

【王桂芝追去。

【吕麦香一边哭，一边跑，一下子从山上摔下去了。

王桂芝：啊！麦香！麦香！

【吕丰年、王桂芝和牛主任跑下。

【定点光打下来，时光穿越到 20 世纪 90 年代，老年吕丰年呆坐在八亩坪上。

【吕丰收的魅影再次出现。

吕丰收：我，我是跳进黄河也洗不清了，坏人的名声我是背到了死啊！

吕丰年：嘿嘿，坏人当久了，就真成了坏人！

吕丰收：（气愤）是你们把我逼的！（释怀）哈哈哈！罢！罢！罢！

吕丰年：你，你，你害死了我的小麦香！你不得好死！

吕丰收：我是没好死了！哈哈哈！

吕丰年：你，你，你。断子绝孙！

吕丰收：我光棍一条！哈哈哈！

吕丰年：我！我！我……我咋就碰上你这号人了。

吕丰收：嘿嘿，没法子，这就是你的命！

吕丰年：命……

吕丰收：想要我和来个恁个哩，你还嫩着呢！坏人就坏人吧，既然当上了坏人，咱就做到底！

吕丰年：天地人心！生在这块天下，长在这块地上，人的心不能坏了啊！

吕丰收：（鼓掌）说得好！说得好！你的心就好到哪儿去了？八亩坪兜兜转转又到你手上了，咋就这么巧呢？你要是没做亏心事，我吕字倒过来写。

吕丰年：倒过来，你也还姓吕。我抢过来，我还是种地，你抢走，你要弄啥？你要毁地啊！

吕丰收：孽是八亩坪起的，毁了这八亩坪就无冤无仇了！

【吕丰收魅影淡去。

【牛主任匆匆上。

牛主任：吕队长，你可不能干缺德的事儿啊！

吕丰年：牛主任，你话可得说明白。

牛主任：咱刚实行了家庭联产承包责任制，对吧？

吕丰年：没错。

牛主任：这地咱是又分了，对吧？

吕丰年：没错儿。

牛主任：咋分的？

吕丰年：抓阄！

牛主任：抓阄！问题就出在这抓阄上了。

吕丰年：咋了。

牛主任：以前这八亩坪是你的，后来归了大队，这次分地又分到你手里了。咋就这么巧呢？

吕丰年：这世上的事情巧的多了！这咋知道呢？

牛主任：你别给我装蒜！你肯定做了手脚。

吕丰年：天地良心，我绝对没做手脚。

牛主任：咱这清风湾，就这八亩地最好，其他的都是山圪梁梁上头呢。好地块就偏偏分到你手上了。再说了，你们这三股家里的，都是分的好地，那个吕丰收他们二股家都是赖地。尤其是那个吕丰收，分的地都是在山旮旯里呢。你说说这，我就不信了。

吕丰年：吕丰收他罪有应得！他是个地主！

牛主任：现在改革开放了，不时兴那一套了，咱也不能一成不变地看一个人不是？

吕丰年：是，是，但是我绝没有做过手脚。

牛主任：你没做过是吧？

吕丰年：没有！

牛主任：你没做过，不见得你们三股家的没做过。村里的双委，头头脑脑都是你们三股家的。

吕丰年：那不关我事情，那也是村民们选出来的不是？

牛主任：行，行，你看着吧，他们二股饶不了你。

吕丰年：他们想弄啥弄啥，我谅他们也经不起啥风浪来。

牛主任：你啊，你！我是外姓人，我管不着你们家族的事情。

【吕丰收携众人上。

吕丰收：吕丰年，你欺人太甚了！

众　人：对，欺人太甚！

吕丰年：我咋欺负你们了！

吕丰收：你把好地都分给你们家，把赖地都分给我们！

吕丰年：那是抓阄抓出来的！

吕丰收：我信你个……

众　人：把吕丰年给我逮出来。

村民甲：对，给我逮出来！

牛主任：安静！安静！我是一村之主，听我说两句。

众　人：听你说个啥？……你也不是什么好东西，跟他们是一伙的。

村民乙：对，跟他们是一伙的。

牛主任：啥，我，我跟谁一伙的？我，我的地我拿出来，谁愿意跟我换都行！

吕丰收：你在这儿充大尾巴狼呢？

牛主任：哎呀，我，我跟着你们也背上黑锅了！

【吕丰年拨开牛主任，他站了出来。

吕丰年：地是分了，咱也抓阄了，咱是公平公开，你们要是有意见，冲着我！

吕丰收：行，有你这句话就行！

【吕丰收揪住吕丰年的衣服领子。

【众人乱作一团。吕丰年乘机溜了。

【吕丰年和牛主任在舞台上跑着。

【他俩一直跑，一直跑。

牛主任：进来，来我家躲躲！

【吕丰年跟着牛主任跑进来。吕丰年上气不接下气。

牛主任：吕丰年，你害惨我了！

吕丰年：我，我确实做了手脚！

牛主任：你呀，你变了！

吕丰年：牛主任，我没变，我一直就是个农民，我穷疯了，饿疯了，我想种地种疯了，只要有了地，我有的是力气，不愁咱吃不饱，不愁咱富不了！

牛主任：你变了，你是富了，你让人家都饿死?！没想到，权力能让一个人变得这么坏！

【吕丰年思忖着牛主任的话。

牛主任：你们可都是一个老祖宗。我早就听说了。你们这个村子是从山西大槐树下迁过来的。来的时候就一个老头和老太太，生了三兄弟，几百年就成了你们这三股势力！

吕丰年：没差！

牛主任：你们二股和三股憋着点子挤走掌股家，人家掌股走了，你们又开始内斗起来了。

吕丰年：也没差！

牛主任：这什么时候是个头呢？

吕丰年：这倒是个问题。

牛主任：知道咱为什么穷了吧？我这外姓人，也跟着受牵连啊。

【噼里啪啦的石头砸在牛主任家的屋顶上。只听见“叮叮当当”的声音，一直持续了很久。

【幕外传来。

众　人：吕丰年，你给我出来！

【吕丰年想要出去看看。牛主任拉住吕丰年。

牛主任：你不要命了？

吕丰年：我对不住你啊！

牛主任：让他们发泄吧，发泄完了就好了。

【砸房顶的声音停止。

【吕丰年走出来。

吕丰年：啊……一片全瓦也没了！

牛主任：唉！这。我这姓牛的在你们这群姓“驴”的里头混了一辈子，我，我也改了姓吧，干脆姓你们“驴”算了。

吕丰年：走，上公社去！

牛主任：算了，算了！我不掺和你们这事了。我也该退了，让给年轻人吧，干不了了！

吕丰年：咋？

牛主任：老了！世道变了！

【牛主任黯然离场。

【时空转换，老年的吕丰年坐在地里。

【吕丰收的魅影上。

吕丰收：（轻蔑）哼，当上个小队长，心就坏了，要是当上个国家大干部，那还了得！

吕丰年：谁当了干部，谁不是想的自己的一亩三分地，谁不是想着自己家族里头那点儿人。

吕丰收：瞧瞧这个觉悟！

吕丰年：这也比你强！我至少没有搞破坏！

【老年吕丰年和魅影淡去。

【吕丰收领着众人从舞台后方而过。

【众人来到祠堂。

【祠堂的前面放着一个选票箱子。

村民甲：我投吕丰收一票！

村民乙：我投丰收哥一票！

村民丙：我投丰收叔一票！

【吕丰年匆匆上。

【熙熙攘攘的村民走进祠堂。吕丰年、吕丰收、吕福旺站在人群中。队伍分成了两排，一排是二股家的，一排是三股家的。

吕丰收：各位老少爷们，今天要是选了我，咱以后修果园，带着走致富路。

【两个村民在吕丰年这一小撮中议论起来。

村民甲：这好啊，正愁着没路可走哩！

村民乙：是啊！

吕丰年：（冲着两个村民狠狠地）你们两个要是胳膊肘往外拐，你们就去那边！

村民甲：叔，都啥时候了，还分派系呢？都是庄稼人，谁对咱有好处，咱就听谁的！

吕福旺：爹，种地挣不下钱了！

吕丰年：致富？还怕是憋着啥孬点子呢。

吕丰收：老少爷们，想好了咱就举手表决吧。

【二股家纷纷举起了手，三股家有几个村民想举手又不敢举。

村民三：一半对一半！平分秋色啊！

【这时候，呆子走进祠堂，嘴里念着歌谣。

呆　子：一代亲，二代表，三代四代就拉倒。

吕丰收：呆子，别唱了。你家就剩你一个了，你就代表了。

呆　子：给我糖吃，我就支持谁！

吕福旺：别了，一个孩子知道什么！我同意！

【吕丰年看着大势已去，心里不是滋味。

【三股家这时候有几个村民也举起了手。

【吕丰年走到列祖列宗的排位前，把一根点燃的香取下来，摔在地上。

吕丰年：咱老吕家，往后就剩下你们二股这一支了！

吕丰收：哥，你看看，你这是干啥哩！咱这不是公平公开的嘛。

吕丰年：你们这是全凭人多，是不是？你别得意忘形！

吕丰收：几百年了，在这个村里头，不是谁人多谁说了算？今天这个村主任，我是当定了！

【吕丰年愤然离去。

【众人举着吕丰收。

【一束光打在吕丰年身上。吕丰年一个人漫无目的地走着，他好像在思想着什么。

【王桂芝上。

王桂芝：老头子，走吧。跟我回家。

吕丰年：走，回家，回家……

【两个人互相搀扶着。

【时间流转。

【吕丰收上，吕丰收换了一套装束，穿着白衬衣，扎进裤腰带里，胳臂上夹着一个包，脚穿着皮鞋。

吕丰收：丰年哥，给你商量个事情。

吕丰年：你说吧。

吕丰收：咱村要修果园，这不是带着大家致富不是。

吕丰年：修吧，我支持。

吕丰收：嘿，变天儿了。

吕丰年：是服了，服你，服得是服服帖帖。不用给我商量，咱就是个平头老百姓。

吕丰收：是这，组织上决定征用你这八亩坪。

吕丰年：啥？又要征地？

吕丰收：哥，你咋又变卦了呢？

吕丰年：你这是毁地！

王桂芝：你这是公报私仇呢！

吕丰收：桂芝嫂子，你咋这样说呢？我可没这心思了。不妨给你们说，种了果树，这地就不用你们交提留了，还能给你们分红。

吕丰年：万一要搞不成呢？这地咱就彻底毁了。

吕丰收：咋可能呢！

【吕福旺上。

吕福旺：爹，你就别犟了。这是好事！

王桂芝：你知道个啥！这里有你插嘴的份儿不？

吕福旺：我是不种地，我要去城里头打工。

吕丰收：行，那咱就说到这儿，你们还是多听听孩子的意见。

【吕丰收下。

吕丰年：（冲着吕福旺）你说啥，你不种地？

吕福旺：我要去学泥瓦匠！我才不想当农民！

吕丰年：生在这块天下，长在这块地上，当不当是你说了算？

吕福旺：你看着吧，你看我说了算不算。

吕丰年：你敢！

王桂芝：老头子，要不让孩子去试试吧。眼看这种庄稼也不行了。

吕丰年：唉！

【吕福旺、王桂芝一边走着一边说着。

吕福旺：娘，我要是有钱了给你买大房子！

王桂芝：娘怕是住不上了！

【舞台上一束光打下来，吕丰年呆呆地坐着。

【吕丰收的魅影出现。

吕丰年：我说啥来着。你不是种地那块材料！

吕丰收：这你算是说对了！

吕丰年：咋，你夺了我这八亩坪是想给我看看你多能？

吕丰收：哈哈哈，我就是毁地，我毁了你这块心头肉！

吕丰年：你毁地，你毁的是人心啊！你看看这村子让你折腾成什么了！

吕丰收：走，走吧，都走吧！

吕丰年：你坏透了！

吕丰收：这个村子没一个好人！哈哈哈。

【吕丰收魅影下。

【众人跑上前来。

众　人：果园亏了！

村民甲：一分钱没有捞着！

村民乙：苹果都喂猪了！

村民丙：猪都吃不下了！

众　人：走，走！找他吕丰收评评理去！

村民甲：吕丰收，你不是说好的分钱么？

村民乙：地都让你给毁了。

村民丙：往后的日子怎么过！斗了一辈子，争来争去，什么也没得到！

村民甲：都是他（指着吕丰收）起的头儿！

吕丰收： 哈哈哈，哈哈哈。毁喽！（放声大笑，而后倒在地上）

【一束光打下来。

【老年的吕丰年坐在锄头上。

吕丰年： 嘿嘿，斗了一辈子，争了一辈子，都走了，死了，顺着小风儿，不知道飘到哪去了。

吕丰年： 你也要走？

【吕丰收的魅影浮现。

吕丰收： 你不想我了，我肯定要走！

【天空飘起了雪花。

吕丰年： 你看看这雪下得，飘飘洒洒！小风儿一吹，房顶上，田地里，山圪梁上，跟染成了画儿一样。

吕丰收： 嘿嘿，瑞雪兆丰年啊！

吕丰年： 兆，丰，年！哈哈，有意思，有意思。

吕丰收： 老哥哥，咱俩和了吧。我还你一个子儿！我服！

【吕丰收丢了一个小石头子儿，丢给吕丰年。

吕丰年： 嘿嘿，你和我呀，就像这小石头子儿一样。算了，算了，翻篇儿了！

吕丰收： 贵为和！

吕丰年： 那是和为贵！

吕丰收： 嘿嘿！

【吕丰收的魅影被吹散。

【吕福旺上。

吕福旺： 爹！

吕丰年： 福旺啊，我往后要埋在这儿！

吕福旺： 爹，你不能埋在这儿！

吕丰年： 咋，老子就是要埋在这里！

吕福旺： 这地卖了，不是你的了！

吕丰年： 啥?!

吕福旺： 我跟药材公司签了合同了。

吕丰年： 啥？

吕福旺： 人家药材公司承包了咱的地，种药材了！

吕丰年： 不种麦子，种药材？

吕福旺： 是啊，不用咱管，还给咱分钱呢。

吕丰年： 钱，钱，钱，你就知道钱，你咋不让钱埋了你。

吕福旺： 爹，这不是市场经济了嘛。

吕丰年： 滚，你给我滚！

吕福旺： 爹，你说话文明点。我还有事，过两天我再来看你。

【吕福旺下，幕后一辆轿车发动机响起，扬长而去。

吕丰年：啥？连个埋我的地儿都没了？这上哪说理去！

【王桂芝上。

王桂芝：老头子，走吧，我等你等了好几年了。

吕丰年：走，走！

【吕丰年拄着拐杖，王桂芝搀扶着他走向舞台深处。

【音乐起。

歌　词：一铺滩滩杨柳树
一片一片青
一丛一丛山桃花
哎呀呀
好像胭脂云
一湾一湾清泉水
甜呀甜津津
一山一山好风景
哎呀呀
看呀看不尽
一群一群金翅鸟
飞呀飞出林
一串一串银铃声
哎呀呀
亮呀亮晶晶
一铺滩滩杨柳树
正呀正年轻
一丛一丛山桃花
正是好青春

剧终

悬　崖

马晓东

时　间：1936 年。
地　点：达城。
人　物：古　象——男，27 岁。中共地下党员。家中较为富有，幼时接受私塾教育，在国内就读保定军校，后留学法国，其间接受进步思想，在法国加入共产党。回国后，受组织委派，负责达城地下党的联络工作，伪装在达城茶馆中。因为同伴被国民党特务盯上，在一次执行任务过程中，不幸被捕。

代局长——男，48 岁。国民党中统局局长，负责达城的情报工作。

二　狗——男，32 岁。狱卒。原为达城周边农村的老百姓，因生活所迫，在达城监狱谋个官差，当兵吃粮。

贾从之——男，29 岁。国民党高级官员。巡视到达城，曾经与古象一起在保定军校学习，为同班同学。保定军校毕业后，加入国民党，因能力突出，屡次被提拔，现任国民党军令部二厅巡防处处长。

孩童若干。

监狱内打手及狱卒若干。

达城普通百姓若干。

序幕

【舞台灯光渐亮。一棵古老的大槐树矗立在舞台中央。高悬的太阳散出暖黄色的光芒。

【身着青布长衫的教师悠然地踱步。三五成群的孩童围绕着老师端坐着，发出琅琅的读书声。

众：我行其野，芃芃其麦。
控于大邦，谁因谁极？
大夫君子，无我有尤。
百尔所思，不如我所之。

……

【舞台灯光渐暗。读书声渐弱。

第一幕

【幕启。在顶部一束一束的强光照耀下，大厅里亮如白昼。

【旁边墙上挂满刑具，气氛阴森。

【古象端端正正坐在刑椅上，双手被铐在椅子上，英俊的脸庞，眼神显得有些平静，好似他已懂得将要面对的一切。

【粗眉大眼、满脸杀气的代局长带着四个打手走上，两个打手在古象前侧面给代局长搬来桌子和凳子，代局长坐定。

代局长：（沉声）古先生，我们不是第一次见面，我亲自把你从你经营的茶馆里请到这里来，并且在茶馆里发现了电台，解释都是多余的。这样吧，只要你告诉我，你的上级和接头的地方，我们就不用费口舌，也免受皮肉之苦。

古　象：（缓缓抬头）代局长，你我都是明白人，落到此处，确实没有再见天日的希望，你我算是同行，道德文章也不需要做了，每个组织都是有自己的纪律的，确实很难实现你的愿望。

代局长：每个组织必然有自己的纪律，但是既然落入我们的手里，我想你应该清楚，该走的程序，该遭受的刑罚也是必不可少的。虽然每个人都崇尚做一个英雄，能够直面鲜血和酷刑，但真等皮肉绽开，英雄也可能变为狗熊啊。我劝古先生还是思考一下。

古　象：（沉吟）确实如局长所言，文人振臂高呼、激情报国的很多，但当面临生死抉择的时候，投湖担心水冷、跳崖吓软双腿的人更是不在少数。不过，我愿意以身试一下，气节是否能够生变。

代局长：（显然被噎住一下）你……那就成全你。

【代局长一挥手，旁边的打手一拥而上。

【一边一个打手，像饿虎一样扑向古象，把他从刑椅上拖下来，将他的双手狠命地拉成一字形，悬挂在木头桩上，让他无法挣扎。另一个打手剥去古象的上衣，手执钢丝皮鞭，从后面猛抽他的背部。裹有钢丝的皮鞭比一般的皮鞭更加厉害，一声闷响就出现了一道手指粗细的血痕，看上去着实吓人。古象忍不住疼痛，叫声凄厉。

【在鞭打了十几下之后，随着脑袋上遭了一记皮鞭，古象昏死了过去。打手马上舀了一瓢冷水泼在古象脸上，古象慢慢醒转过来，发出微弱的喘息声，灰白的嘴唇淌着鲜血，浑身湿漉漉、血淋淋。

代局长：（示意停手，走进古象身边）古先生，英雄可不是这么好当的，还是说了吧，我们都是为了工作，何必挨到现在呢？再说，遭受这等苦刑，即使你出去了，依然被抛弃、依然有洗不清的嫌疑，何必呢？

古　象：（虚弱地张开嘴）我出卖了上级，也是要受到纪律处分的。

代局长：（追问道）纪律处分跟皮肉绽开比起来，孰轻孰重？听说你家境殷实，在家也是一个公子哥，皮娇肉嫩，实在不必受这个罪。

古　象：上级的联系都是单线的，我也找不到。不过，我可以告诉你达城地下党名单，免我受这等孽罪。

代局长：（喜出望外）什么？你说的地下党名单是真的假的？在哪里？如果是假的，你应该晓得后果。

古　象：我人都在这里，如何能作假？

代局长：（急促的）那你赶紧告诉我，名单在哪里？

古　象：在茶馆。

代局长：（狐疑）茶馆？不可能，我们已经将茶馆翻了个底朝天，没有发现名单。

古　象：如果那么轻易被发现，那我们的组织岂不是太草率了？

代局长：那赶紧告诉我在哪里，我马上命人去拿，你的话，几分钟就可以证实真假，快说。

古　象：在茶馆二楼有一个下水管道，在最上面一截的开口处，你扭开侧边的盖子，里面有一个油纸包，名单就在里面。

【代局长挥了一下手，旁边一名打手飞速退下。

【代局长看着打手走远，转身挥手让打手将古象从架子上接下来，并再次搀扶到刑椅上。代局长等古象坐稳，缓过一口气。

代局长：古先生，难道只有等体验过皮肉之苦，才愿意跟我合作么？

古　象：以前读书，看文人气节如虹，直面生死，现在，我仍然想成全自己的气节，可是奈何，代局长的手段让我知道了英雄确实难做，我也理解了书生的侃侃空谈。

代局长：古先生，我们首先是人，然后才有气节，人都不在了，气节何在？再说，你在这里咬碎牙坚持，可是谁又知道你是否叛变，谁又知道你经受了如此折磨？最终，还不是默默无名，被世人遗忘，将自己的生命保住，才是对自己负责，对家人负责。

古　象：家人，可惜啊，我已经孑然一身了。自从我投身组织，家父气愤至极，已经与我断绝一切联系，几年间音信全无。

代局长：古先生不必伤神。听闻古先生在保定学校期间与我党青年才俊贾从之交好，现在贾已经晋升为少将，在重庆仟职。我也斗胆邀请古先生参加我们中统，为党国效力。

古　象：在学校的时候，贾从之就出类拔萃，现在官运亨通也是理所当然的，只不过我们选择的道路却不一样。至于，代局长说效力，我不晓得哪里有我施展的地方？

代局长：你在达城经营多年，如果你愿意，我们想请你协助我理清地下党的脉络，一网打尽，之后，我向上峰请命，保你飞黄腾达。到时你与好友贾从之双剑合璧，一起为党国效力，岂不是一桩美谈？

古　象：（猛地抬起头）让我协助？将地下党一网打尽？做人，岂可如此背信弃义？

让我如何做人？

代局长：（略显慌乱）不不，只是建议，如果不愿意，为党国效力还有很多机会。

【两人相视良久，陷入寂静。

【刚刚跑出去的打手快步跑上舞台，在代局长耳边低语了一番，并将一包东西递上。代局长眼含笑意，走向古象。

代局长：古先生，效力的话我们再说，现在来看看你提供的地下党员名单信息。

【古象此时轻轻坐直了身体，慢慢舒了一口气，嘴角有一丝微笑。

古　象：（缓缓道）代局长，这是我送你的礼物，希望你能喜欢。

【代局长轻轻地打开油纸包，露出了里面的纸张，可是这些纸根本不是人员名单，只是报纸而已。

【代局长抬起头，看向古象，眼神凌厉。

代局长：（手里抖着报纸，急切）这是怎么回事？

古　象：（缓缓）代局长，感谢你了却我最后一桩心事。当你派人再次进入这个茶馆，就已经告诉外面的人，我没有透露组织信息，也没有必要让他们施救。他们也没有必要重新搭建达城的交通站，否则，人力、时间、钱财都是浪费。

【代局长将油纸包摔在地上，气急败坏，气得捶桌。

代局长：（怒吼）混蛋！混蛋！给我打！

【古象再次被打手架起来，被绳子反绑住双手，吊在房梁上，沾着盐水的皮鞭重重地摔打在身上。可是这一次，无论如何鞭打，古象再也不发出任何声音，牢房内只剩下鞭打的声音以及打手的喘息声。

【忽然，幕后传来一声咆哮。

【后场的声音：上电刑、给他灌水，让他尝一下八刀的厉害！都给我上！

【舞台灯光闪烁，刺眼无比。

【随后舞台灯光渐暗。幕落。

第二幕

【幕启。舞台灯光昏暗。阴森的刑房内，寂静异常。只有顶部透出几束惨败刺眼的灯光照在刑椅上的古象身上。

【古象身上的衣服已经被皮鞭抽打得如麻布片一样挂在身上，脸上布满了伤痕，看上去一脸疲惫。

【二狗穿着黄色军衣端着一碗水，环顾了一下四周，小心翼翼地走到古象的身边。

二　狗：（凑近古象耳边，轻声呼唤）醒醒，你快醒醒，先喝一点水。

【古象从疲惫中抬眼看向二狗，随后急急地喝了一碗水，随后舒了一口气。

古　象：（戒备）你是谁？如果你想靠一碗水套出我的情报，那你就直接回去吧。

二　狗：（慌忙摇了摇手，轻声）你不要误会，我只是一个小卒子，对情报那样的事情是不懂的。我只是今天看到你受刑很重，实在不忍心，所以只是偷偷给你碗水喝。

【古象仍然警惕，紧皱眉头。

古　象：（反问）你也是反动派的爪牙，为什么愿意给我水喝呢？

二　狗：（端着碗，摇摇摆摆坦言）我就是一个大头兵，反动派啥的我也不懂，我就是想混碗饭吃，家里还有娃娃要吃饭穿衣的，当兵能有钱，能养家。至于给你水喝，是因为我看到你受他们折磨，实在不忍，也敬佩你是条汉子。

【二狗从旁边舀了一碗水，急匆匆喝了一口。

二　狗：（疑惑）不过，我也纳闷了，他们那么折磨你，你为啥哼都不哼一声呢？

古　象：（不屑地冷哼了一声）哼，有意义吗？告诉他们情报是不可能的，说假话欺骗，也会被识破。再说，他们，又哪里值得我说话呢？

二　狗：你说的道理我都不懂，不过，你为什么不想办法活下来呢？你这样，只会激怒他们，他们真的会处死你的。我在这里当差几年了，死在他们手上的人多得说不清，男的女的老的少的，他们都不会放过的。

古　象：想办法活着？来到这里，还有可能活着吗？你也说了他们杀的人多得说不清。再说我已经将我最担心的事情处理了，也表明了我的心志，我也没有值得留念的了。与他们同谋，还不如让我死了。

【二狗快速几步凑到古象的面前。

二　狗：（不解）你，还有之前的你们，为什么不想活下来呢？活着，才能照顾家人啊，要不然家人怎么办啊？

【古象抬头望了一下远方，沉静片刻。

古　象：（缓缓）家人，自我选择这条路的时候，家就不存在了，所以没有什么留念的。你想活着照顾家人是没错的，不过，你可以不要当他们的爪牙啊，你可以当红军啊，红军是人民的军队。

二　狗：（狐疑）人民的军队？

【古象坦诚地看向二狗，二狗被看得心虚。

古　象：对啊，人民的军队，是为了千千万万老百姓的军队。

二　狗：老百姓的军队？啥是老百姓的军队？

古　象：（急切）老百姓的军队就是为了老百姓的疾苦反抗暴动的军队，就是为了保护老百姓不受反动派欺负的军队。

【二狗很明显有点不相信，扶着旁边的刑具，一脸不屑。

二　狗：哪里是老百姓的军队，我们村也驻扎过红军，红军也为我老娘担过水、砌过墙，可是又如何呢？

古　象：是的，这就是我们的红军战士，我们跟国民党的军队不一样。

二　狗：不一样？可是你知道我老娘怎么死的吗？就因为你们红军！你们来了，又走了，可是你们每次走了以后，我们村后的坟地上就多几座新坟。

古　象：为什么会这样？

二　狗：（生气）为什么这样？你们在的时候是对我们很好啊，可是你们走了，国民党就过来逼问我们，还报复我们。就因为我老娘受了你们几担水的小恩小惠不愿意告诉他们你们的去向，就被他们一把推到井里去了，再也没上来。

二　狗：（停顿一下，情绪激动）你们跟他们有什么区别呢？我们都是穷苦老百姓，只是想过一点安稳的日子，可是，你们也没有让我们过上安稳的日子啊，还不是让我们村的人死了一批又一批，我们村后的坟地都快埋不下了。

【二狗说完，气得扭头坐在了地上。场内寂静了好一会儿。

【古象显然是第一次听到这样的事情，沉思了许久，然后才直起身板。

古　象：（轻言相劝）你可以参加红军，只要你参加了红军，就可以保护自己的父老乡亲啊，就不会再死人了。

二　狗：（向古象的方向斜了一眼，不屑）参加红军就能保护自己的父老乡亲？我们村参加红军的也有，但是他们离家以后，家里除了日思夜想，就是不停地收到阵亡通知书，还被国民党迫害得更加厉害，哪里保护了自己的父老乡亲？

古　象：你不能这么想！

二　狗：（着急、反问）不能这么想？那我怎么想？参加红军也没有保护自己的父母，还不如参加国军，还能拿点钱，供养着家里人。

古　象：你要将全中国的老百姓都当作自己的父老，争取全国胜利，那时我们就有能力保护自己的父老了。

二　狗：全中国的老百姓当作自己的父老？全国胜利？这怎么做得到？就是现在，我们村时不时就被征收军粮，征收不到就抢，我们自己都活不下去了。要不是我当了国军，我们家早就被抢完粮食，活活饿死了，还能等到全国胜利？

古　象：当然可以等到全国胜利，就是因为国民党腐败、倒行逆施，所以只要我们穷苦人民团结起来，很快就可以推翻他们。

二　狗：好，你说的是。我能等，可是我女儿呢，我女儿怎么等？要不是我每月领几个大洋回去，我女儿早就饿死了。我们村卖儿卖女的何止一家，如果我女儿死了，我活着又有什么意思？

【二狗说完，有点生气，背着古象，蹲坐在他的前面，仿佛都不想看古象一眼。

古　象：（脸上掠过一丝震惊，嘴里喃喃）这？

【舞台光暗，古象勾着腰背，立在舞台中央，追光。古象面向观众，像问观众，也像在问自己。

古　象：（缓缓）二狗，中国又有多少个二狗，他们只是为了能够活着。我们革命的目的是让他们好好活着，可是，现在都过不下去，我们又如何让老百姓相信我们，相信我们一定给他们一个安定的生活？

【蹲坐的二狗可能觉得说的话有点重，叹了一口气。

二　狗：我就想活着，就想我女儿能够长大，我受点苦吃点累没关系，哪怕现在被人骂，但是至少我女儿能活下去。我为了自己的家庭，我有错吗？

古　象：（沉思了一会儿，低垂下）你没错，是我们发展太慢了，是我们力量太小了，不能够保护你们，是我们没有给你们希望。

二　狗：（看到低头的古象，放慢了语调）先生，您也不要自责，我知道你们是为了老百姓，也亲眼看到红军纪律严明，多亲近我们百姓。我也听一起当兵的说过，在解放区，你们帮助老百姓打倒了地主恶霸，给老百姓分得了田地，让他们活下去。但是这个地方，你让我们怎么活呢？催捐收税、逼良为娼，我们也渴望救世主，可如今您都在这里了，救世主又在哪里呢？

【古象撇过头，心里思忖。

【后场的声音：我不能够要求二狗，更不能要求千千万万的老百姓能够清醒地活着，能够将全国的父老乡亲当作一家。而我，为了革命，自绝于家庭，可能在他们看来，我也是不孝的。也许我更应该恨，恨我的力量太过于弱小，没有保全他们，恨自身的光芒不够，不能够引燃他们的希望。

【一束耀眼的光从古象头上洒下来，然后慢慢扩散，及至将两个人身上都洒满光线，慢慢扩散至整个舞台。

【舞台灯光渐暗。幕落。

第三幕

【幕启。舞台灯光昏暗。刑房处一束微弱的追光。

【暗黑的刑房内，一身国民党少将官服的贾从之端步走入刑房，走向刑椅前的桌子，打开台灯，依靠亮光看到了被折磨得不成人形的古象。古象听见声音虚弱地抬起头。

【贾从之看着眼前的景象，有点难以置信。疾走两步，弯腰，仔细端详着古象。

贾从之：（叹了口气，不断摇头，缓缓）古象兄，何苦呢？

古　象：（从嘴角挤出一丝微笑）从之，一别数年，想不到在这种场合下再见。

贾从之：我在重庆的时候就听说了你的事情，只是没想到竟然到了如此地步。这两天，正好党国派我来讨城公干，特地来看一下你。

古　象：难得有心了，我们在学校的时候被称为双璧，最后一程，你来陪我走完，也算是一件美事。

贾从之：美事？对我来说，这样的场景，这样的结果，不仅让我难受，更是不舍，还有不解。可能你还不知道，明天，你就要被宣判死刑，立即执行。今晚，虽然没有了当初的意气风发，你我再畅聊一番，如何？

古　象：（好像有了点精神，抬起头）只要你不做说客，我愿意跟同学再次畅言。

贾从之：（苦笑了一下）说客？你我之间，说客难当了，还是以朋友相聚，算送你一程。

古　象：（心里升起一丝豪气，有力地回应）好，分别数年，看到你这身少将军服确实板正，肩上的将星也格外闪耀。同学那么多，你的智力和热情也是我钦佩的。

贾从之：身外之物，国家需要而已。

古　象：国家需要？应该是你的政党需要吧？

贾从之：古兄，党和国能分得开吗？

古　象：当然得分开。国，只有一个，那就是中国。党却是有很多派别的，你我效力的就不一样嘛。

贾从之：你不要对国民党抱有敌意。值此国家危难，内忧外患，国民党信奉三民主义，抗敌救国，坚持民族大义，任何一个中国人，岂能敌视？

古　象：国家危难是真，抗敌救国也是真，那你看到贫苦的人民了吗？在此民族危难之际，民不聊生，国民党又做了什么？

贾从之：抗击侵略，殊死抵抗，难道这还不够吗？

古　象：当然不够，应该看到人民！现当下，老百姓卖儿卖女、饿殍遍野，可是国民党内部吏治腐败、贪污横行，军队和商人联合搜刮民脂民膏，让老百姓的生活雪上加霜，这就是你信奉的三民主义？

贾从之：（急切地辩解）你这样就太武断了。当下，大敌当前，国家贫弱，应该将全部的力量放在抵抗侵略上面，至于你说的腐败、搜刮老百姓，都是暂时的，等国家抗战胜利，自然就改变了这一切。

古　象：（冷冷反问）抗战胜利后还能改变这些，你相信么？在民族遭受侵略的时候，在民族最困苦的时候，恰恰是我们最应该依靠百姓的时候，你们如此待他们？如果真等胜利到来的那一天，当政者现在就想不到老百姓，还能指望他们享受着胜利果实的时候，会施舍给老百姓一丝怜悯？

贾从之：当然，抗战胜利了，自然就让老百姓过上好日子。

古　象：（愤慨）老百姓不是附属品，不是你在品尝胜利果实的时候，给他留一个残羹冷炙。老百姓在整个抗战中贡献得最多，代表的利益和愿望也最迫切，他们才是最大的牺牲者，也应该是他们，才是最大的受益者，而你，现在将他们置在何方？

贾从之：现在，就在当下，数百万军队在浴血奋战，每一个人都在牺牲，为什么老百姓就应该优先得以保全，而不应当先保全抵抗侵略的军队呢？

【古象理了一下垂下的头发。

古　象：你不要混淆概念，军队也是老百姓组成的，也是无辜的，只是你们的当政者完全无视了百姓的死活，是你们，而不是他们，让中国满目疮痍的时候还经受蛀虫的噬咬。

【贾从之也感到国民党的腐败已经无可救药，只不过现在被提出，让他生了一个激灵，惊愕得一时语塞。

【就这样，双方静默了片刻。

【贾从之缓了一下，静默后打破平静。

贾从之：古兄，纵使如此，何必受着皮肉之痛？

古　象：皮肉之痛又算什么??

贾从之：那死亡呢？你真的打算为了你的共产主义献出自己的生命？

古　象：（坚定）如果必要，我肯定是要牺牲的。

贾从之：（一脸疑惑，有点不可置信地向前逼问）你的共产主义信仰就如此坚定？让你能够经受这些折磨，乃至生命？

古　象：（缓缓且坚定）是。

贾从之：哦？

古　象：（直面贾从之）你我身处中国，自小流淌着中华民族的血液。每当民族危难之时，总有那么一大群人思索救国之路，先有春秋战国时期诸家谋求治国之路，后有外族入侵，文人死力报国。清朝末年，实业救国、变法革新，人们探索救国之路，这是什么？这是千年教育给予我们的力量与担当。

古　象：我们是崛起的一分子，我们就有责任有义务为民族而奋斗，你我不受命于天，但是我们受命于我们的民族，是根植于内心的责任和担当让我直面一切。共产主义与民族使命融合，使我选择了共产主义，我坚信只有共产主义才能救中国。

【古象说出这些话，显得有点累，慢慢地呼了一口气，沉静片刻。

古　象：（缓缓）如此说起来，相较于千年的使命给予我的力量，刑罚这点伤痛又算得了什么，我又如何不能承受呢？

贾从之：千年的使命？那其他人呢？为了主义死去的人那么多，可谁又记得他们？

古　象：（急着抢话）我，我记得！我不是第一个死去的人。就在这个监狱，在这个铺满碎石的地面上，他们撒下的热血能够浸染整个中华大地。

贾从之：那你，不是没得选择，你可以选择生，你也可以为了自己的理想而活。

古　象：是的，我可以选择活，但是，如果今天我选择活下去，等我再见到他们的那天，我将永远跪倒在他们面前，永远抬不起头。

贾从之：你不要用道德束缚自己，每个人都有选择的权利。

古　象：道德！你说得对，道德，这是一张无形的网，也生出无形的力量。这个力量让我恪守住我内心的纯净。

贾从之：你这样做代价也太大了！

古　象：代价？

【古象颤抖着走到贾从之的面前。

古　象：（逼问）难道这个世间还有不需要代价的东西？我的选择就意味着我的代价，否则选择从何而起呢？放弃劳动的代价，就是如落水狗一般沿街乞讨；放弃理想的代价，就是碌碌无为、苟延挣扎。而我，既然选择了为天下创太平，这个生命的代价又岂可逃避呢？

【贾从之猛地一个激灵，退后几步。

贾从之：（呢喃）为天下创太平，这也曾是我的理想啊。

古　象：你我遵从于自己的内心，遵从于自己的选择。每一个选择的背后就要付出相应的代价，而这，却是最公平的。

古　象：共产主义顺承救国之志，救黎民于水火。唯有共产主义才能消除压迫，才能将人类从一切苦难中解救出来。我愿意追随共产主义，也愿意为了它付出任何代价。

【贾从之缓缓抬头，看着面前血肉模糊的古象，认认真真地从头审视了一遍，不再言语。他好像第一次认清了这个人，也第一次感到自己的渺小。

【片刻后，贾从之向后缓缓退了几步，没有说话，郑重地向古象做了一揖，缓慢地离开了舞台。

【舞台上，只有一束顶光照在古象头上。

【舞台后场的声音隐隐响起孩童琅琅的读书声，慢慢的声音变大，然后变小。

【灯光渐暗。幕落。

尾　声

【幕启。

【在舞台中央，一束冷光从上方洒下来，披在古象的身上。此时的古象面部平静，眼神坚定地看向前方。

古　象：（缓缓）谁是我们的敌人？而谁又能继承先辈的遗志？我将死，可在将来的某天，我们的敌人会消失，我们千年的精神却永存，我，我们，将永远伴随着历史，伴随着时代。

【舞台上冷光全部熄灭，舞台灯光全部亮起，整个舞台一片通明。

【两个特务快步上前，打开了刑椅上的枷锁，将古象拖着扶了起来。古象挽了挽镣铐，绕着舞台，走到了右边，回头。

【舞台右侧，穿着朴素的老百姓涌上台，在舞台左边立住。他们遥望着古象，脸上有舍不得，也有不解，还有惋惜，他们的眼神和表情虽然丰富，但是他们的脚步却始终不敢向前再跨一步。

【古象被特务推着走向了舞台的中央，两个特务待古象站稳后，快步走向了舞台后方，准备枪械。

【古象转头。

【舞台左侧，狱卒二狗将枪搂在怀里，当古象看向他的时候，他将枪从怀里放下来，眼神也躲闪，脸色羞愧地看向他方。

【古象转过头，面向观众。

【贾从之从古象背后上台，绕到古象前面，看了一下，然后转身从舞台边上端了一碗水，递给古象，面色凝重。

贾从之：你我相交、自我相诀，一杯清水，映照你我心意。

古　象：世间不同路，大道满霞光，微末不足问，来日可方长。

贾从之：来日？

古　象：来日！

【两个特务整理好枪械，举枪瞄向古象，向贾从之做了一个手势。

【贾从之看着古象，慢慢地走到两个特务的旁边，背向了古象，朝两个特务挥了挥手。

【舞台灯暗，整个舞台陷入一片黑暗。

【枪响。

【乐声起。

多少新梦成虚幻，
多少旧梦化云烟。
雄心已在九霄外，
壮志不改天地间。
君曾为我送温暖，
我今为谁扬风帆？
妙笔生辉一万卷，
何人灯下读新篇？
妙笔生辉一万卷，
何人灯下读新篇？

剧　终

等等我

田茂林

人　物：阿　梅——青年张晓梅，25岁，刚从事教师工作不久，东北口音，性格勇敢坚韧，依旧透着青春少女的浪漫。

张妈妈——老年张晓梅，60岁，女子高中校长，稚气褪尽的双眼饱含沧桑，因疾病导致步履蹒跚。

玉　汉——张晓梅丈夫，30岁左右，外表俊朗文雅，性格温和，是张老师的精神支柱和信仰发端。他的离去激发了阿梅继续教育事业的使命感。

魏　莱——张妈妈得意门生，考入重点大学，毕业后回到女子高中任教，28岁，在张妈妈昏倒在课堂后将其送医院并陪伴。

薇　薇——15岁，女子高中学生。因家境贫困，看不到教育改变命运的希望，加上母亲观念陈旧的影响，决定辍学去广州打工挣钱，后被张妈妈劝回。

德　富——四川人到云南生活，招工小老板，30岁，靠介绍本地人到外地打工挣得一些钱。笃信“读书无用论”，却四处找关系想把女儿送进女子高中，在县城碰见张妈妈并出言讥讽。

薇薇妈——薇薇的母亲，42岁，家境贫困的中年农妇。丈夫死得早，只身拉扯着女儿长大，穷了一辈子，听闻外出打工是穷人的出路，执意要女儿辍学，后被张妈妈劝导，回心转意。

第一幕　从东北到西南

【时间：20世纪80年代末。

【地点：牡丹江火车站。

【人物：阿梅、玉汉、群众演员若干。

【熙熙攘攘的火车站内，时不时会听见广播中传来列车到站或发车的提示音，而每次提示音响起，便会立即勾起吵嚷，那是去往天南海北的赶路人。火车站总是喧嚣的，叫卖声和匆匆的脚步声融合在一起，人们在这里相聚又离散。火车站，看似一成不变，但又瞬息万变。

“各位旅客请注意，由牡丹江开往云南昆明的火车马上就要发车了，请还没有登车的旅客，抓紧时间上车”。随着广播提示，熙攘的人群中，一对年轻夫妻逐渐显现出来。他们一前一后快步走着，男的戴着一副棕色边框眼镜，穿着中山装，一看就是有文化的人。他背上背着的硕大帆布包，和两手提着的圆鼓鼓的尼龙口袋，却与他的着装极不搭调，看上去突兀又有点引人发笑。在他身后5米处，是一个瘦弱的女子，上身穿着件皱巴巴的粉色呢绒休闲西装，下身搭了条牛仔裤，她也背着包，只是相比于前面的男人，整体都小了一号。两人快步走着，引得周围的人纷纷侧面。

阿　梅：（焦急地、喘着气）玉汉，你等等我，等等我嘛！

玉　汉：（边走边回头，温柔地）阿梅，你走慢点儿，别摔着啊！

【突然，走在后面的阿梅一个不小心，被自己绊了一下，摔了个踉跄。

阿　梅：哎哟！

玉　汉：（猛然回头，随后转身快步跑回来，嗔怪却不责备）哎，阿梅。咋又摔了啊？

阿　梅：（委屈地）哼！叫你等等我嘛！

玉　汉：（自责地）好，丫头，是我不好，你别难过好不好？

阿　梅：（笑道）那好吧，嘻嘻！走吧，我们快去赶车。

【玉汉将阿梅扶了起来，两人往前走了一小段路，顺利地登上了去往昆明的火车。车厢里，挤满了坐火车的人，玉汉有条不紊地将行李塞进货架，便回到阿梅身边，用手轻扶着她以防摔倒。阿梅抬头看着自己的丈夫，眼神充满关切，她抬起手去扶了扶他放东西时不小心弄歪的眼镜，他温柔地捋了捋她赶路时有些凌乱的头发。

阿　梅：玉汉，你说你一个读书人，今天怎么这么狼狈啊？

玉　汉：你还不是个读书人，怎么跟个疯丫头似的。

阿　梅：（噗嗤笑了一声）好，那我们两个可真般配。

玉　汉：哈哈哈，是啊丫头。跟着我，你受苦了。

阿　梅：才没有呢，不许瞎说。这些年，从东北到西南，去看了我没有看过的地方，去见了我不曾见过的人，还了解了我不曾知晓的世界，最最重要的，是碰到了你。想想就感觉幸福，怎么会觉得苦呢？

【说着，她从衣服荷包里摸索出一张照片，痴痴地看了起来。

玉　汉：（欣慰地点了点头）丫头，又在看咱俩的结婚照呢，哈哈哈，看了多少回了，每次赶路都不看书，要看这个。

阿　梅：（娇羞地）那可不，那天我们都画了淡妆，你还梳了个好看的分头，这文绉绉的模样，一点儿都不像现在的糟汉子。

玉　汉：（被阿梅逗笑）嗯，你说你最喜欢我送你的花衬衫，走哪儿都带着，但又最舍不得穿。都几年了，还跟新的一样。

阿　梅：你就不懂了吧，带着安心。

玉　汉：这次回东北给孩子们募集书本，你跑坏了脚杆，走快了就要脱力。刚刚又摔了，还疼吗？

阿　梅：早就不疼啦！这几天摔了一跤，都习惯啦！

玉　汉：嘿嘿，可不能总摔，我心疼。

阿　梅：没关系的，玉汉。到了南方，天气热起来我就好了。但是，你下次可不能走那么快，要等等我。记住了没？

玉　汉：（连连点头）记住了记住了，今后啊，我干什么事情都会等等你，好不好？

阿　梅：（满意地笑）好！

【列车行驶进山洞，环境一下子暗了下来。

玉　汉：好了丫头，进隧道了，咱把照片收起来。你也好好休息一下，路还远着呢，我都陪着你、等着你，好不好？

阿　梅：好。

【第一幕完。

第二幕　劝学

【时间：当代，夜晚。

【地点：办公室内外。

【人物：张妈妈、薇薇、薇薇妈、女学生若干。

【夏夜，静谧的小县城在蝉鸣的映托中显得格外安静。女子高中已经熄灯，远远望去，黑暗里只有一盏灯，微微发着光。昏黄灯光下，张妈妈正伏在一方小小的课桌前，批改着学生们的作业。远处传来几声闷雷，是大雨的前兆，窗外的风沿着缝隙吹了进来，吹动灯泡，灯光摇曳间，脸上的皱纹愈加明显。她偶尔会抬起头，看一眼桌边的相框，相框里，一男一女并排站立，女生手挽着男生的小臂，男生穿着一身中山装，戴着棕黄色眼镜，梳着分头，显得格外清秀俊朗。她身旁的女生有一点青涩和拘谨，微微颔首，抿嘴轻笑，羞涩地像极了身上的那件花衬衫。他们两人对着镜头微笑，笑容青春又浪漫。

【突然，门外发出一阵嘈杂的吵嚷声，把张妈妈的思绪拉了回来。

【薇薇妈一只手提着一个装满衣物的蛇皮口袋，另一只手拽着自己的女儿，两人正快步向校外走着。身后的女儿眼里挂着泪，身边是几个平时要好的同学。

薇　薇：妈！你莫这样，惊动了张老师休息，不好！

薇薇妈：咋啦？一天张老师长张老师短的，她是你妈还是我是你妈？读不读书是你的事情，她管不着！

薇　薇：妈，你莫吵！我跟你走还不行吗？

同学 1：薇薇，你真的要走？不要走啊，不要放弃好不好？

同学 2：是啊薇薇，好不容易读到高中，再坚持一下，就再坚持一下，我们就有希望了！

同学 1：阿姨，您就让薇薇再读……

薇薇妈：有个啥希望！你们这些小娃娃懂个啥？你们一天读书读书，为家里考虑过没有？一家人都要饿死啦！薇薇，德富已经给我们在广州找了两个工作机会，你跟妈妈一起走！

薇　薇：好啦！你们别吵啦！呜呜呜……

（薇薇突然挣脱妈妈的手，坐在地上大哭了起来）

薇　薇：（愤怒地望着薇薇妈）我不读书了！不读书了还不成吗？你以为我每次回到家，看到家里是那个样子，心里不痛吗？我总以为只要好好读书，未来就能变好，可这日子，什么时候是个头啊！

【此时，天空中响了几声炸雷，眼瞅着一场大雨就要来了。薇薇妈看着自己的女儿坐在地上哭，不由悲从中来，说话哽咽，放下口袋上前要托起女儿。

薇薇妈：哎……女儿啊！不是妈妈不想你读书，读书有啥子用嘛？你想想你那不争气的爸爸，读了几年书，当上一个乡村老师，满口教育教育，家是丝毫没照顾到，自己的亲妈生病了都没钱买药。下不得田，也挣不到钱，结果自己还撒手人寰，剩下你我孤儿寡母，造孽啊！这日子，我们再不去打工，还怎么活啊?!

【张妈妈披着一件外套，急急忙忙地从屋里赶了出来，跑到薇薇身边半跪下，并立马将自己的外套披在薇薇肩上。

张妈妈：（关切地、急切地）薇薇！咋啦？

【薇薇抬头看见张妈妈，哭得更加厉害了，一头扎进了张妈妈怀里。

薇　薇：（大哭道）张老师！

张妈妈：咋啦孩子？

薇　薇：张老师，我不想读书了，您让我走吧！

薇薇妈：（看向张妈妈）张老师，都是你！要不是你让我女儿怀揣那些莫须有的希望，我女儿会伤心成这个样子吗？

张妈妈：好，薇薇妈，咱们有事情去办公室慢慢说好不好？马上要下雨了，我们进屋。

薇薇妈：不！我今天必须把女儿带走，她在你这个破学校里什么都学不到！

薇　薇：张老师，您就让我走吧。我不想读书了！不想读书了！

张妈妈：（关切地摸了摸薇薇的头，询问道）孩子，告诉老师，为什么不想读书了？

薇　薇：（望向两位同学，悲怆地）您知道吗？我好喜欢在这里学习的日子，每天清早和大家一起朗诵，白天和大家一起用功，到了晚上，又可以伴着蝉鸣和大家一起晚自习。这样的生活，好幸福啊！

薇　薇：（站起来，双眼迷茫地看向远方）可是，我一天天长大，家里的情况却一天天变差。有的时候，我甚至都不敢回家！我怕！我怕看见病床上的奶奶，怕被她半夜的咳嗽声吵醒！我怕看见我妈绝望地挣扎，怕见她每天从地里回来，瘫坐在地上半天回不过神！我更怕！更怕看见我爹爹的画像，他慈祥地笑着，而他身边，是我那破败不堪的家！张老师！这就是我的命吗？我怕啊！

【薇薇妈哭着跑过去抱住自己的女儿。

薇薇妈：（哭着）孩子啊！不是妈妈不想你快乐地活着，哪个母亲不疼女儿啊？但是，谁叫咱的命就这么苦呢？我又何尝不怕，何尝不想一死了之呢？我走了，你和你奶奶可怎么办呢？妈妈我没能耐，只能求你和我一起扛起这个支离破碎的家。（对着张老师）张老师，不瞒你说，昨天在车站我已经买好了去广州的火车票。买票的时候，我的手都在发抖！我怕我的决定会毁了孩子的前程，又怕她会步了他爸的后尘，可是……可是穷人的孩子，哪有什么前程哪？

【薇薇此刻正被两名同学搀扶着，她看着自己的妈妈，眼里的责备已经荡然无存，有的只是无奈和心疼。她冲过去，抱住自己的母亲。

薇　薇：（哭着）妈……咱们走吧，咱们去广州！

【说完，母女俩抱着哭成了一团，张妈妈颤巍巍地走了过来，理了理薇薇肩上的衣服。又用一只手扶了扶薇薇妈。

张妈妈：（温柔地）薇薇妈，你一个人拉扯孩子，受苦了。

薇薇妈：张……

张妈妈：薇薇妈，我们都是穷苦人家。你说咱们一辈一辈的人，吃苦种地，图个啥？不就是图咱们的后代不再吃苦，不再承受这饥寒交迫的困境吗？（说着，她从口袋里摸出仅有的一百来块钱，塞到薇薇妈手里面）

同学1：张老师，那是您买药……

（张老师瞪了她一眼，同学1只得噤声）

薇薇妈：（赶忙拒绝）不！张老师，你这样不行！

张妈妈：薇薇妈，这钱是我的津贴，你别嫌少，先去给她奶奶把药买上。今后啊，她奶奶的病，我们学校陪你一起负担，你看好不好？

薇薇妈：（尴尬地）张老师，您这是什么意思？

张妈妈：没别的意思，我也是苦过来的，你的不容易，我能感同身受。我想今后能够尽可能分担你一些压力，让孩子安心读书，考大学，要不要得啊？

薇薇妈：唉……

张妈妈：我知道你怨，怨她爸走得早，撇下你一个人拉扯这个家。但是我也知道，你曾经一直理解和支持她爸，因为你也知道，他当老师，是在做有意义的事。

薇薇妈：嗯，我知道，但是张老师，我的压力太大太大了！

张妈妈：（看向薇薇妈）你很了不起，一个人拉扯着这个家，不但让孩子上学，还把家里的老人照顾得很好。（看向薇薇）孩子，你的爸爸妈妈都很了不起，我们学校的孩子，很多都是你爸爸的学生啊！

同学1、2：（齐声道）我是王老师的学生！我也是王老师的学生！

（薇薇低语呢喃）

张妈妈：（拍了拍薇薇妈肩膀）打工是能挣钱，但代价是孩子的未来，是孩子和这个家庭改变命运的机会。一代人有一代人的命运，薇薇读书很用功，等她读了大学，就有更多工作机会，以后，她会好起来，你们家会好起来！

薇　薇：张老师……

张妈妈：薇薇，妈妈和张老师都在这里，你可以给我们说一下，你，想不想读书？

【张老师和薇薇妈、两名同学一同看向薇薇，薇薇低头，咬着牙，用力地蹦出。

薇　薇：张老师，我想读书！我想考大学！妈妈，我想读书！

薇薇妈：（深沉地望着自己的女儿）薇薇……

薇薇妈：（看了看身边的人，最后看向张老师）张老师，你说一代人有一代人的命运，我就信你一回！娃娃啊！回去读书吧！

（说完，她落寞地向着远方走去，却被张妈妈拉住）

张妈妈：薇薇妈，你放心，以后家里的事情，学校和你一起面对。

同学2：阿姨您放心，以后我们和薇薇一起努力！

同学1：是的阿姨，您放心！

薇　妈：薇薇，你有这样的老师、这样的同学，妈妈我……我放心。

【天空又响起几声炸雷，已经有雨点落下，张老师拉着薇薇妈的手。

张妈妈：薇薇妈，要下大雨了，现在回去太晚了，你就在我这儿睡。

薇薇妈：那怎么行？张老师，我还是回去。

张妈妈：怎么不行？你就睡我的床，我还要通宵改试卷，明早再睡，你明天在学校吃了饭再回去。

薇　薇：（拉着妈妈的手）妈，今晚你和我睡吧。

（薇薇妈见拗不过众人，只得同意）

薇薇妈：那……好吧。

【一行人正往屋里走的时候，突然间张妈妈的脚步踉跄起来，她的眼里天旋地转，一时间无力栽倒在地。

薇　薇：张老师！

众　人：张老师！张老师！

【画面黑场，第二幕完。

第三幕　梦回

【时间：20世纪90年代。

【地点：医院病房。

【人物：阿梅、玉汉。

【(黑场环境下) 急促的脚步在医院走廊里回荡，黑暗中浮现出一名女子和医生的对话。

“医生，求你救救我的丈夫！他还那么年轻。”

“哎，对不起张老师，我们尽力了，剩下的日子，好好陪陪他吧。”

“不!”

(画面渐渐亮起) 病房内，一个男人躺在病床上，一名女子轻轻地趴在床边，她穿着一件花衬衫，一手枕着头，一手牵着病床上的男人，均匀地呼吸着，看起来是在休息。男人渐渐睁开眼，满眼怜爱地看着床边的女子，刚要用另一只手抚摸自己的妻子，谁想女子竟醒来，她望向自己的丈夫，疲惫的脸上挤出一丝笑容。一双大眼睛因为红肿更显得疲倦不堪，明显是哭过了。

阿　梅：(轻柔地) 你醒啦……

玉　汉：(摸了摸她的头) 是啊，丫头。我这一次睡了多久？

阿　梅：没睡多久啊，就一天。

玉　汉：哦，一天啊，唉……陪伴我家阿梅的时间又少了一天。

阿　梅：(用手堵住玉汉的嘴巴，语音哽咽又强装镇定) 哼！不许瞎说，你会好起来的，医生说你身体很好，再有几天……

玉　汉：(释然地笑了笑) 没关系的，阿梅。遇见你之前，我以为人生就这样周而复始了，遇见你之后，我开始庆幸能够有这样周而复始的人生，让我每一天都能见到你，和你一起教书、一起坐车从东北到西南，这周而复始的每一天，都是恩赐啊。

(此刻，两行泪水已经顺着阿梅的脸颊流了下来)

玉　汉：阿梅，我走以后……

阿　梅：你不许走！

玉　汉：(摸摸头，声音也开始变得哽咽) 丫头，乖！以后我走了，没人再让你撒娇，你就只能做那个人见人怕、严肃古板的张老师了哦！

阿　梅：我才不是呢，你净瞎说。

玉　汉：以后你走路可得慢一点，别当着学生的面摔跤，可丢人了……

阿　梅：(泪中带笑) 哼！你这个家伙，任何时候都不忘拿我开涮！我已经不会摔跤啦，这几年的山路走下来，腿脚怕是比你还要好哟！

玉　汉：哦？是吗？那改天咱们比一比，就从山脚到山顶，看谁走得快！

阿　梅：比就比！

玉　汉：(呵呵笑着) 到时候可别又在背后求饶，说让我等等你哟。

阿　梅：(嗔怪道，并站起来提溜玉汉的耳朵) 才不会，再说了，你等等我就不行吗？不能等等我嘛？

玉　汉：(装作吃疼认输) 哎哟！疼，行行行！我等你，等你哈！

(见玉汉吃疼，阿梅才悻悻地抽回手，坐回到床边)

玉　汉：(突然认真地) 阿梅，这一批教科书给孩子们发下去了吗？

阿　梅：嗯，已经发到大家手上了，孩子们收到书的时候，可开心啦。

玉　汉：嗯，新的学期开始了，希望大家都能跟得上。今后我的课，你多照看着点，大山里的孩子走出去不容易，不能让他们因为任何原因掉队。

阿　梅：……

玉　汉：唉……因为我的病，咱们欠了不少钱吧？

阿　梅：没关系的，欠了钱要还，我省吃俭用也会还下来的！

玉　汉：好阿梅，跟着我你受了很多苦，遭了太多罪。你还那么漂亮那么年轻。今后，再找个对你好的。

阿　梅：（生气地）不许胡说！我受什么罪？从冰天雪地到四季如春，很多人还没这待遇呢。你好好养病，学校的事情，你不要操心。

玉　汉：好好好，我听你的。

【阿梅从兜里摸出她与丈夫的结婚照，看了看照片里的玉汉，又看了看眼前这个男人。

阿　梅：嗨，都说年轻好年轻好，可我就觉得你现在好。你看你吧，虽然没了分头，胡子拉碴，还有了皱纹，但是眸子里，还是那副模样。

玉　汉：哪副模样？文质彬彬？斯文儒雅？

阿　梅：切，是痴傻木讷、呆板拘谨啦！

玉　汉：（被逗笑）哈哈哈，好吧，那你就记得我那副模样吧。倒是你，穿了碎花衬衫，还和以前一样漂亮。

阿　梅：是吗？

玉　汉：是的。

阿　梅：好，那我们就都和从前一样。

玉　汉：嗯，阿梅。

阿　梅：咋啦？

玉　汉：今后我不在了，你要勇敢一些。

阿　梅：你说的倒是轻巧，你两眼一闭，今后的路，我自己走，你就不怕我摔着？

玉　汉：怕。

阿　梅：那不就行了，我要你一直担心我、牵挂我，哪怕是在那边，也要一直想着我，等着我。

玉　汉：（指了指阿梅手里的照片）好，我答应你。这张照片……你喜欢看书，就把这张照片夹在书里，那么当你看书的时候偶然看见，还会感到惊喜呢！

阿　梅：瞎说，这么宝贵的照片，我才不会夹到书里呢，我要做个相框框起来。

玉　汉：好，那就做个相框框起来。

阿　梅：玉汉。

玉　汉：嗯？

阿　梅：（伏过身子半趴在玉汉身上）世界以痛吻我，而我报之以歌。你说，这绝望的日子啥时候是个头啊？

玉　汉：（爱抚着阿梅的头发）我们原是天地间自由的鸟，飞去吧！飞过乌云背后有明媚的山峦，飞到那里，有风在欢舞，还有，我做伴。

阿　梅：你，要先飞走了吗？

玉　汉：那你呢？

阿　梅：你如果飞走了，那我就不飞了，翅膀下面，还有一群雏鸟呢，让他们学会飞！有你在的时候，你是高山，我想做一条小溪，你若不在了，我就自己做高山……

【黑场，第三幕完。

第四幕　病床前的对话

【时间：当代，白天。

【地点：医院病房。

【人物：张妈妈、魏莱、薇薇、薇薇妈。

【经过一夜休息，张妈妈的病情已经好转。一场大雨过后，安静的医院只有鸟鸣和时不时出现的蝉声。白天，魏莱老师守在床前，张妈妈缓缓睁开了眼睛。魏莱见状，赶忙搀扶起她。

张妈妈：（看着魏莱）小魏……

魏　莱：唉，张妈妈，我在呢。

张妈妈：我睡了多久啊？

魏　莱：一整晚呢。

张妈妈：哦，那改作业的时间又少了一晚。

魏　莱：（责怪道）哼！您还好意思说，平时总叫您多休息多休息，非但不听，还日复一日地熬夜。您不把自己的身子当回事，也得考虑考虑我们这些女儿的感受啊！

【魏莱一边说着，一边剥着香蕉，并将剥好的香蕉送到张妈妈嘴边，张妈妈接过香蕉。

张妈妈：（不好意思地）对不起啊！让你们担心了！

魏　莱：医生说了，您啊，这就是累的。当年做完手术以后，身子骨就一直虚弱，医生反复叮嘱您要注意休息，您却不听，导致这身子骨恢复不了。您总把自己当煤油灯一样燃烧，这怎么能行呢？

（说着说着，魏莱竟带起了哭腔，张妈妈赶紧安慰）

张妈妈：我的好闺女，我会注意的，都当老师的人了，别哭鼻子了哦。

魏　莱：当老师怎么啦？当了老师，也还是您的学生，也还是您的女儿，您的身体，我就该关心，就该管。

张妈妈：哈哈，不碍事儿，我是年龄大了，有些事情由不得自己。你刚刚说日复一日，我倒觉得有些意思。

魏　莱：有啥意思啊？

张妈妈：你说起日复一日，倒让我想起来一个人，我也想像他当年对我说的那样。

告诉你，没有你们之前，我觉得这日子日复一日没个盼头。但有了你们以后，我开始感谢这日复一日的生活了，我能每天和你们这些孩子相处，每一天都有每一天的期盼，你们呢……就每一天有每一天的成长。你瞧瞧，这日复一日的生活，多有意思啊！

魏　莱： 您说得对，可是为了能有更多的日复一日，您可要把自己的身子当回事儿。

张妈妈：（开心地笑着）哈哈哈，闺女长大啦！知道变着法儿地教育起我来了。行，我记住啦！你啊，少为我操点心，多把心思放在教书上。

魏　莱：（满意地点点头）欸！遵命！张校长，张妈妈！

【这时，薇薇和母亲来到病房，魏莱赶忙去迎接，并给薇薇妈倒水，薇薇走到床前，眼泪在眼眶打转。

薇　薇： 张老师，对不起……

张妈妈：（揉了揉薇薇的脑袋，慈爱道）傻丫头，有什么对不起的啊？

薇　薇： 都怪我，让您操心了，才让您又进医院。

张妈妈：（看着薇薇）丫头，你们不仅是家长的孩子，也是我的孩子啊！我只想你们都好好的，走出大山，有自己的未来。

【随后，张妈妈站起身走到不远处薇薇妈的身边，握起她的手，问道。

张妈妈： 薇薇妈，昨晚你跑了那么远的路，辛苦啦！

薇薇妈：（不好意思地）张老师，都怪我不好，大晚上的来学校。

张妈妈： 不要这样说，当妈的，不容易。

薇薇妈： 您昨晚说的话，我也想明白了。咱们这一辈人吃了苦，就是为了晚辈少吃苦。哎，怪我一时糊涂。

张妈妈： 不怪你，有的时候，教育不是一代人能够完成的事情。咱们一辈又一辈的努力，才会一辈比一辈过得好。今后薇薇和她的孩子、你的孙孙，不用为生计发愁，这样一步一步，咱们的家就好起来啦。

薇薇妈：（点头称是）欸，您说得对着呢！都怪我，信了德富的鬼话，说什么女娃娃读书没用，还不如打工补贴家里。得亏您把我给劝住了。

魏　莱：（听到德富，噗嗤笑出了声，赶忙插嘴道）阿姨，您还说德富呢，他一边到处揽工，把别人家的孩子往厂里送，一边又到处想办法、找关系，想要把她女儿送到我们女子高中来读书。

薇薇妈： 啊？竟有这样的事？

魏　莱： 是啊阿姨，您要知道，读书对于年轻人来说，是改变命运的机会。我以前也在张老师班里读书，也想过放弃，是她劝住了我。不然，我的人生就完了。

张妈妈：（看向薇薇）薇薇，你要记住，穷并不可怕，可怕的是被它打垮，丧失了哪怕一点点挣扎的动力。我们要认识贫穷，然后战胜它！好吗？

薇　薇：（重重地点了点头）嗯！张老师，我记住了。

魏　莱： 嘿，你们别把气氛搞得这么严肃嘛。薇薇，你想考哪所大学啊？清华好不好啊？

薇　薇：魏老师，您就别拿我开玩笑了，清华好是好，我哪儿敢往那儿想啊！

魏　莱：（看向张妈妈）哎，年轻人要有梦想，才能勇敢去闯啊！你只管学，我们来给你想办法！张妈妈，您教出过清华的学生吗？

张妈妈：（笑着）我没教过。

魏　莱：哼哼！那您等等我啊，我回来教书了，您教不出清华的学生，我来教！

张妈妈：（满意地点点头）好！我等着！

魏　莱：（对着薇薇）你别看她平时不苟言笑的，但你知道吗？咱们学校筹建那几年，张妈妈到处筹钱，在县里是出了名的。当时，还流传了一首关于她的儿歌呢！想不想听？

张妈妈：欸！你这个丫头！

薇　薇：啊？想听想听！

魏　莱：（逐渐笑中带泪）好，我念给你听哈。

华坪出了个人尖尖
阿梅四处去筹钱
衣破烂鞋儿踏穿
就是没有一分钱
盖学校、没有钱
像个叫花子招人嫌
盖学校、没有钱
像个叫花子招人嫌……

【在魏莱带着哭腔的念诵中黑场，第四幕结束。

第五幕　面馆

【时间：21世纪初，白天。

【地点：面馆。

【人物：阿梅、德富、面馆老板、儿童数名。

【人头攒动的街道，一如当年北方的火车站，放眼街上，人流涌动着，人们好像都在忙，却又不知道在忙些什么。人群中，一道瘦削的身影显得格外突兀，她穿着件皱皱巴巴的衣衫，明显比自己的身形大了一号，与周围是那么格格不入。目光虽坚定，但含着几分躲闪；面貌年轻，但丝毫没有稚气半分。若是认不得，还以为是哪里来的逃难者。几个淘气的孩子正围在她身旁打转，一边打转一边念叨：

华坪出了个人尖尖
阿梅四处去筹钱
衣破烂鞋儿踏穿
就是没有一分钱

盖学校、没有钱
像个叫花子招人嫌……

虽然念着难听，但她也只当是童言无忌，憔悴的脸上挤出一丝苦笑，摸了摸其中一个小孩的脑袋，便穿过人群，径直走进一家面馆。

面馆老板：（看见她后，赶忙上前招呼）哟！张老师，来等车啊？

阿　梅：（微笑回应）是啊，王老板。

面馆老板：来来来！快进来坐，给您煮碗米线吧。

阿　梅：（犹豫了一下，手不自觉地捏了捏裤子口袋，随即道）好，来一碗嘛，清汤素米线哈。别整多了，我吃不了那么多。

面馆老板：好嘞，您先歇着，我这就去给您弄。

【面馆老板说完便径自跑向后厨。前厅共三张桌子，左边一张桌子前坐着个胖乎乎的男人，硕大的身躯却穿了件小一号的西服外套，里面搭着件汗衫，看起来紧致又滑稽。他正自顾自地大快朵颐，面前是一大碗米线，还有五六碟配菜，用一个托盘拖着。阿梅看了看男人，便走向最右边的桌子前并腿坐定。男人抬眼瞅见她，嗦了一口米线之后，便操着一口四川话出言讥讽。

德　富：（阴阳怪气地）哟！这不是张老师……哦不，张校长吗？

阿　梅：（微笑点头招呼）你好啊，德老板。

德　富：啥子德老板哦，听着怪不吉利，叫我富老板儿。

【阿梅没再接话，德富见状，转身调换了位置，由最开始的背对，变成了侧对。

德　富：张老师，又来跑建校资金嗦？

阿　梅：嗯，是的。

德　富：（不屑地）你说你啊，年纪轻轻的，啷个把自己活成了这个样儿？造孽哦！都说人挪活树挪死。你看我，当年逃难从四川到云南，现在政策好，生活过得多美满。再看看你，从东北到这边，还是个干部，如今却成了这副模样。妹儿，我是真替你感到不值哦！

阿　梅：呵呵，没得事，我没你命好。

德　富：（继续咄咄逼人）县城的人念你的好，说我是个坏人。但是回头看看，你又为这个地方带来了啥子？我又为这个地方带来了啥子？揽工到广东，他们挣了钱，回家娶媳妇儿修洋楼，日子过好了，反倒没人念我的好。如今这世道啊！

（见阿梅没有搭腔，德富又继续说道）

德　富：百无一用是书生，更莫说是女书生。这年头，挣钱才是头等大事。

【阿梅听后，将身子侧了侧，背对着德富不再言语。德富见状，干笑了两声便站起身，一手端着大碗，一手端着托盘。大步踉跄地走到阿梅这一桌，在她侧面坐下。

德　富：（干笑道）张老师啊，照理说，你我井水河水不相干，但是啊，因为你一直给娃娃们讲什么读书重要读书重要，害得我都招不到工，你说你教书就教书，莫影响我做生意咄……

阿　梅：（冷笑一声）呵，富老板，您这日子过得好，小张不敢羡慕，只想好好教书。

德　富：（边说边凑近阿梅）妹儿，你恁个说就不对了咄。哥哥和你商量个事儿，你看要不要得？

阿　梅：……

德　富：你教书，是为了娃儿们能有好生活；我招工，也是改善他们的生活咄。你看这样要不要得，娃儿们都听你的话，我也不干涉你教书育人。班上那些成绩不好的学生，你就推荐到我这儿来嘛。年轻娃儿精力好，出去打工也有光明的未来！

阿　梅：（面露愠色）富老板，我们道不同不相为谋。

德　富：嗨，你这话说得……我就有点儿听不懂了。女娃娃，读那么多书有什么用？还不如出去打工，说不定到外头找到个好老公，再回来的时候，左手一只鸡、右手一只鸭，怀里还抱着一个胖娃娃。那才叫幸福。你不能因为自己不幸福，就耽误了孩子们的幸福咄！

【"啪！"阿梅愤怒地拍了拍桌子，瞪了德富一眼，随即转身离去，走向中间的一张桌子坐下，便不再理会德富。

德　富：你……

【面馆老板端着米线从后厨走出来，打断德富的话。

面馆老板：行了吧，德老板，您那嘴巴总是那么尖酸刻薄，省省力气多吃两口米线啊。

德　富：（悻悻地）啥子德老板，叫我富老板……

【德富说完，便低头吃米线。面馆老板也不再理会他，带着笑意走到阿梅面前，把米线和配菜依次放到她面前。

面馆老板：张老师，您的米线来啦！

阿　梅：（看了看米线，赶忙伸手拉住面馆老板，急切地）老板，我没点状元米线，你上错了！

面馆老板：哎，张老师，我没上错，您就慢慢吃吧。

阿　梅：不不不，我不要。这么多，我……我吃不完的。

面馆老板：张老师，您受累了，平时要教书，一闲下来就想着给孩子们修缮学校，您是大善人哪！我没得什么文化，说不来话，这碗面，算我请您的。

阿　梅：（推辞道）不，王老板，您开面馆也不容易，我不能要哈。

（面馆老板摆好米线和配菜之后，一边向德富走去，一边回头说道）

面馆老板：咱不见外了哈！车还有一会儿才到，您先吃着，回头多给我们县教几个状元出来，有啥需要随时叫我！

【阿梅看着走远的面馆老板欲言又止，最后还是没有再去拉扯，回到座位吃起了米线。老板走到德富跟前坐定。

面馆老板：德……富老板，你大小是个老板儿咄，怎么一天尽为难别个张老师？

德　富：嘿，我咋个为难她了？谁为难谁还不一定嘞！自从学校办了起来，招的工人都少了，就连……

（德富警觉地看了看四周，又小声说道）

德　富：就连回扣，都少吃了好多好多！

面馆老板：切，您这话说得，像人话嘛?!

德　富：怎么啦？我违法啦？我还就想不通了，这个地方那么落后，我把娃儿们带出去打工，他们家里面日子过好了，还开始埋怨起我来了，这是哪门子道理？

面馆老板：省省吧，你还不知道别人为什么埋怨你？

德　富：我不知道咄！

面馆老板：你鼓动那些心智还不成熟的孩子出去打工，他们没受过好的教育，多少人出去以后被骗？多少人被逼着做了坏事，你心里不清楚？

德　富：我……

面馆老板：孩子们书读得少，没有分辨是非的能力，但你活了这么多年，你没有吗？孩子们在外头受了欺负，你管过他们吗？

德　富：我管……

面馆老板：你还好意思说别个张老师，她爱人走后，自己一个人拉扯一帮子学生，又当老师又当妈，教知识教做人教是非对错。她啊，才是在保护娃儿们，才是在给我们这个地方留根！

德　富：（狡辩道）那你摸着良心说说，我是不是让那些打工的人有钱了嘛！

面馆老板：是，他们是暂时摆脱了贫困，但是这样下去，你要他们的孩子也打工？一代又一代出门打工，这日子怎么可能好得了？照理我不该干涉你那些事情，但是看着你在我这小面馆，把孩子一批批往外送，我心里头说不出的难受。

【正当德富准备反驳时，阿梅已经吃完米线，并向着这边的面馆老板招呼。

阿　梅：（大声道）老板，我吃完了，谢谢你的米线！我先去赶车了哈！

（老板站起身，伸手向阿梅致意）

面馆老板：欸！张老师，您慢走啊！

【阿梅走出面馆，老板上前准备收拾阿梅的餐桌，走到一半，回过头来对着德富说话。

面馆老板：富老板，你的出发点不一定是坏的，但是，我希望你在带孩子出去挣钱的时候，不要光说外面的世界有多好，还是给人家讲一点儿真正的现实情况。

【说完，老板转身去收拾阿梅的餐桌，正收拾着，发现面碗底下压着十几块皱皱巴巴的纸币。他把钱拿起握在手上，微微摇头叹了口气。那一边，德富已经吃完，看见面馆老板这样子，便探身过来查看。

德　富：吔！张阿梅还清高嗦？这钱怕比她的衣服还皱些哦！

面馆老板：（不耐烦地）去去去！积点儿德吧你！

德　富：（向门外慢悠悠踱步走去）切！我也走了哈！

面馆老板：（叫住德富）嘿！米线钱？

德　富：（慢悠悠）老规矩，赊着。

面馆老板：你这个老板，挣大钱赊小钱，不厚道了哦。

德　富：哎，月结，月结啊！

【突然，传来一声泼辣干练的画外音，听声音是正在后厨忙碌的老板娘。

画外音：什么？又赊账?！德老板儿，不兴这样哈！

【德富听后猛然吓了一激灵，快步跑开，声音渐远消失。面馆老板一人在前厅站立。

德老板：（画外音）啥子德老板，叫我富老板儿！

面馆老板：（对着后厨方向大声道）老婆，张老师硬是要给钱。

画外音：退了！

面馆老板：（赶忙应声）好！

【说完，他便俯身收拾起餐桌来，画面变暗，第五幕完。

第六幕　远眺（终章）

【时间：当代，白天。

【地点：山顶。

【人物：张妈妈、玉汉、魏莱、薇薇、薇薇妈、德富、面馆老板、女学生若干。（本章节有写意内容，本剧涉及的人物并列出场演绎，共同登台谢幕）

【张妈妈出院不久，一个风和日丽的午后，学校组织学生登高望远，在山顶上，学生们围坐成半圆，中间的薇薇正给同学们讲述关于张妈妈打油诗的故事。

薇　薇：大家知道，张老师为了给我们创造学习机会，付出了多少吗？魏老师给我讲过一首关于张老师的打油诗。我念给大家听，我读一句，大家读一句，好不好？

众　人：好。

薇　薇：这首诗的前半段是——
华坪出了个人尖尖
阿梅四处去筹钱
衣破烂鞋儿踏穿
就是没有一分钱
（众人跟着薇薇一句一句地念着，但念到最后一句的时候，大家却闭口不言了）

薇　薇：盖学校、没有钱。

众　人：盖学校、没有钱。

薇　薇：像个叫花子招人嫌。

众　人：（声音逐渐静默，有的同学甚至会出现声音发抖和哽咽）像个……

薇　薇：同学们，我知道大家和我一样，听到这一句觉得心里很难受。但是大家知道吗？这首诗还有后半部分哦。

同学1：说给我们听听吧。

众　人：（附和）是啊是啊，说说吧。

薇　薇：好，大家跟我一起念——办学心，比金坚。

众　人：办学心，比金坚。

薇　薇：一砖一瓦连成片。

众　人：一砖一瓦连成片。

薇　薇：学子有去处，娃娃心头甜。

众　人：学子有去处，娃娃心头甜。

【就在大家一字一句跟着念的时候，魏莱搀扶着张妈妈由远处走了过来。魏莱听见学生们念打油诗，便在远处大声地将最后一句念了出来，众人听见后，欢笑着跟诵。

魏　莱：要用功学习，努力造明天！

众　人：要用功学习，努力造明天！

众　人：张老师！魏老师！

张老师：孩子们！

（魏莱扶着张妈妈走到孩子们中间）

张老师：（看向魏莱）叫你走快一点，去陪着同学们，不用等我，非是不听。

魏　莱：（笑着道）张妈妈，您啊得服老。

张老师：（笑道）是啊，我老啦，总有走不动的一天，你们要继续往前走，不要等我。

魏　莱：别瞎说，您身子还好着呢，还要带着大家爬更多山、走更远的路呢！同学们，以前老师和你们一样大的时候，陪张妈妈来到这里。我问了她一个问题。

众　人：（疑惑道）什么问题啊？

魏　莱：（先看向学生，再看向张妈妈）我当时特别迷茫，觉得读书没有打工好，读书不挣钱。所以那天，张妈妈就带着我爬山，那时候啊，还是我在后边不停地叫她走慢点儿，等等我。到了山顶后，她问我看到了什么。我说，老师，您总说山外的世界很广阔，可是，这山外头不还是山嘛。你们想知道张老师怎么给我讲的吗？

众　人：（齐声道）想！

张老师：（接过话茬）山的那头还是山，所以我们要一起越过一座座山，过程很艰难，但只要大家心无旁骛，努力学习，就一定能实现理想。

魏　莱：一定能的！

张老师：（看向孩子们，随后看向远方）很久很久以前，我就是翻过了许多座山来到大家身边，我只是一个普通的老师。我的愿望也很简单，就是把你们都送出大山！你们会走出去，但不是因为打工，而是要，上大学！

众　人：上大学！

魏　莱：所以啊！小丫头们一定要努力学习哦。

我生来就是高山而非溪流！

众　人：我生来就是高山而非溪流！

魏　莱：我欲于群峰之巅俯视平庸的沟壑！

众　人：我欲于群峰之巅俯视平庸的沟壑！

众　人：我生来就是人杰而非草芥，

我站在伟人之肩藐视卑微的懦夫！

【同学们自发齐声朗诵着校训，声音一遍盖过一遍，在这大山间久久回荡。伴随着回荡在山谷的朗诵声，画面进入谢幕环节。同学们移到舞台左侧站成竖排继续朗诵，魏莱扶着张妈妈慢慢走到右侧。

魏　莱：张妈妈，这一切，是否如您所愿？

张妈妈：孩子们爱学习，就有未来！

（随即，张妈妈看向远方，低语呢喃）

张妈妈：（用苍老的声音温柔低声道）玉汉，等等我啊……

【第六幕完。结尾音乐缓缓响起，舞台中间，前五幕场景中的演员依次以演绎的方式出场谢幕，画右张妈妈与魏莱两人分别看向他们。

1.（青年阿梅与玉汉两人出场，穿着第一幕的服装，二人一前一后）

阿　梅：（清脆调皮地）玉汉！等等我啊！

玉　汉：（转身牵手）丫头，慢点儿，不着急。

（夫妻二人先是相互对视，随后又看向张妈妈这边，青年阿梅笑着挥手，张妈妈微微抬手致意）

2.（薇薇在车站送妈妈外出打工）

薇薇妈：（轻轻捋着薇薇的头柔声道）孩子，你安心读书，要听张老师的话。

薇　薇：妈，我一定会拼命用功学习，您等着我，今后我来养家！

薇薇妈：好！我的乖女儿。

（两人道别，随后看向张妈妈，双方挥手致意）

3.（病床前，阿梅趴在床边打盹儿，生病的玉汉轻轻地下床，走到阿梅背后，拿了件衣服给她披上，并温柔地抚摸着她的脑袋）

玉　汉：丫头，委屈你了。你是我的溪流，是孩子们的高山。

（说完，玉汉抬头望见年老的阿梅，温柔地笑了出来，一如暖阳。张妈妈双眼凝神，滞手虚空，似乎想要去触碰，但又显得遥不可及）

4.（学生时期的魏莱，一个人赌气跑到了山顶上，张妈妈在后面追赶）

张妈妈：魏莱，你走慢些，等等我啊！

魏　莱：（任性道）哼，我不！

（待追上后，小魏莱眼泪巴巴地望着张妈妈）

魏　莱：（问道）张妈妈，这山外头还是山，我要啥时候才能走出去啊？

张妈妈：（爱抚地摸着小魏莱的头发）孩子，慢慢走，一步一步，踏踏实实走，我陪着你啊！

魏　莱：（哭着一头扎进张妈妈的怀里）妈妈！

张妈妈：（抱着小魏莱）欸！

（彼时的张妈妈抬头与舞台右侧的自己相视而立，双方点头致意）

5.（德富两手提满了礼品，歪着脑袋，用脖子夹着一台手机和自己的妻子通电话）

德　富：喂！老婆，张老师不肯收礼物，说只要幺妹儿努力学习就行了。你说我该啷个办嘛？啥子？不让我回家？喂、喂？

（把礼物放地上，用手拿下手机揣好。看见了一旁正在给女儿整理书包的面馆老板）

面馆老板：（对着女儿说）孩子，好好读书，听老师话，啊？

女　儿：好的，爸爸，我上学去啦！

（说完，女儿向前小跑退出舞台，面馆老板看见了一旁的德富）

面馆老板：哟！这不是包工头富大老板嘛。

德　富：啥子富老板哦？叫我德老板儿，好听些。早就不揽工了好吗？开铺子，培养学生！

（两人相互打趣地哈哈大笑，随后望见远方的张妈妈。面馆老板粗狂地挥着手打招呼，一旁的德富看着张妈妈不好意思地挠着头）

剧　终

未来的新药丸

王　晶

人　物：未　来——约 30 岁，男性，高科技药丸公司重要科研人员。
悦　玲——未来的母亲，现实空间的年龄约 65 岁。
未　冉——未来的父亲，现实空间的年龄约 67 岁。
琴　琴——未冉的初恋，两个大麻花辫，是她的美丽符号。
悦　钟——未来的舅舅，悦玲的弟弟，现实时空年龄约 63 岁。
外　婆——未来的外婆，独自抚养悦玲和悦钟姐弟，早年丧夫，有一个妹妹。
小　姨——悦玲、悦钟的小姨，未来的姨婆，外婆的唯一亲妹妹。
陈阿姨——未来母亲悦玲的好友，发小。
李阿姨——未来母亲悦玲的好友，发小。
演员甲、乙——未来梦境中出现的人物。

【灯光起。未来站在舞台上。
未来手中拿着一颗药丸。

未　来：（向观众展示）这是一颗药丸。我将为您展示，一颗高科技药丸，如何能够大变活人的。

【未来变起魔术，手里的药丸最终变成了一撮头发。

未　来：（独白）瞧瞧，瞧瞧，我这水平，依然做不到大变活人，只能变出这么一撮头发。（向观众）您问我什么？今年是哪年吗？让我数数（掰指头数数），子丑寅卯……嗯，照这么看来，今年是未来的某一天。（自言自语）这不，跟我名字一样了，未来！
未来拿出一面镜子。

未　来：（照着镜子）这是鼻子，这是嘴，这是眼睛。没错，还是看着嘴巴最像。眼睛嘛，中和了两个人。（向观众）各位知道这是什么吗？（示意自己的脸部）来，各位，拿出镜子，对准自己的脸，你会看到奇迹！

【未来在舞台上踱步。

未　来：（向观众）看见奇迹了吗？我们这叫脸，这是五官，但是你看见镜中映衬出你父母的脸吗？鼻子像爸爸，嘴巴像妈妈，眼睛，中和了爸爸和妈妈。

未　来：（对着镜子）可惜啊，我把妈妈弄丢了。我妈怎么丢的？她失踪了，（向观众）嘘，都小点声儿，别把我妈留下的这撮头发也给弄丢！我一个发明高科技药丸的，却让药丸把我母亲弄丢了。嗐，不说，不说。（朝着观众）什么？好奇？想知道？那我先去我爸家问问，他有没有见到我失踪的母亲。

【灯光暗。

［未冉篇］

【灯光起。

【未来站在舞台一侧的时间轴旁，时间轴字幕：当下。

【舞台中央，是一套颇有情调感的桌椅。

未　来：这是我父母的地界，无论是曾经的咖啡屋，还是现在的全智能房屋。有妈的地方，就有家；有爸的地方，都是家。

【未冉上。老年未冉佝偻着背，拿着擀面杖，坐在椅子上。

未　冉：不中用喽，想给老伴多烙点饼，好让她回来的时候吃。烙不动了，得坐下歇歇。

未　来：爸。

未　冉：这一听就是未来。浑小子，你在哪里？咋不进家？

未　来：我不敢进来，怕您打我。

未　冉：你这么个三十岁的人了，我能打你？

未　来：爸，我妈失踪了，我怕您打我。爸，您见到妈了吗？

未　冉：你妈啊，谁让她那么大胆，敢于尝试新鲜玩意儿的！我都好几天没见到她了。

未　来：爸，你想想，你仔细想想，我妈去哪儿了？

未　冉：我想想，我仔细想想，你妈可能会去哪儿了？

【未来拨动时间轴，时间轴字幕：过去。

【灯光暗。

未冉放下擀面杖，直起了腰，拿着公文包，穿起了中山装。

【灯光起。

未冉走在舞台上。

未　冉：（独白）他们说，我年龄不小了，该找对象了，这不，让我来相亲。他们说啊，让我穿西装、打领带，帅气。我呢，对我的审美还是很自信的，我喜欢中山装，就要穿中山装，在最重要的日子穿上最优雅的衣服。

【未冉走了几步。

未　冉：（独白）不过，你们猜，她漂亮吗？他们说，她是个有趣的女人。我很真诚，也很真实，我可不会那么虚伪地说“要透过现象看本质”。

【未冉刚走几步，舞台一侧出现一个女孩背影，女孩编着两个麻花辫，身材婀娜。未冉看见背影，便追去。

未　冉：琴琴，等等我，别走，我都追了你这么久了。

【麻花辫女孩急跑，下。

未冉没追到麻花辫女孩。

未　冉：哎呀，追了这么久，还是没追到。他们说，你喜欢她什么？活泼开朗，还是美丽动人？可惜她再怎么好，也跟着别人走了，你还不是得来相亲？我说呀，我还是老老实实来相亲，背影终究难以捉摸。

【雷声起。

未冉赶忙跑进咖啡屋（即之前的有情调桌椅）。

悦玲上。

悦玲捂着脑袋，头发凌乱。

悦　玲：（独白）说是来相亲，偏偏遇到了雷暴天气。我好不容易编好的辫 子，也吹得稀烂！得，分手总是在雨天，只是不知现实版会不会也这么悲剧。我命由我不由人，我今天不仅要相亲成功，我明天还要去剪掉长发，再不编这劳什子。悦玲随手梳理着头发，走近咖啡厅。

【灯光暖，打在桌椅上。

悦玲坐在未冉对面的椅子上。

未　冉：（独白）我的相亲对象，头发凌乱，真是犹抱琵琶半遮面。

悦　玲：（独白）来时的路上，下雨，跑得太快，头发凌乱。

未　冉：你好，我的名字很少见，我叫未冉。

悦　玲：你好，我的名字很常见，我叫悦玲。

未　冉：你是怎么看待相亲的？

悦　玲：我不赞成相亲。

未　冉：那你还来？

悦　玲：我不赞成的事情，不代表我就一定要拒绝。给对方一个机会，也给自己一个机会，我喜欢抓住机会，哪怕认识一个朋友也好。

未　冉：你可真直白！其实我也不喜欢相亲。

悦　玲：那你还来？

未　冉：因为我得完成任务好交差。

悦　玲：你也这么直白？

未　冉：我不喜欢套路，尤其在感情世界里，我很不喜欢现代人的快餐式爱情。我要的，是纯粹、是真诚、是最美好的爱。

悦　玲：我和你一样，也这么想。会不会觉得我很庸俗，和别人的想法总是一致？

未　冉：不会啊，因为这个“别人”是我，我一直不认为我很庸俗。（大笑）

悦　玲：（跟着大笑）你这个人很有趣。

未　冉：你也和你看起来的邋遢样儿不一样，你很有思想。

悦　玲：（拨着头发）我的邋遢纯粹感谢这场雨。信不信，明天我就剪了这坏我形象的烦恼丝。

【悦玲拨动头发，顺势挽起了头发。

未　冉：（独白）我这才看清楚她的模样，原来是一个很清秀的美女。别怪我肤浅，眼缘这个东西，就是这么重要。

悦　玲：你在想什么？莫不是这下看清楚了我的样貌？

未　冉：你学过心理学？什么都知道？

悦　玲：哈，对呀，我这个人爱好广泛，什么都喜欢了解。比如，你现在的眼神、表情、手势。

未　冉：手势？（抬了抬手）我有什么手势？

悦　玲：以后我可以借给你我看的书。

未　冉：原来，你还是个才女？

悦　玲：不知道哪个年代的人说过“女子无才便是德”。

未　冉：那个很久很久以前的某个年代的书，你也看？我们现在可是未来的某个时间。

悦　玲：无论哪个时代，历史都很有意思，车轮的轨迹，循环往复。

未　冉：你这个说法很有意思。那天，我家的机器人都开始看书的时候，我才发现，这个时代，以前的时代，居然都这么有意思。

悦　玲：你看起来可不像你说的那样。

未　冉：说的哪样？再用你的“读心术”读一下吧？

悦　玲：从你的谈吐能够看出来，你很有意思。

未　冉：有意思？这么简单？你也很有意思。

悦　玲：那你说，我们的相亲，效果怎么样？

未　冉：我个人认为，从我单方面讲，相亲成功。你呢？

悦　玲：我个人认为，也从我单方面讲，相亲成功。

（二人大笑）

未　冉：不过，既然相亲成功，我就得告诉你一个我的秘密。

悦　玲：为了表达诚意，我也要告诉你一个我的秘密。所以，你先说你的秘密。

未　冉：我曾经喜欢一个女孩，梳着两个大麻花辫，很美。但是她最终选择了别人，我很难过，所以我这次没有排斥相亲。我可能有点自私，我本来想着用相亲的事情冲淡我心里的难过和思念。对不起，我得向你道歉。

悦　玲：我原谅你，因为你如此坦诚。那我也跟你说我的秘密。我来的时候，对相亲不抱希望，因为我认为，在这个什么都是快节奏的时代，能像我如此抱有爱情信仰的人，少之又少，一个乌托邦一样的爱情信仰，怎么会实现？但是当我看见下了雷暴大雨，我就想起了一句经典的电影台词“分手总是在雨天”，这是一个不好故事的开头吗？我偏不信邪，我反而就要相亲成功。

未　冉：你真是个怪人，也真是个“斗士”。

悦　玲：脑洞大倒是真的有，“斗士”嘛，就要涉及我的又一个秘密。

未　冉：你的秘密真多。

悦　玲：我被催婚了。我只能来相亲，反正又找不到灵魂伴侣，和谁结婚还不都一样。

未　冉：所以，我本来可能是个试验田？

悦　玲：没错！这么快就能“get”到我的点。

未　冉：那我真没想到，你这样的女孩，居然能被催婚。

悦　玲：现实总是有点肋骨条儿。

未　冉：别人都说“现实很骨感”，你居然说它是“肋骨条儿”！

悦　玲：我的现实的骨感，只能配当“肋骨条儿”，不能让它全部都骨感，那可不行。我还有很多快乐的理想要去完成呢！

未　冉：你真是个乐天派女孩！

悦　玲：所以，我俩的秘密，扯平了。

未　冉：相亲成功！这就是现代人可遇不可求的“soulmate”！

【灯光暗。追光起。追光打在站在时间轴前的未来身上。

未　来：原来我的父母曾经是这样顽皮的年轻人。作为子女的我们，往往看见的，都是他们严肃、关爱、责任等等的长辈做派。可是，我记得，在我小学刚毕业那会儿，家里还是有一场风波。他俩的“婚变”。

【未来拨动时间轴，时间轴显示：几年后的某一天。

【灯光起。

舞台一侧，是中年的悦玲，坐在桌旁的凳子上。悦玲手里拿着一封信。

悦　玲：（独白）我们这时代，当返璞归真的时候，可能是最美好的，也可能是最丑陋的。幸与不幸，都不过是一念之差。你怀孕了，你要结婚或者已经结婚了，这就是大喜事；你不能结婚，怀孕，这就是大不幸！（向观众）看我，让各位误会，我的孩子未来，今年刚小学毕业，我可没怀孕。

【未来站在时间轴前，隔空喊话。

未　来：妈妈，这真的是我妈妈，这是我小学毕业那年。我记得，那时候，什么高科技通信工具都有，甚至在50米的距离内，还能“隔空喊话”，就像我现在这样（捂脸笑）。不过啊，现在的高科技还不能穿过时空，任意对话，否则，我也不会天天想着怎么研发找到母亲的药丸了。瞧瞧，（向观众）我又跑题了。那时候啊，如果有人用书信来往，多半都是最重要和最珍贵的人、事、物！

【追光灭。

悦　玲：拿着手里的这封信，我的心里是七上八下的。

【悦玲看向舞台另一侧。舞台另一侧追光起。一个女孩的背影，她梳着两个麻花辫。追光灭。

悦　玲：我记得，我和我家先生未冉自从相亲成功后，很快就结婚了。这些年，我们经历过很多美好。

【随着悦玲手指的方向，舞台灯亮，舞台上出现几组演员，分别扮演着悦玲和未冉的不同年龄段的他俩。灯光暗。

【第一组追光起。第一组，展示着未冉向悦玲求婚时的场景，年轻的他们穿着红色中式的婚纱婚服。年轻未冉求婚，将戒指戴在年轻悦玲的手指上，年轻悦玲点头，年轻未冉站起身，将红色婚纱盖在了年轻悦玲的头上。

悦　玲：我先生说，他的每一个重大时刻，都要穿上中山装。他让我穿上了红色的嫁衣，他说这样才更优雅。他要我们在一起，一辈子。

【第一组追光灭。

【第二组追光起。第二组，展示着未冉和悦玲谈恋爱的场景。年轻的未冉拉着悦玲的手，二人在公园看风景。

悦　玲：那天，我先生说，我们就先结婚后恋爱吧！我们在公园看着蓝天白云，都能乐呵呵地看一天！

【第二组继续展示，二人在电影院看电影。

悦　玲：那天，我先生带我去看电影，他说要看传统的电影，所以不要在家看，不要只戴个 VR 眼镜就看电影。他说要有仪式感，去传统电影院，看大银幕，在黑漆漆的电影院，才能感受心跳与萌动！

【第二组继续展示，二人跳某一种国标舞。

悦　玲：我和先生结婚后，向着我们的梦出发。我们学习了很多东西，国标舞就是一种。我们永远记得，那是个夏日午后，天晴，夏天的风拂面，我们迎着微风，在一个大学校园里，练习舞蹈。他说，没能在校园里认识我，是他这辈子的一大憾事。所以，他要带着我，感受一下属于我们的“校园时刻”。

【第二组追光灭。

【第三组追光起。第三组，未冉、悦玲领着一个小朋友未来。未冉、悦玲带着未来去动物园游玩。

悦　玲：这天，我们一家三口去了动物园。这天，孩子最大，我和我先生是陪衬。

【第三组继续展示，未冉和悦玲拿出了生日帽子，戴在未来头上，三人唱生日歌、吹蜡烛，幸福地拍手庆祝。

悦　玲：这天，是未来的六周岁生日，我们一家三口很幸福。未来说：“父母最专心的陪伴，是对孩子最长情的告白。”我和先生听了，都很吃惊，呵，这小子长大了！

【第三组追光灭。

【第四组追光起。第四组，展示着未来的小学毕业典礼场景。追光里，只有未来一个人。戴着毕业帽，手里拿着一个毕业证书。

悦　玲：这是未来小学毕业那天的毕业典礼。这天，参加毕业典礼的，只有两个人，就是未来和我。

【悦玲说着，走近追光里。

悦　玲：这天，我先生说，他要加班。其实这天，我也有工作要做，但是我怕未来失望，我请假，急匆匆地来到了未来的毕业典礼。

【悦玲搂着未来。

悦　玲：这天，我们母子俩吃了一顿大餐，未来吃得很开心。可我看得出，即便未来隐藏得再好，他也有一丝失望，他的眼神告诉我，他希望他的父亲也能来参加毕业典礼。未来是个很懂事的孩子！

【第四组追光灭。

四组演员下。悦玲留在舞台上。

【追光起，追光打在时光轴跟前的未来身上。

未　来：我记得这天，我很失望，因为这是第一次，在家庭重大日子里，爸爸的缺席。虽然妈妈掩饰得很好，但眼神骗不了人，妈妈很失望，她只是不希望我不开心，所以强颜欢笑。

【追光灭。

【舞台灯光起。

悦　玲：我知道，未来那天，看出了我的强颜欢笑，因为他和我一样，很敏感，尤其对待感情。这就是遗传吗？其实，那天，就是两周前。所以，在这两周里，我仔细观察我先生。果不然，三天前，我发现了这个（举着手里的信）。在我们这个时代，什么高科技都有，这种返璞归真的事情，不是最美好的，就是最不好的。

【悦玲把信放在桌子上，开始收拾行李。

未来站在舞台一侧，时间轴附近。

未　来：那天，我问妈妈，在收拾谁的行李？谁要走？

悦　玲：那天，未来问我，我告诉他，我在收拾他爸爸的行李。

未　来：那天，我问妈妈，为什么要收拾爸爸的行李？他要出远门吗？

悦　玲：那天，我告诉未来，他爸爸要出远门，未来的日子里，我们的生活里，可能只有未来和我了。

未　来：那天，我问妈妈，家人们，为什么最终要分离？

悦　玲：未来从小就早熟，所以那天，我告诉他，人终究是孤独的，每个人都是，欢愉团聚只是短暂的。我希望他坚强，无论何时！

未　来：那天，妈妈跟我讲了很多我似懂非懂的话。我只隐约明白了，家里是出现了“婚变”，妈妈的信仰崩塌了，妈妈的世界倒塌了。

悦　玲：那天，我很眩晕，但是我知道，我还有未来，我必须让未来有未来，为母则刚！

未　来：那天，我问妈妈，为什么不看看那封信？

悦　玲：那天，我告诉未来，无论什么时代，也要尊重他人，无论是他人的尊严，还是他人的隐私。

未　来：那天，我问妈妈，最亲密的人之间也要有隐私吗？妈妈告诉我，人与人之间，无论什么关系，即便是最亲最近的血缘关系，或最亲最近的姻侣关系，抑或是最无间的知音关系，交往的先决条件，也依然是互相尊重。

【悦玲将收拾好的行李箱放在一角，坐在桌旁的椅子上。

悦　玲：（独白）我在等待，等待一个结果，等待一个判决。没错，等待的过程是最煎熬的。我倒是希望给我一个了断，即便是我的爱情伊甸园消失了，即便是我的爱情信仰崩塌了，我也无怨无悔。每一件事情，我都不后悔，因为无论什么事，无论好坏，这是我的选择。我必须得为我的每一个决定承担。

【未冉上。

未　冉：等了很久了？

悦　玲：还记得这里吗？这是……

未　冉：这是我们相亲的地方。我当然记得！

悦　玲：（独白）他要是说他不记得，我的心里反而会好受一些。

未　冉：这是什么？一封信？

【未冉拿起信。

未　冉：小猴子，我能看看吗？

悦　玲：（独白）他居然叫着我俩单独在一起的昵称，小猴子。（朝未冉）你的信，你当然可以看。

未　冉：我的信？（打开信）对了，看我的记性。（尬笑）

悦　玲：（独白）我知道，他不会撒谎，因为他每次撒谎，都是这个表情。可是我脑海里的画面更清晰了。

【灯光暗。

【舞台一侧，追光起。麻花辫女孩琴琴和代表未冉的男子面对面站着，琴琴仰视未冉，未冉低头看着琴琴，浓情蜜意。

【追光灭。

【灯光亮。

悦玲起身指了指行李箱。

未　冉：你这是？

悦　玲：我帮你收拾好了。

未　冉：我知道我应该提早给你看这封信，可是最近我天天加班，回家就把这事忘了。

悦　玲：（独白）他说他天天加班，我脑海的画面又会更加清晰。

【灯光暗。

【追光起。麻花辫女孩琴琴和代表未冉的男子站在舞台一侧。男子从背后拿出一束鲜花递给了琴琴，琴琴开心地捧在胸前。男子的手机响起，男子说了句“我在加班”，便挂断了电话。

【追光灭。

【灯光亮。

悦　玲：（独白）我仿佛被从头而降的雨水从头淋到脚。

【雷声响起。

悦　玲：分手总是在雨天。

未　冉：什么？你在说什么呢？胡说！我知道我应该提前给你看信，可是你也不能把我扫地出门啊！

悦　玲：（独白）他说我把他扫地出门，其实我是给他自由，让他奔向幸福，我不想当他的绊脚石。

【灯光暗。

【追光起。麻花辫女孩琴琴和代表未冉的男子站在舞台一侧。

琴　琴：你愿意跟我走吗？

男　子：这么多年，我就知道，你会回来找我。

琴　琴：这么多年，我就知道，你心里一直都有我。

男　子：我心里最柔软的地方，永远驻足着我的初恋。

琴　琴：可是你的孩子，你的家？

男　子：孩子他妈是最坚强的女性，她很能干，可以处理好一切；她也很坚强，可以带着未来走向未来。可是你不行，你需要我的肩膀，当庇护你的港湾。

琴　琴：那我们走吧？

男　子：好，我们走。

【男子拉着琴琴的手，走向舞台一侧，下。

【追光灭。

【灯光起。

悦　玲：生命诚可贵，爱情价更高！

未　冉：若为自由故，两者皆可抛？（笑）看你，把我吓一跳，我以为被扫地出门了呢！你能和我跟平时一样对诗对词，那我就放心了。走，回家。（伸手拉悦玲）

悦　玲：（甩开未冉的手）你走吧，我回家。

【悦玲转身准备离开。未冉急忙上前拉住悦玲。

未　冉：你这是干吗？（着急）你再跟我开这个玩笑，我可急了！

悦　玲：我知道，这是那个麻花辫写的信，虽然我没看。可我了解你！

未　冉：（拿着信）这是我写的，是我写给她的。还没有发出去。

悦　玲：我就说，我没有猜错。这两周……

未　冉：这两周，你每天神经兮兮地观察我，我都看在眼里的。所以我赶紧给琴琴写了一封回复的信。

悦　玲：琴琴，叫得依然亲热。那我走？

未　冉：走什么走？连现在流行的时髦话都学上了，但我也不让你走！

悦　玲：我不接受三人行，就像我不接受快餐爱情一样！

未　冉：难道我会接受？你先看看信里我写的是啥再说？

悦　玲：（拿着信）我说我不看，你非让我看，你让我看，（念信）对不起，刘琴同学，我不会跟你走的。

【灯光暗。悦玲站在舞台暗处。未冉站在舞台明处。

未　冉：（独白）我不会跟你走，也不能够跟你走。我结婚了，我有妻子，有孩子。从我相亲成功那天起，我生命的每一帧画面里，都有我妻子悦玲的画面，她的喜怒哀乐，她的好与不好，都印记在我的骨髓里。她常说，她要当我的一根肋骨，足矣。其实我想告诉她，我的整个生命之花，因为有她，才会绽放。我的每一帧画面里，还有我的孩子，他虽是独立的生命个体，但他也是我们生命之花的结果。

【灯光亮。

悦　玲：我知道了，都知道！

【悦玲奔到未冉身边。

未　冉：请保持热爱，奔赴下一场山海！

悦　玲：走，回家。

未　冉：行李箱，也要回家。

【灯光暗。

【追光起，追光打在时间轴跟前的未来身上。

未　来：就这样，我家的“婚变”危机解除了。

【灯光起。未来拨动时间轴，时间轴字幕：当下。

老年未冉坐在椅子上，拿着擀面杖。

未　冉：从那时候起，我和我妻子就再也没有分离过！

未　来：爸，我妈她……

未　冉：你个浑小子，都是你干的好事，快去找你妈，快还我老伴来！

【未冉起身，下。

未　来：看来，我得再去我舅舅那里问问，他有没有见到我妈。

【灯光暗。

［舅舅悦钟篇］

【灯光起。

舅舅悦钟上。

未　来：舅舅，这几天见我妈了吗？

悦　钟：是未来啊？这几天，为了找你妈，也没去上班了吧？你说你，弄个啥不好，非弄个奇怪的药丸。

未　来：舅舅，咱先不说药丸的事，先想想我妈可能去哪了。

悦　钟：我姐平时爱去哪呢？记得那时候，我姐最喜欢在家里看书。

【灯光暗。

【追光起。未来拨动时间轴，时间轴字幕：过去。

【追光灭。灯光起。

悦玲坐在书架旁看书。悦玲母亲、未来外婆在厨房里忙碌。

悦　玲：妈，要帮忙吗？

外　婆：不用，你看书吧。

【悦玲小姨上。

外　婆：她小姨，你来了？

小　姨：姐，出大事了！（朝着外婆耳语）

外　婆：（平和地）小孩子闹着玩，咱们别当回事啊。

小　姨：什么呀，姐，这才刚上高中，就这样了？以后肯定学不好。

外　婆：不会吧？可不能学坏。

小　姨：（撇着嘴）那不然呢？姐，他们爸爸走得早，你可不能啥都惯着。

外　婆：嗯，幸亏你离得近，能够经常提醒着我点儿。

悦　玲：（放下书）妈，小姨，你们说啥呢？又怎么了？

外　婆：这不是，你小姨看见……

小　姨：（抢站在悦玲身边）出大事了！出大事了！你不知道啊，你弟啊，他呀……

悦　玲：我弟？他咋了？他自从小时候砸烂人家窗户那次以后，一直很乖啊。

小　姨：乖？他乖啊？我看悦钟啊，还是小时候那个嬉皮样儿。

悦　玲：（不悦）妈，我还是去看书吧。我一个晚辈，还是什么都不说的好。

小　姨：姐，你看看，你这俩孩子都惯成什么样儿了？还是要严格要求啊。悦玲这么大了，不来帮你干活，还坐那里看书。

外　婆：让她看看书吧，她爱看书。

小　姨：她爱干吗就要干吗啊？你看看悦钟，都，哎呀，我要不是亲眼看见，我都不敢相信。还有啊，悦钟整天就喜欢画画，不学无术，应该让他多看看书。

悦　玲：小姨，照你说，看书是好还是不好呢？

小　姨：看书当然好啊。

【悦玲笑着朝外婆做鬼脸。

小　姨：呵，这孩子，把我往坑里塞啊。

【未来舅舅悦钟上。

悦　钟：我回来了。咦？小姨又来了？

外　婆：你小姨来跟我聊聊天，解解闷。

悦　钟：小姨，现在几点了？

小　姨：（看看表）你咋不看表，不是下午七点半吗？

悦　钟：还没吃饭吧？我猜我妈今天做的饭依然很多。

外　婆：做得多，大家都够。

悦　钟：小姨，你干脆住我家得了，反正我爸又不在了。

外　婆：悦钟！

小　姨：悦钟就这么说你小姨啊？

悦　玲：悦钟最爱说实话。

外　婆：就你姐俩亲。（笑着指指）

小　姨：哎呀，我说我来，有件顶重要的事情。我怎么突然忘了？（示意外婆）

外　婆：哦哦，悦钟，今天在去学校的路上，你……

悦　钟：妈妈，你要说什么啊？我怎么了？

外　婆：你小姨看见你……

小　姨：我看见你，跟一个女同学有说有笑的，她还拨了你头发一下。

悦　钟：我有说有笑的，有什么错吗？

悦　玲：我还经常和男同学有说有笑，讨论秦始皇是怎么焚书坑儒，伏生是怎么把书“吃”肚子里去的呢。

外　婆：这些我就不懂了。

悦　钟：姐，你说说，伏生是怎么把书“吃”肚子里去的？真有意思。

小　姨：什么吃书？就我们这个时代，发明了那么多高科技产品，也没见有什么产品能让人吃书的。

悦　钟：姐姐，快讲讲。

悦　玲：走，咱们去卧室讲。

小　姨：等等。我的话还没说完，这就走了？姐姐，看看你这俩孩子，长辈还在这站着，他们就打算离开了？

外　婆：你俩，先别走，听听你小姨说啥。

悦　钟：我小姨能说啥？是不是又想说我早恋，不学无术？

外　婆：你都知道了？

悦　钟：我知道啥呀？

悦　玲：我们会“读心术”，就知道我小姨来家的目的是什么。

小　姨：瞎说，还“读心术”，我看哪家发明所，到现在也没发明出个读心术来。

悦　玲：没准哪天，我去发明一个读心术。

小　姨：你还能发明读心术呢？你妈一个人养你们姐弟两个，够难的，你不想着早点出去挣钱帮帮你妈，还想着发明创造？

悦　钟：我姐学富五车，才高八斗，哪天，还真能创造点什么出来。

小　姨：别东拉西扯，就说你和那女同学吧，怎么回事了？

悦　钟：我为什么要告诉你啊？我从小啥德行，你不都给我定性好了吗？

外　婆：悦钟！

悦　玲：悦钟，自我们爸爸去世后，咱们家要是没有小姨，一定是风平浪静，倒是没意思了呢。

小　姨：悦钟的早恋问题，很严重！悦玲，不要给他打马虎眼。

悦　钟：谁早恋了？我和你？

外　婆：没大没小。快给你小姨道歉。

悦　玲：悦钟，小姨说啥是啥，你赶紧回卧室吧。（朝悦钟使眼色）

【悦钟下。

小　姨：这还没说清楚呢。

悦　玲：妈妈，悦钟还要去学习，还要努力考大学呢。

外　婆：这倒是，妈盼着你们姐弟俩都考上好大学。

小　姨：姐姐，不是我说你，你对孩子们太松了，应该严格要求！

悦　玲：小姨，我爸走得早，我们姐弟从小听您教诲，你的教诲词，我们都会背了，“忠言逆耳”啊。

【悦玲说着，向后退去。

小　姨：你俩这就都走了？不行，我看早恋是个大事，一定要严格管教。

【小姨去拉悦钟的房间门。

舞台上的假门被拉开。悦钟站在舞台一侧，对着镜子，拿着画笔朝画板上画画。

小　姨：啊！

外　婆：咋了？

【外婆和悦玲急冲过来。

小　姨：我就说，这孩子要严格管教！看看，他怎么青天白日的，在家耍起了流氓！

悦　钟：谁耍流氓了？

外　婆：悦钟，你这穿的什么？

小　姨：裸露着大半个身体，不是耍流氓？

悦　玲：小姨，悦钟在画画，他在画他自己。你怎么总是戴着有色眼镜？

小　姨：姐姐，我早就说过，不要让他再画了，他整天不学无术，怎么得了？

外　婆：他是真的热爱。

小　姨：姐姐，我们这里只是个小型城市，和中型、大型城市没法比，我们这里的人，谁家孩子会这样整天痴迷于画画。好孩子的标准，就是考上名牌大学。

悦　玲：小姨，你这种“一刀切”的看人标准我不同意。古书上都说了，要因材施教，因地制宜。

小　姨：我看你也有问题，一天总是看些古书，思想奇奇怪怪的，要我说，考个大学，上完就嫁人了。

【悦钟穿整齐衣服。

悦　钟：小姨，我姐姐读完大学，为什么就得嫁人？她有她自己的志向。

小　姨：穿好了？穿整齐才是对的。你姐姐是女的，以后就要嫁人，还要多生孩子。

悦　钟：都什么年代了，还要让我姐姐嫁人生孩子。

外　婆：悦钟，你小姨说的这点我倒是很赞成。女人不生孩子，对生命的理解就不是很完整。

小　姨：你们不是爱看古书吗？古书上不是也说了“无后为大”。不多生孩子，再过几百年，莫非要让人类生命被智能化取代？

悦　钟：我姐活的是自己的生命，凭什么受别人摆布？

小　姨：姐姐，瞧瞧，悦钟说的都是什么道理！

悦　玲：这道理我赞成，这道理就是我给悦钟讲的。迂腐的老一套观念，该摒弃就要摒弃，不利于发展的，留着有何用？除了给人洗脑用。

外　婆：悦玲，你小姨说的人类生命繁衍问题，可不是不利于发展的事情，这反而是当下顶重要的大事儿！

悦　玲：人类繁衍发展的大事儿肯定是顶重要的。但是对于生孩子这件事情，我认为是夫妻双方的事情，与别人无关。

小　姨：怎么无关，这可是家族的大事！

悦　玲：我们这个高科技时代，又不是古代的农耕时代。生孩子，是夫妻双方的自由结合，是新生命的出现，是美好的。但是这个新生命活的是自己的生命，而不是为他人活着。每个人的生命都只属于自己，即便希望它能够延续，即便基因再强大可以延续，可是任何生命都是独立的，都是无可替代的。

悦　钟：我赞成我姐姐的说法。

小　姨：这么说，悦玲以后是不婚主义了？

外　婆：那可不行。这件事，我可不能接受。

悦　钟：没有爱情的婚姻是不道德的婚姻。没有爱情，就不结婚。

外　婆：这孩子，尽瞎说。

小　姨：不结婚不生孩子，就道德了？

悦　玲：我所向往的爱情是净澈的，就像罗密欧与朱丽叶、梁山伯与祝英台。

外　婆：现实世界哪有那么多向往和希冀。

小　姨：可不是，真成了书呆子了。

悦　玲：如果没有真爱，那和谁结婚不都一样，有什么区别。照你们的说法，爱情是乌托邦，现实中总有瑕疵？

小　姨：我说不过你们姐弟俩。总之啊，姐姐，你的两个孩子，思想已经跑远了，再不严格管教，要出问题了。

外　婆：他们姐弟从小丧父，已经够苦的了。我如果再使劲施压，还让两个孩子活不活了。他姨，就这一点，姐不跟你商量，姐自己做主，成不？

小　姨：姐啊，你真是软弱，连个孩子都管不了。我走了，我还是回家吧。

外　婆：他姨，把我做的好吃的带回去些。

小　姨：对了，差点忘了这个。

【小姨提着吃食，下。

悦　钟：我小姨真懒，整天懒得做饭，一有空就来我家拿饭。

外　婆：她买了生食。

悦　钟：生的能变出熟的？真懒。我最不喜欢她，总是在嚼舌根。妈，你耳根子真软。

悦　玲：妈一个人养我们两个，总得调和好各种关系。这才是大智若愚呢。

外　婆：知母莫若女啊。

【母子三人嬉笑着抱作一团。

【灯光暗。外婆、悦玲下。

【灯光起。舅舅悦钟坐在椅子上。

【未来拨动时间轴，时间轴字幕：当下。

未　来：舅舅，您回忆的这些往事，我妈也跟我说过。据说后来，我妈和您都考上了大学，姨婆就再没怎么来过家里。

悦　钟：可不是，人啊，真是不好说，复杂，太复杂了。

未　来：那这几天您见我妈了吗？

悦　钟：我从哪里见你妈，我那天跟你妈打电话，倒是听她说了什么药丸的事情。

未　来：舅舅，我知道了，我先走了，我再去问问她的朋友们，有没有她的消息。

【灯光暗。

［悦玲好友篇］

【灯光起。

未来站在时间轴旁。

敲门声响起。

未　来：陈阿姨，是我，我是未来，请问您最后一次见到我妈是什么时候？她跟您说了什么吗？

【陈阿姨，李阿姨上。

陈阿姨：未来啊，正好你李阿姨也在。我最近没见你妈妈，他李阿姨，你最近见了吗？

李阿姨：未来，我最近也没见你妈妈。我们最后一次见你妈，是我们三个处理王大爷那事情。

未　来：我听我妈说了，说是王爷爷被人发现的时候，身体已经冰凉地躺在家三四天了。

陈阿姨：可不是啊，所以王大爷他女儿才准备从老家赶过来。

李阿姨：你妈妈是个热心肠，不过与王大爷他女儿几面之交，留下过电话号码，就这么帮她跑前跑后的。

未　来：我妈给我说过，这个王大爷的女儿王阿姨，也是个身世可怜的人，能帮忙就帮忙，举手之劳，别那么计较。

陈阿姨：说起那天啊，我们还是心有余悸的。

【未来转动时间轴，时间轴显示：那天

陈阿姨、李阿姨在舞台上。悦玲上。

悦　玲：你俩都在呢？怎么说了？

陈阿姨：找了锁匠，但是门还没有打开。

李阿姨：咱们单位保卫处的人也来了，正在想办法。

悦　玲：王大爷这事，真是没想到！我赶紧联系他女儿。

李阿姨：（拉住悦玲胳膊）悦玲，多一事不如少一事。

悦　玲：他女儿上次来看王大爷，我就说过，有什么事情可以联系我，我们都是一个单位，又同住一个小区，邻里之间互相帮助。出这么大事，我应该联系他女儿小王。

陈阿姨：咱们保卫处可能联系了小王。

悦　玲：我不放心。人都有难处，我联系一下再说吧。

【悦玲做打电话状。

陈阿姨：王大爷这也都八十左右了吧？

李阿姨：差不多。王大爷离婚早，女儿小王就跟着前妻回老家了。

陈阿姨：王大爷也是个怪人。前妻、女儿在的时候，王大爷不好好过日子，天天折腾。

李阿姨：可不是，王大爷那时候啊，啥都敢乱说，不管政策好坏，全凭他一张嘴，甚至都被警察带去问过话。

【悦玲打完电话，走过来。

陈阿姨：怎么说了？

悦　玲：血浓于水，虽说这么多年没一起生活，小王还是很难过，已经泣不成声了。

李阿姨：王大爷不知是修了什么福气，年轻时候对前妻、小王都很一般，经常骂骂咧咧。现在居然还有个这么好的女儿经常打电话嘘寒问暖。

悦　玲：家家有本难念的经，谁家都有麻烦事，外人怎么会知道。

李阿姨：我可是听说得多了，完了给你们讲讲。

悦　玲：咱们先看看能帮啥忙再说吧？

陈阿姨：前几年，小王想来照顾王大爷，王大爷坚决不让小王来。

李阿姨：王大爷疑心病重，觉得谁都要害他，连他女儿他都不信。他经常说："这么多年不在一起生活，女儿，哪能靠得住？"

悦　玲：听这话，我怎么想起了《高老头》？不过小王可不像高老头的那俩女儿。

陈阿姨：什么《高老头》？

悦　玲：古代法国的一部名著作品。

李阿姨：古代那么遥远，可不如我们眼前的八卦有意思。

悦　玲：你啊，真是没同理心。我们要不是发小，一起长大，我可真觉得你这人……

陈阿姨：她就这样，刀子嘴豆腐心。

李阿姨：门锁被打开了，咱们快去瞧瞧。

【三人走向舞台一侧。突然，陈阿姨拉着悦玲和李阿姨就走开了。

悦　玲：老陈，你跑这么快？

陈阿姨：我怕，死人！

李阿姨：你俩看见了？

陈阿姨：我看见了，真惨啊，王大爷赤裸着上身，躺在地上。

悦　玲：人老了，是不是都这样？

李阿姨：呸呸，你可别胡说，咱们不都往老年的路上走着？

悦　玲：看见王大爷这样，我都想着我那事。

陈阿姨：你不一样，你有未来在身边。

悦　玲：未来长大了，终于成为一名优秀的高科技药丸研发者。每天那么忙，我怎么能影响他？

李阿姨：看看王大爷，真可怜。

悦　玲：我们同小区居住的人，这已经是第三例老人单独住，走的时候没人发现的事例了吧？

陈阿姨：可不，第三例了。

悦　玲：现代高科技产品这么多，却依然解决不了很多固有的问题。

陈阿姨：还不是因为王大爷太看重钱？

李阿姨：但是说实话，高科技产品的租金是真不低。一般人，也不会像悦玲那样，能经常接触高科技最新产品。

悦　玲：未来带回来的最新产品，我都经常帮他实验。

陈阿姨：你都成了小白鼠了。

悦　玲：孩子的事业能支持就支持，我对未来他们团队的科研能力可是非常相信的。

李阿姨：不过话说回来，王大爷这么一走，他的房子怎么办？

悦　玲：刚才小王在电话里的意思是，她暂时来不了，我先帮她把房子处理一下，帮忙看看有没有买家，她说卖了也行。

李阿姨：悦玲，我知道你热心，但这事可不能管。

悦　玲：小王最近实在忙，来不了，但是房子的事情又放在眼前，很多跑腿的事情需要人帮忙。

李阿姨：那也不能帮，钱财问题，容易出麻烦。别最后出力不讨好。

陈阿姨：我倒是觉得小王人品可靠，悦玲就跑跑腿、帮帮忙。

李阿姨：看你，糊涂了不是，到时候人家说，她爸爸的哪张银行卡找不见了，悦玲跟谁说去？总不能悦玲跑腿帮忙的时候，专门雇个机器人全程帮忙录视频吧？

悦　玲：用人不疑，疑人不用嘛。小王敢相信我，我就敢去帮忙。

陈阿姨：这事你可真得想好，毕竟王大爷死自己屋里了，小王还要处理她家的房产问题。都是大问题！

李阿姨：你看那些电影、长视频、短视频，都是讲各种家庭纠纷的。为啥机器人那么贵，还不是机器人没这么多破事，毕竟是没生命的嘛。

悦　玲：每次我看见别人遇见事儿啊，我就在想，如果哪天我也遇见同样的事情，我是多希望有人伸出援手，帮帮我，帮帮我的家人。所以，我还是决定，我要帮小王。我相信，我们人，无论到了哪个时代，依然美好多于丑恶。

陈阿姨：那就啥也不说了，我支持你。

李阿姨：我也支持你。小王哪天要真的没良心了，我俩就是你的证人。

悦　玲：（笑）就他李阿姨心眼多。

陈阿姨：可不，人这一辈子，有真朋友，是多难得的。

李阿姨：我俩也是受了悦玲的影响，朋友在精不在多。

悦　玲：人活一世，有知己一二足矣，幸运！

李阿姨：不过，你那事情，未来他们的新药丸有没有可能？

悦　玲：不知道，过几天我试试吧。

陈阿姨：我信未来，他每次的新药丸，悦玲都试吃过，最后都成功上市。

悦　玲：我不一定信高科技药丸，但我信我家未来。（幸福地笑）

【灯光暗，悦玲下。

【未来站在时间轴旁。未来拨动时间轴，时间轴字幕：当下。

未　来：所以说？

李阿姨：我猜你妈最后还是吃了你这次的高科技药丸，是不？

陈阿姨：我也这么猜测。是不是啊？

未　来：（摇头）唉，一言难尽。

李阿姨：你那个新药丸到底怎么了？

陈阿姨：对啊，你妈妈每次吃了你的药丸，都没出过问题。

未　来：两位阿姨，我先走了，我还得继续找我妈，等过几天我再告诉你们药丸的问题。

【灯光暗。

陈阿姨、李阿姨下。

［未来篇］

【灯光起，未来一人在舞台上。

【未来走到时间轴旁，拨动时间轴，时间轴显示：混乱中……

未　来：那天，我拿回来高科技新药丸，直到现在，我还是不知道哪里是过去，哪里是现在，哪里是未来，哪里是我的梦。

【谐戏表现。

未　来：妈，这是我们新研制的药丸，能治百病。

未　来：你看看，又瞎想，你的病能治好。什么？你说绝症就不能治了？现在可是现在，不是过去了。

【未来掏出药丸。

未　来：妈妈，你说我爸怕你吃了出问题？你看看，你吃我的药丸可是有四五颗了吧？哪次出问题了？

未　来：我爸说什么了？以前的药丸，都是食物替代品？不涉及生命安全？这次的药丸，我们也是很严格地做了各种测试啊。

【未来的电话响了，未来接电话。

未　来：妈，我们研究所打来了电话。

未　来：什么？妈妈，你已经吃了药丸！我们研究所刚告诉我，药丸出了点小问题。

未　来：我们领导说，药丸对年轻人来说，是没有问题的，确实可以治疗各种疾病，包括绝症。可是，对于老年患者……

未　来：妈妈，你说你不想因为你的病给我们添负担，所以就赶紧把药丸吃了？

未　来：妈，我和爸什么时候觉得您得病影响了我们呢？我们是一家人，就是要在关键时候互相关爱。你看，连你的朋友都会在你去医院治疗期间，专门煮了最美味的食物，去医院给你送去。

未　来：我们领导说老年人身上会出现什么问题？他说，老年人身上可能会出现基因不稳定的现象，意味着老年人吃了药丸，病会治好，但是人会在基因不稳定的时候，去各种可能去的时空。说仔细点，就是会穿越到自己曾经或者未来的各种人生时空里。

未　来：你说为什么会这样？因为年轻人从出生开始，就接触各种高科技产品，身体已经耐受了。但是老年人，毕竟只是现在接触的才多起来，身体耐受程度不同，也会低于普通年轻人，就有可能出现这种基因不稳定的情况。

未　来：对了，这个我知道，我的妈妈一直都很勇敢，无论什么年代，都愿意尝试各种新事物。这就是你说看过以前的书里讲的那个词“与时俱进”嘛。

未　来：妈，那你这两天不要乱跑，我赶紧回研究所看看，有没有什么办法能够解决这个问题。

未　来：是呀，还是我妈乐观，这种基因不稳定的问题，也未必就会出现在你身上。

未　来：那我去实验室那边了。

【谐戏结束。

未　来：但是，当我回来的那天，只看见了一撮头发。（示意）看见这撮头发，我就知道，我妈吃了药丸，那个副作用还是出现了。我试图在各种她可能出现的地方找到她，毕竟，她可能穿越到各种她人生的空间里。

【未来走到时间轴旁，拨动时间轴，时间轴字幕是空白的。

未　来：那天，我就做梦了，不知道，也许不是梦。

【灯光暗。布景或者大屏幕上出现一个古村的样子，铜色、灰色，暗沉色调。

未来来到了一个小镇，古铜色的房屋建筑为基础色调。

未　来：（做询问状，急切）请问您，见过这个人吗？（拿着照片示意）好的，谢谢。

未　来：请问您，见过这个人吗？这是我母亲。（失望）好的，谢谢。

未　来：（拿着照片示意）对，我最后只看见了母亲的一撮头发。行，我再往里面走走看看。谢谢。

【未来走着，走过一个高塔桥，未来看着一排排房屋。

【布景或大屏幕上出现：一个高塔桥，从地上突然出现，越架越高，还有周边的一排排房屋，这里貌似一个村，村口牌坊上写着“坟屋村”。

未来仰视着高塔桥，看着一间间房子，问着村里人，试图找到母亲的坟屋。

未　来：请问，这里就是“坟屋村”吗？

【演员甲、乙上。

演员甲：是啊，我们这里就是“坟屋村”。

未　来：这里好奇怪。

演员乙：把传统的坟头都改成一间间小屋子，还有名有姓的，确实在你们看来，是奇怪的。

未　来：我怎么来到了这里，这里是什么时间？

演员甲：不知道。我们只知道，偶尔也会有像你这样的人，来问我们这些奇怪的问题。

演员乙：所以我们一听，就知道你们不是这里的。

【突然，舞台上一片混乱。演员甲和演员乙开始逃窜。

未　来：出了什么事？

演员甲：不知道，快跑啊。

演员乙：据说来了吸血鬼。快跑！

【演员甲、乙下。

未　来：吸血鬼？这到底是个什么时空？是我的梦吧？

【未来也跑起来。

未　来：（独白）满处狼藉。我跑，可是我的父母在哪里？尤其是我的母亲，她更要逃走。

【未来跑着。来到了一个大门口。

未　来：（独白）这里貌似我曾经住过的地方，是我小时候的家门。

【未来看着打开门缝的门。

未　来：（独白）不好，妈妈。

【未来冲进门里。

舞台一侧，悦玲坐在椅子上，旁边站着吸血鬼，正在吸着悦玲脖子上的血液。悦玲背对着观众。血液被吸食的声音越来越大。

未来呆看着舞台一侧的吸血鬼和母亲的背影。突然，未来冲上去。

未　来：快滚！还我母亲。

【灯光灭。吸血鬼和悦玲下。

【灯光起。

未来一个人站在舞台上，桌上有面小镜子。

【未来走向时间轴，拨动时间轴，时间轴字幕：当下。

未　来：找寻着母亲，我又回到了现实。没错，母亲生病了，病得很重，全身血液都要换了才行。可是，怎么换？我曾感叹，这是一个高科技时代，我们有高科技药丸，就像它（拿着一颗药丸示意），它可以解决一切人的问题。可我怎么也没想到，人各不同，身体对药丸的适应度不同，居然会出现我母亲的这种问题！

【未来摸着门，摸着椅子，摸着桌子。

未　来：这一切都是最熟悉的，是母亲最熟悉的。物是人非的感觉，真不好。

【未来拿起桌上放着的一面镜子。

未　来：我问父亲，父亲告诉我关于母亲的很多回忆；我问舅舅，舅舅告诉我关于母亲的很多回忆；我问阿姨们，阿姨们告诉我关于母亲的很多回忆。可是我整理我的回忆，却发现，每一件事都是回忆。最熟悉的人，最爱的人，内心深处最柔软的地方，已找不到具体的回忆。

【未来照着镜子。

未　来：（摸着自己的脸）鼻子，很熟悉；嘴巴，很熟悉。我是母亲的孩子，只有我，其实才和母亲最像。我的手（示意手），我的脚，我的一切，是父母骨血的养育。

【未来从胸口处掏出母亲那撮头发。

未　来：这是母亲留给我的线索，看来，可能，只有我，沿着这个线索，带着新研制的稳定性药丸，踏上找寻母亲的路，才可能找到母亲。

【未来朝舞台中央走去。

未　来：有母亲的地方，就有家。我叫未来，一个正在寻找母亲的高科技药丸研制者。

【灯光暗。

剧　终

青　山

王为维　姜雅姝

时　间：2011年。

地　点：四川某大山深处的山村小学。

人　物：周青山——22岁，山村小学三年级一班班主任。郑倩倩男朋友。小时候家境贫寒，他靠读书走出大山，毕业后选择到乡村支教。

郑倩倩——22岁，山村小学的教师。周青山女朋友。怀着一腔热血和周青山一起来到山村小学，后来发现现实和理想有很大差距。

何　梦——女，10岁，三年级一班班长。爸妈外出打工，姐弟三人中的老大。爸妈把最小的弟弟带在身边。老家只有何梦、奶奶以及何梦的妹妹三人。

张　赫——男，12岁，三年级一班学生。爸爸在工地摔成重伤，不能干重活，酗酒。妈妈外出打工。家中还有奶奶。

何奶奶——55岁左右，何梦的奶奶。

张奶奶——60岁左右，张赫的奶奶。

张赫妈妈——33岁。

校　长——45岁。

村民甲——60岁，家里种西瓜。

两个村民——40～50岁。

几个三年级一班同学——10岁。

【幕启。

【教室里。

【下课铃声。推动桌椅声。广播喇叭声：各班级按顺序排好队，5分钟后开始做课间操！

【三个同学在前面走着，张赫在后面看着他们。突然，他做了起跑前的准备动作，跑到男生甲旁边，使劲拍了男生甲的头，跑开。

【男生甲没稳住，一个趔趄，去抓张赫。张赫跑了一个来回，还是被男生甲抓住。

男生甲：你拍我干吗？

张　赫：就是拍你怎么了？

【男生甲扯住张赫的胳膊，张赫踢男生甲的腿。旁边围了一圈学生。何梦想拉住两人。

何　梦：张赫，住手！

张　赫：谁先住手，谁是孙子！

【男生甲脸都憋红了。两人像雕像一样一动不动。

男生乙、丙：加油！加油！

【周青山走进教室。

周青山：住手！

【围观的同学迅速散开。张赫和男生甲依旧一动不动。

周青山：我是新来的班主任周青山。现在是课间操时间，大家去做操！

【围观同学离开。

周青山：哟，你们黏住了，是不是？

【周青山把两只手放在嘴上哈气，分别朝张赫和男生甲两人的腋下伸去。两人迅速分开，各站一边，怒目而视。

周青山：为什么打架？

张　赫：他洗米的时候把毛巾上的水弄到我的米里。我说他，他还骂我。

男生甲：你还打我呢。

张　赫：就打你，得让你记住！

男生甲：你已经打过我一次了！

张　赫：那你再打回来。

周青山：出现矛盾只能靠打架解决吗？

张　赫：就是！

周青山：不打架解决不了问题吗？

张　赫：没有打架，多无聊。有人哭才好玩。像这样……

【张赫把周青山的一根手指头攥住，往下掰。

周青山：哎哟！停！

男生甲：张赫，你打老师！

张　赫：（朝周青山挑衅）那你要整我吗？

周青山：我干吗要让你痛，不痛不好吗？

张　赫：（得意）不打痛了，没意思。

周青山：打架能交朋友吗？

张　赫：（得意）他们怕我！

周青山：那你有朋友吗？

张　赫：有啊。

周青山：我说的是，不怕你，你也不怕他，你们在一起也不打架的朋友？

【张赫沉默了。

周青山：你想要这样的朋友吗？

张　赫：想。

周青山：（对男生甲）你呢？

男生甲：想。

周青山：那就不许打架了。你们握个手，去做课间操。

【张赫、男生甲互相瞪了对方一眼，周青山拉起两人的手，叠在一起。两个男生又彼此做了夸张的示威动作，离去。

【周青山看着他们离去，从口袋里掏出一个小小的木制长方形书签，读着上面的字。

周青山：立身以立学为先，立学以读书为本。

【何梦走上来。

何　梦：周老师！

【周青山放下书签。

何　梦：周老师，我是班长何梦，有什么要做的，您可以跟我说！

周青山：何班长，刚刚那两个同学，他俩经常打架吗？

何　梦：周老师，高个的同学平时挺老实的，一般不打架。吊儿郎当的那个叫张赫，他是学校里出了名的“小霸王”，就爱打架。周老师，您可要多管管他。

周青山：肯定要管。不过光靠老师可不行，还要他的爸爸妈妈配合。

何　梦：周老师，他家和我家是邻居。我觉得他爸爸妈妈管不了他。

周青山：为什么？

何　梦：张赫和他爸爸关系不好。他爸爸以前在城里工地上干活，有一次从工地上摔下来，摔断了腿。公司老板耍赖，只赔了一点钱。他爸爸没法干重活，只能在家里，整天喝酒。一喝醉，就打张赫。

周青山：他妈妈呢？

何　梦：他妈妈在城里打工。每年顶多回来两次。平时见不到她。

周青山：家里就他和他爸爸两个人？

何　梦：还有他奶奶。他奶奶很疼他，但他爸爸老打他。一开始打他时，他还哭。后来，不哭了，打得再狠也不哭，还会顶嘴，但顶嘴之后会被打得更厉害。我奶奶去看过，说张赫背上都打青了，可可怜了。

【周青山没有说话。

何　梦：周老师，其实我们班同学很乖的。您别怕。

周青山：（笑了）我没怕。

【何梦把右手握成拳头，伸到周青山跟前。

何　梦：您猜这是什么？

【何梦握着拳头转了转。

周青山：是什么？

【何梦把拳头打开，举起手来。

何　梦：爱心呀！送您的！

周青山：（笑）你在手心画的！

何　梦：周老师，我会努力做您的好帮手！

周青山：好！

何　梦：谢谢您给我们上课！

【周青山笑着摸了摸何梦的头。

【灯光渐隐。

【周青山坐在书桌旁批改作业。

【郑倩倩拿着围巾，把围巾披在周青山肩膀上。

周青山：我不用，你披吧。

【周青山站起身，把围巾给郑倩倩。

郑倩倩：我围着呢。

【郑倩倩把围巾重新披在周青山身上。

郑倩倩：这儿太冷了。

周青山：年后才下了场雪。大山里，海拔高，穿厚点！

郑倩倩：要不是这群孩子，我都想回家了。

周青山：才来几天，就打退堂鼓了。是谁说要扎根农村做事业的？

郑倩倩：你笑话我？！

周青山：我哪敢！我俩在一起这几年，领导权不都在你哪儿吗？我可不敢笑话“领导”！

郑倩倩：你还别说，我第一堂课，收到了孩子们各种各样的礼物：有自己摘的小蜡梅，有自己画的画，有棒棒糖，还有一个孩子把他家里的挂面送给我……（笑）可惜，这儿太穷了。

周青山：是啊！

郑倩倩：所以这儿的老师流动率可大了，基本待一年就走。

周青山：其实，留下来对孩子们才重要。

郑倩倩：（板起脸）我们可是说好只支教半年的，半年后回老家工作、结婚！

周青山：这儿老师太少了，需要人。

郑倩倩：青山，你爸妈可催着你结婚呢。再说，你也知道我妈的意思，只要你和我一块儿回青岛，工作啥的你都不用操心。

周青山：工作我自己能找。

郑倩倩：行！反正我们就在这儿待半年！

周青山：好！

郑倩倩：（拿起作业本）我帮你改作业！

周青山：（夺过作业本）你不是说每天都睡不够吗？早点回去睡。我快改完了！

郑倩倩：不，我等你。

周青山：那我加快速度！

【郑倩倩坐在旁边的凳子上，一手托腮，看周青山批改作业。不一会儿，她眼睛闭上睡着了。周青山见状，把自己的外套脱下来披在郑倩倩身上。

【灯光渐隐。

【追光灯亮。

【此段落没有人声，只有轻快的音乐。

【周青山一边指着黑板，一边讲课。

【灯光渐隐。

【追光灯亮。

【张赫和另一位同学打架。周青山拉开两个人。

【灯光渐隐。

【追光灯亮。

【郑倩倩和几个女生玩“老鹰抓小鸡”游戏。

【灯光渐隐。

【追光灯亮。

【张赫低着头，被周青山教育。

【灯光渐隐。

【追光灯亮。

【何梦抱着厚厚的作业本走着，交给周青山。她挥手跟周青山再见。

【灯光渐隐。

【山路上。

【郑倩倩生气地走着。周青山在旁边哄她。

周青山：倩倩，别生气了。下周，下周我一定跟你去见爸妈。

郑倩倩：我们说了几次了？你一点儿都不重视。

周青山：这周不是特殊情况吗？

郑倩倩：哪周不是特殊情况！

周青山：何梦两天没来上课了，我得去看看是怎么回事。

【郑倩倩不吭声。

周青山：我在手机上给你爸妈网购了两件衣服，用你的名字寄去了。

郑倩倩：（笑）还知道讨好我爸妈呢？

周青山：那不是应该的吗……我还在网上发布了我们学校孩子的情况，看能不能募集到一些学习用品。有些学生的本子正面和反面都写完了，还舍不得扔。

郑倩倩：你呀，就是责任心太强！什么都做！

【前面是一条上坡小道，周青山帮忙把郑倩倩拉上去。

郑倩倩：不过，我就喜欢责任心强的人！

周青山：那我去家访，你不生气吧？

郑倩倩：（假装生气）气、气、气，气得不得了！（笑）我要是每次都生你气，非得气出病来。

周青山：那我去家访了？

郑倩倩：我也去。

周青山：你也要去？

郑倩倩：我也是光荣的人民教师！你能去，我就不能去了？

周青山：能去，能去！敬爱的郑老师，请！

【周青山一只手在背后，另一只手前伸，做出“请”的动作。郑倩倩得意地从他旁边走过。

【灯光渐隐。

【何梦家。

【周青山、郑倩倩各自坐在矮凳上。何梦奶奶坐在中间矮凳上。三人组成一个三角形。

何奶奶：老师呀，家里穷，读不起书，老大就不去上学了。

郑倩倩：奶奶，九年义务教育，学费书费全免的。

何奶奶：但是地里摘茶叶，需要帮手。

周青山：我可以来帮忙的。

何奶奶：有我和梦梦就够了。

周青山：何梦爸妈都不在家？

何奶奶：打工去了。

郑倩倩：家里还有什么困难吗？

何奶奶：哎呀，梦梦妹妹也到上学的年纪了。梦梦弟弟，跟在她爸妈身边，才一岁，奶粉、尿布都要大把大把地花钱。

周青山：缺钱的话，我们可以想办法。但是，何梦年纪还小，还是得去上学呀。

何奶奶：上学有啥用？以前上学，老师还给娃娃发钱。现在钱也不发了，还上啥子学？

郑倩倩：奶奶，上学是义务教育，法律规定的。

何奶奶：女娃娃读几年书，够嫁个好人家就行了，读多了没用，还不如摘茶叶赚钱。

【张奶奶走过来。

张奶奶：就是！书有啥子好读的！

【周青山、郑倩倩、何奶奶三人站起来。

何奶奶：张姐！

张奶奶：我孙子在学校天天被老师整！他是不是以为我们家就一个残疾人和一个老太婆，好欺负？

郑倩倩：你孙子是谁？

张奶奶：赫赫。

何奶奶：（补充）张赫！

周青山：被谁欺负？

张奶奶：被他班主任欺负！

【周青山和郑倩倩惊讶对看。

郑倩倩：奶奶，他班主任怎么欺负他的？

张奶奶：班主任偏心！两个人打架，就罚赫赫不罚别人，还动手打他呢！

周青山：是这样吗？

张奶奶：那还有假！不去上学是对的！要不是赫赫妈非得让赫赫上学，我们早不上了！

何奶奶：（拉拉张奶奶衣服，悄声说）那就是他班主任！

张奶奶：啥?!

【张赫跑上舞台。

张　赫：奶奶！衣服破了，回家！给我缝一下！

张奶奶：这咋弄的？

【何梦跑上舞台。

何　梦：奶奶，茶叶摘完了。我放院子里了。

何奶奶：好嘞。

郑倩倩：张赫！

周青山：何梦！

【张赫、何梦看到周青山、郑倩倩。

张赫、何梦齐：周老师、郑老师！

周老师：何梦！你还想上学吗？

郑倩倩：张赫！你说清楚，周老师怎么欺负你了！

何　梦：我……

【张赫朝他们做鬼脸。

张　赫：（朝张奶奶）奶奶，快点回家给我缝衣服！

【郑倩倩走到旁边，拦住两人去路。

郑倩倩：不行！你不把话讲清楚，就别走！

张奶奶：你是谁啊！还不让人回家?!

何奶奶：要我说，该走的人，是你们！

张奶奶：城里人没一个好东西！城里来的老师，不行！

何奶奶：现在上学不发钱，上什么学。

【何奶奶拿起地上的一把扫帚，抬起笤帚作势要扫地，其实是要把周青山、郑倩倩赶出来。

何奶奶：我们家的事儿，你们别管。

何　梦：奶奶，您把扫帚放下！

【何梦来抢扫帚，不料却被张奶奶抢在手里。张奶奶抬起扫帚就打周青山、郑倩倩。

张奶奶：让你们欺负我孙子！让你们欺负我孙子！

【周青山、郑倩倩抬起胳膊挡着扫帚，狼狈往外走。

郑倩倩：这位奶奶，要讲道理的！

【张赫在后面看热闹，还频频朝周青山、郑倩倩做鬼脸。

周青山：何梦，你想上学吗？

【几个人有的推，有的打，有的退。

张奶奶：让你们欺负我孙子！让你们欺负我孙子！

周青山：何梦，你想上学吗？

【何梦在奶奶身后，够不着笤帚，急着团团转。

何　梦：周老师，我想上学！

【灯光渐隐。

郑倩倩：家访竟然被家长打出来！

周青山：太愚昧了！

郑倩倩：太不讲理了！

周青山：教育观念太落后了！

郑倩倩：在这儿教书根本不被尊重！

周青山：我们应该帮助何梦！

郑倩倩：也许，那些离开的人是对的！

周青山：什么？

郑倩倩：教了一年课的李老师前两天辞职了。和我们一块儿来的赵老师也想走呢。

周青山：我们来了才多久，你就想走了？

郑倩倩：可是这里的环境太糟糕了，家长根本不想让孩子读书，我们改变不了他们。

周青山：改变不了家长，可以改变孩子。

郑倩倩：青山！只待半年，我们说好的！

周青山：可是我……我想起了小时候的我。

郑倩倩：那都是过去的事儿了。

周青山：如果没有好心对我的老师，我早就辍学了，也不可能有今天。我想帮助他们。

郑倩倩：帮、帮、帮！你的时间都被这些孩子拴住了！这儿的条件本来就苦，日子也难熬。这学期结束，我们就回家！

周青山：先把学生的事儿解决了！

郑倩倩：解决也好，解决不了也好。反正，半年后我们要回家！

【灯光渐隐。

【风声、鸟叫声。

【舞台上有一个用塑料布遮挡起来的瓜棚。村民甲打着呼噜，躺在瓜棚下面的席子上睡觉。席子旁边还有一个西瓜。

【张赫偷偷摸摸地从他身边经过，抱起那人身后的西瓜就走。临走前，把那人的烟也顺走了。

【村民甲哼了一声，翻了个身。张赫停住脚。村民甲打鼾。张赫继续走。

【村民甲咳嗽一声。张赫俯身躲起来。

【村民甲一边咳嗽一边起身去上厕所。

【村民甲背对观众。张赫躲着没动。

【村民甲返回席子上睡觉。

【张赫得意地笑。他站起身要溜，却没拿稳西瓜。西瓜掉在地上。

【西瓜摔在地上的声音。

村民甲：谁？

【村民甲一骨碌从席子上爬起来。

【张赫转身就跑。村民甲追。

村民甲：抓贼啦！抓贼啦！

【听到声音，两个村民从附近跑过来。

【周青山提着包，路过。看着两个村民跑过去。

村民甲：快来人，抓贼啦！

【三个人合伙把张赫抓住了。张赫被摁倒在地，手被反绑起来。

村民甲：贼娃子！敢来偷我的东西！

【村民甲一口唾沫朝张赫吐过去。

村民乙：这不是张大他们家的娃吗？

张　赫：就偷你了，咋啦?!

村民甲：（在张赫脸上扇了几个巴掌）嗨！有理了你。（在张赫身上乱翻，翻出来烟）我的烟！来，剁了你的手！

【周青山挤进去，看到了张赫。

周青山：张赫！

【周青山拦着其他人。

周青山：大家有话好好说。

村民甲：你谁啊你？

周青山：这是我学生，我是他班主任，我叫周青山。

村民甲：来得正好！你学生偷我东西，你看该怎么办？

张　赫：我没偷！你本来就欠我们家钱，我爸拿命换来的钱！

村民甲：你爸那事儿，工地上老板都赔钱了，跟我有什么关系！

张　赫：钱是你儿子发的。就是你儿子贪了我爸的钱！

村民甲：你胡说八道！你要钱，找工地老板去要，怎么能赖到我们家头上！

张　赫：谁让你儿子是包工头！是那个老板的走狗！

村民甲：你！（伸手要打张赫，被其他人拉住）我们家从不欠谁家的钱！倒是你偷我家的瓜！走，让乡亲们看看张家儿子小小年纪不学好！

【村民甲托住张赫的肩膀，把张赫拉起来。

周青山：大爷！有话好好说！

村民甲：偷瓜、偷烟，我亲眼见的，我亲手抓的！

周青山：学生没学好！是我教得不好！我给您道歉！

张　赫：凭什么给他道歉！

村民甲：看到没有！不知悔改！

周青山：大爷，您别跟小孩子一般见识！

张　赫：这是他该还的！你道什么歉！

周青山：（严厉呵斥）张赫！

【周青山把村民甲拉到一边。

周青山：大爷！您看，这样，他偷的东西，当我买的。我赔给您钱！

村民甲：他说我儿子贪了他爸的钱！

周青山：小孩子不懂事，我回去狠狠教育他！

村民甲：他这么大声嚷嚷，恨不得让全村都听见，这屎盆子就这么随便扣在我们家身上！你让我怎么在村里做人，别人不得背地里戳我脊梁骨啊?!

周青山：您说个数，这事就算了。

村民甲：嗨，我说个数，我是不讲道理的人吗?

【周青山把钱包拿出来，掏出钱包里面的钱。

周青山：不是，不是。

村民甲：你看着办。

周青山：这是我所有的钱。你把这个孩子放了吧。

【村民甲把钱拿到手里，数了数，三张一百。

村民甲：小兔崽子，看在你老师的面子上，这次我放了你！跟你老师好好学！别不学好！（对其他村民）散了吧！散了吧！

【村民乙、丙随着村民甲走下舞台。

村民乙：他爷，我们也出力了。

村民丙：多少给点。

村民甲：那是当然的！

【灯光渐隐。

【周青山解开绳子。张赫满眼愤怒地看着他。

张　赫：你凭什么给他钱！凭什么不相信我说的话！

周青山：上一辈人的事情让上一辈去解决。

张　赫：我不想听你说这些。

周青山：你觉得他欠你们家，就来偷他东西?

张　赫：这不是偷！欠债还钱，天经地义！

周青山：你有他们贪钱的证据吗?

张　赫：我……我爸说的。

周青山：所以你没有证据。他们家欠你家，这只是你自己认为的事，它不一定是事实。再退一步说，就算是事实，那也不该由你一个孩子来承担。

张　赫：哼，欠债还钱，天经地义！

周青山：拿了东西，被当成小偷，人人喊打，你心里舒服吗？

张　赫：你管得着吗?!

周青山：其实，我小时候也偷过东西。

张　赫：那你心里舒服吗？

周青山：小时候我家特别穷。最穷的时候书也不读了，去镇上打零工，为了攒钱给奶奶治病，一天只吃一顿饭。那时我闻到饭香味就流口水，每天都饿得胃疼。有一天，我在路上走，看到一个阿姨在买糍粑。糍粑啊，好香的糍粑！我一动不动地盯着那个阿姨。我看见她把买的糍粑放在柜台边，转头去买别的东西。于是我瞅准机会，冲了过去，抓起糍粑就跑。

张　赫：你跑掉了吗？

周青山：没有。

张　赫：后来呢？

周青山：我蹲在地上，一群人围着我，打我、骂我。

【各种杂乱的声音：哭声、叫嚷声、推搡声。"打死这个小偷！""小小年纪不学好！"

张　赫：后来怎么样了？

周青山：后来一位老师路过。他以前教过我，认出是我，就替我赔了钱，道了歉。我对他说，老师，我实在太饿了，饿昏头了。他带我进了一家面馆，给我点了一碗热腾腾的面，我一辈子也忘不了那碗面的味道。最后老师对我说，我应该继续上学，上学才能有美好的未来，不上学太可惜了。

张　赫：所以你回去上学了？

周青山：不久后，奶奶去世了，我也回学校继续读书。其实是老师一直资助我读书。

张　赫：那你，还偷东西吗？

周青山：只有那一次。那次要不是饿极了，怎么会偷东西。

张　赫：后来呢？

周青山：再后来，我考上了大学。毕业的时候，我跟老师说，工作后我会把他资助我的钱加倍还他。老师说不用了，以后你身边哪家孩子有困难就帮他一把。其实实习的时候，单位想把我留下来的。但是我想成为我老师那样的人，我想帮助那些需要帮助的孩子，就像老师帮助以前的我一样。所以，我才来到这里。

张　赫：你老师人不错，仗义！

【周青山拿出随身携带的木制书签，递给张赫。

张　赫：这是什么？

周青山：这是老师送给我的，我把它送给你。

张　赫：（读书签上的字）立身以立学为先，立学以读书为本。

周青山：读书，明史、明智、明理、修身、齐家、治国、平天下！

张　赫：你说的，我不懂。

周青山：在学校，慢慢懂！

张　赫：那我收下了？

周青山：以后不许去别人家拿东西了！

【张赫迟疑了一下。

张　赫：坏人的东西也不能拿？

周青山：坏人自然有人来治他。你的任务是上学、读书！

张　赫：我能信你吗？

周青山：要不，你试试？

张　赫：行！我信你！

【灯光渐隐。

【教室里。

【蛙声、蝉声。

【郑倩倩坐在书桌旁奋笔疾书。

【周青山赶来。

周青山：倩倩，饭都凉了。你在这儿写什么呢？

郑倩倩：（一边继续写，一边说）写信！

周青山：给谁的信？

【郑倩倩停下笔，举起那张纸，读上面的文字。

郑倩倩：尊敬的校领导，天要下雨，娘要嫁人。我要结婚了。所以我要辞职……

周青山：才来两个月，你就写辞职信了？

郑倩倩：平时学生打架就很头痛了，现在，还有偷东西的。那个张赫，他要是偷到学校来……

周青山：偷东西是不对，但他也是有理由的，你别一竿子打死。

郑倩倩：三岁看大，七岁看老。不管有什么理由，他偷了一次就会有第二次。何况我们辞职，只是换个地方工作。

周青山：那这儿的孩子们呢？

郑倩倩：如果你喜欢当老师，我们可以去城里当。

周青山：不一样！

郑倩倩：怎么不一样了？都是教书，教育城市的孩子和教育乡村的孩子都是教育孩子。

周青山：城市的孩子和这里的孩子不同。

郑倩倩：有什么不同？

周青山：这儿……这儿太穷了！穷到连老师都留不住。穷到连孩子们都不相信老师会留下来，不相信上学可以改变他们的命运。

郑倩倩：每年来的老师，都会教给他们知识。你又有什么特别的？你能教，别人也能教。你留在这儿，不留在这儿，没有区别。

周青山：教育不是只教给他们知识！

郑倩倩：那你还教给他们什么了？

周青山：这儿百分之九十的孩子都是留守儿童。爸妈和他们两地分离，他们缺的东西太多了！

郑倩倩：他们爸妈不管的，难道你一个人管？

周青山：除了爸妈，老师就是这些孩子和社会接触的桥梁。我们要教给他们什么是责任，什么是爱。要让他们知道，他们是被人认可和接纳的……是被爱的！他们可以被人坚定地选择！而不是被一波一波老师嫌弃、抛弃在大山里！

【张赫来到教室外面，听到有人说话，偷看，发现是周青山和郑倩倩。他继续猫下腰偷听。

郑倩倩：改变别人是很难的。

周青山：我们只需要做自己该做的，只需要给予，至于结果，不要强求。

郑倩倩：不强求?！如果什么都改变不了，那你做这些有什么意义？

周青山：不是所有事情都是为了实现什么目的。顺其自然，让改变自然发生。如果没有发生，依旧顺其自然。

郑倩倩：我不说别人，就说那个张赫，你找他谈话、帮他解围的次数还少吗？可他呢？屡教不改！他一次次地制造麻烦，你一次次给他擦屁股，他领情吗？

周青山：有些孩子，从小和父母的关系淡漠，不懂得怎样和父母沟通，所以也不懂得怎么和外界交往。打闹或制造麻烦，会让别人注意到他们，这是他们自认为亲近人的方式。只要正确引导，他们就能纠正过来。

郑倩倩：人之初，性本恶。有天生的坏人，也有天生的小偷。我不觉得他能改。

【张赫听到这句话，愤怒地离开。

周青山：你毫无保留地接受他、指引他，他自然知道世界上还有别的生活方式。时间久了，他慢慢就能改变。

郑倩倩：你太理想化了！原本我以为我们可以拯救这些乡村孩子，可是你看看现状！连绵起伏的大山隔断的不仅是地区与地区的距离，还有贫富差距与教育差异。同样的年龄，我老家的孩子随时吃着美食，用着平板电脑，想去哪儿爸妈开车带他们去哪儿。可是，这儿的孩子呢，这些孩子每天上学放学都要走三四个小时山路。自己带的午饭永远都是芋头拌饭，肉几乎不存在。家长还认为上学是可有可无的，说什么打工要紧。

周青山：所以，贫穷，带来的不只是物质的匮乏，还有思想的落后。

郑倩倩：这不是我们一两个人可以改变的。用一个教师的力量带动整个落后的地区，好比沙漠里洒下一滴水。教育，需要一批批教师前仆后继地奉献。而我，奉献了我该奉献的。现在，我要离开了。后面自然有人来接替我。而你，也奉献了你该奉献的，后面，自然有人会接替你。你没有那么伟大，你也不用非得留下来！

周青山： 个人的力量虽小，但星星之火，可以燎原。孩子好了，我们国家的未来才会好。你想，国家是什么？国家不就是一个又一个的公民和一寸又一寸的土地吗？我们常说国家的土地不容侵犯，我们也得说每一个公民都得被公平地对待。每一个公民是什么样，他们组合在一起，国家就是什么样！人民是国家的根本！孩子是国家的未来！你看看这些孩子，他们的爸妈常年在外打工，谁来教育他们？他们的行为偶然性太强，他们需要有人接纳，需要有人引导，需要知道什么是爱，需要知道在自己的家乡有人可以一直做他们的后盾，而不是像打工的爸爸妈妈一样随时可能离开！他们的童年被人接住了，国家的未来才能走得稳稳当当！

郑倩倩： 可是你知道吗？如果你留下，牺牲的不仅仅是你，还有你的家人，甚至是你的孩子。你用一家人一辈子的牺牲换来什么?！我没有那么伟大，我会害怕，怕以后我们的孩子生活在这儿，那他长大后，远远落后城里的孩子，怎么办？我是一个女人，也将是一个母亲，我不想我的孩子去承担这些……

【两人沉默一会儿。

郑倩倩： 青山，你能理解吗？

【又沉默了一会儿。

周青山： ……理解！

郑倩倩： 辞职吧。

周青山： 网上募集的学习用品到县城了，但出了点意外，他们不肯送过来。所以，这个周末我得去趟县城，亲自去取。

郑倩倩： 好，我等你。

【说完，郑倩倩离开，周青山一个人孤零零地站在那里。

【灯光渐隐。

【广播声：现在开始做第八套广播体操。原地踏步走。12345678……

【周青山走进教室。张赫在自己的位子上，把书摆成城堡的模样，50 块钱夹在书中间，他用手摆出枪的姿势，嘴里模拟出子弹射击的声音。

【广播声渐渐消失。

周青山： 张赫，去做操了。

张　赫： 哦。

【郑倩倩提着包进教室，她把包放在桌子上。走到周青山的位置。两人背对着张赫。

郑倩倩： 我跟我妈说了，我们回老家拍婚纱照。

周青山： 你先和我商量一下吧？

【张赫趁着两人说话，偷偷打开郑倩倩的包，放完东西后离开。

郑倩倩： 我家靠海，在海边拍婚纱照才好看！

周青山：行，等放假了去拍。

【广播声：12345678 停。

【同学们陆续回到教室。何梦、张赫走在最前面。

何　梦：周老师、郑老师好！

同学甲：周老师、郑老师好！

同学乙：周老师、郑老师好！

周青山：同学们好！

张　赫：哎呀，我的钱不见了！

【几个同学围过来。

周青山：你刚刚放哪儿了，仔细找找。

张　赫：我放桌子上的。

何　梦：多少钱？

【张赫在桌子上翻找。

张　赫：50，前天我妈回到家，刚给我的。

何　梦：刚还有谁在教室？

张　赫：我最后出去的……不是，还有周老师、郑老师！

何　梦：不可能是老师！周老师把工资拿出来资助了好几个同学，还资助了我，郑老师自费给我们班买本子买笔，老师们不会拿你的钱的！

周青山：你是不是掉在操场了？

张　赫：没有！刚刚我把两摞书摆成一个堡垒，50 块钱我稍微对折了下，就放在堡垒中间。我从操场回来还要接着玩呢。

周青山：我一直在教室，没有别人来。你再找找。

张　赫：找了好几遍了，没有！

何　梦：我去操场找找。

张　赫：我的钱是对折的，还有个小折角。

郑倩倩：教室里再找找。

【大家帮忙在教室里翻找。

同学甲：没有。

同学乙：没有。

【何梦走进教室。

何　梦：操场没有。

【张赫指着前方郑倩倩的包。

张　赫：那儿没找！

郑倩倩：那是我的包，张赫，我会拿你的钱吗？

【张赫没有说话。

郑倩倩：行。我们来看一下。

【郑倩倩把包拿过来，打开包，愣住。

【张赫把手掏进包里，拿出 50 块钱。

张　赫：我的钱！还折着角的！

【现场沉默。

周青山：张赫，你……

郑倩倩：你捣什么鬼！

张　赫：你包里藏着我的钱，还说我捣鬼？

【校长出现在门口。

校　长：你们班怎么还没上课？

郑倩倩：校长，刚刚在调查一件事情。

张　赫：我的钱不见了，在郑老师包里找到的。

周青山：事情没调查清楚，你别胡说。

校　长：郑老师、张赫你俩出来。周老师，你维持下课堂秩序。

【灯光渐隐。

【灯光打在郑倩倩和周青山的身上。

郑倩倩：我早就说过，张赫这样的孩子，没救的。

周青山：这件事我再找张赫问清楚，你别生气，校长也说了，他说张赫是个“刺头”，以前的班主任都拿他没办法。

郑倩倩：顽劣不堪！

周青山：教育他，得花更多时间。

郑倩倩：这样的孩子，教育有用吗？……辞职信交上去没？

周青山：再等等。

郑倩倩：我妈说只要我们回去，她可以安排我俩的工作。

【周青山没回应，两人陷入沉默。

周青山：我想帮助这儿的孩子。

郑倩倩：我知道你有你的理想。刚来学校时我也有，可是，理想和现实有差距……

【周青山沉默。

郑倩倩：如果你不回去，我们的婚事没得谈！

周青山：倩倩……

【郑倩倩离开。

【悲伤的音乐响起。追光灯打在周青山身上。

周青山：倩倩啊，我们在一起两年了。想起你，就是你笑的模样。（周青山笑）你爱笑，笑起来又阳光又好看，好像从来没有烦恼。想当年我们在一起的时候……嗯……我们很合拍。我喜欢的书你都读过。你喜欢的歌我也爱听。我们还一直相互鼓励相互支持。毕业后我想去支教，可我又担心支教挣不来钱，你立马说可以先来支教半年，实现我的愿望。（周青山脸色一沉）我俩在一起，你妈嫌我家里穷，但是你说服了你妈。（周青山笑）还有，我爸妈对你可满意了，总是催着我快点结婚……可是，（周青山无奈）这儿的孩子，纯真又明亮，信任你的时候给你无限信任。这儿的孩子，野性又自在，缺乏管教、放任自流的时候，让你感到十分可惜。说起来我还是喜欢这儿。城市里的每个人都拼命把自己变成赚钱的工具，每个人都把自己活成旋转的陀螺。在这儿呢，和孩子们沟通是一件快乐的事儿，让孩子们习得长大后需要的基本技能是一件有成就的事儿。虽然每个月挣不了多少钱，但是在这里，我打心眼里喜欢，我喜欢帮助这些孩子，我希望教给他们的东西对他们有用……我想和你在一起，也想和孩子们在一起。可是，如果只能选一个，我该怎么办？

【灯光渐隐。

【何梦家。

【下雨刮风声。

【周青山跟何奶奶道别。

周青山：何奶奶，今天的家访结束了。

何奶奶：在这儿吃了饭再走。

周青山：不了，不了，我得赶去张赫家……

【张赫和妈妈赶来。妈妈拎着一个布包。

张　赫：周老师！

【张赫妈妈快跑几步，对着周青山弯腰。

张赫妈妈：周老师好！

张　赫：周老师，这是我妈妈。

【周青山和张赫妈妈握手。

周青山：你好！你好！

张赫妈妈：周老师，听说您来何奶奶这儿家访了。我特意赶来见您！

周青山：有什么事儿吗？

张赫妈妈：周老师，我是来向您道歉的。我在成都打工，识字不多，只能干点服务员之类的力气活，真是用血用汗挣钱。所以，我特别希望张赫能好好上学，以后找个好工作，不至于像我和他爸一样辛苦。可惜这孩子就是不听话！50块钱的事情我听说了。张赫，你说，到底怎么回事？

张　赫：（低着头，小声）50块钱是我放进郑老师包里的。

张赫妈妈：大点声。

张　赫：（音量提高了一些）是我放进郑老师包里的。（小声嘟囔）谁让她说我就是改不了的。

张赫妈妈：以后还敢再犯吗？

张　赫：不犯了！

周青山：知错能改就是好孩子。郑老师有些话说的不对，你做的事也是不对的。

【张赫妈妈拿出布包里面的腊肉。

张赫妈妈：周老师，这块腊肉您收下！谢谢您关心张赫，还希望您替我向郑老师道歉。

【张赫妈妈把腊肉放回包里，把包递给周青山。

周青山：（推辞）我不能收！

张赫妈妈：（递包）家里没有什么值钱东西，这个腊肉我们平时都舍不得吃。您别嫌弃！

周青山：（继续推辞）不嫌弃！……不对，不是嫌不嫌弃的问题。老师不能收礼物！

张赫妈妈：（继续递包）我打工的时候就想着，如果见到您，一定好好谢谢您！我在大城市待了这么多年，见过那么多人和事，让我明白了一个道理：读书改变命运。可惜我没文化，不懂什么数学题，也不懂语文，只能把孩子交给你们。周老师，我非常感谢你们！只有你们愿意放弃城里的好日子，来这大山里教他们文化知识！另外，我特别感谢您！（鞠躬）张赫这个孩子调皮，给您添了不少麻烦，但是您能耐心地帮助他鼓励他，教他好好做人，我从心底里谢谢您！这腊肉是我们自己家做的，干净卫生，您放心收下！

周青山：（继续推辞）不行！不行！不用谢，这是老师该做的！

张赫妈妈：这是我的心意！

周青山：（看到旁边的张赫）这样吧，我点名要一个礼物。这个腊肉，你们拿回去。

张赫妈妈：（松手）什么礼物？

周青山：（对张赫）张赫，你把我送你的书签上的字抄在纸上，然后写上你的名字和日期。把这张纸送给我！你能不能做到？

张　赫：（斩钉截铁）行！我这就去写！

【张赫跑走。

周青山：（对张赫妈妈）书签上是我的老师对我的寄语。我曾经也是迷途的孩子，是老师拉了我一把。他不要我报恩，只是说，要是我身边哪个孩子有困难，就要帮他一把。今天，我不要什么礼物，只希望张赫能记住我对他的期望。

张赫妈妈：您是位好老师，真希望我家张赫能多跟着您几年，好好学知识，学做人！

周青山：人之初，性本善，我相信他能改掉坏毛病。只可惜，下周末我就要离开这儿了，不能见证他的成长。

张赫妈妈：您马上就要走了？是不是因为赫赫让您生气了？

周青山：不不，不是他的原因。

张赫妈妈：周老师，我真想和您说说心里话。平时我在外面打工，没时间照看张赫，他奶奶溺爱他，他爸爸只会喝酒和打骂他，所以他才变成这样一个别扭的孩子。其实，他心里知道谁对他好，也真心想和别人交朋友，但他在家里只学会了发脾气、捉弄人，没学会怎么好好和人交流。您为他做的一切，他都牢牢记在心里，这次我回家，他全都讲给我听了。这孩子特别喜欢您、敬重您，这么多年来，您是第一个让他心服口服的老师。您要是走了，我怕他又变成以前那样，不服任何人管教……

周青山：从来没有人告诉过我这些……谢谢你！

张赫妈妈：这几年来，我和好多支教老师打过交道，他们有的只是服从上级安排，有的是来体验生活，后来也都一个接一个地走了，急急忙忙回城里了，但我总觉得您有些不一样。哎，不过，我相信您一定也有苦衷。总之，周老师，祝您回城里之后一切顺利！

周青山：谢谢！不过张妈妈，我希望你暂时不要告诉张赫我要走的消息。

【张赫拿着一张写了字的纸跑过来。

张　赫：周老师，给！

【凝重的音乐响起。

【周青山接过那张纸。

周青山：立身以立学为先，立学以读书为本！

【周青山看纸上的字，耳边传来老师的声音：你身边哪个孩子有困难，就帮他一把。

张赫妈妈：（递腊肉）周老师……

周青山：（用手挡住腊肉）我收了张赫的礼物！这个，你带回去！

张赫妈妈：这怎么好意思。

【周青山推辞，张赫妈妈把腊肉收回去。

张赫妈妈：谢谢周老师！谢谢周老师！

【灯光渐隐。

【教室里。孩子们三三两两站在一起，何梦在中间，张赫一个人在一边。

【何梦向前一步。

何　梦：周老师，去县城几天就能回来，可是现在过去一个多月了，都没有您的消息了。

【同学甲向前走一步。

同学甲：周老师，前天我爷爷还说这学期怎么没见您家访。

【同学乙向前走一步。

同学乙：我想念以前的周末，以前星期天的时候您会陪我放牛、烤玉米。

【同学丙向前走一步。

同学丙：您怕我们没有热水喝，给我们每个人买了杯子，还有烧水壶。

【同学丁向前走一步。

同学丁：我有点……点口吃，不敢开口读课……文，是您动员全……全班同学帮助我。

【何梦向前走一步。

何　梦：我家条件困难，本来都辍学了，周老师，您负责了我上学的所有费用，我才能接着读书。周老师，您是不是和郑老师一起辞职回老家了？就算辞职，您也跟我们说一声，我们……

齐：想您了！

【张赫低着头，坐在边上。何梦走到张赫旁边。周围同学朝他们看去。

何　梦：张赫，周老师和郑老师离开，是不是你造成的？

同学甲：你在班里就是除了打架就是打架！

同学乙：郑老师肯定是被你气走的！估计周老师也一样！

何　梦：周老师和你一起抓泥鳅，送你新衣服，他还给你课外辅导！

同学丙：他说你是班里大哥哥，适合当纪律委员。于是你成了班里的纪律委员！

同学丁：周老师对你那么好，现在他们都离开了，你开心了？

张　赫：你们别说了！

【班里一阵沉默。大家陷入一种集体难过的氛围。

张　赫：（低头）我知道我以前做得不对，我改还不行吗？（停了一会儿，抬起头来）周老师一直希望我们好好读书。可是，你们看看现在的自己，你们现在这个样子，是周老师希望看到的吗？……我是纪律委员，我要负责班里纪律！来，现在我们一起读书！

故今日之责任，不在他人，而全在我少年。

少年智则国智，少年富则国富；

少年强则国强，少年独立则国独立；

少年自由则国自由，少年进步则国进步；

少年胜于欧洲，则国胜于欧洲；

少年雄于地球，则国雄于地球。

【开始时张赫一个人诵读，同学们陆续跟上来。最后全班同学齐诵。

【诵读结束。门口响起一阵鼓掌声。周青山提着包出现在教室门口。

同学们：周老师！

【同学们欢呼着，跑过去，簇拥着他。

【张赫走了两步，停下。

同学甲：周老师，我可想您了。

同学乙、丙：我也是！我也是！

周青山：同学们，我也想你们呀！

【同学们簇拥着周青山，把他推到中间。

【张赫在一旁看着。周青山看到他。

周青山：张赫！

张　赫：周老师，对不起！我不再打架了，也不再调皮了！

周青山：我送你的书签还在吗？

张　赫：在！

【张赫从口袋里掏出书签。

张　赫：我一直把它带在身上。

【周青山摸了摸张赫的头。

周青山：那你以后要好好读书了！

张　赫：是！

何　梦：周老师，我们以为您不会再来了。

周青山：这一个月来，我见了很多人，告诉大家几个好消息。第一，从今年开始，国家实行农村义务教育学生营养改善计划，就是说，以后同学们的午饭，能免费吃上肉、蛋、奶，国家给补贴。第二，我和国家助学项目的负责人沟通，对方了解我校的情况后，和我们学校建立了扶助计划，家庭困难的同学可以获得贫困补助。第三，网友给我们募集的图书、学习用品、体育用品已经到校了！

同学们：耶！太好了！

周青山：所以说，从国家到社会都在关注我们，都在帮助我们！

【同学们齐鼓掌。

周青山：前一段时间，我去县城接收这些物品。回来的路上，桥被冲毁了，我加入了抗洪队伍。直到雨停了，桥修好了，能通车了，才回来。

何　梦：那您，还要回老家吗？

周青山：不回了！

同学们：太好了！

【同学们再次欢呼起来。

何　梦：那郑老师也回来了？

周青山：郑老师她……她不回来了，她想家了，回老家去了。她想让我一块儿回的，不过我放心不下你们，我还要信守我的承诺，把某个小霸王变成小秀才（看向张赫），所以我回来了。

【现场沉默。

张　赫：周老师，虽然您家不在这儿，但在这儿，我就是您的家人！

何　梦：我也是！

同学甲：我也是！

同学乙：我也是！

齐：　　我们都是！

周青山：好！我们都是一家人！

【同生们看向周青山，周青山笑着看着同学们。

【灯光渐隐。

剧　终

日出江花红

徐泓钰

时　间：现代。
地　点：苦车湖村。
人　物：张路伟——21岁，男，中共预备党员。四川省一所大学的学生，毕业前参加“西部志愿者”计划，成为一名驻村大学生村干部。在基层工作的历练中，成为一名合格的共产党员。
刘校长——40岁，男，中共党员。四川省一所大学的校长。
李云燕——32岁，女，中共党员。苦车湖党组支部书记，也是苦车湖小学的校长。从小生长在苦车湖，接过父亲李开山的工作，承担起了苦车湖大大小小的事情。
李开山——60岁，男，中共党员。李云燕的父亲。在村里德高望重，主持大局，引领着青年党员成长。
葛五娃——30岁，男，苦车湖村民。土家族青年，本性淳朴，但有酗酒的恶习。
老渔头——70岁，男，老纤夫，儿子在一次山洪灾害中丧生。
小　船——8岁，男，老渔头的孙子。
常婆婆——28岁，女，小船的妈妈。土家族，20岁嫁人，23岁丈夫意外离世，之后一直独身。
常宏波——老渔头的儿子，剧中作为意象性人物出现，年龄约28岁。
同学若干。
王阿婆、小赤脚、三叔公等村民若干。

序　幕

【幕启。

【六月的大学校园，同学们来往匆匆，他们收拾行李，准备毕业离校。

男　声：（唱）告别这一起生活了三年的地方，还有挥洒汗水的球场。
从图书馆到食堂，留下青春脚步的匆忙。

转眼间互道珍重各奔东西，离开母校的怀抱。

走出教室回头望，看到了老师们期待的目光。

【同学们互赠礼物、拍照，在同学录上留下赠言。

女　声：（唱）每当我坐在那明亮的课堂上，知识就转化为力量。

信心在滋长，勇气在酝酿，胸中的志向更强。

课间的欢声笑语还有你，和我一起共成长，

昨日不遗憾，明天不迷茫，年轻的理想从这里启航。

合　唱：欢声笑语陪我走过小路，

满满行囊有你美好祝福。

课间的球赛还没分出胜负，

梦想的追逐你我永不停步。

【刘校长看到了同学们，走到他们中间。

同学们：刘校长来了，刘校长来了！

刘校长：同学们，今天你们就要离开母校，走上各自的工作岗位。我想听听大家对于自己未来的规划？

合　唱：去北京，去上海，去广州闯荡，广阔的舞台，放飞心中的梦想。

去创业，去深造，去建设家乡，耕耘结硕果，装点大树的臂膀。

刘校长：（唱）啊，亲爱的同学们，你们是澎湃的后浪，

母校对你们，寄托殷切的希望。

啊，亲爱的同学们，快听时代在召唤，

生命的意义，指引奋斗的方向。

啊，亲爱的同学们，未来要靠自己闯，

海阔任鱼游，天高任鸟去飞翔。

啊，亲爱的同学们，不忘最初的梦想，

乘风破浪，不负韶光。

【校车鸣笛声响起，同学们拉着行李相互告别。

合　唱：啦啦啦我们毕业啦，啦啦啦说声再见吧！

天南海北再相逢，再讲讲你我的变化。

啦啦啦我们毕业啦，啦啦啦说声再见吧！

朝着明天的方向，不忘记彼此的牵挂。

【张路伟送别了其他同学，只有他没有离开。刘校长走来。

刘校长：小张同学，舍不得这里呀？

张路伟：是啊，这间教室有我太多大学生活的美好回忆。刘校长，我有一个决定，还想听听您的意见。

刘校长：你说。

张路伟：前几天我在这参加了“支援西部宣讲会”，苦车湖党委代表介绍了他们那里的情况，条件是艰苦了点，但他们的真诚很打动我。只是不知道能不能胜任基层工作。

刘校长：你有去基层历练一番的想法？基层工作可不比学生工作，要承担起更多的责任。你做好准备了吗？你的家人支持吗？

张路伟：支持倒是支持，就是有点不看好我能坚持多久。毕业前我终于成为预备党员，在党旗下宣读了入党誓词。“为共产主义事业奋斗终生”，我想真正参与到共产主义事业的建设中去，在最年轻的时候选择最艰苦的地方。

刘校长：孩子，我真为你高兴。把个人的未来和我们国家的发展规划在一个频道上，把个人的理想融入社会理想，在哪都会成为一个对社会有用的人。我们的人才发展规划非常鼓励年轻人到西部去，参加扶贫定向计划。凡事都要做了才知道，有心才能有路，才能坚持。我看好你！

张路伟：还记得三年前您在开学典礼上讲的话，我现在还没想明白。

刘校长：是哪句话？

张路伟：您问我们，假如没有赚钱生存的压力，不管家人的期待和旁人的眼光，只去问自己的内心，你的一生最想要的是什么？

刘校长：这是我读大学时，我的老师提给我们的问题。后来我做了老师，又把它留给了一届又一届的学生。你才想了三年，也许有了答案，也许还不成熟，还要经过时间的检验。你可以把这一年党员预备期作为到基层工作的实习期，也许会对自己的未来有更清楚的认知，给你的问题一个答案。

张路伟：那您现在有答案了吗？

刘校长：这个问题影响我很深，一直到现在思考了几十年。

（唱）少小离家四海游，
怀揣热忱志方遒。
而今中年再回首，
当时壮志可未酬？
一愿做个有用的人，
脚踏实地勤恳认真。
能养家、能报国、能立身、能感恩，
钻研执着求学问。
二愿帮助更多的人，
用微光点燃满天星，
心无私、教无类、扶弱小、济贫困，
做人先要树精神。
三愿有颗纯粹的心，
意志坚定主义真，
会选择、抵诱惑、不惧困难和曲折，
大浪淘沙显本色，
不负理想不负人。

张路伟：（白）我明白了，这个答案正是您一直在做的事。

张路伟：（唱）告别母校，奔赴光荣的旅途，

面对党旗，写下一纸请愿书，
未知的路，勇敢迈出第一步，
青春的故事，开启崭新的一幕。

重　唱：（张）不再彷徨，
（刘）别再彷徨。
（张）心中充满力量，
（刘）时代的使命勇于担当。
（张）路在前方，
（刘）就在前方。
（张）初心指引方向，
（刘）把向往的远方照亮。
（合）奉献青春最美的时光。

第一幕

【七月盛夏的苦车湖村，一处开阔的平地。
【大山深处传来清脆的笛子声。

号　子：哟——嘿——
川中有江哟，江绕川，嘿咗。
众人划桨开大船，嘿咗。
手拿火种脚开路，嘿咗。
腰杆撑起苦车湖，嘿咗。

李开山：好热闹，娃儿快出来，新娘子到了！
【村民们随着吹奏迎亲的队伍来到江堤旁的空地，几十张木桌拼成了几十米长。

重　唱：崔爹爹他要嫁闺女，嫁到哪里去？
山外的小伙好福气，娶了个美女。
全村老少来送媳妇，舍不得走呦！
再回娘家可不容易。不呀不容易呀！
记得这百里长席！

领　队：兄弟伙，摇起来晃起来，花轿子荡起来。新娘子不吐，是我们婆家的诚意不足；新娘子不哭，我们新郎的威风要输。

王阿婆：我说老兄弟，当心你的花轿一下子摇散了，摔坏了新娘子，我们可不饶你！

领　队：王阿婆，就许你们苦车湖摆起百里长席，不许我们搞点气氛嗦。

王阿婆：哎对，苦车湖是我们娘家的地盘，就是要杀杀你们的威风。乡亲们，开席咯！
【男女老少鱼贯而出，每人手里端着一盘菜，伴着欢快的舞蹈。

王阿婆：我们苦车湖一共有 103 户人家，桌上就有 103 道菜，都是拿出最好的招待客人。今天在座的有一个算一个，喝不麻不许走，有没有心交朋友看你们的态度，少敬一个人就是不给我们面子。

李开山：哎，王阿婆，还是量力而行，吃不完有下一顿，喝不完就是还要常来常往嘛！

王阿婆：他开山叔，平日里糍粑蘸白糖，又省盐又省油。人家崔爹爹一辈子就嫁一回闺女，一定要整起排场，不能让外人小瞧我们。你们家的菜，我替你出了。

【王阿婆拉着李开山坐下，给他面前倒上一碗酒，一道道菜上桌。葛五娃拎着一瓶酒醉醺醺地混进人群中。

合　唱：吃了百家饭，嘿，穷汉能做官。
光棍喝喜酒，哎，一杯就上头。（村民围着葛五娃）
喝哟，吃哟，一圈圈地转，
吃哟，喝哟，喝不完不准走。
酒不醉人人自醉，你一杯忘忧愁，
一百零三盘美佳肴，你每盘尝一口。

【葛五娃寻摸着桌上的菜吃，王阿婆回身看到，一把拎起他来。

王阿婆：哎，我说葛五娃，你打哪出来的！你的菜呢？哦，肩膀抬着一张嘴就来混吃混喝了？

小赤脚：屋头没的婆娘，没人烧菜哇？

葛五娃：嘟个！苦车湖穷得刮锅底，都把女娃嫁到外头去了，我上哪儿娶媳妇。

小赤脚：那个小翠儿嘞？

葛五娃：小翠儿当然是在她们村等着我叫。苦车湖最应该给我办这样一桌酒，我就把她娶回来。

【葛五娃喝得醉醺醺，正要夹菜，又被王阿婆一把拎起。

王阿婆：你莫要心里头酸就瞎说八道，自己不争气，没人欠你的。

葛五娃：就是你们全村都欠我的，我想吃谁家就吃谁家。

小赤脚：典型的“白吃”嘛。

【李云燕赶来，跟李开山招手，李开山示意大家安静。

李开山：乡亲们，静一静，我说几句。今天还有一件喜事要跟大家宣布，重庆市扶贫工作小组给我们村委会派来一位大学生，我让云燕这就去把他接来。

李云燕：爸，人已经到了。

【张路伟背着一个双肩背包上场，李云燕帮他拉着行李箱。

李云燕：我给大伙介绍一下，这位是四川省一所大学毕业的张路伟，从今天开始路伟就和我们同吃同住，帮助我们解决生活上的困难，欢迎！

张路伟：叫我小张，或者路伟，往后就请大家多关照了！

【乡亲们热烈地鼓掌欢迎。葛五娃提着酒瓶绕到人群前，打量着张路伟。

李开山：小张是大学生，需要他发挥聪明才干的地方多了去了，人家大好年纪来到我们这，下的是不一般的决心。我们尽量积极配合小张的工作，少添麻烦。

李云燕：以后你饿了上谁家都能吃饱，累了上谁家都能休息，就把苦车湖当成家。

小赤脚：对，我们敞开大门欢迎！

三叔公：来来来，小伙子一路辛苦，接风酒一定要喝两杯！

李云燕：（赶忙拉过三叔公，小声）三叔公，小张同志一直在学校读书，哪喝过什么白酒，还是个嫩娃哩！

三叔公：他都大学毕业了，在我们村早都当爹了！再说了，到我们村开展工作，不会喝酒咋可能，迟早要学会。

小赤脚：都是大姑娘上轿——头一回，没啥子不好意思的。

三叔公：小张，方圆百里都知道我们苦车湖做事豪爽，我们不劝酒，你自己说喝不喝。

【李开山正要拦，张路伟接过三叔公手里的酒杯。

张路伟：我初来乍到，先敬各位长辈，做事不周到的地方请大家指教。

村　民：好！说得好！

三叔公：对咯，能喝白酒却喝饮料，这样的干部不能要。

王阿婆：小张哟，这杯我代表新娘子敬你，你一来，给我们喜上加喜哟！

【三叔公给张路伟面前的碗又倒满酒，王阿婆一碗干了，张路伟只好咬咬牙皱着眉喝干，被葛五娃看到。

葛五娃：切，酒水还能比墨水难喝哟。

【葛五娃一边嘀咕，接着一口喝干碗里的酒。

李云燕：看你喝多了让人笑话！走，五娃，我扶你回去。

葛五娃：我不走，我还没吃呢！武二郎十八碗烈酒照过景阳冈。我葛五娃想当年……

李云燕：五娃，我上你家听，走！

葛五娃：不走，孤男寡女的，你不要趁我喝多了，就想占我便宜。

【大家哄笑。

李云燕：看谁还管你！不管他，大伙吃席！

李开山：来来来，都坐下敞开吃，千万不要浪费了！

小赤脚：放心吧开山叔，保准吃得完。

三叔公：止赶上喜事，让小张……干部感受一下我们村寨里的热情。大家伙，酒满上！

重　唱：有缘来相聚，
四海皆兄弟。
客人请上座，
千万别客气。
虽说我们不富裕，
待客大方讲义气。

三叔公：各家是什么情况也趁热让我们张……小张干部熟悉一下。

村　民：要得！

【村民们端着酒碗围到了张路伟身边。

轮　唱：（妇）我家人五口，

三只老母鸡。

男人生着病，

全靠我出力。

（白）我一个女人养活一家子，你晓得多难不？（敬张路伟一碗酒）

（兄妹）兄妹二人田半亩，

埋头苦干没技术。

别人耕种用机器，

我俩就像狗刨地。

（白）我和妹子相依为命，你晓得多苦不？（敬张路伟一碗酒）

【村民们一拥而上，张路伟挨个敬酒。到了葛五娃身边，葛五娃正喝着高兴，一看是张路伟，故意不碰杯。

葛五娃：（唱）小秀才来凑热闹，

你们把他当个宝。

白吃白喝耍两天，

拍拍屁股就走了。

小赤脚：你是怎么说话的！

李云燕：好了，喝得多了少说两句。

李开山：（唱）小张同志你莫慌，

他们哭穷最在行。

你来这里不容易，

我们心里很感激。

小张同志你莫怕，

苦车湖就是你家，

暂把顾虑先放下，

要是受委屈你可莫往心底压。

张路伟：（唱）早听说苦车湖穷乡僻壤，

没想到村民们热情高涨，

本以为这里冷冷清清，人人脸上苦兮兮。

谁承想他们红红火火笑盈盈。

亲爱的可爱的乡亲们，

我一定打起十二分精神，

工作中勤勤恳恳认认真真，

不辜负你们的信任。

亲爱的可爱的乡亲们，

酒斟满心意真，感情更深，
杯中酒暖我身更暖我心，
共携手繁花报春。

（白）我敬大家伙一杯！

【张路伟再干一碗酒，露出醉态。

王阿婆：嚯，小伙子可以培养哟！

三叔公：能喝八两喝一斤，这样的干部咱放心。

张路伟：（带着醉意）放心！在学校……我是学生会主席……为同学服务。……到了苦车湖，我就是……为人民服务！有事大家尽管说，我就是踏破了铁鞋也要努力办到！

【大家一片叫好，李开山一把拉住脚步踉跄的张路伟。葛五娃在大家的鼓掌声渐渐安静后大声鼓掌叫好。

葛五娃：好！牛皮吹得响，瓜娃有胆量！

李开山：好了好了，小张的心意也表了，人家新郎那边可等不及了。

王阿婆：哟喂，吉时到了，乡亲们，送新人咯！

【在欢闹的吹奏中村民们送亲远去，音乐渐停。

【张路伟屋内，已入夜。

【三叔公抱进屋里一床被褥。

三叔公：我儿子出去打工了，这间屋一直空着的。就喊小张在这住吧！

李开山：好，那你多关照了。

三叔公：不存在，当自家娃娃一样。

【三叔公刚出门，张路伟胃里一阵翻江倒海，拿着地上的盆跑到一边，什么都没吐出来。李开山端来一杯水。

张路伟：才来第一天就给您添麻烦了。

李开山：你这个娃娃，喝不得就莫逞能。也怪我没嘱咐你，论喝酒，你喝不过他们。

张路伟：那不一定，都是男子汉，多喝几次就喝得过了。

李开山：（连忙摆手）呵！你还不了解，苦车湖地处偏远，村里的人很少和外面接触，本地保留着多民族聚集地区许多原始的风俗，女人能歌善舞，男人那都是酒罐子里泡大的。我们流传着一句话，苦车湖的历史穿在身上，泡在酒里。

张路伟：今天算是领教了。

李开山：村里经济发展落后，和这里一辈辈人的习惯有很大关系。刚才103道菜你看见了？是为了我们村的门面，打肿了脸充胖子才拿出来的。

张路伟：开山叔，我刚才，是不是丢人了？

李开山：倒是没得。

张路伟：我是不是说大话了？

李开山：没得事，他们也喝多了。

张路伟：本来想入乡随俗搞好群众关系的……

【李开山给张路伟披上毯子。

李开山：驻村工作是个长跑，不是喝几顿酒开几次会就能解决问题的，有时候一个人完不成，要靠一代人，你来了就有人接我们的班了。好生休息，我先回去了。

【李开山离开。张路伟整理背包，拿出了笔记本，写下他来苦车湖的第一篇思想汇报。

张路伟：（唱）在充满未知的他乡，
向党组织汇报思想。
实际的情况和想象的不太一样，
第一次当着全村讲话，
第一次喝醉了酒，
肚子翻腾激起心里千层浪。
眼前不再是笔墨文章，
而是乡亲们真真切切的家常。
平凡的岗位，
花开芬芳，
群众的肯定是我付出的回响。
考试的答案不再写在纸上，
而是写进这沟沟坎坎的山乡。
光荣的使命，
莫失莫忘，
从这里翻开崭新的篇章。

【窗外远山处传来一曲川江号子。

号　子：哟——嘿——
生儿养女哟，难防老，嘿哟。
一技傍身趁年少，嘿哟。
独龙入海不见影，嘿哟。
鱼群过江起波涛，嘿哟。

【张路伟到门口循声望去，江边废弃的渔船里传出老渔头在教小船学唱的声音。

小　船：爷爷，太阳落山了，我们该回家了……爷爷，您说江水下面有什么呀？

老渔头：江水里住着保佑我们的神，有祖先在江边留下的声音，你听不完的故事……还有……

小　船：还有什么呀？

【老渔头和小船的影子消失在大山深处。

第二幕

【八月盛夏的午后，村委会办公室。

【门半开着，张路伟趴在办公桌上睡着。常婆婆拎着一篮鸡蛋来到办公室门口，犹豫片刻敲了敲门，张路伟惊醒。

常婆婆： 小张干部，打搅你午休了哇？这个是自己家的鸡今天刚下的。

张路伟： 哎，不行，我们有规定，什么礼都不收。

常婆婆： 这算啥子礼嘛，真的只有几个鸡蛋，小张干部……

张路伟： 要是不拿走，我现在就请您回去了。

常婆婆： 好嘛，串亲戚都不好意思空手去，有事麻烦你，就是想表示下心意。

张路伟： 我不怕麻烦，就怕您客气。进来坐吧，叫我小张！

【常婆婆提着鸡蛋四下看看，想悄悄地放到一个地方。张路伟提起篮子拿到办公室门口，常婆婆不好意思地坐下。

常婆婆： 小张干部，听说你要亲自上门把每家每户都调查一遍。

张路伟： 只是入户了解一下各家的情况，还没去过您家吧？

常婆婆： 没有，没有……小张干部，你们大学生有文化，看事情看得准确，我来是有件事想求你帮忙……我想叫我的儿子常小船退学。

张路伟： 退学？您的儿子多大了？

常婆婆： 八岁，小学二年级。

张路伟： 那不得行，九年义务教育是每个娃娃应有的权利。再说了，您当妈的知道读书对一个人的重要性。

常婆婆： 我就是知道读书多重要才想叫小船从苦车湖小学退学，带他到城里去上学。你从城里来应该晓得，好老师有几个愿意来我们这个小地方？啥子图书馆、科技馆、博物馆，我儿都是听过却没见过。我想带他去城里长长见识。

张路伟：（犹豫）这事不能光看您的意思，得问问孩子，还有他爸爸的意见。

常婆婆： 我男人走了快四年……

张路伟： 哦，对不起！

常婆婆： 去年小船到了上小学的年纪，最开始他们有一个班，后来那些有办法、有条件的家长都把娃娃接出去了。儿子是我现在唯一的希望，就是砸锅卖铁我也不能让他矮别个一头。

张路伟： 真是可怜天下父母心。

常婆婆：（唱）一面之缘未深交，
看得出你比他们眼界高。
小船划桨渡江河，
大船扬帆迎海涛。
看惯那一亩三分地，

哪知山外还有一山高。
儿像雏燕守老巢，
为娘的内心空煎熬。
一片苦心盼儿好，
栽培一棵参天苗，
不辜负他爹爹的嘱告，
也不枉我半生的辛劳！

（白）小张兄弟，你就帮帮我吧！

张路伟：你的愿望我理解，苦车湖的学习条件确实比城里差了些，想看到更大的世界是应该走出去。

常婆婆：就是就是的，我已经下决心带他出去了，只要你们村委会支持，帮我做通娃他爷爷的工作。

张路伟：我会尽快到你们家里了解实际情况。

常婆婆：（激动地）你是答应我了？

张路伟：这有什么答应不答应的，从教育入手才是改变苦车湖落后思想的根本。放心吧，这事我一定放在心上。

常婆婆：谢谢你肯帮我！这村子里只有你能帮到我了！那我就先回去，拜托你了！

【张路伟把常婆婆送到门口，提起鸡蛋交到她手上，常婆婆推辞不了，只好收下离开。

常婆婆：真是谢谢你了！

【苦车湖小学，校门口挂着一幅掉了漆的牌匾。

【张路伟走进校园，一片寂静，本就不大的操场上一个人都没有。张路伟走到一间平房窗外，看到李云燕独自坐在学生矮矮的课桌前。

张路伟：李书记，怎么只有你一个人？

李云燕：路伟，你怎么来了？

张路伟：村里只有这一间小学，我还没来过，想着来看看老师们都教些什么。

李云燕：莫说了，学生都没有了，老师教哪个？

张路伟：刚我还听说有人家的娃娃在这里读书。

李云燕：是常小船吧？他是下个学期唯一一个，也是最后一个学生。可惜他的母亲常婆婆看到别人家的娃娃去城里念书，也想让小船退学，他这一走，最后一个学生也没有了。

张路伟：那……苦车湖小学还办吗？

李云燕：办，必须办！

（唱）都说知识能够改变人的命运，
农村学生读书就是为了走出山去。
地方再穷也不能穷了教育，
对故乡的感情在于儿时记忆。

假如人们都去追求那优越环境，
该让谁来坚守家乡的这片土地？
假如自己的孩子都要离开母亲，
怎会有外面的人愿意来到这里？

张路伟：可我们的小学只有一间教室，图书、器材、音乐，科技智能化的教学手段都不具备。就算把他们留下，也没有好的学习条件啊。

李云燕：我已经向县里申请了教学资助，设备的问题不难解决，我相信会有越来越多像你这样有知识的年轻人加入支教的队伍。有多少困难，我们就想多少办法。但首先是要得到家长的认可，让学生回到课堂，才能把学校办下去。

张路伟：（唱）这一席话，忽然间教我明白……

李云燕：教室里坐着的，是别人家里全部的希望，我一定会非常重视的。

张路伟：（唱）难道我不该一口答应小船的妈？

李云燕：路伟，这件事意义重大，是一项艰巨的任务。就由你去常小船家争取，凭你的学问说不定那家人能听进去。他的母亲常婆婆很不容易，年纪轻轻守了寡，还要伺候老公公……怎么了，路伟？

【吵嚷声传来。转至田埂上。

【村民们围着蹲在树下的葛五娃，老渔头捧着摘下的稻穗站在不远处的田里，常婆婆在旁边哄着哭哭啼啼的小船。

王阿婆：你毁了别个已经打穗的稻谷，让他们老的小的、孤儿寡母吃喝啥子？

葛五娃：（提着酒瓶）我已经手下留情了，给他个老顽固一点颜色看看。

三叔公：你还敢说！欺压老弱该按村规罚你。

葛五娃：算了，现在是社会主义新农村，哪个认你村规。

【李云燕和张路伟赶来。

李云燕：怎么回事啊，都是乡里乡亲，有啥子不能好好说的？

小赤脚：他葛五娃把老渔头地里的庄稼拔咯。

【老渔头痛苦地捧着稻穗，李云燕扶他到田边石头上坐下。

老船头：乱了，没规矩没章法了。

李云燕：五娃，是不是你干的？

葛五娃：（打了个酒嗝）必须是我。

【村民们七嘴八舌围着葛五娃。

众村民：还好意思说……怎么这个样子……他老渔头家多不容易的……你太过分了……这个龟儿又喝麻了……

【李云燕把大家拉开。

李云燕：太不像话了，老渔头是你的长辈，还不赶快认个错。

葛五娃：不认，我没得错。

王阿婆：就是你的不对，我们都看到的。

小赤脚：不认错他还很嚣张。李书记，小张干部，你们评评理。

李云燕：有啥事情等他酒醒了再说。

葛五娃：我清醒得很！

张路伟：我们应该以好逸恶劳为耻，以损人利己为耻，说小了这是缺乏道德的行为。往大了说，故意破坏他人财产是违法的。

葛五娃：去一边去，你懂个啥！

张路伟：你！

葛五娃：（唱）你要是想讲法律，
我也正好讲讲理。
（对老渔头指着旁边树上贴的一张红头文件）
红头文件早公布，
统一规划有依据。
脱贫致富修公路，
这片田块早就不归你。
分明是你霸占了公家的地，
我替村委会行使权利！

张路伟：（唱）利己损人愤难平，
强词夺理众怒难息。
替天行道轮不着你，
法律也不该你来施行。

葛五娃：（唱）新官上任三把火，
外来和尚好念经。
没吃几碗农家饭，
就敢来到地里管农民。

张路伟：（唱）明摆着你是非颠倒，黑白混淆无理取闹，
好在公道自在人心。
亡羊补牢需趁早，
悬崖勒马你应知晓。

葛五娃：（唱）小小一个弼马温，
几斤几两没拎清。
“干部干部”喊得你娃晕了头，
劝你芝麻小官识抬举。

张路伟：（唱）举目四下望，乡亲目如炬。
倘若是今天这事摆不平，
工作能力遭非议。
绝不轻易忍下这口气，
强掰虎牙不能把头低。
话不在多理讲清，

杀杀你这恶风气。

【村民对葛五娃怨声四起。

葛五娃：（唱）七嘴八舌空道理，
修路致富才是正经。
废话说多无意义，
再不然打上一架定输赢。

张路伟：（白）你……你……

葛五娃：（唱）结结巴巴无片语，
气得你娃词穷尽。

张路伟：（唱）今日之事见分晓，
穷山恶水出刁民！

葛五娃：听到没得！人家说我们这里的人是刁民。

【村民们议论四起。

众村民：怎么这么说话呢……什么意思啊……城里来的了不起嗦……大学生就怎么了……是说我们是刁民？……

张路伟：你你你，就是个无赖泼皮！

葛五娃：我我我，呸！看你算什么东西！

【张路伟一把夺过葛五娃的酒瓶。

葛五娃：把酒给我！

【张路伟不还。

葛五娃：你给不给？

张路伟：你认不认错？

葛五娃：嘿！我就不，你把我怎么地？

张路伟：你……你给我把庄稼插回去，不然我就……摔了你的酒瓶瓶。

葛五娃：插回去？哈哈哈哈，要得嘛！我这就插，这就插。

【周围一阵哄笑，张路伟又急又气。

王阿婆：小张干部，根在土里，插不回去了！

葛五娃：哎，我说，这个哈儿不光是好坏不辨，原来还五谷不分。

张路伟：（摔了酒瓶）你再说一句！

葛五娃：雷声楞个大，就怕你雨点小。别动嘴，不服单挑！

【张路伟抓住葛五娃的衣领，正要动手，李云燕和村民用力把他们拉开。小赤脚带着李开山赶来。

李开山：胡闹！吵不赢就动手，啥子野蛮习气！老渔头先消消气，气大伤身。

老渔头：没了庄稼没了地，还没了儿子，我活着还有啥意思！

【常小船钻到老渔头怀里。

李开山：五娃你自己讲清楚。

【葛五娃指着树上贴的红头文件。

葛五娃：村委会下的文件，还有红戳戳。修公路要征用我们这块地，统一规划！就差他老渔头一个不签字，他倒是不急，我等着补偿款娶小翠儿嘞！靠种地能赚几个钱？修公路跟村外互通，才是造福全村的好事，他老渔头就是我们乡村振兴的绊脚石！

王阿婆：道理倒是一套一套的。

李开山：五娃，征用土地需要征得农民的同意，你强制不得。就算没犯法，你晓不晓得这么做的后果，邻里之间结下梁子，往后是要破罐子破摔了？

葛五娃：大不了互不相识，各活各的。

李开山：（唱）过去的事情怎能忘记，

珍贵的情谊永远放在心里。
自幼你失去了父母双亲，
是苦车湖的百家饭把你养育。
一汤一饭中饱含寸草心，
千针万线里缝进情和义。
不求你有了出息报恩情，
怕你不念跪乳之恩淡漠良心。
老渔头的儿子同你一起长大，
安危与共，与你走进风和雨。
若是他当年能够留下一句话，
定是将家人托付给你。
不能为了钱财利益，
就忘记了兄弟情谊。
邻里乡亲们本该多照应，
更何况利字当头见人心。
苦车湖从来把信义放在第一，
你不能开这薄情寡义的先例！

葛五娃：这……我……

李云燕：土地是农民的命根子，规划修路的事村委会自有考虑，无论怎样你都不能用这种办法解决问题。今儿就当着大伙道个歉，好汉能屈能伸，我们知道你也是一时急得昏了头，平时五娃可是个行侠仗义的人。

葛五娃：这块地我重新给你翻了，亏了多少米我送到你家去。要得不嘛？

【众人都不说话，看着老渔头。

李开山：说话算数，这么多双眼睛看着你呢。

葛五娃：君子一言，必须算数！

李云燕：好了好了，大家伙忙去吧，有啥子困难，第一时间到村委会反映。

【葛五娃转身要走，看到张路伟，发出不屑的“切”声，拿起一根稻谷穗故意插回地里。常婆婆走在人群后面，悄悄把张路伟拉到一边。

常婆婆：小张兄弟，你什么时候上我家呀？你看嘛，娃儿一天看的是无理动粗，能学啥子好啊？我公公岁数大了，还要你给他摆摆道理。

张路伟：我……我尽快就去。

常婆婆：要得，等你了啊！

【张路伟正要说什么，小船在不远处喊妈妈，常婆婆答应着跑走了。张路伟看到李开山正板着脸向他走来。

李开山：你晓得你和葛五娃的区别不？

张路伟：当然晓得！

李开山：哼，我看你不晓得！你们之间不是有文化没文化，谁对谁错的区别。是你是共产党员他是群众的区别。年轻气盛，还要动手！写份检查交给云燕。

【张路伟带着气，头也不回地跑走了。他跑到了江边那艘废旧的渔船上。

张路伟：（唱）入村工作半个月，
一腔抱负已冷却。
落后的条件，人们的误解，
有种孤单无助的感觉。
知识没有用武之地，
处理不完的鸡毛蒜皮。
我很努力，却得不到满意，
当初就不该来这里。

【张父和张母出现在了另一个时空，母亲翻看着张路伟从小到大的奖状，父亲坐在沙发上看电视。

张　母：（唱）儿子有几天没跟家里联系，
天气预报说他那边频发大雨。
发了信息迟迟没有回复，
怎能放下焦虑的心情。

张　父：（唱）微信运动他走了两万多步，
听说村子不大，他是去了哪里？
儿行千里揪着父母的心，
总是担心他的身体。
天寒加衣他千万不要生病。
万一病了谁来照顾他的身体。

【张路伟仿佛看到了家中的父母。

张路伟：（唱）亲爱的爸爸妈妈，
此刻你们一定坐在温暖的灯下，
看着电视，靠着沙发，等着我的电话。
我多想回家，吃碗妈妈做的面，喝杯爸爸泡的茶，
委屈难过的时候，能和你们说说知心话，
我多想回家，不再故作坚强，让眼泪尽情落下。
依偎在你们怀抱中，把所有烦恼都抛下。

【张路伟来到另一时空，回到了家里，把肩上的背包一扔，跑去接过张母

端出的碗。

张　母：（唱）亲爱的孩子啊，看你的脸明显消瘦了。
在农村一定吃了很多苦，实在辛苦你就回来吧！

张　父：（唱）亲爱的孩子啊，看你的脸明显晒黑了。
基层工作一定很忙碌，累了你就多多休息一下！

张路伟：（唱）亲爱的爸爸妈妈，
我也常常想回家。
可温室里的花朵，
经不起风吹雨打。
雏鹰羽翼渐丰满，
展翅高飞迎朝霞。
苦累和坎坷是必经之路，
炼出真金先要淘尽泥沙。
小小考验压不垮。
重整精神再出发。

【张路伟起身，拿起背包，拥抱父母作别。回到渔船上的现实时空，从包里拿出笔记本，映着月光，打开了手机上的手电筒，写下一份思想汇报。

张路伟：（唱）敬爱的党组织，请允许我，
以特殊的方式汇报工作，
深刻检讨今天犯的错。
错在没调查实际情况，
就给群众许下承诺。
错在忽视了全面发展，
遇事考虑欠妥。
错在工作方法过急，
耐心不多，经验浅薄，
热血上头失去了群众立场，
几句口角险些闯了大祸。

党员与群众的区别是什么，
老书记一番话引我思索。
党员应该有更高的觉悟，
不冲动、顾大局、不模糊。

当初到基层的初心是为什么，
帮更多的人追寻美好生活。
只要工作思想不滑坡，
办法总比困难多。

写下检讨书，
请组织监督，
我一定自我反省，
争取更大的进步。

第三幕

【夏日上午的农田里，传来土家语山歌。苦车湖村民们在田间劳作。

男　声：（唱）“扒台扒台”织土花，
我在你房后把土挖。
两眼望到日西斜，
午饭都不来送一下。

女　声：（唱）“扒台扒台”织土花，
你在我房后把土挖。
千万莫把脾气发，
你来怎不把信搭。

【李云燕远远看到李开山，赶忙跑过去。

李云燕：爸，爸！

【李云燕小声在李开山耳边说了什么。

李开山：什么？不见了？

李云燕：我一早去到办公室，他的位置是空的，平时这孩子很早就到了。我又去他住的老乡家里，结果三叔公说他一个晚上都没回去。

李开山：一夜没回？打电话！

李云燕：手机关机。哎，是不是昨天你的话说重了，这孩子，不会想不开吧！苦车湖通往外面的都是山路，万一在山里迷路就麻烦了。

李开山：不行，得赶快去找！我去问各家，你先去江边看看，问问附近的船工。

【李开山看看忙碌在农田里的乡亲们，无奈地喊他们过来。

李开山：大家伙，来一下！

【李云燕到江边向船工打听情况，紧张的音乐前奏起。

李云燕：（唱）有没有人看见过，
一个二十多岁的小伙。
发生的一切都怪我，
没有做好他的思想工作。

李云燕：路伟……张路伟……

【村民们和李开山在全村各处喊着张路伟的名字。

村　民：（唱）人长着脚他要跑，
喊破了喉咙也要找。
真要是走了还算好，

就怕有些危险难预料。

村　民：小张干部……

李开山：（唱）干了这半辈子的革命工作，
摸不透年轻人的心理。
难道是我批评得过于严厉，
忽略了他的个性和脾气。
昨夜下了雨，
山路又崎岖，
又怕他会进山林。
满村人找得汗流浃背，
急得如热锅上的蚂蚁。

李开山：路伟……小张……

【大家喊张路伟的声音此起彼伏。葛五娃听到门外热闹，揉着眼睛出了门。

葛五娃：（唱）春困秋乏夏打盹，
门外喊声吵死人。
这个阵仗有点大，
我也跟着提提神。
眼看他们跑来喊去，
像是在找什么人。
活像一群脱缰野马，
去追那个弼马温。

葛五娃：（一边跑一边拉住小赤脚）啷个了？喊个哈儿比喊你们妈还亲哟。

小赤脚：小张干部离家出走了，不是，是离岗出走了。

葛五娃：出走？哦，就是跑了嘛。我早就说他干不了两天，这个弼马温真当自己是孙猴子了，这是要大闹天宫？

村　民：（唱）庙小请不来神，
家贫留不住人。
我们把他当贵客，
他招呼不打就离村。

葛五娃：（唱）当初他刚来我就看透了，
你们众人说一说我预测得准不准。
秀才倒霉遇上我，
骂不过也打不过。
早知你娃心眼小，
让你两句又如何。

村民甲：还不是你，好不容易来个大学生让你气跑了。

村民乙：小张干部要是有个长短，都怪你！

【李开山累得气喘吁吁。

葛五娃：哎，我熟悉山路，来几个兄弟伙跟我去搜嘛！

【江边传来船工的喊声，船工划着江里那艘简陋的渔船驶来。

船　工：哎嗨嗨……苦车湖管事的人，哪个来认领一下你们村的娃娃。有个叫张路伟的娃娃，我给你们送回来了。

【众人听了忙向江边跑去。

李开山：（对船工）小伙子，谢谢你了！下来喝口茶吧。

船　工：不存在，下次吧！

【张路伟从船上下来，大家一拥而上。

三叔公：小祖宗，你哪个家都不回了？

李云燕：就是的，急死个人！

王阿婆：夏天江水流得急，昨晚还下了一夜雨，好危险哟！

小赤脚：哎，你衣裳湿了，穿我的！

【小赤脚拉着张路伟，正要把自己衣服脱下。李开山把他的大褂披在张路伟身上。

张路伟：阿嚏！

李开山：云燕，熬碗姜汤，给他去去寒。

李云燕：路伟，只要你在这一天，就是我们苦车湖的人，都把你当自家的娃娃看待。你把自己冻在江上一晚上，万一有个风浪怎么办？

王阿婆：一早上为了找你，我们把困难户家的米缸都翻了个底朝天。

张路伟：叔叔孃孃，我真的没想离家出走！阿嚏！昨晚上我看江边那艘小船好安逸，想坐上去思考一下人生。结果太安逸了，我手机开着灯，等没电了才发现，船已漂到不知哪去了。船上没有桨，我只好轻舟已过万重山了。

【大家惊讶转而哈哈大笑。

众　人：啊？哈哈哈……原来你没想出走啊！

小赤脚：叫你思考了一晚上，思出啥子没得？

张路伟：有。（从背包里掏出《检查》）开山叔，我的检查，有点潮了。

【李开山接过《检查》，捧在手里认真地看。葛五娃凑过去，神情带着点得意。

葛五娃：说的啥子弯弯绕。

李开山：（唱）短短一页纸，

万里路从脚下开始。

优点还要继续保持，

有缺点改正也不迟。

张路伟：（唱）有心无难事，

勤奋可以弥补无知。

无论我在何地何时，

生活是最好的老师。

村　民：（唱）难免有争执，

吵架无济于事。

心平气和听取意见，

将心比心对待彼此。

李开山：五娃，你也表个态。

葛五娃：（唱）再有下一次，

我不跟他一般见识，

就算争得面红耳赤，

我，我……

众　人：（白）你做啥子？

葛五娃：（白）我给他赔个不是就是了嘛！

众　人：嗨！

【稻田里，农忙时节。

张路伟：（唱）我们村推广了杂交水稻，（村民：扶贫政策好）

农民的亩产量大大提高。（村民：不怕吃不饱）

科技发展改善人们生活，（村民：实际看得到）

热情饱满向着富裕奔跑。（村民：农村新面貌）

【年轻男女在田间地头载歌载舞地赶花，张路伟在一旁记录。

张路伟：大哥，杂交水稻的父本和母本相遇要靠赶花，这花怎么赶啊？

村　民：（唱）赶花授粉是门技术，

花开最旺是在中午。

一边种父，一边种母，

父母相遇水稻才会成熟。

村　民：（唱）两根竹竿竿，哟。

张路伟：（唱）套根绳线线，嗦。

村　民：（唱）跑个大圈圈，咯。

张路伟：（唱）赶出钱串串，吼。

张路伟：（唱）纸上得来的总是单薄，

脚踩泥土有了更大的收获。

汗水浇灌着希望的田野，

奔向全面小康的幸福生活。

【女村民挑着扁担、带着吃喝来到田埂边。葛五娃背着渔网经过，里面有几条小鱼。

女村民甲：当家的，歇一会儿，啃口馒头喝口茶。

女村民乙：娃他爸，太阳当头了，该吃饭了。

葛五娃：该吃饭了！歇一会儿吧！

王阿婆：你神戳戳地喊哪个？

葛五娃：我喊我娃他妈小翠儿，多喊几声说不定长出来了！

王阿婆：种瓜得瓜，种豆得豆，你种啥子了吗？

葛五娃：我……种了个老婆！

王阿婆：我看你是种了个寂寞！

【烈日下，常小船赤脚在田里扑蝴蝶，常婆婆拿着两根竹竿赶花。

常小船：妈妈，要是没有花粉爸爸，是不是花粉妈妈就没办法把水稻宝宝变成大米了？

常婆婆：（想了想）爸爸妈妈给了水稻宝宝生命，还要靠他自己吸收阳光和雨水才能变成大米。

常小船：妈妈我想跟你一起跑。

常婆婆：你举得起竿竿吗？

【常小船用力举起一边竹竿。

常小船：妈妈你看！

常婆婆：那我喊三二一，走咯儿子！

【常婆婆和小船各撑一边竹竿在田间奔跑赶花，小船的欢笑声像花粉一样飘散。

常小船：妈妈，再跑一圈，再跑一圈！

常婆婆：好了，你饿了吧儿子，去树荫下休息一会儿。

常小船：不，我要陪着妈妈。

【老渔头提着篮子出现在不远处的田边。

老渔头：小船，小船妈，吃饭了！

常婆婆：快去儿子，找爷爷吃饭。

常小船：你不去我就不去。我要帮妈妈干活！

常婆婆：听话，日头底下，中暑就麻烦了。

【常小船缠着常婆婆闹，突然常婆婆眼前一晕，脚下一软，倒在了地上。

常小船：妈妈！妈妈！

【听到小船的喊声，老渔头和村民们向他们娘俩跑去。张路伟和村民一起把常婆婆抬到树荫下，王阿婆赶忙给她掐人中、捏眉心，喂了水。

王阿婆：常婆婆，醒醒……哎，寡母难当呐，又要持家又出劳力。

三叔公：老渔头，你家老的小的多亏了你这个儿媳妇！

老渔头：怪我这个老不死的，吃白饭不干活！

常婆婆：（醒过来，有气无力地）老汉儿，莫说丧气话，我没得事。

男村民：（唱）自从守寡她的话不多，

女村民：（唱）逢人低头走，眼神闪躲。

男村民：（唱）独来独往，身影落寞，

女村民：（唱）生活的艰难，从来不说。

【老渔头扶起常婆婆，因为头晕，站起来重心不稳。

老渔头：（唱）扶起儿媳我空叹息，
让你劳苦实在不忍心。
人不中用白喘一口气，

豁出老命我这就下地。

张路伟：小船妈，你回去休息，地里的活我来干！

【张路伟刚拿起竹竿，常婆婆一把夺走。

常婆婆：不用！

王阿婆：常婆婆，有人帮一点是一点。

常婆婆：该帮的帮不上，做好事偏到人多的地方。

【张路伟愣在原地。

王阿婆：回去休息吧。

【女村民扶着常婆婆离开，看着常婆婆的背影，张路伟知道她在埋怨自己。

张路伟：（唱）小船妈嘴上不说，
我知道她的心里还在怨我。
答应的事一拖再拖，
不想面对她的失落。
只怪我贸然应承她的请求，
到头来进退两难束手无策，
这一边是望子成龙慈母的心，
那一边是乡村教育的建设。
我又该如何，
去哪里寻找，
一个两全其美的对策？

【晚上，老渔头家门前。安静得只听到蛐蛐叫声，李云燕来敲门。开门的是常婆婆，看到是李云燕，并不热情。

常婆婆：李校长，什么事呀？

李云燕：听说你身体不舒服，我来看看你。

常婆婆：已经没事了。

李云燕：方便进家里说吗？

【常婆婆把李云燕让进自己屋里，常小船睡得很熟。

常婆婆：小船睡了。

李云燕：哦……小船妈，今天来还有个事情想跟你商量一下。

常婆婆：要是小船上学的事情就莫说了。

李云燕：小船妈，在小船的成长和教育上，你是又当爹又当妈。小船去城里上学，靠你一人带着他，太不容易了。

常婆婆：我可以打工供他读书。

李云燕：那你的老公公，他……

常婆婆：（有些生气）修路占地是迟早的事，补偿款足够他养老。李校长，我真的不想再听为了这个那个了，我知道公公年纪大了，需要人照顾。可我的儿子还小，他也需要一个好的读书环境。我已经够为难了，你以为我现在就过得容易吗？

常婆婆：（唱）生就在这苦车湖，
二十岁嫁做人妇。
平生无大志，只愿衣暖食足，
一朝为人母，才知用心良苦。
孟母三次迁住处，
我愿为儿掷孤注。

【张路伟来到老渔头家门口，在门外听到了李云燕和常婆婆说话。

李云燕：（唱）看不见你夜夜月下独坐，
我也知那冷清清身影单薄。
都是女人我理解颇多，
只想跟你掏掏心窝。
我丈夫在城里工作，
我们一样是聚少离多。
思量你只身在外讨生活，
倒不如乡里乡亲帮衬着。
更何况，小船牵着他爷爷的心窝，
你一走，就带走他全部的寄托。

常婆婆：（唱）心有万千事，
却难开口说。
八卦容易招口舌，
寡妇门前是非多。
而今独身已五年，
拒人千里为避嫌。
老公公舍不得小船离开，
还怕我离了家心有他念。
亡夫是他心肝，
小船是他骨血，
怎能不把心偏。
最怕是带走他的孙子，
改姓更名认别人做爹。
许多年无人把我的大名念，
婆家的姓、儿子的名加在我身份前，
这难眠的长夜叫人度日如年，
儿子的前途是我唯一的心愿。

李云燕：小船妈，我今天来就是想告诉你，市委组织部通过了我重建苦车湖小学教学点的申请。下学期就调来几位省城重点小学的骨干教师，还有大学毕业生来支教，你的顾虑很快能够解决，谁说山里娃考不上好大学？谁说穷地方培养不出好学生？每一个孩子都是一个家庭的希望，我一定不会辜负的。

重　唱：我相信，请相信，怎相信？（张/李/常）
小山村点亮了启明星，（合）
照进那孩子期盼的眼睛，（合）
百转千回的心结不再是难题。（合）
（常）曾对着山外喊，听到了回音，教我的孩子不认命。
（张）站在这门外，心与心更近，才知小船妈的不容易。
（李）我担心着你的担心，忧虑你的忧虑。
（常）学习定要趁年轻，莫等白了两鬓意难平。
（张）空荡的教室里，又将充满读书的声音。
（李）为了孩子们读书的环境，为了你们留下来的原因。
（常）谢谢你李书记，把小船交给你我放心。
（李）不论我们身在何地，处处都有好风景。
请相信，要相信，我相信，（张/李/常）
总有一天，就在眼前，上天有眼，（张/李/常）
你的愿望会实现，一切向更好转变，我的祈祷会被听见，（张/李/常）
总有一天，不再等待，苦尽甘来，（张/李/常）
吃过的苦会酿出岁月的甜。（合）

【门一打开，常婆婆送李云燕到门口，看到张路伟在门口站着。

李云燕：路伟？

张路伟：小船妈，我来是想跟你道个歉，答应的事没做到，愧对你的信任。

常婆婆：为了我家的事情让你们费了不少心思，放心吧，我不怪你了。

李云燕：回去吧！早点休息。

【常婆婆关上门，张路伟和李云燕走出几步，到了江边。

张路伟：李书记，多亏你给了小船妈一个满意的答复，要不然我真不好意思面对她了。明天我申请正式去小船的家里入户调查，给我一次弥补的机会。

李云燕：机会多着呢，老百姓的问题大多不是是非原则问题，也就是这些家长里短的小事，需要咱们驻村干部耐心地一趟趟上门，细心地一点点发现，不厌其烦的沟通，寻找让他们满意的答案。

张路伟：可我总是好心办坏事，不是冲动就是退缩，不知道怎么做才好。

李云燕：我记得第一次见你是在学校的“支援西部宣讲会”上。

张路伟：我还记得您说苦车湖条件艰苦，但迫切地需要有知识的年轻人。

李云燕：在会后你就信心满满地告诉我，要到最苦的地方干一番大事业。那时我就想起了当年我刚大学毕业，回到苦车湖参加工作的时候，做过很多吃力不讨好的事，也总结出一些工作经验。

李云燕：（唱）要时时心里装着群众，
要处处站在他们的角度思考。

调查以后再发言，
了解情况要有全局观念。
不要害怕犯错，最怕退缩懒惰。
一人力量单薄，还要团结协作。

【三五纤夫背着缰绳，当年长江畔纤夫拉船的图景出现在李云燕和张路伟的眼前。他们拉着江边的破旧渔船，低沉地发出“嘿吃”声。

李云燕：过去苦车湖的人们靠山吃山，靠水吃水，要是遇到洪涝灾害，就是粒米无收。为了生存，就凭着女人织网、男人拉船艰难度日。纤夫船工不论寒暑光着上身，背着缰绳，肩膀磨掉了几层皮，手上磨出几层老茧。

【伴着号子声，李云燕继续说。

李云燕：江边的岩石上刻下了他们长年累月走过的脚印。遇到急流，他们脚下的步子稍有不一致就有可能葬在险滩里。一声令下，江上的号子声喊声震天，盖过了急流大浪的声音。

领　队：啊好！哟……

众纤夫：嘿嘿。

领　队：哟……

众纤夫：嘿嘿。
嘿咗嘿咗，嘿咗嘿咗。

【纤夫们急促的脚步伴着抢滩号子越来越快的节奏，交杂在大浪中。

众纤夫：（唱）一根绳子嘿嘿，
一条心呀么嘿嘿，
脚蹬风浪嘿嘿，
跨大江呀么嘿嘿，
压不倒哟嘿哈，
摧不垮哟嘿哈。
哟嘿哈，哟嘿哈，
哟嘿哟嘿，哟嘿哟嘿哟嘿。

【随着音乐节奏舒缓，船工渡过险滩。

李云燕：今天的苦车湖，正是他们用腰杆撑起来，用脚板踏出来的。每当遇到困难的时候我总会想，还有什么风浪比他们遇到的更凶险，还有什么环境比他们遇到的更恶劣，人心一齐，撼天动地。这正是祖辈们留给我们经久不变的精神。

张路伟：（唱）走进了百姓的日子，
才看到许多的故事。
纤夫的精神代代传，
继往开来看今日。
扎稳脚步再坚持，
目标方向要一致。

逢山开路历练胆识，
遇水搭桥扬起旗帜。
同舟共济靠彼此，
齐心协力办大事。
全心全意，做细做实，
群众满意，
是检验工作的标尺。
山高路远难不倒，
共产党员的意志。
迎难而上，劲不松弛，
只争朝夕，
是千里之行的开始。
用心底无私，
换来一片真挚。

第四幕

【初冬冷风萧瑟，葛五娃抓了一把瓜子，出门喊人。

葛五娃：（白）走走走，打麻将，打麻将咯！
（唱）人生一世多烦忧，劳神费力空追求，
发财何须遍地走，摆起麻将钓金钩。
条条筷子二四六，夹起饼子五七九。
万贯家财握在手，一杯小酒要一宿。
一桌四人能凑够，人缘不差有朋友。
血战到底一声吼，刮风下雨不罢休。

【葛五娃把衣服裹了裹，上一户村民家里敲门。

葛五娃：哎，三哥，你在家耶？

村民三哥：我这刚从城里回来，娃儿上学咯。

葛五娃：你都回来了，嘞个不出来耍麻将哟！

村民三哥：不去了，我要督促娃娃学习，看着他做功课。

葛五娃：我还不晓得你识几个字，你看得懂吗？

村民甲：看不看得懂我也要看，这表示我对他的学习很重视。（对着娃儿）听到没得！不好好学习，以后就像你葛叔叔一样，只会打麻将。

葛五娃：我看你是洪湖水的浪——讨打！

【葛五娃又敲另外一家的门。

葛五娃：老王，回来了哇？赚了一年的钱，上我家要两把！

村民老王：我不去了，好容易一家团聚，陪陪老爹老妈。

葛五娃：喊你爹妈一起，人就齐了。

村民老王：你再找人吧！（关门）

【葛五娃又去敲另一户，推门进屋，兄妹俩正对着手机直播，没空搭理葛五娃。

村民妹：（唱）感谢家人们的关注，来波红包拼手速。

村民兄：（唱）双击点赞六六六，欢迎刷个小礼物。

村民妹：（唱）兄妹上阵做播主，价格实惠分量足。

村民兄：（唱）今天带来的是什么，有请亲们看屏幕。

【葛五娃闯入镜头，被村民妹当作货架，把水果放在他左右手和怀里。

村民妹：（唱）枇杷橙子猕猴桃，口感新鲜水分多。
当天采摘当天发，顺丰包邮次日达。

村民兄：（唱）你问这个红配绿，（葛五娃衣服颜色）
他是我们的赠品。
点亮五星给好评，买一斤就送一斤。

葛五娃：（唱）美女你看我这么瘦，身上没有几斤肉。
要是你能看得上，直接打包带起走。

村民妹：（唱）欢迎到咱家来回购，有问题私信小助手。

村民兄：（唱）啥子？还想了解苦车湖，耐心等待下期节目。

【村民妹看了看下单量，给张路伟发了一条微信语音。

村民妹：小张干部，刚刚开播一星期，已经有两千多人关注我们了，订单少说也有百斤，这么下去，我家地里的都要卖光了。

村民兄：我们还可以帮那些不会耍手机的老人家卖。你什么时候再来教教我们，那个网络营销？

村民妹：运营自媒体账号。

村民兄：哎对！

葛五娃：他张路伟又在搞啥子？

【语音没结束，葛五娃就插话。

村民妹：你小点声！

葛五娃：（拉村民兄）走走走，打麻将！

村民兄：你别说话！

葛五娃：（抢过手机）啥子意思哟，他说不许我说！

村民妹：你就知道耍麻将！村里那么大的事情都不晓得。

葛五娃：出啥子事了？

村民兄：明年一开春就是社巴节，我们村要开发旅游资源，搞一场乡村文旅活动。

葛五娃：旅游？别个疯了来我们这旅游！

村民妹：文旅文旅，文化旅游，就是吸引别个来感受我们民族的文化，带动游客在我们村里消费，小张干部还教会我们自媒体直播嘞！

葛五娃：花拳绣腿，没得意思！

村民妹：你懂啥子，到时候我们赚了钱，你不要眼气哈！

葛五娃：哦！对着手机挤眉弄眼能搞到钱！我看是他疯子逗你们些个傻子。

【葛五娃扫兴离开，顺手拿走了桌上的苹果。

【张路伟在葛五娃家门口来回踱步，葛五娃喝得醉醺醺被村民们抬回家。

葛五娃：都不要扶我！我不走！……（被村民抬起）放我下来，我自己走……我没喝多，喊你们要都不去，要抬我去哪？

村民甲：回你家，到了！

【村民们气喘吁吁放下张牙舞爪的葛五娃。葛五娃看到张路伟在门口。

葛五娃：我家？你在我家做啥子！

张路伟：别人家都去过了，今天我专程登门拜访，入户调查。

葛五娃：黄鼠狼去鸡窝——刺激（吃鸡）！

【葛五娃跌跌撞撞打开门，众人扶他进屋。

葛五娃：都不准走！给我留下，陪我耍麻将。

张路伟：五娃哥，咱们村紧跟国家形势，进入脱贫攻坚决胜时期。各家各户结合自身情况已经参与到明年社巴节的筹备当中。我想简单了解一下你的情况，有什么生活上的困难，我能帮你解决的，不妨说一说。

葛五娃：有，我要当贫困户。

【村民哗然。

张路伟：你的条件比上不足比下有余，好好做个规划，日子好过得很！别人都争着脱贫，你干吗要当贫困户呢？再说了，国家认定贫困都有标准，你有一套自己的房，还有一块闲置的土地。贫困补助应该留给那些最低生活要求都达不到的人。

葛五娃：正好！趁大家伙都在，你给我评评理。年年认定贫困户，我年年评不上。哦，就因为我有房子有地，就不符合贫困标准？咋个没人看看我的存折我的兜呢？一分积蓄没有，拿什么娶老婆？

张路伟：人勤地生金，五娃哥，你身体健康，头脑灵活，就算不种地也能找到别的事做呀。

葛五娃：不让我当贫困户，我就什么都不做！

崔爹爹：哎，这个五娃，以前可不是这个样子。

王阿婆：没爹没妈，其实怪可怜的。

小赤脚：从小他当家自立，是我的榜样，可惜了……

三叔公：五年前那个五娃他去哪了啊？

【村民们忆起当年洪水肆虐的往事。葛五娃醉眼迷离中仿佛看到当年。

村民重唱：那年洪水如猛兽，
人来不及跑，财产也任漂流。
抗洪的战士逆行走，
冲进洪流把我们救。
只听五娃和宏波一声吼，

让我们留下搭把手。
他们一个左一个右，
搀住了老人颤抖的手肘，
抓紧了娃娃湿透的衣袖。
把乡亲们送到安全的岸上，
他二人留到了最后的最后。

葛五娃：（唱）忽然宏波的小腿在水下抽，
话音未落被水冲走，
抛下了儿子媳妇老父亲，
他烈士的英魂永不朽。
我肩上背着受伤的人，
满面泪，别挚友。
（白）宏波兄弟！

三叔公：老渔头的儿子常宏波就在那场山洪里，走了！

王　婆：五娃和宏波都是好孩子，救了我们很多人。

张路伟：原来是这样……

葛五娃：宏波为了救乡亲们牺牲了，所有人都说他是英雄。难道我活着的人就不可以当英雄吗？

众村民：我们心里一直记得的！

葛五娃：辛勤劳动为了啥子，一腔热血换来啥子，做啥子都没用！对我不公平！

张路伟：（唱）危难关头他有着善良本性，
酒后吐心事才知埋藏至今。
英雄形象要重新树立，
多年心结还需从头解起。

【田埂边，老渔头和小船像是剪影般走在夕阳的余晖里。小船背着书包。

常小船：爷爷，哪个今天你来接我放学呀？

老渔头：爷爷要带你到我们家的地里头。

常小船：为啥子要去地里？

老渔头：爷爷要教你收庄稼。

【张路伟已经在老渔头家的地里割出一大捆稻穗。

张路伟：老渔爷爷。

老渔头：孩子，这一年你帮了我们家不少忙，谢谢你了！

张路伟：年轻人多干点没什么。您家里劳动力短缺，又是……又是有着光荣奉献精神的家庭。我这是应该的。

老渔头：小船，你去接过哥哥手里的镰刀，爷爷教你干一次农活。

常小船：哥哥，给我吧！

【常小船接过镰刀，祖孙俩在田里一起劳作，川江号子的喊声低低响起。

领　队：哟……

众纤夫：嘿嘿。

领　队：哟……

众纤夫：嘿嘿。

嘿吃嘿吃，嘿吃嘿吃。

女　声：哎嗨嗨，川中有江哟，江绕川……

老渔头：爷爷年轻时候行走江上，本以为会漂泊一辈子。直到在苦车湖遇到了你奶奶，有了一个家，生下了你爸爸。我靠着拉船活了半辈子，等有了自己的一块田地，就盼着一家人安安稳稳种地过日子。你爸爸像你这么大的年纪就在地里干农活，爷爷知道，他最爱惜的就是这一亩三分地。我还记得他说："爹，农民只要有地就不愁好日子，后半辈子我养你。"

号　子：生儿养女哟，难防老，嘿哟。

一技傍身趁年少，嘿哟。

老渔头：小船，爷爷教你的会了吗？

常小船：会了。

老渔头：爷爷不能替你爸爸守住这块地了，也没什么能传家留给你的。只希望你牢牢记住，人一定要有谋生的本事，还得能吃苦，将来不管你走到哪，都不能忘了本，不能忘了常家一辈辈传下来的家训家风。爷爷说的你记住了吗？

常小船：记住了！爷爷，太阳落山了。

老渔头：我们回家。

常小船：爷爷，江水下面有什么呀？

老渔头：江水里住着保佑我们的神，有祖先在江边留下的声音，你听不完的故事……还有……

常小船：还有什么呀？

老渔头：还有你爸爸。

【老渔头和小船走进茫茫夜色中。

【村口，张路伟风尘仆仆赶回来，拿着两张认证书。李云燕和李开山迎上来。

张路伟：批下来了！批下来了！

李开山：乡亲们都准备好了，走，去五娃家！

【众村民一拥而上，三叔公打着铜锣，女村民捧着大红花，敲葛五娃家的门。

李开山：五娃，开开门！

小赤脚：起床咯，发钱咯！

【村民们七嘴八舌拍门，葛五娃一边开门一边提鞋，看到屋外站满了人。

葛五娃：（惊）怎么了？要发钱呀！

张路伟：（清清嗓子）鉴于葛五娃同志在山洪暴发的危急时刻，奋不顾身入水救人的行为，为保护国家、集体、人民生命财产安全做出突出贡献，经审查核实，县人民政府批准授予其“见义勇为勇士”荣誉称号。

李云燕：乡亲们，英雄就在我们身边，大家要向五娃看齐，学习他可贵的品质。

李开山：苦车湖要树自己的精神，就要重视我们民族的英雄，宣传他们的英雄事迹。五娃，这个荣誉你当之无愧，你是我们的骄傲！

【女村民把大红花套在葛五娃脖子上，锣鼓敲起来，葛五娃露出不好意思的神情，示意大家静静。

葛五娃：这也太隆重了，真是想不到，一夜之间我这个小老百姓变成英雄了。

李开山：这张证书是小张几次跑去县里提交材料申请下来的，他坚持一定要为你争取一份荣誉。

葛五娃：小兄弟，我真是太激动了。这个奖状够我激动一辈子的！

张路伟：五娃哥，英雄来自人民，你的一举一动都代表着我们村的形象。当年你能做出那么了不起的举动，是因为你心里装着全村人。

三叔公：我们的心里，也装着你呀！

众村民：（唱）洪水无情人有情，
水虽流远记忆犹新。

葛五娃：（唱）多少次重现在梦里，
当年从未片刻犹豫。

众村民：（唱）危急当头一瞬间，

葛五娃：（唱）忘我救人一闪念。

众村民：（唱）年少尚且勇无畏，

葛五娃：（唱）男儿何惧冲在前。

葛五娃：（唱）手捧荣誉英雄的梦圆。
喜极落泪湿双眼。
功劳已远突然间发现，
再不能游手好闲。
榜样的微光不该熄灭，
定要争争气长长脸。
若能再为村里做贡献，
打头阵我冲在前。

葛五娃：（唱）让我从现在改变。

众村民：（唱）盼你从现在改变。

李开山：这一份追认的荣誉是给宏波的，我们这就给老渔头一家人送去。

葛五娃：走！

【常婆婆小跑赶来，迎面遇到去往她家的村民们。

常婆婆：开山叔，乡亲们！我爸，他……

李开山：老渔头？怎么了！

常婆婆：他最近一直没精神，昨天去江边修船，回来就卧床不起，刚才说话也快没力气了。

【村民们急急赶去老渔头家。

【老渔头气若游丝躺在床上，村民们围在他身边。常小船跪在床前。

常婆婆：爸，乡亲们听说你病了，来看看你。

李开山：老兄弟，我们这就带你去医院。

老渔头：不去了，生老病死是自然规律。这辈子吃过苦也享了福，我很知足，人老了总想给子孙留点什么，哪怕是留点念想，别给他们添负担，也就踏实了。小船妈，进了我常家的门委屈你了。你是个好媳妇，好母亲，好女人，我这辈子难报你的恩。小船，你长大了一定要好好孝敬你的母亲。

常婆婆：爸，您别这么说。做您的子女，嫁给宏波，我从不后悔。小船连着您和宏波的血脉，长大了一定是个顶天立地的汉子。

老渔头：一辈辈人，属于他们活着的年月，在他们那个年代里努力作为。走了的人，能被后人记多久……

【张路伟把常宏波的英雄荣誉证书递给李开山。

李开山：这是人民政府颁给宏波的荣誉，我们给你送来了。

李云燕：苦车湖不会忘了为它奉献过青春甚至献出生命的人。他们留下的是我们苦车湖的魂啊！

【李开山把证书放在老渔头眼前，又放进他的怀中。

老渔头：小船，你爸爸是爷爷的骄傲，你要时时记得你是英雄的儿子！

常小船：（哭）爷爷，爷爷，你要去哪呀？

老渔头：爷爷也要到那江水里去了，去给祖先讲讲你的故事，有一天小船出息了别忘了再回江边，告诉爷爷……江岸边那艘船我拉了半辈子，它也年纪不小了。看到它就像看到了我们长江纤夫天不怕地不怕，齐心闯滩的劲头。昨天，我去把它修得更牢固了，还能带着你们年轻人迎风破浪，替我看看苦车湖明天的样子！

【江水翻腾，音乐激昂。抖动的洪流里，常宏波似英雄般伟岸，出现在浪尖。常宏波在村民们的目光中力挽狂澜，风波降息他凝望着苦车湖的乡亲们，似对他们留下深深的嘱托。老渔头起身走向他日夜思念的儿子。

常小船：哟——嘿——

【长江纤夫踏着沉重而整齐的脚步，比肩站成排，随着他们的脚步，风浪被踏平。纤夫伴着小船的号子声，拉着江边的旧船，把老渔头送到常宏波身边。

常小船：川中有江哟，江绕川，嘿咗。
众人划桨开大船，嘿咗。
手拿火种脚开路，嘿咗。
腰杆撑起苦车湖，嘿咗。

常小船：爷爷，小船唱得好听吗？你教我的我都学会了。等我长大了，再教给我的孩子，把爷爷和爸爸的故事一直传下去。

【常宏波与老渔头执手屹立于全村人难舍的注目中，如丰碑一般定格。

【村民们娓娓哀伤的歌声渐起，父子消失在江水尽头。

男声合：渔家宿江舟，
枕着风雨夜游。
梦醒身是客，
故乡有人知否。
无根似漂流，
只有菱花温柔。
问我几多愁，
却道春去又一秋。（天凉好个秋）

【张路伟走出人群，诉出所思所感。

张路伟：寒江奔涌送亲人，
依依难舍诉情深。
那山里，水里，那唱不尽的歌里，
留下他们砥砺的足迹。
热血洋洒铸英魂，
殷殷守望寄子孙。
看天上，地上，一往而前的路上，
都有他们目光的凝聚。
宽胸怀解心结，千山万水总相连。
送温暖从小事，一团炽火化星辰。

第五幕

【一阵春雷，落下几滴雨点。

众村民：落雨了，落雨了。

合　唱：好雨落在春，
蓑衣披在身。
鱼盼小河满，
人盼好收成。
淅沥沥沥，乡间的雨。
淅沥沥沥，一年好景。
雨后天边映彩霞，
等那日出照江花。
雨后天边映彩霞，
等那日出照江花。

【一阵鞭炮声，李开山在“苦车湖通路工程开工仪式”的大红色条幅下发表讲话。

李开山：乡亲们，苦车湖与山外互通的公路正式开工了！这是我们村的一件大事。温饱解决了，生产力发展了，生活水平提高了，精神文化丰富了，我们从一个山城小县里的闭塞小村一步步变成了美丽山寨幸福小村。山水相连，村村互通，这要感谢国家乡村振兴战略规划的政策扶持，也要感谢乡亲们的配合支持。修成公路，实现了村村通，促进了户户通，这意味着我们将会踏上一条便民路、生财路，离全面小康和全面现代化的梦想越来越接近。过去几百年里，跋山涉水没能难倒长江边上的苦车湖人，如今有了5G互联网，再通了公路，我们的农副产业、旅游资源、文化教育都将紧跟着新时代的节奏，任何困难都不能阻挡我们追梦的脚步！

【村民们一拥而上，有的编着竹筐制作民族特色工艺品，有的拿着织锦图样，兄妹举着手机拍摄妇女们在花田边制作特色食品的视频。张路伟给三五个围着他的村民讲解直播卖货的技巧。

张路伟：（唱）我们村掀起新风潮，
电商带货兴致高。
小屏幕装进大买卖，
家中坐客户把门敲。

村民兄：（唱）不分男女和老少，
四处打听生财道。
勤劳和智慧变富裕，
谁还有心睡懒觉。

村民妹：（唱）小妹大嫂都窈窕，
不赛貌美比手巧。
传统手工翻花样，
赶它一个新时髦。

【女村民们在对唱中展示具有苦车湖民族特色的产品，张路伟在其间穿梭，男村民们拍摄视频。

男：（唱）喜鹊迎客春来到，妹儿织锦手艺高，拿出什么宝？

女：（唱）织出田间栽新苗，织出玉兰枝头俏。
春来窗前明，再绣出一个花荷包。

男：（唱）鸣蝉迎客夏来到，妹儿织锦手艺高，拿出什么宝？

女：（唱）织出柳条万丝绦，织出藕荷水面漂。
夏来屋檐凉，再编出一顶竹草帽。

男：（唱）清风迎客秋来到，妹儿织锦手艺高，拿出什么宝？

女：（唱）织出群雁排云霄，织出霜菊披金袍。
秋来灶台香，再酿出一块桂花糕。

男：（唱）丰年迎客冬来到，妹儿织锦手艺高，拿出什么宝？

女：（唱）喜鹊寒枝叫，织出蜡梅雪中傲。

冬来堂屋暖，再缝出一件棉花袄。

【女村民们把做出的荷包和美食塞到张路伟手里，草帽和衣服穿在他的身上。四组男女村民左右拉扯着张路伟。

女村民：你来评一评，究竟谁织得好？

【村民兄妹跑来。

村民兄：小张干部，小张干部……

村民兄：（唱）自从我注册了新账号，

粉丝是一天比一天少。

哎呀这还得了！

村民妹：（唱）居然抛下我另起炉灶，

没了我谁会把你瞧。

自我感觉良好！

【兄妹左右拉扯着张路伟。

兄妹合：你来评一评，我们谁更重要？

张路伟：都好都好，都重要！

【村民们七嘴八舌请张路伟解决问题。

王阿婆：小张，我抢的红包怎么提现嘞，你来教教我嘛。

小赤脚：小张兄弟，这个视频怎么加背景音乐，你先给我说一下！

三叔公：小张，家里的猪马上生崽了，你快回来帮我噶！

张路伟：（唱）群众之事无大小，

学做调解和事佬。

心与心搭起一座桥，

送去和谐留下欢笑。

【张路伟踩着凳子把党旗钉在墙上，李云燕在旁边递上钉子，李开山指挥着位置。葛五娃进了村委会办公室。

葛五娃：正好你们都在，我宣布一个事情。

李云燕：五娃，我还要找你嘞，听我男人说你准备用全部的修路补偿款跟他合作办厂？

李开山：五娃，你可是没做过生意，投资不可一时兴起哟！

葛五娃：我守亮大哥在城里这么多年，他有能力，有做生意的头脑，我有钱了当然要跟他合作。李书记，你们夫妻两地好多年，这下团聚了。

张路伟：五娃哥，你这是摇身一变成葛老板了。

葛五娃：先这么叫，我再跟守亮大哥请教一下这个董事长啊，总经理啊，给我安排哪个。哦对！正经事差点搞忘了。兄弟，你过来。

【葛五娃掏出一摞红纸，把张路伟拉到一边。

葛五娃：我想麻烦你，帮我写几份请柬，你写的字肯定比我的好看咄。

张路伟：行，你说我写。

葛五娃：（一阵琢磨）就写这个，苦车湖父老乡亲，下月初一我请大家吃饭，庆祝我娶老婆。此致，敬礼。

【李开山和李云燕听罢围上来。

李云燕：娶老婆？娶谁啊？

葛五娃：那当然是小翠儿啊！

李开山：真的呀！

李云燕：人家姑娘答应了？

葛五娃：我两个小时候青梅竹马，这下他爹妈一听说我不打麻将了，酒也戒了，高兴得恨不得当下就把女儿嫁过来。以前我一分存款没有，琢磨着娶老婆，硬是娶不到。现在钱拿出来做生意，还是一分都没存，结果老婆倒送上门了。你说这一分没的和一分没的有啥子区别？

张路伟：五娃哥，过去你没钱，有的是喝酒打牌的恶习、好逸恶劳的惰性，那些是拉低人生价值的负能量。现在你虽然没有多余的存款，却有了上进心、积极热情的态度，这些正能量都让你这个人增值了。

葛五娃：原来这值钱的东西存到我自己身上了。

李云燕：嫁汉要选潜力股，小翠儿姑娘要跟着你享福了。

葛五娃：下月初一，我办喜酒。等下我通知大伙，百里长席就不摆了，苦车湖每家的饭我都吃过，从小吃到大，这顿该我做。

李开山：好啊好啊，现在我们都能吃饱穿暖，百里长席这种浪费粮食充门面的风俗也要改一改，把落后的传统变一变，还要继续发扬优秀的传统。

葛五娃：我打算跟守亮大哥商量，我们的企业就利用苦车湖的习俗文化，带动各家改造成农家乐，我们负责宣传经营。等公路一通，游客多了，让他们好好感受一下我们豪爽淳朴的民风。

李云燕：发展乡村旅游，经营农家乐。一来帮助乡亲们开辟一条赚钱的路子；二来利用我们依山靠江的地域特征，不开垦自然资源，不破坏生态环境，还能形成苦车湖自己的旅游特色。这个点子好啊！

葛五娃：（唱）路通四方，世界用脚步丈量，
互联四海，不惧那山高水长。

李云燕：（唱）新时代，农民也有新志向，
用智慧武装，乡村改变了模样。

李开山：（唱）绿水青山，换来金山银山，
旭日东方，照得万山披红妆。

张路伟：（唱）弄潮儿，站在风口浪尖上，
鎏金田野，映出稻浪闪金光。

合　唱：浪里个浪，致富不忘馈山江。
祖国的山河滚烫，装进那赤子胸膛。
浪里个浪，脱贫不忘共产党。
国家五年一规划，家园五年一变样。

幸福不会，白白从天降，
苦干实干，我们一起奔小康。

【刘校长带领在校大学生来到苦车湖。

刘校长：同学们，有许多像你们一样年纪的大学生，在毕业的时候义无反顾地选择了作为“西部志愿者”，到祖国最需要的地方，奉献他们美好的青春。我们学校每年也都有一群可爱可敬的同学，加入基层工作的队伍。现在我们所在的苦车湖也是当年我大学毕业后支教过的地方。

李云燕：刘老师！

张路伟：刘校长！

刘校长：云燕，路伟。社巴节到了，我带同学们来体验一下基层生活。同学们，像张路伟同学这样，从学校走到农村基层岗位，为乡村振兴做出一番贡献的学生，都是母校的骄傲。学校鼓励更多的同学投身到这支队伍中去，把你们个人的理想融入建设国家和社会的伟大事业中。

李云燕：我们正需要有知识有抱负的青年来做接班人。从大学毕业后我回到家乡，成为村委会的一名干部和苦车湖小学的校长。这些年我一直坚持把小学办下去、办好，正是因为刘老师来苦车湖小学支教时，我是他班上的一名学生。

刘校长：二十多年过去了，那时我也才二十出头。

李云燕：您当年的教导，始终影响着我，也像您一样，把青春留在了最需要我的地方。

李云燕：（唱）我们的青春芳华，
像你曾经那般意气风发。
也有耐不住的怦然心跳，
和那抚不平的怅然伤疤。
谁不曾失望失落失去方向，
谁不曾十字路口徘徊迷茫。
看到身边伙伴，
看见梦的彼岸，
相信期待的明天在呼唤。

刘校长：（唱）我们的青春芳华，
像你曾经那般灿若朝霞。
也有强健的体魄迷人潇洒，
和那年轻的容颜笑靥如花。
激情交给国家塑造时代，
深情献给人民共赴未来。
珍惜一点一滴，
只争一朝一夕，
用无悔书写的平凡奇迹。

【张路伟拿出了一摞思想汇报。

张路伟： 毕业前学校党支部批准我成为一名新党员，今天，我的预备期刚好满一年。刘校长，一年前您带领我在党旗下宣读入党誓词，我向党组织表示一定要成为一名合格的共产党员。一年基层工作的经历拓宽了我的视野，锻炼了我的能力，身在贫困一线让我对学过的时事政策有了更深的体会。青年时期能够做一名西部志愿者，是我这辈子最不后悔的决定。这是我一年来的思想汇报，也是我的工作心得。希望党组织结合我的实际表现，通过我成为一名正式共产党员的申请。还有，关于我对生命意义的思考，也有了自己的答案。

【李云燕翻看思想汇报，张路伟凝望党旗，对前辈们唱出所感。

张路伟：（唱）我们的青春芳华，
像你曾经那般如诗如画。
也有成长中的许多问题，
等那阅历增长慢慢解答。
可就算经受考验接受批评，
也会把当初决心放在心里。
有没有背离，
有没有忘记，
答案就是更好的自己。

合　唱： 啊青春，自强不息。
啊青春，纷呈绚丽。
青春青春，让我们无限回忆。
青春青春，教我们不忘初心。

【党旗飘扬而过，苦车湖焕发新颜。

李开山：（唱）山川巍峨江水清澈，
山水和谐，与人一唱一和。
养山富山，守水护水，
嘹亮川江，颂歌江山婀娜。

刘校长：（唱）新的时代充满新的希望，
书声琅琅像那初升朝阳。

李云燕：（唱）新生力量接起下一班岗，
改革路上需要新的思想。

【常小船系着红领巾。

常小船：（唱）爷爷教我唱山歌，
山歌嘹亮漫山坡。
唱给家乡的建设者，
唱出农村的好生活。

唱给山里祖先们，
唱给山外更多人，
唱到北京天安门，
唱给伟大的祖国。

【常婆婆和女村民合唱。

女　声：家在我们的心里，
盼亲人平安一团和气。
国在他们的心里，
牵挂着百姓的幸福富裕。
花开传达心意，
祝福家国共繁荣。
国泰民才安，
是我们心底的声音。

【葛五娃和男村民合唱。

男　声：山神水神拜不够，
不如两手握锄头。
人能让土变成金，
众人栽树树成荫。
携手并肩提干劲，
乡村振兴靠人民。

张路伟：（唱）英雄楷模树起民族的魂，
文明传承扎下中华的根。
青年担当着复兴的希望，
前辈引领着追梦的方向。
有人抗钢枪，束戎装，屹立在边疆。
有人务农桑，开大荒，饱受着风霜。
我湿了眼眶，看党徽熠熠发光，
让我更加坚定了理想。

【盛大的社巴节拉开帷幕，男女村民随着摆手舞欢快的旋律在江边舞蹈。

合　唱：摆摆手，手摆摆，
摆手跳舞唱起来。
摆出满山花开，
摆出生活多彩。

【村民们摘下满山花朵装点在江边的旧船上，给船披上红绸。

【全村人喊起节奏轻快的号子，青年拉着“红船”入水。

号　子：太阳出呀么嘿咗，
照渝川呀么嘿咗。
江宽水阔载红船，

风云际会潮头看。
急流勇进一声喊，
喊得山颤水波澜。
喊得艄公桨打弯，
喊得虫蛇吓破胆。
喊得河开春水暖，
喊得日翻月也转。
扬帆迈向新征程，
喊声阵阵壮河山。

剧　终

暖

张　红

秋季的一天，一位单亲家庭母亲，正在忙着为女儿操办婚礼，这些年她太不容易了，丈夫早逝，娘俩相依为命，女儿要出嫁了，总算了却一桩心事。突然，手机里来了一条短信，这位母亲一看是银行发过来的，上面显示从国外给她汇来160万英镑，折合人民币1500多万元。

母亲名叫吕天梅，她顿时明白这是她曾经救助的一个男孩，为了报恩而汇来的款。话剧《暖》围绕这个故事展开。

人　物：吕天梅——女工，51岁。
小　丽——吕天梅的女儿，28岁。
男　孩——刘远毅，吕天梅收养的儿子，高中生，16岁。
小　丽——16岁（学生时）。
张大妈——吕天梅的邻居好友，60岁。
群众演员若干。

序

【幕启：中式婚礼现场。一群小朋友唱着儿歌，拥着一位老母亲（吕天梅）和新娘（小丽）从舞台右边上。

众小朋友：（唱）新姑娘娘，头发长长，新姑娘娘，长得漂亮，新姑娘娘，头发长长，新姑娘娘，长得漂亮，嘻嘻嘻，哈哈哈（围绕新娘跑一圈后又笑着跑下场）

吕天梅：闺女呀！让妈妈再好好看看你。（理了理衣服和头发）

小　丽：妈！（含着泪）

吕天梅：闺女呀！今后呀，赵刚的家就是你的家，赵刚的爸妈就是你的爸妈。知道不？

小　丽：（含泪点点头）嗯。

吕天梅：走吧，赵刚在楼下等很久了。

小　丽：（走几步又舍不得离开妈，跑回来抱着妈）妈。

吕天梅：闺女！受委屈了，妈对不起你。

小　丽：没有。（摇头）

吕天梅：走吧！时辰到了，该走了。

小　丽：（走了几步又回头说）妈妈，你是天底下最好的妈妈，我爱你。（说完跑下场）

【吕天梅抹着泪转过头，邻居张大妈上场。

张大妈：梅呀！今天嫁女儿，是喜事，别哭了！让街坊邻居看到了笑话。

吕天梅：不哭，不哭。今天高兴。

张大妈：你看你女儿也成才成家了。你资助的干儿子在英国留学后留在英国发展，现在公司快上市了吧！你真有福气，好日子还在后头呢！

吕天梅：哦，是该给远毅打个电话说一声。

【掏出手机，这时手机信息“叮叮”响起，短信息提示：有一笔国外汇款已到账，160 万英镑（折合人民币 1500 多万元）。

吕天梅：这……

【吕天梅一脸惊愕，陷入深深的回忆。

【定点光慢慢收拢。

一

【破旧的车库里，里面摆放着破旧东西，上面布满了灰尘，角落里堆放一些破棉被和一些生活用的杂物，一张破旧的书桌和一把断脚的椅子。吕天梅提着菜，冒雨跑着上。

吕天梅：这天气，怎么跟小孩似的，说变就变。（奔跑）还好，这有个屋檐，先躲一躲。对不起，挤一下，挤一下，谢谢！大爷，你站进来一点，背篓放外面，唉，这样就淋不着雨了。（无人）

吕天梅：哎呀！不好，下飘风雨了。看来，这屋檐也不是久留之地。嘿，那边有个车库，门好像开着的，我跑两步去那里躲雨。

吕天梅：这下好了，待到这里面，看你啷个下都不怕了。（跑进车库）这车库黑漆漆的，莫钻出个啥子哦，怪吓人的。（抖了抖身上的雨水，然后抬起头打量四周）

男　孩：咳——咳！（从阴暗角落里发出两声咳嗽声）

吕天梅：谁？（吓得往后退了一步）有人吗？（试探性地问了一句）

【吕天梅小心翼翼地靠近，一个男孩蓬头垢面地从杂物堆后面探出头来，浑身脏兮兮的，衣着破破烂烂的，一双无辜而求助的眼神望向吕天梅。

吕天梅：哦，原来是个流浪儿。吓死我了。——孩子。——好可怜的孩子。来，到阿姨面前来。饿了吧！阿姨这里有吃的。给……（递面包给男孩，男孩胆怯地望着她，不肯接）没事，接着……

男　孩：咳、咳（胆怯地接过面包，转身狼吞虎咽地啃起来，咽着了）

吕天梅：孩子，慢慢吃，别咽着了。——来，喝口水。

——你一个人住在这里吗?(环顾四周后，关切地对男孩说)

(男孩迟疑了几秒后，点点头)

吕天梅：你父母呢?

男　孩：他们，都走了。

吕天梅：哦，对不起呀！孩子，提起你的伤心事了。

男　孩：没事，已经过去两年了，现在已经没什么了。

吕天梅：来，孩子，能给我聊聊你家的事情吗?

男　孩：来，阿姨，坐下说。(搬来一根板凳，用衣袖擦了擦)

吕天梅：你叫什么名字?今年好多岁了?

男　孩：刘远毅，16岁。

吕天梅：父母是怎么没的?

男　孩：两年前，我在镇上读初中，爸爸妈妈除了务农，在镇上还做了点小生意。有一天爸爸妈妈开着农用三轮车去进货，回来时，天黑路滑不幸掉下山崖，他们当场就……

吕天梅：哦，天哪。——家里还有其他亲人吗?

男　孩：我妈是独生女，她出事后，外公外婆的生活更难了。爷爷奶奶身体不好，全靠叔叔一家赡养。

吕天梅：叔叔管不管你呢?

男　孩：我上学的学费是我叔出的，但我婶不高兴，他们因此经常吵架。我也理解他们，自从我们家出事后，爷爷奶奶的赡养问题全落在他们身上了，叔一家负担太重了。

吕天梅：你应该在读高中了吧！

男　孩：高二。本打算初中毕业就不再读书了，外出打工挣钱。但外公说，如果你想打一辈子工，你就出去吧！如果不想，就咬牙坚持。

吕天梅：为什么不选择住校呢?

男　孩：我报名报晚了，住校生名额满员了。我在学校附近找了很久的房子，周围的房租都很贵，我租不起。有一天我正在这附近找房子，这家车库的老板知道后对我说，他长年不在家，车库里有一些东西，担心被小偷惦记，可以便宜租给我，顺便给他看车库。这张床和棉被是邻居大妈送我的，这口锅和这个盆是我在废品堆里拾的。这地方安静，学习不会被打扰。

吕天梅：那你生活费从哪里来?

男　孩：偶尔叔叔会给我一点，我自己也可以挣钱。你看，这些都是我上学、放学路上拾的废品。已经不少了，把它们卖掉可以换一些米面油生活用品。

吕天梅：那你吃肉怎么办呢?

男　孩：这个要看运气了，上个月我拾到一块长满霉的腊肉，洗干净煮熟后，吃起来可香了。城里人讲究，香肠、腊肉长霉后就扔掉，多可惜呀。我拿回来，用热水把它洗干净，挂到通风处，可以吃很长一段时间。但有时候那些肉有一股酸味。

吕天梅：孩子，坏了的肉不能再吃了，会吃坏肚子的。阿姨这里有排骨，你拿着。这雨也停了，我也该回家了。

男　孩：阿姨，谢谢！（鞠躬）

【切光。

二

【吕天梅回到自己家，女儿小丽正在书桌前做作业，一张餐桌，两把椅子。空着手上场。

小　丽：妈，你回来了，你不是出去买菜吗？怎么空着手回来了。妈，怎么了？出什么事了吗？

吕天梅：没什么事？

小　丽：我的面包和排骨呢？想到你做的红烧排骨，我口水都要流下来了。我已经馋了一周。

吕天梅：丽呀，今晚上我们吃面条好吗？面包也下周再吃。乖！

小　丽：啊？又吃面条呀！妈，为什么呀！你宝贝女儿现在高二了，脑细胞消耗大，正是需要营养的时候，你不能老给我喂草，我要吃肉，我要吃肉。

吕天梅：你属羊的呀！还吃草。

小　丽：我不属羊，我属兔。你看，你每顿做的菜，要么是白菜煮豆腐，要么是红烧臭豆腐，要么是蒜苗炒豆干。吃得我都快成豆腐了。

吕天梅：那也是豆腐——西施。

小　丽：妈，今天周末，你答应给我做顿好吃的，换一换口味。结果呢？

吕天梅：换了！不仅换了，我还要加餐。

小　丽：换成什么呀？

吕天梅：面条。

小　丽：加餐呢？

吕天梅：再煎个鸡蛋。

小　丽：妈呀！我们家怎么了？爸在的时候，我们家天天有鱼有肉，现在呢？天天素食主义。你看，我都快成面条了。

吕天梅：吃素好，减肥，有利于身体健康！

小　丽：妈，爸走后，他真的没给我们留下点什么吗？

吕天梅：留了，还不少。——债。

小　丽：唉！自从爸走后，我们家的日子是一天不如一天。算了，不说了，吃什么都行，妈，快做饭去，饿死了。（又埋头做作业）

吕天梅：好嘞！今天加餐，鸡蛋面，等着哈。（回厨房煮面条）

【邻居张大妈端着一碗红烧排骨上场。

张大妈：小丽，做作业呀，你看，我给你做什么好吃的了？

小　丽：排骨！嗯，好香！大妈，爱死你了。

张大妈：大妈知道你好这一口，今天排骨不错，快来尝尝。

吕天梅：（系着围裙，手里拿着一根葱）谁死了？

张大妈：你死了，不，爱死你了。

吕天梅：来，大妈，这边坐。你看你，又让你破费了。

张大妈：这排骨是一个小男孩卖给我的，他说是好心人送给他的，他觉得吃排骨没油水，划不来，换了钱再去买肉吃，他说还可以多吃几顿。我看那孩子可怜，按市场价买下了，还多给了两块钱。

吕天梅：是吗？又回来了。

张大妈：谁回来了？

吕天梅：没谁。她大妈，留下吃面条吧，马上就好。

张大妈：不了，我走了，我灶上还煲着汤，儿子一会儿要回家吃饭。咱们晚上李婆婆家见哈。

小　丽：大妈，慢走哈！好香，真好吃。

吕天梅：（端着两碗面出来了）死丫头，手都没洗，用筷子。

小　丽：妈，你也吃。这排骨真好吃。妈，学校要开运动会了，我也想参加。

吕天梅：好事，参加呀！妈支持你。

小　丽：我没有运动鞋。想买双新鞋。

吕天梅：我看你脚上的鞋挺好的，将就还可以穿。

小　丽：你看，线都开了，估计一跑，鞋底子都要掉了。

吕天梅：给我看看，哎哟，还真是。没事，一会儿，我帮你补补。到了冬天，我再给你买双暖和点的。快吃，一会儿我还要去李婆婆家。今天该我和张大妈值班了。

小　丽：你说的是摔断腿的那个李婆婆吗？

吕天梅：是呀，她儿子、媳妇在外地打工，她跟孙女住在一起，孙女在上学，家里无人照顾。社区知道这个事后，号召大家帮一把，成立了一个志愿服务小分队，我们轮流服务。

小　丽：那我也去。

吕天梅：你去干什么？

小　丽：我跟她孙女是同学，我帮她辅导功课。她今天有一节课请假了。

吕天梅：好，那我们走。

【切光，下。

三

【车库门前，吕天梅和女儿路过车库。

吕天梅：今天幸好有我们在，帮助李婆婆及时换药，再不及时换药，伤口会感染。

小　丽：妈，你真是好人。

吕天梅：小丽，你先回去，我等一个人，一会儿就回。

小　丽：好，那我先回去写作业了。

【小丽，下。吕天梅站在车库门前，左顾右盼，焦急万分，小男孩背着沉重的书包，疲惫地从侧幕上。

吕天梅：孩子，你去哪儿了，怎么这么晚才回来？

男　孩：我干活儿去了，顺便在路灯下写完作业才回来。

吕天梅：你吃晚饭了吗？

男　孩：（从口袋里摸出一个馒头）馒头冷了，太硬，回家用开水泡泡再吃。

（吕天梅一度哽咽，说不出话来）

男　孩：阿姨，你找我有什么事吗？进屋坐。

吕天梅：我路过这儿，见你屋里没亮灯，怕你出什么事。所以在这里等你。

男　孩：我想打工挣钱，找了好多家，都说我没成年，不敢用我。还是我经常交废品的老板答应用我，叫我每周五放学后就过去，每次给我 10 元。今天我还帮老板的儿子辅导了作业，还多给了我 10 元。

吕天梅：累坏了吧！快把包放下，重。——学业这么忙，还要出去打工，莫耽搁学习哦！

男　孩：阿姨，不会，我会抓紧的。——今天，不知怎么了，手脚有点发软，没力气。

吕天梅：那是饿了，孩子，来，我这里有刚买的包子，趁热吃。

男　孩：肉馅的呀！嗯，真香，谢谢。阿姨，你真是个好人，你太像一个人。

吕天梅：像谁呀！

男　孩：像我——妈妈。

吕天梅：我第一次见你，我也感觉特别亲，不像是刚认识的。这几天，我脑海里经常浮现你的影子，总担心你是否吃饱饭，被子是否盖暖和了？每次路过这儿，我总要向这边望望。

男　孩：阿姨，认识你是我的福分。

吕天梅：孩子，认识你也是我的福分。不怕你笑话，认识你时，我刚刚遭受了家庭和婚姻的变故，生活是一片灰色，甚至连死的心都有了。认识你后，我在你身上感受到一种力量，我又重拾起生活的信心。

男　孩：阿姨……会好的，我们都会好的。

吕天梅：对，我们都会好的。来，我们组成一个互助组，我有困难找你，你有困难找我，我们相互帮助，一起进步。

男　孩：阿姨，我可以帮到你吗？

吕天梅：当然，远毅呀！正想跟你商量个事儿。我家有孩子需要你辅导，周六晚上来我家吧，帮我孩子辅导辅导，每次我给你 30 块，你看怎么样？

男　孩：30 块呀！巨款呀！如果那样的话，我就有钱买那本心仪已久的复习资料了。哇！（兴奋地快要跳起来了）

吕天梅：你愿意吗？

男　孩：愿意、愿意！

吕天梅：那就说定了，这周六的晚上 6 点，这是我家地址。我先走了。

男　孩：阿姨慢走哈！

【慢慢收光。

四

【吕天梅家，一张餐桌，上面有茶壶，两把椅子。吕天梅坐在桌前择菜，张大妈跑着上场。

张大妈：天梅呀，你终于回来了，我该怎么办呀？我该怎么办呀？

吕天梅：发生什么事了？莫急，莫急，坐下说，慢慢说。

张大妈：出事了，出事了，儿子出事了。

吕天梅：小军出什么事了？

张大妈：刚刚接到儿子厂里电话，说儿子踩到西瓜皮摔了一跤，后脑勺磕在花台上。现在人还在医院抢救。怎么办呀？

吕天梅：那你赶紧去医院呀！

张大妈：厂里说，叫我多筹点钱。

吕天梅：难道厂里不管吗？

张大妈：受疫情影响，厂里已经停产一个月了。小军这次受伤不是上下班途中受的伤，不能算工伤。——天梅呀！你要救救我儿，救救我儿哪。

吕天梅：我欠你那钱暂时也拿不出来呀！这可怎么办呀?！要不是我家那死鬼，被那小妖精迷惑，把家里的钱全部带走，给我留了一屁股债，我也不至于还不起你那十万块。

张大妈：这些，我都知道，我不该在这个时候来问你要钱。按理说，你家大牛欠的债，跟你一点关系没有，现在大牛人又没了，你完全可以不认这个账，可你没有。前几年，你家生意红火的时候，没少帮我们家。我一直记得这份恩情的，可我现在也是实在没办法了。

吕天梅：大妈，你别哭，前一阵子在我最难的时候，要不是你天天陪着我，开导我，估计我已经不在人世了。你不是常对我说嘛，世上没有过不去的坎。我们一起来想办法……

张大妈：天梅，你帮我把房子卖了，我只有这么一个儿子，一定要救他。

吕大梅：不能卖房子，房子卖了，你们住哪儿？再说了，这一时半会儿的我上哪里去找买主。——我结婚时，婆婆送给我一枚祖传玉佩，说是传家宝，还值点钱。当年，我婆婆她们在吃不起饭、快被饿死的情况下，都没有变卖那玉佩，叫我一定要把它传下去。现在救人要紧，我马上去把它当了。你也别在这里干着急了，赶快回家收拾东西去医院吧。回头咱们医院见。

张大妈：对、对、对。

【两人分别从两边下，切光。

五

【吕天梅家中，小丽在书桌前做作业，天梅提着菜上场。

吕天梅：张大妈的事终于解决了，幸亏有那块玉佩，救了小军的命哦！

小　丽：妈，回来啦！怎么买这么多菜？

吕天梅：今晚家里要来客人。小丽，有个事情，想跟你商量一下，前几天我不是跟你提起那个住在车库里的孩子吗？我想帮帮他。

小　丽：帮吧！流浪汉、孤寡老人，你帮的还少吗？

吕天梅：这次不一样，我想把他接到家里住。

小　丽：妈，他也不看看我们家什么情况，多一个人就多一张嘴，临时接济一下，我没意见，接到家里住，我不同意。

吕天梅：孩子，这两年我们家日子是困难点，但你没看到那个孩子，你看到了你也会帮他的。

小　丽：我不是不同意帮，只是帮助的方法有很多种，为什么非要接到家里来住呢？

吕天梅：那个孩子现在读高二了，没爸没妈的，饱一顿饿一顿的。学习这么紧张，还要抽时间打工挣生活费。还有那个车库阴暗潮湿，住久了会生病的。

小　丽：家里突然多一个男孩，非亲非故的，人家一个女孩子，多不方便。

【刘远毅提着一个包，背着书包，上，按门铃，——叮咚。

吕天梅：来了，莫说了。——快进来，远毅。

男　孩：阿姨好！

吕天梅：小丽，给你介绍一下，刘远毅。这就是我今晚要等的客人。

小　丽：刘远毅！

男　孩：陈小丽！

吕天梅：你们认识呀！

小　丽：我和刘远毅是同学。

吕天梅：唉！那就好办了。你们先做作业，一会儿就吃饭。

男　孩：阿姨，我看你家没有孩子需要辅导，我还是回吧！

吕天梅：你这孩子，阿姨专门请你到家里吃饭，怕你不来，所以编了个理由。来，把书包放下。坐这里，先把作业做了。——我做饭去了。

【吕天梅下。

【小丽和男孩埋头做作业，偶尔交流一下。吕天梅忙前忙后，一会儿一桌子菜准备好了。

吕天梅：来，孩子们，吃饭了！

【三个人围在桌子旁。

小　丽：哇，好丰盛，这么多好吃的。

吕天梅：小丽，把果汁倒上。今天高兴，来，我提议，我们干一个，欢迎刘远毅同

学。（端起果汁）

（男孩端起果汁，又放下果汁，激动地哭了）

吕天梅：怎么了？孩子。

男　孩：阿姨，自从我爸妈走后，再没有感受到家的温暖了。婶婶不喜欢我，叔叔偶尔来学校看我，也是放下钱就走。即使放假了，我也不愿意回家，经常孤零零的一个人待在出租屋里。今天，你们让我再次感受到了家的温暖。谢谢你们。（端起果汁）

吕天梅：那就搬过来和我们一起住。

男　孩：不行，不行，我已经给你们添了不少麻烦了，不好意思再打扰你们了。

吕天梅：孩子，那个车库太潮湿了，不适合住人，住久了会生病的。

男　孩：我们非亲非故，住在一起不合适。

小　丽：是呀！不合适。

吕天梅：哪里不合适，小丽，你不是数学不好吗？正好，远毅可以帮助你。生活上由我照顾，学习上你们取长补短，相互帮助，我看非常合适。

男　孩：这……

小　丽：这什么嘛这，我妈这么热心肠，那就搬过来吧！你如果觉得住在一起别扭，你就认我妈为干妈，认我为干妹妹吧。你说呢，妈！

吕天梅：对、对、对，我敢保证，只要有我一口吃的，决不会让你俩饿着。

男　孩：妈！（深情喊出，拥抱）

吕天梅：欸！

男　孩：妹。

小　丽：欸！

男　孩：妈、妹，总有一天，我一定会报答你们的。（三个人相拥而泣）

【切光，远毅下。

六

【婚礼第二天，小丽回门到娘家，两人聊起了家常。

吕天梅：（看着手机上的银行到账信息）这孩子，真的说到做到了。当初帮他呀，没想到要什么回报，前几次的汇款都被我退回去了，这次如果再不收，估计会伤他的心了。

小　丽：妈，您辛苦一辈子了，远毅哥在英国的公司也上市了。我也结婚了，我和赵刚的收入也还不错。您在街道福利院那份工作别干了，在家好好休息休息。

吕天梅：那怎么行，福利院离不开我，我也离不开福利院的那群孩子。

小　丽：妈，我才是您的亲生女儿。您为了让流浪儿吃饱饭，宁愿让您的亲生女儿饿饭。

吕天梅：你饿一顿就当减肥，人家饿了几天吃一顿饱饭那是救命呀，能一样吗？

小　丽：那留学这个事呢？当年您为了帮助远毅哥出国留学，您卖掉了我们唯一的房子，而我想留学，您却不让。

吕天梅：当年远毅考起的是英国剑桥大学，并且申请到全额奖学金，我们只出了6万元的生活费，而你考的是一般的大学，能一样吗？

小　丽：那我还是您亲生的呢？您就是偏心眼。

（吕天梅笑着不答）

小　丽：妈，如果当初您没收留远毅哥，您会不会把出国深造的机会让给我呀？

吕天梅：我知道，我的宝贝女儿受委屈了。什么时候学习都不晚，接下来有什么打算？

小　丽：我想三年内再读个博，留在您身边好好孝敬您。妈，别住这个车库了，搬出来和我们一起住嘛！

吕天梅：是该搬家了，不然儿子每年春节回家没地方住，又不愿意住宾馆，非要和我一起挤这破车库。是时候给他置个窝了。

小　丽：那我们买别墅吧！我们一大家人都住得下，也让您的亲生女儿跟到沾沾光吧！

吕天梅：你别打这笔钱的主意，我已经有安排了。房子买个小两居室。给远毅留一间。你们还住单位公寓房。剩下的钱，拿出一部分为福利院的孩子建一个图书室，学生书桌也该购置一批了。

小　丽：你怎么不为他们建一所学校？

吕天梅：建学校是后面的事。先拿出一部分钱成立一家基金会，专门救助那些因贫困而上不起学的学生。名字我都想好了，用你哥的名字命名——远毅基金会。

小　丽：妈，这个想法好，我没钱出力行不行？我要把您的想法宣传出去，让更多的爱心人士加入这个基金会，帮助更多需要帮助的人。

尾　声

【若干年后，远毅陪着老母亲参观捐建的学校，背对观众，母亲佝偻着腰，远毅扶着。舞台上LED屏幕上播放学校的视频，——孩子们的笑脸。

剧　终

防空洞下的秘密

赵若辰

时　间：1938年。
地　点：四川省成都市，实业街。
人　物：应一曼——女，东北流亡学生，22岁。
郑延年——男，茶园茶倌，23岁。
沈克明——男，应一曼同学，追求应一曼，25岁。
周大牙——男，成都街区袍哥，三十七八岁。
谭娃子——女，女扮男装，实业街小贩，14岁。
郑二爷——男，成都悦来茶园老板，郑延年的二爷爷，70岁左右。
王挑夫——男，挑夫，40多岁。
李豆花——男，豆花小贩，40多岁。
浅　川——男，日本特务，30岁左右。
老　黄——男，实业街巡警，40多岁。
老太太——老年应一曼。
赵安宁——女，应一曼孙女。
保　安——男，停车场保安。
麻将甲、乙、丙、丁、戊、己、庚等街坊。
袍哥甲、乙。
日本特务甲、乙。

序幕　前场戏

【赵安宁推着坐在轮椅上的老年应一曼在停车场和保安争论。

保　安：老太太，我和您说过了，这里是停车场，不是您要找的防空洞。

老年应一曼：我都看见它了，就在那呢。安宁啊，快推我过去。

赵安宁：奶奶，这个洞已经被封住了，再说这儿现在是停车场了，咱们别给人家添麻烦了哈，听话奶奶。

老年应一曼：你和这个小伙子说一下，我有东西落在里面了，我拿出来就走，不给他们添麻烦，我很快的。

保　安：老太太，这个洞解放前就有了，我小时候它就这样了，你咋可能有东西在里面嘛。

【赵安宁在老年应一曼身后，冲着保安用手指了指自己的头，又指了指老太太，摇了摇手，保安露出理解的神情。

赵安宁：奶奶，这么多年了，您放在洞里的东西可能早就没有了呢。

老年应一曼：不会，怎么可能，我告诉你们啊，我当年可是在里面放了一个大宝贝呢。

保　安：真有宝贝也早被人拿走了。

老年应一曼：（自信）那个宝贝只有我知道在哪。

保　安：老太太，那您说说那个宝贝是什么啊?

老年应一曼：安宁啊，现在是什么时间啦?

赵安宁：快十点了，奶奶。

老年应一曼：快十点了。

【警报声渐响。

老年应一曼：跑警报喽！跑警报喽……

第一幕　幕起，警报声持续

【首先映入眼帘的是1938年成都实业街，街头是悦来茶园，街尾是成都女子实业讲习学堂。此时的悦来茶园在街铺前竖起了一张巨大的简易帷布，四周用竹竿固定好，这就撑起了一个户外的茶摊铺面，街铺里烧水做吃食，空房间对外出租，户外铺面开门迎客做生意。在户外铺面东南角的桅杆上竖着四个大字：悦来茶园。

【茶园门口有三三两两端着盖碗茶的茶客慵懒地躺在老楠竹制成的竹椅上闲聊漫谈；有两桌围在一起打麻将的本地居民，此时茶园老板郑二爷与街坊正打着四川麻将，不亦乐乎；小商贩谭娃子胸前挂个木匣子，向里面的茶客兜售瓜子、花生、香烟、糖果等；李豆花在一旁吆喝卖豆花；茶倌郑延年穿梭在茶园中添水递毛巾。

【正在这时，巡警老黄提着灯笼，敲着锣在街面跑过，并大声招呼大家开始防空演习。

老　黄：跑警报喽！跑警报喽！

王挑夫：（用鞋底敲了敲烟杆）日日跑，月月跑，比催账的来得都勤快，来得都准时。

李豆花：（放下碗）老子不想跑喽，再跑老子的腿都细喽。

老　黄：（对茶园里面喊）郑延年，赶快叫大家跑警报了。

郑延年：（跑出）来了！

【郑延年先是对着屋内大喊一句：跑警报喽。然后和颜悦色地拉起茶客，转头拿起一张布铺在麻将桌上，接着扶起了郑二爷。

麻将甲： 哈哈，和你的三条！

麻将乙： 再来。

郑延年： 各位，我们稍后继续吧，现在要跑警报了。

郑二爷： 这四圈还没打完呢，打完再说吧。

郑延年： 二爷爷，我把这布铺上，一会等跑完警报我们再继续啊。

郑二爷： 也行，正好溜达溜达换换手气。延年啊，把我那烟锅子拿上。

郑延年： 要得，二爷爷你们先慢慢走着，我把里屋门关上，给您拿烟锅子。

【台上众人纷纷向舞台左侧走去。老黄从舞台右侧快步走过，大声呼喊：跑警报喽！此时迎面走来的应一曼提着行李箱不知所措地看着众人，几次想上前询问什么却欲言又止。这时旁边跑警报的人撞了应一曼，应一曼手里的行李箱掉在地上，里面的东西散落一地，应一曼慌忙捡起一张张图纸，郑延年看见跑过去帮忙。

应一曼： 谢谢！（应一曼手里抱着图纸）请问女子实业讲习学堂怎么走？

郑延年：（上下打量）外地的？刚来成都？

应一曼： 嗯。

郑延年： 一会儿告诉你，先跟我走。（拉起应一曼）

应一曼：（挣开）你干吗？

郑延年： 这会儿要先跑警报，其他的一会儿说。

【郑延年说完，不顾应一曼的反对拉着应一曼开始跑警报。

【追光起，警报声渐弱。

【防空洞内，郑延年拉着应一曼从拥挤的人群后方挤入前方光内，应一曼甩开郑延年的手，郑延年刚想开口解释，此时谭娃子挤过来叫他。

郑延年： 不好意思，刚才……

谭娃子： 延年哥，（晃了晃手里的袋子）办正事了。

【谭娃子小心翼翼地从后背取下一个木箱，并把一个布包裹递给郑延年，谭娃子打开了木箱展示给郑延年看，郑延年随后看了看手中包裹里的玻璃瓶饮料，和谭娃子会心一笑。

郑延年： 谭娃子有你的啊，时刻准备着。

谭娃子： 那是，老黄拿着他那个灯笼一出来我就知道要跑警报了，我马上就去进货了，今天又可以小赚一笔了。

郑延年： 走，办正事了！（拉起谭娃子向后面的洞里走去）

【应一曼刚想喊住郑延年，郑延年已经离开。因为刚才一路跑，此时有点热的应一曼用手当扇子，微微喘着气调整呼吸，观察着四周，找了个地方坐下，将图纸放入箱子。

李豆花： 糖豆花、辣豆花、又麻又辣的豆花哩……

王挑夫： 不愿意跑警报，愿意来这儿卖豆花，啥事也不能耽误你赚钱啊。

李豆花：你懂啥，这警报一时三刻停不了，这么多人在这儿待着，保不齐一会儿哪个肚子饿了就馋我这碗豆花了。告诉你啊，我这豆花就属跑警报这天卖得好。

王挑夫：你这豆花卖得太贵了，我干一天的活，肩膀子磨破脚底生泡，也喝不了你几碗豆花。

李豆花：现在啥东西不贵，日本人都要顺着长江打到重庆了，等小日本的飞机进了四川，你想喝我这碗豆花都没地方喝去，挣那仨瓜俩枣的钱是为了啥，还不是为了花。

王挑夫：得了吧，挣钱就为了你这几碗破豆花？你说日本人真能打到四川来吗？

李豆花：这谁说得准，要我说，小日本的飞机能飞过来，人可跑不过来，咱四川啥地方，当年项羽、曹操都打不进来，他小日本能比项羽还厉害？

郑二爷：你是听戏听多了吧，那项羽可没有飞机没有炸弹。来碗豆花，多浇辣子。

李豆花：好嘞，郑老板今儿起色不错，瞧着没少开和啊。

郑二爷：（接过豆花，递钱）开啥和啊，输了一早上了，眼看着门清自摸，被这跑警报搅和了，还好不是我放的炮。这打麻将手气不好，得缓一缓，一会儿回去了接着干，先把我那把自摸给抓起来。

李豆花：您喝碗我的豆花，一会儿回去保准您和几个十八罗汉。

郑二爷：行，就冲你这句话，再给我来一碗，一早上肚子里没吃食儿，现在确实饿了。

王挑夫：给我来一碗，今儿指定是没活干了，我也消费一把，听郑二爷的，喝你一碗豆花我也转转运。

李豆花：好嘞，我给您多来一勺，吃好了告诉您那几位打麻将的老哥几个今儿豆花新鲜管够。

【郑二爷摆手道谢后离开。

王挑夫：给我也多来一勺。就你这张嘴都该赶上街头那帮王八蛋了，又能胡说又能要钱。

【周大牙带着两个袍哥小弟上。

周大牙：一碗破豆花堵不上你这张臭窟窿是吧？在老子的地面上讨活干，把裤带绷紧了，牙咬瓷实了，小心哪天出门没活干，饿死你们这帮臭要饭的。

王挑夫：周爷您怎么也来了，我这是骂那帮兵痞子和黑狗子呢，我可一点没有说您的意思。周爷是实打实地心疼我们穷人，没您照应着我们早饿死了。

周大牙：你知道就好，这条街要不是我照顾老街坊们，你们能过得这么踏实？

李豆花：（递给周大牙豆花）那是，有周爷在，天塌不下来。周爷您来碗豆花，就是小日本来了能怎么样，日子还是该过过，这条街谁说话也没周爷硬气好使。

周大牙：（吃了口豆花）你少废话，会不会拍马屁？吃你一碗豆花我也照样给钱，拿着！今儿好不容易碰上你了，我问你这个月罩子钱你啥时候给啊？

李豆花：周爷，要不这豆花算我请您的。这日子现在真不是人过的啊，我这个月一天到晚也卖不了几碗豆花，每天都得剩半杠。你说这卖不出去的我也不能隔天接着卖啊，这天气那豆花都得坏了，我媳妇还有我俩孩子是每天吃豆花啊，我那媳妇现在连放个屁都是豆花味儿的。我是真没钱啊，要不您再来两碗豆花，当我请您的。

周大牙：卖不出去你不会少做点啊，你唬我呢，我看着今儿买卖不错啊，这一会儿一碗，这一缸我看着都该卖到底了。

李豆花：周爷您心疼我，我就冲着跑警报这天还兴许能多卖点，这平时万一哪天老街坊馋我这口豆花了我也得有供的啊。我们全家全指着卖豆花维持生计呢，我媳妇天不亮就磨豆子，还有我那俩孩子，哎哟，说起我那俩孩子，周爷……

周大牙：得得得，懒得听你废话了，下个月一起给。

李豆花：周爷您仁义，真英雄。

王挑夫：周爷，那我……

周大牙：你也下个月再说。

王挑夫：周爷仁义！我这儿没豆花，改天您家有啥事儿言语，我这有膀子力气。

周大牙：得得得。（转头看见应一曼）这位姑娘面生啊，不是我们这条街的啊，是来成都走亲戚的？

应一曼：（闪躲）嗯。

周大牙：（紧跟）找谁啊？

应一曼：（闪躲）成都女子实业讲习学堂。

周大牙：（紧跟）当老师还是上学的啊？

应一曼：当老师。

周大牙：哟，听着口音，不是四川人？哪儿过来的？

应一曼：西安。

周大牙：以前干吗的？

应一曼：东北大学上学。

周大牙：学生？跑西安干吗?!

应一曼：东北沦陷了，学校搬到西安。

周大牙：还是个流亡学生！现在这世道乱，外地来的都得检查记录在册，姑娘，跟我走一趟吧。（抓起应一曼，应一曼挣扎）

【此时郑延年挤过来，挡在应一曼身前。

郑延年：周大牙，你先放手，这姑娘我认识，找我来的。

周大牙：哟，郑延年，是你小子，想清楚没有，啥时候加入我们袍哥，我周大牙看上的人准没错。

郑延年：这事儿急不来啊，先说眼前的事呗。这姑娘找我的，都是自家人。

周大牙：自家人，她是你什么人啊？郑延年，打小我就认识你和郑二爷，你们家几口我能不知道？你啥时候有个东北来的自家人了？

郑延年：真是自家人，你听我给你说。

【郑延年悄悄在周大牙身边耳语，周大牙恍然大悟，又仔细看了看应一曼。

周大牙：女子实业讲习学堂的魏老头是你远房亲戚的隔壁邻居？

应一曼：啊？（看了眼对她使眼色的郑延年）对，我叫他魏爷爷。

周大牙：（放心）行啊延年，二爷爷是真疼你啊，啥时候办事了招呼我一声。

郑延年：那是自然的，到时候我亲自去请各位兄弟。

周大牙：哈哈哈，刚才和你说的事情别忘了，好好考虑考虑加入袍哥，兄弟们都互相有照应。（周大牙带手下离开）

应一曼：刚才谢谢你，对了，你和他说什么了？

郑延年：没说什么。

应一曼：没说什么，那他怎么拿那种眼神看着我。

郑延年：哪种眼神啊？

应一曼：就是那种……你到底和他说什么了？

郑延年：我就说你是女子学堂看门的魏老头隔壁邻居的远房亲戚的孩子，东北战乱跑到这边来，无依无靠地求我二爷爷说一门靠谱的亲事，我二爷爷就把我俩的事儿定下来了。

应一曼：你！

郑延年：你其实是我未过门也未曾谋面的未婚妻，要是你来了我看着长得不好看还可以把婚退了，现在看见真人了长得还不错，细皮嫩肉的，我就打算娶你了。

应一曼：你！

郑延年：然后我说，大牙哥，你可别坏兄弟我的好事儿啊。

应一曼：你住嘴！（作势要打，害羞又把手放下）

郑延年：（装疼）哎哟！我刚才救了你，你怎么打人啊！

应一曼：我根本就没打到你，再说谁让你占我便宜的！让你乱说！

郑延年：我也没办法啊，你知道那个周大牙是什么人吗？

应一曼：什么人？

郑延年：他是我们这一片的袍哥，就是你们东北叫的黑社会。要说他们这伙人，那可真是昼伏夜出打家劫舍，奸淫掳掠、杀人放火无恶不作。今儿你是运气好碰见我了，要不然看你这眉清目秀的长相，今儿晚上就得让你给他做小媳妇。

应一曼：他们怎么这么坏啊，就没人管他们吗……

郑延年：谁敢管，那可是袍哥周大牙！这一片谁敢惹他，黑白两道通吃的主。刚才也就是我舍命救了你，换作别人早躲得远远的了，你还狗咬吕洞宾，还要打我。

应一曼：谁要打你了，对不起我刚才也是……不对，你说谁是狗！不对，我听他还邀请你加入他们，你们是一伙的！你骗我！

（说完应一曼举起手又要打）

郑延年：停停停，和你开个玩笑，你们东北女孩都这么豪放吗？

（应一曼委屈地躲到一边，不再理郑延年）

郑延年：生气啦？开个玩笑，和你闹着玩呢，给，跟你道歉（掏出汽水递给应一曼）

（应一曼转身不理）

郑延年：（坐在应一曼身边）我的确认识周大牙，他其实没那么坏，我刚才是吓唬你呢。只是现在兵荒马乱的，外地人逃到四川的确实很多，有日本人的特务啊，还有流寇土匪啊什么的，所以政府有令，让周大牙他们遇到外地人必须审问关押，只是你真的被扭送到上边了，还能不能出来就不好说了。

应一曼：我像土匪吗？

郑延年：那倒不像，戏文上说那些绿林好汉，都是络腮胡子，袒胸露背，一脸横肉！你一看就不是。不过，日本特务嘛，可说不准。

应一曼：你才是日本特务呢！

郑延年：我听说日本特务有好多女特务，专门挑长得好看的训练成特务，那一个个长得妖艳妩媚的，专门勾引政府高官。不过你这前后板平的，一看就不是日本特务。

应一曼：我当然不是日本特务。你说谁板平？臭流氓！

郑延年：开玩笑的，别当真。（递给应一曼饮料，应一曼用力接过）

应一曼：你这个人怎么一点正形没有。

郑延年：这叫四川人的幽默，时间长了你就爱上这里了。

应一曼：为什么？

郑延年：风景好，美食多，男人俊，女人俏。

应一曼：所以你从来没想过离开这里吗？

郑延年：想过啊，可是我家在这儿，家族产业也在这儿。

应一曼：你还有家族产业？

郑延年：那是，实业街街头，悦来茶园少东家正是在下。

应一曼：就刚才那个几张桌子拼一块的茶棚？

郑延年：那叫茶园！不过这些都是身外之物，我二爷爷还在这儿，所以我哪也去不了。

应一曼：那你要去的话想去哪？

郑延年：上海。

应一曼：为什么想去上海？

郑延年：找人。

郑延年：问了我半天底细家底儿，打算要嫁给我啊。

应一曼：就那几张桌子，谁稀罕。

应一曼：对了，刚才你们一直说跑警报跑警报，是防空演习吗？

郑延年：对，防空演习。以前啊，没这么频繁，今年日本开始轰炸重庆了，指不定啥时候炸弹就落在成都头上了。

应一曼：日本人都要打到成都了吗？

郑延年：谁知道呢，就怕这安生点儿的日子是过一天少一天了。

应一曼：跑警报，为什么叫跑警报？

郑延年：这是我们这边的叫法，说起这个就有意思了，这跑警报总共分三步。第一步叫挂灯笼，这是告诉你敌人的飞机要拿什么东西轰炸我们。你看警察在街道上挂红灯笼，那就是燃烧弹来了。要是看到挂白灯笼，那没啥事，无非是传单啊什么的。要是看到挂黑灯笼就糟了，我听说那是毒气弹，人只要沾了一点，小命立时玩儿完，躲都躲不掉。不过还好，我们只看见过白灯笼。

应一曼：挂灯笼，有意思。

郑延年：第二步叫听敲锣，你听警察的敲锣声，当当当敲三声，这是敌人的飞机从武汉起飞了，这时候你就要去防空洞躲着了。要是听到当当当当当连续的敲锣声，那是敌机已经进入成都了，这时候你得玩命地跑起来躲到防空洞里去。要是听到当、当、当，那是警报解除了，你就可以该干吗干吗。但是还有一种，如果要是听到当当——当，这种两短一长的敲锣声，那是小日本要开始使用毒气了。

应一曼：日本人真可恶，丧尽天良的毒气弹都敢用。你说一共三步，还有一步呢？

郑延年：第三步，当然是跑喽，张开腿，迈开步，使劲儿冲，鞋跑掉了也不要管，恨不得跑得要比炸弹快才好。

应一曼：原来这跑警报还有这么多说道。

郑延年：那是，这跑警报还有首童谣，我说给你听：

灯笼悬，锣声笑
过大年，齐欢闹
弟弟爱吃肥肠粉
妹妹吵着要蒸饺
灯笼挂，锣声叫
心慌跳，鞋跑掉
红黑炮弹赶紧逃
两短一长要挂号

应一曼：哈哈哈，说得挺形象，什么都和吃的能挂上钩。

郑延年：成都有三宝，俊男、俏女、美食。

应一曼：是是是，俏女我倒是信，俊男（看郑延年），还真没看出来。

郑延年：哟，看不出来，小嘴也挺厉害啊。

应一曼：（得意地笑了笑后）肥肠粉好吃吗？

郑延年：当然好吃了，回头你来茶园我请你。

应一曼：好啊，那说定了！

郑延年：说说你吧，怎么跑成都来了？

应一曼：我是和老师、同学们一起来的。

应一曼：我是东北大学的学生，后来东北沦陷了，学校迁到北平，北平也沦陷了，学校又迁到西安。日本人认为陕西是抗日的中坚力量，因为那里是中国共产党的根据地，所以校方为了我们的安全，就搬到了成都。现在停课了，我打算去女子学堂教教课，做点力所能及的事情。

郑延年：那你的父母呢？

应一曼：在东北，没有逃出来。

郑延年：（沉默）那你还有其他亲人吗？

（应一曼摇了摇头）

【两人沉默时，谭娃子跑过来向郑延年展示已经卖空的箱子。

谭娃子：延年哥，看。

郑延年：今天不错啊，全卖完了。

谭娃子：说话算话！来！

郑延年：现在不是时候。

谭娃子：为什么，说好了我全卖完了你就弄给我听。

郑延年：回头给你听好不好？

谭娃子：不行，就现在。

应一曼：听什么？

谭娃子：听曲子，延年哥弄得可好了。

应一曼：什么曲子，我也想听。

郑延年：好吧，那……这个曲子送给你，希望在你未来的生活里再也没有战争，充满希望。

【郑延年掏出口琴，吹了一首《旧日的时光》，应一曼泪流满面。

【曲终。

应一曼：真好听。

郑延年：以后你要是想听，随时来悦来茶园找我，还可以吃肥肠粉。

应一曼：好，说定了，拉钩。

郑延年：拉钩。

应一曼：你叫什么？

郑延年：我叫郑延年，你呢？

应一曼：我啊，我叫……下次见面告诉你。

第二幕　悦来茶园

【清晨，郑延年摆好茶铺的桌椅后，坐在桌前写信，郑二爷抽着烟锅子走到郑延年身后。

郑二爷：嗯！好字，和你老汉一样，读书写字是个好手，放在以前肯定是个秀才。

郑延年：二爷爷，来信了吗？

郑二爷：（敲敲烟锅子）嗨，哪有那么快。（卷烟）这上海到成都寄封信一来一回的怎么也得一两个月呢，那还是平时，现在这年月，三四个月也有可能啊。

郑延年：已经快一年了，怎么一点音信都没有呢。托个人捎个信儿也行啊。

郑二爷：延年啊，二爷爷这年龄大了，要是没你，这茶园恐怕也经营不下去，二爷爷拖累你了。

郑延年：二爷爷，当年我爸妈去上海之前把我托付给您，是您把我养大的，我这辈子可是要给您养老送终的。

郑二爷：嘿嘿，好，好，我年轻的时候也没讨个婆娘，我还得感谢你爸妈把你送到我身边了，让我这老头也有个孙子陪我。

郑延年：二爷爷，您年轻的时候为啥没给我娶个奶奶？

郑二爷：倒是有那么个机会，可惜没抓住，后来也就不想了。延年啊，这悦来茶园以后就是你当家做主了。要是你小子再讨个婆娘，也让我当回太爷爷，嘿嘿，那我就知足喽，我们老郑家也算是传宗接代了。

郑二爷：（突然来了兴致，探头询问）延年，有没有看上的女娃？二爷爷托人给你说和说和。

郑延年：二爷爷，您又来了，没吃早饭吧，我给您做肥肠粉去。

郑二爷：我和你说的是正经事，昨天在防空洞那个女娃娃也可以，就是长得有点瘦了。

【此时麻将甲、乙、丙三位街坊上场。

麻将甲：哟，二爷这是一缺三等谁呢？

郑二爷：等你们几个老东西呢。

麻将乙：昨天输了不少，今天我得捉你们几个炮回回本。

郑二爷：你这说得就不对了，看到别人和，千万别动怒，别人气，你不气，心平气和那才是牌技。

麻将甲：你瞧瞧，就二爷这心态，他不赢谁赢。

麻将丙：老哥几个听说了没？前几天重庆又被日本人炸了，这没准哪天我们头上也得掉一饼了。

郑二爷：先赢是小赢，后赢是大赢，笑到最后才是赢。

麻将甲：我怎么听着二爷这是话里有话啊。

郑二爷：咱老祖宗的智慧都在这麻将里头呢。

麻将丙：要我说，咱们打的是牌，那提的是气！

麻将甲：我说各位，别在这开腔了，里面走着吧。

【众人向里走去，此时郑延年端着肥肠粉走出。

郑延年：二爷爷不吃了？

郑二爷：（摆摆手）不吃了不吃了，麻将一开打没那个工夫了，等合着晌午一起吃吧。

【郑延年摇摇头把碗放在桌子上，谭娃子背着木匣子从里屋兴高采烈走出，迎面与郑二爷几人热情行礼打招呼，然后一屁股坐在郑延年身旁。

谭娃子：延年哥。

郑延年：谭娃子你来得正好，没吃早饭吧，把这碗肥肠粉吃了。

谭娃子：那你……

郑延年：我吃过了。

谭娃子：好嘞！

郑延年：慢点吃，不是哥说你，你这吃相以后谁敢要你啊。

谭娃子：我才不用别人要呢，我自己养活自己。对了延年哥，给，欠的房租，剩下的过几天再给你。

郑延年：哟，成小财主啦，有钱了？

谭娃子：还是你聪明，延年哥，让我在跑警报的时候偷偷去防空洞里卖汽水，生意可好了。

郑延年：婶子病咋样了？有几天没看见她了。

谭娃子：（变沉默）我回来看着气色倒是还行，就是还是老咳嗽，浑身没劲儿。

郑延年：别担心，回头我再去找个郎中给婶子瞧瞧，慢慢会好的。

谭娃子：嗯！谢谢延年哥。

郑延年：慢点吃，（卷起袖子给谭娃子擦嘴，把钱塞到了谭娃子口袋里）这钱我先不要，等你以后长大了有钱了请我吃好吃的。

谭娃子：哥，你这是干啥？

郑延年：听话，你和婶子以后有的是用钱的地方呢。

谭娃子：哥……以后我一定报答你……

郑延年：小娃儿还懂得报答了，你延年哥不求你报答，只求你中午记得吃饭，别老饿肚子，离得近就回来吃。记住了？

谭娃子：嗯！

【此时应一曼从右侧上台，走到茶园门口。

应一曼：郑延年。

郑延年：这么快就结束了，还顺利吗？

应一曼：嗯，明天就正式上课了，最近可以住在学校宿舍。

郑延年：那真是太好了，恭喜你，还没吃饭吧，想吃点什么？

应一曼：嗯……

应一曼、郑延年：肥肠粉！（两人笑）

郑延年：稍等，马上好。

【应一曼坐在谭娃子身边。

应一曼：你好。

谭娃子：（没好气）你俩很熟吗？

应一曼：你说我和他吗？还好吧，昨天刚认识。

谭娃子：（小声嘀咕）刚认识就给你做肥肠粉。

应一曼：你叫什么名字？

谭娃子：谭娃子。

应一曼：你姓谭，名字就叫谭娃子吗？

谭娃子：怎么不行吗？小爷我就叫娃子，怎么了？

应一曼：没什么，挺好听的。你是……男孩？

谭娃子：看不出来吗？我长大了肯定比你好看！走了！

【谭娃子收拾行装，打开木匣子，里面放着香烟、瓜子、花生、糖果，谭娃子将木匣子挂在胸前准备出发。

【此时沈克明提着行李箱风尘仆仆地从舞台左侧上台，谭娃子上前推销。

谭娃子：先生，来包香烟吧。

沈克明：（专注地看着手里的地址）不用。

谭娃子：先生来包吧，哈德门、老刀，还有三炮台。

沈克明：这儿是实业街吗？

谭娃子：是的先生，您抽什么烟？

沈克明：女子实业讲习学堂怎么走？

谭娃子：往前面一直走。先生要不来份报纸？日本对重庆将展开一轮密集轰炸……

【沈克明走近茶园看见了应一曼，应一曼也看见了沈克明，惊讶地起身。

沈克明：一曼！

应一曼：沈克明！你怎么来了？

沈克明：我终于找到你了，一曼。

应一曼：你是特意来找我的？

沈克明：是的，我先去了西安，他们说你和学校搬来了成都，我一路追你来了成都。成都的同学说你来这里教书，我就马上过来了。

应一曼：你还去了西安？大家还好吗？

沈克明：不是很好，现在到处都在打仗，物资很短缺，很多人都吃不饱，现在连当兵的都饿肚子，更何况穷学生呢。我这次就是来接你走的，一曼和我走吧，我们一起去美国。

应一曼：去美国？你要去美国了吗？

沈克明：对，我父母已经从日本出发了，我本来要和他们一起的，可是我放心不下你，所以就想来接你一起走。

应一曼：日本……

沈克明：你知道，我家里有些生意经常要和日本人啊美国人啊打些交道。不过这不重要，一曼，你知道我对你的心意，自从沈阳分开后我就一直想着你，想着我们以前上学的日子，后来我给你写信，你一直不回，我知道你是故意避着我。

应一曼：我没有故意避着你，是我们已经不一样了。

沈克明：我知道，我都懂，对了，你现在住在哪？

应一曼：就住在女子学堂，和学生还有老师们住一起。

沈克明：那怎么能行！我爸爸在这边有个朋友，是省防务厅的，他家有个闲置的宅子，你和我去那里住吧。你放心，房子很大，我不会打扰你，那里还有单独的防空洞。这报纸上都说重庆已经被轰炸了，没准哪天就到成都了。去美国之前我们先住在那，至少也安全些。

应一曼：不用了，谢谢你，我在这儿住得挺好的，大家对我都很好。

沈克明：一曼，你父母都不在了，和我走吧。一曼，我来照顾你。

应一曼：不用了，我自己可以照顾好我自己的。

【沈克明上前拉应一曼的手，应一曼努力挣开但无法，此时郑延年端着粉出来，沈克明慌忙松开，假装整理了下仪容。

郑延年：肥肠粉好了。这位是？

应一曼：这是沈克明，我的同学。

郑延年：哟，沈先生，欢迎欢迎，想来点什么？

【沈克明没有理会郑延年。

沈克明：一曼，你知道我为了找你，这一路开了多少个通行证才终于来到这儿。

应一曼：有很多通行证是和日本人开的吧。

沈克明：那不重要，现在中国很不安全，和我去美国生活吧。一曼，你知道我对你的心意。（欲上前再次拉应一曼）

应一曼：（闪躲开）沈克明，我懂你的意思，可是我……

沈克明：一曼，你还不懂现在的局势，现在大半个中国都被日本人占领了，我们只有逃离这里去美国才是最好的出路。一曼，我今天必须带你走！（强拉，应一曼反抗却挣脱不开）

应一曼：你放手！放手！

郑延年：住手！放开！（用力拽开沈克明的手不放，挡在应一曼身前）

沈克明：你你你你给我放手！你是谁啊！

郑延年：中国人，成都爷们！你一个堂堂大老爷们欺负人家一个姑娘，人家不愿意的事情就不要强迫，这点道理不懂吗？

沈克明：你给我放手！疼！

郑延年：不放，先跟这位姑娘道歉，对了你叫什么？（对着应一曼）

应一曼：应一曼。

郑延年：对应小姐道歉！

应一曼：算了，你放开他吧。

【浅川和手下特务甲、乙上。

浅　川：不道歉又怎样？你，把他放开，不然，不客气了。

郑延年：呵，还带来了帮手，怎么着多来几个人我就怕你们了，今天她不想走，谁也没办法强迫她。

浅　川：沈先生，这就是应小姐吗？如果需要的话，晚上，可以帮你。（做了个掳走的动作）

沈克明：先不用，我想先说服她心甘情愿地和我走，不过现在先替我教训这个臭小子，一个茶馆的伙计敢对我动手！

浅　川：可以，上。

【郑延年做好应对的准备，此时人未到，声先到，周大牙带人上。

周大牙：哪条道上的兄弟来我周大牙街面连个招呼都不打。

郑延年：周大牙。

周大牙：放心，延年，今儿我看谁敢动你。

【袍哥将特务围起来，周大牙抱拳向前。

周大牙：双龙戏水喜洋洋，好比韩信访张良，今日兄弟来相会，清水浑水来商量？

周大牙：（见浅川等人没反应）原来不是道上的，一帮棒老二也敢来撒野。（转头向郑延年）延年，这是为你出头，一会儿兄弟们的茶水钱、医药费什么的你记得给包个红包，兄弟们给我打。

郑延年：等等。

沈克明：（抱头）住手！我有钱，这位大哥，一场误会，您开个价。

周大牙：哟，今儿碰上个胎神。（众袍哥大笑）瞧不出你这清水寡脸的样倒是会来事，（蹲下）你打算给多少啊？

沈克明：（伸出一根手指）一百大洋。

周大牙：呦，看不出来啊，兄弟腿短，少来亲厚，两眼摸黑，条子不熟，这位老板在哪儿发财啊？

沈克明：外地来做生意的，碰巧遇到个熟人，发生了点误会。

周大牙：哎呀，照说平时一百大洋买条命也够了，只是最近这世道不好啊，做买卖干啥赔啥，不瞒你说，兄弟我又是个仗义疏财的人，看见那些穷苦人我就心里难受，兜里有那点散碎钱我是能帮多少帮多少。手底下又有几个跟着自己的小兄弟，我自己吃不饱没关系，我不能让他们跟着我受罪，还有那些其他吃不饱穿不暖的兄弟姐妹们，你说这可如何是好啊？

沈克明：（咬牙）两百，全部的了，再没钱了。

周大牙：爽快！放人。

沈克明：一曼，我过段时间再来找你。

【沈克明说完转头走，浅川等人跟在身后也要走，突然被周大牙叫住。

周大牙：站住，他可以走，你不行。

浅　川：这位朋友，钱都给了，出尔反尔是嫌少吗？现在身上确实没带那么多，要不等我们回去取些钱再给您送过来。

周大牙：（摇了摇头）你不是棒老二，是个硬点子，我周大牙也算见多识广，愣是没听出来你是哪儿的人，说，你是干吗的？不说？那就和我们去衙门口走一趟吧。

浅　川：山不转水转，我们今晚就离开成都，大哥给条路走，日后见面必报答。

周大牙：得，冲这两百大洋，今儿我心情好，现在马上赶紧给我滚出成都，日落前再见到你们，兄弟们就得换个地方招待你们了。

浅　川：好，我们这就走。

【浅川和沈克明向舞台左侧走，周大牙招呼郑延年上茶。此时浅川拉住沈克明。

浅　川：沈先生，我们答应你的事情都做了，你不要忘了答应我们的事。

【沈克明点头，浅川狠狠地看了眼周大牙，与沈克明一起下。

应一曼：今天谢谢你。

郑延年：没事，倒是让周大牙狠赚了一笔。你知道那些人是什么人吗？

应一曼：（摇了摇头）我只知道沈克明他们家和日本人有来往，在东北还没有彻底沦陷的时候就和日本人做生意。那几个人是谁，我就不知道了。

郑延年：那个沈克明是想让你和他一起去美国吗？

应一曼：（点头）他以前追求过我，可是我对他一直没那个意思。

郑延年：是因为他家和日本人的关系？

应一曼：也不全是吧。对了，肥肠粉！

郑延年：都凉了，我去给你再做一碗。

应一曼：来不及了，下次吧，我还要赶回学校。

郑延年：明天你来，我重新给你做。

应一曼：嗯，好。

【此时巡警提着白灯笼跑来。

应一曼：你看，巡警来了，又要跑警报了。

郑延年：对啊，又要跑警报了。

应一曼：你说日本人的飞机真的会来吗？

郑延年：不知道，虽然报纸上说成都的防空预演工作做得非常好，让老百姓不用担心，可是谁知道呢，覆巢之下，安有完卵啊。

应一曼：但愿那一天晚一点来。

【灯暗，巡警：跑警报喽，跑警报喽。

第三幕

【成都女子实业讲习学堂门口。

【沈克明举着一捧花在校门口等着应一曼，此时郑延年从学校里面走出。

郑延年：沈公子，还没走啊，在这儿等应小姐？

沈克明：和你有什么关系，你怎么在这儿？在女子学堂，你一个大男人偷偷溜出来，看来你不光身份低贱，行为举止也是龌龊不堪。

郑延年：看你穿得人五人六的，满脑子想的都是那种鸡鸣狗盗的事儿吗？我是来这儿做义工，帮应小姐和其他老师修补一下教室。

沈克明：用得着你帮忙？还义工？我看你是打着做义工的旗号趁机接触应一曼吧。一曼不会喜欢你这种人的！奉劝你一句，别不知天高地厚，趁早收起你那点不值钱的妄想。

郑延年：（调侃）听说沈公子腰缠万贯，而且看得出来对应小姐很关心，想不让我这种人来可以啊，你给学校捐个一两百大洋，我保证，我头也不回，立刻走人。

沈克明：哼，要是一曼和我说她想要，我一定会给，别说几百大洋，就是帮她重新翻修这个破学校，我也给得起。

郑延年：看来你根本不知道应小姐想要什么，奉劝你一句，真想让应小姐和你去美国，好好想想，她现在最想要的是什么。

沈克明：一曼想要什么你知道？我能给她最富足的生活和她想要的一切，只要她愿意和我走。

郑延年：看来这对你来说，又是一场在你看来的等价交换。

沈克明：这不是交换，是公平的交易，这个世界上，小到人与人之间，大到国与国之间，只要你给出对方一个让他无法拒绝的条件，你就可以做成任何事情。

郑延年：所以你觉得用去美国的机会来换取应小姐的终身是个公平的交易。

沈克明：我很爱她，如果加上我对她的爱，我想这是个公平交易。

郑延年：爱她？所以沈先生你觉得日本人凭空钩织一个大东亚共荣圈的谎言来交易四万万中国人的性命和他们世世代代生活的土地也是公平交易，对吗?!

沈克明：我从来没有说过这场实力本就不对等的战争是公平的。

郑延年：所以当一方觉得他们用所谓的公平交易原则无法让对方信服的时候，那就用武力来达到他们的目的，对吗？

沈克明：这无可厚非，实力也是进行公平交易的一个前提。

郑延年：那按你的逻辑，你觉得你和应小姐是在一个公平的实力面前开始的公平交易吗？还是说应小姐如果不愿意和你完成这所谓的交易的话，你也要用强硬手段逼迫她甚至不惜伤害她也要达到你的目的，对吗？

沈克明：（气急）你这是偷换概念，我很爱一曼，她现在只是还没有看清形势，只要我替她分析清楚利害关系，她一定会和我走的。

郑延年：替她，公平，交易，你口口声声说爱应小姐，可是我看到的都是一个男权社会里走出来的自以为是、自大的狂妄者。

沈克明：随你怎么说，我和你本身就不是一个地位和实力对等的关系，我没有必要再和你这种人多费口舌。

【应一曼抱着图纸从学校走出。

应一曼：你们怎么在这儿，在聊什么？

沈克明：一曼！

郑延年：刚才沈先生说，要给咱们学校捐两百大洋，替我们修缮教室。

应一曼：真的吗？

沈克明：一曼，先不说这个。这个送给你（将花递到应一曼胸前），生日快乐。

应一曼：你还记得今天是我的生日，谢谢你。

沈克明：一曼，今晚我订好了位子，我们一起共进晚餐，我还有礼物要送给你。

应一曼：今天晚上，我还有课，谢谢你的好意。对了，你刚才说要给我们学校捐款，是真的吗？

沈克明：当然，如果是你希望我这样做的话，我捐多少都可以。

应一曼：那真是太好了，现在学校好多教室和设施都需要修缮，有了这笔钱，老师和同学们一定很开心的，谢谢你。

沈克明：不过，你要答应我去美国。本来想晚上送给你的，给，打开看看。

【应一曼缓缓地打开沈克明递过来的信封，里面是一张机票。

沈克明：本来也可以坐船，但是路途太遥远了，我怕你身子受不了，我托了好多关系才搞到这张机票的，我们明天就走。

应一曼：（将机票退还给沈克明）我已经想好了，我不想和你去美国。

沈克明：为什么？你忘了你的梦想吗？你不是想成为优秀的建筑师吗？

【沈克明从应一曼怀里抢过一沓沓图纸。

沈克明：你还留着这些图纸当宝贝，不去美国，你的这些梦想有什么用？

应一曼：还给我。

郑延年：把东西还给她！

沈克明：一曼，我不是故意要抢这些图纸的。我只是想告诉你，美国有世界上最好的建筑学院，我已经为你联系好了，去了那里你可以实现你的梦想啊！你以前不是想去美国吗？

应一曼：以前是想过，你说美国有世界上最好的建筑专业，你还说日本是一个很有礼貌的国家，而美国是自由和理想的国度。我那个时候就想去看看，可是后来……

沈克明：后来怎么了？

郑延年：后来那个很有礼貌的国家用最野蛮的方式践踏中国，那个自由和理想的国度成了逃亡者的灯塔。

【应一曼吃惊地看着郑延年。

沈克明：你！

郑延年：我说的不对吗？用华丽的外表展现给世人，其实包裹着最自私、最丑陋的贪念。小人无节，弃本逐末。喜思其与，怒思其夺。只愿意宣扬对他们有利的正义，一旦有人起身反抗，就用炮弹强取豪夺。沈先生自己国家的文化没学好，学外国人的强盗思维倒是快。

沈克明：一曼，现在中国随时都有可能亡国，日本人的炸弹可能随时会掉在成都的头上，和我走吧，我们离开这里，去一个安全的地方，在那里你想要什么我都可以给你，最好的教育，最好的生活。

应一曼：只要我和你走是吗？

沈克明：对，只要你和我走。

应一曼：我不愿意和你做这笔交易，我也不愿意和你去那个逃亡者的灯塔。

沈克明：为什么？你为什么要留在这里，这里有什么好的？

应一曼：这里……这里风景好，美食多，男人俊，女人俏。这里是我自己的国家。沈克明，这场战争让一切都变了，你走吧，谢谢你专程跑来找我，我是不会和你走的。

沈克明：一曼……

【郑延年挡在应一曼身前。

沈克明：我明早出发，如果你回心转意，我们一起走。

【沈克明将机票递给应一曼，应一曼没有接，沈克明将机票放到了地上，黯然离开。

【郑延年捡起机票。

郑延年：想清楚了，这可是一次离开这里的机会，错过了就没有了。

应一曼：这有什么清楚不清楚的，本来我就不喜欢他，虽然我的家没了，可是我也不能随便和一个不喜欢的人去一个陌生的地方，还把那里当成自己的家。而且你说得对，美国也好，日本也好，无非是披着文明外衣的一群狼罢了。

郑延年：晚上有时间吗？我也想送你个礼物。

应一曼：什么礼物？

郑延年：某人今天过生日，我代表广大成都人民要给她个惊喜。

应一曼：可是晚上我有课……

郑延年：等你下课，来悦来茶园，少东家亲自招待你。

应一曼：得了吧，没见过这么穷酸的少东家。

郑延年：可是少东家长得俊啊。

应一曼：你哪俊了？

郑延年：（学应一曼的声音和神态）我不会和你走的，这里风景好，美食多，男人俊（故意拉长音），女人俏。

应一曼：讨厌！

郑延年：那说好了，晚上不见不散！

应一曼：不见不散……

第四幕

【夜，悦来茶园内，应一曼坐在桌前。

应一曼：你说的惊喜就是要请我吃大餐啊。

郑延年：对我们成都人来说，没什么东西比吃还重要，先尝尝这个。

应一曼：这是年糕？你做的？

郑延年：我可不会做这个。这是我从李婶家拿的，今天你过生日，吃年糕，祝你一年更比一年高。

应一曼：谢谢，好吃。

郑延年：再尝尝这些，吃柿饼，事如意；吃杏仁，幸福来。

应一曼：好了好了，太多了，我都要吃不下了。

郑延年：还有大菜呢，你们东北人爱吃水饺，来尝尝。

应一曼：这饺子里怎么有汤啊？

郑延年：水饺嘛，没汤咋能叫水饺。

应一曼：好吧，你说的还挺有道理。

郑延年：还有这个，我第一次做，尝尝像不像你家乡的味道。

应一曼：锅包肉？

郑延年：好吃吗？

应一曼：好辣……怎么放辣椒了？

郑延年：不应该放辣椒吗？

应一曼：（笑）锅包肉是甜的，不过真的很好吃。

郑延年：还有这个，这是我第一次见你时答应给你做的，你猜这是什么？

应一曼：肥肠粉！

应一曼：延年，谢谢你，为我做的这一切。

郑延年：就是不知道合不合你胃口。

应一曼：我很喜欢，真的很喜欢，好久没有这种家的感觉了。以前我过生日的时候，妈妈也会给我做这一桌子菜，爸爸不管在什么地方，都会赶回来，那个时候是真幸福。自从东北沦陷后，我就再也没过过一次生日，也再也见不到他们了。

郑延年：一曼，以后这儿就是你的家。我的意思是以后成都就是你的第二家乡，我们都是你的家人。放心吧有我在，到什么时候你都饿不着。

应一曼：堂堂悦来茶园的少东家，口气就是不一样，那你打算喂我吃什么？

郑延年：肥肠粉管够。

应一曼：听起来还真不错，至少顿顿有肉吃。

应一曼：你知道我为什么不和沈克明去美国吗？

郑延年：我知道，那里不是你的家，你其实是想有个家。

应一曼：还有呢？

郑延年：还有……你不喜欢沈克明。

应一曼：然后呢？

郑延年：一曼，我想让你以后留在这里，留在成都，以后这儿就是你的家。

应一曼：谢谢你……延年，我想听我们第一次见面的时候你吹的那个曲子，叫《旧日的时光》？

郑延年：好，一曼，祝你生日快乐。

【郑延年掏出口琴，开始吹奏。

应一曼：延年，你知道吗？我从小就喜欢画画，后来我去东北大学认识了梁先生，他是一个特别伟大的建筑学家，我也想成为他那样的人。我以前想去美国就是想学建筑，回国后像梁先生一样建设我们的国家。东北沦陷后，我的家没了，我的梦也碎了，我就像一个孤儿，从沈阳飘到北平，从北平飘到西安，从西安又飘到成都，我找不到我落脚的根，家没了，根也没了。我有时候都觉得活着没有意义了。可是认识你之后，我又有了希望，你几次保护我，给了我依靠，我觉得人只要活下去，总会有希望。延年，谢谢你。

郑延年：等以后我们胜利了，我陪你一起去学建筑，实现你的梦想。

应一曼：那你呢？延年，你之前说想去上海，为什么？

郑延年：我的父母在上海。他们说想给我一个不一样的中国，所以把我托付给二爷爷就走了。这么多年再也没有回来。

应一曼：那你们没有联系吗？

郑延年：以前有，经常寄信回来，还有书，还有这只口琴，不过现在已经好久没有消息了。所以我想去上海找他们，可是二爷爷年龄大了，我放心不下。

应一曼：他们一定没事的，一切都会好的。

郑延年：只是再见面恐怕他们都不知道我的样子了。

应一曼：我有办法，明天你有时间吗？我替你画一张你的画像寄给他们，如果他们收到了，到时候见到你一定会认出你。

郑延年：那太好了，那明天下午怎么样，我们去城西的湖畔，带你看看成都的美景。

应一曼：好，没问题。

郑延年：那你确定以后留在成都了？

应一曼：确定了，成都，风景好，美食多，男人俊，女人俏。

郑延年：（掏出机票）那这张机票就没用了。

应一曼：烧了吧，让它和那些想逃离这里的人一起飘去吧，希望他们能找到他们的根。

【应一曼用火柴点燃了机票，郑延年又吹起口琴。

【灯暗，前场灯起，沈克明提着行李箱转身。

沈克明：一曼，看来你是不会和我走了。

浅　川：沈先生，不管应一曼小姐和你走不走，我们答应你的机票已经办好了，你答应我们的事情呢？

沈克明：你们还是要轰炸成都吗？

浅　川：这个事情是大日本帝国的机密，和你无关。

【沈克明犹豫挣扎。

浅　川：沈先生，我希望你明白，对于我们来说你不重要，你的父母也不重要，能不能安全到达上海的机场，我们说了算。

沈克明：这是成都的城市分布图。

浅　川：沈先生，你是明时势的人。

【浅川下，沈克明又深情地看了看应一曼的方向，转身离去。

第五幕

【悦来茶园，与第一幕布景一样，打麻将的、喝茶的等。

麻将甲：延年啊，来条热毛巾。

郑延年：来了。（甩过去一条热毛巾，麻将甲接住）

麻将乙：我也来一条。

郑延年：好嘞。

麻将丙：八条，今儿延年打扮得挺精神啊，有好事？

麻将乙：我的八条！

郑二爷：过些日子等着喝喜酒，八条。

麻将乙：又打八条！

麻将甲：哟，谁家的姑娘？八条。

麻将乙：八条给我打干净了，还有最后一张。

郑二爷：女子实业讲习学堂的老师。

麻将甲：那个东北来的？

郑二爷：（点头）对。

麻将丙：太瘦了吧。

郑二爷：瘦点咋了，人家是文化人，文化人长得都瘦。

麻将乙：和了！八条自摸！哈哈哈掏钱。

【王挑夫上，放下扁担，脱下笠帽。

王挑夫：延年啊，来碗凉茶，这会儿歇歇脚，这一大清早的累死我了。

郑延年：好嘞，（端起茶壶倒茶）今儿这么早就休息啦。

王挑夫：没活干啊，这往后日子啊一天不如一天喽。不瞒你说，我这起早贪黑挣的这点钱都不够买擦屁股的纸了。

郑延年：这什么意思啊？

王挑夫：你知道这个月米价比上个月涨了多少吗？

郑延年：多少？

王挑夫：（伸出双手）10 块啊！我看还得涨，没个头喽。我这天天拿扁担挑米赚粮食吃的人，挑的米越来越贵，肚子越来越空，肚子空了你还要擦屁股纸干吗？这还时不时地搞跑警报，我可没那力气跑了。嘿嘿，下次再跑警报我就找个树荫一躺，正好歇会儿省口力气，日本人来了真炸死了算我倒霉，反正我老光棍一个，上没老娘、下没张着口等着要吃饭的娃，一炮弹把我炸死，我还省着饿肚子了。听说日本人那一枚炮弹都能换好几斤粮食呢。

【周大牙和袍哥甲、乙从舞台右侧上。

周大牙：想挨炮弹不想活了去参军啊，去前线，去杀日本人，还能有口饱饭吃，死了那也是个英雄，在这儿嚼舌根子有啥用。

王挑夫：周爷，没注意您来了。我刚才在这儿秃噜秃噜嘴，您坐这儿，我往那边去。

周大牙：延年，今儿我们几个在这等桩生意，来几碗茶，再来条热毛巾。

谭娃子：那个女的今儿又来找你吗？

郑延年：什么叫那个女的，没礼貌，要叫姐姐。

谭娃子：你看上她啥了？

郑延年：小孩子，别多管闲事。

谭娃子：（挺胸）我不小了！马上就成年了。

郑延年：在我这儿你永远是个小孩。婶子咋样了？有几天没看她下来了。

谭娃子：还是老毛病，浑身没劲儿。

【郑延年走到豆花李那儿买了碗豆花。

郑延年：来碗豆花。天气热，一会儿给婶子端上去。

谭娃子：哦，谢谢延年哥。

【此时应一曼上场。

郑延年：来了。

应一曼：嗯。

郑延年：今儿真漂亮，你等我会儿，我和二爷爷说一声。

应一曼：你走了不要紧吧？

郑延年：没事儿，都是熟客了。

谭娃子：（看到郑延年走开，凑到应一曼身前）你们今天要去哪？

应一曼：去……

郑延年：（走回，打断）小孩子别打听，去给婶子端上去。

谭娃子：哼。（走开）

应一曼：他是不是不高兴了。

郑延年：小孩子谁知道呢。对了，你看出来了吗？

应一曼：看出来什么？

郑延年：谭娃子。

应一曼：他怎么了？

郑延年：雄兔脚扑朔，雌兔眼迷离。

应一曼：你是说？他？她是？

郑延年：这娃儿命苦，爹去世得早，母亲身体又不好，前些年看到她在街边乞讨，那么小的娃儿，二爷爷看她母女可怜，就收留了她们，把茶园的空房间给她们住。名义上是租给她们，其实也不要房租，谭娃儿害怕自己是女孩儿在街面上受欺负，就把自己打扮成男孩。

应一曼：真可怜……不过我看出来了，她喜欢你。

郑延年：怎么可能，她就是小孩，我一直把她当妹妹。哎，你这么说，我倒是想起以前她很正式地和我说长大了一定要报答我。

应一曼：所以她刚才才会生气啊。

郑延年：你是说她吃醋了？

【应一曼点了点头。

郑延年：嘿，女大不中留啊，以后我们要一起给她找个好人家。

应一曼：谁要和你一起啊。

郑延年：（指着应一曼准备的画画工具）哟，准备得挺齐全啊，大画家。

应一曼：那是，今天天气这么好，心情不错的话就多画几张。

郑延年：那你可以给我画张正面的，还有侧面的，还有背面的。

应一曼：谁要画你啊，我是要多画几张风景。

【两人回身准备离开出发。

【此时巡警老黄慌张地提着灯笼跑来。

老　黄：跑警报喽！跑警报喽！

王挑夫：又跑，跑不动了，一天没吃东西，日本人来炸死我吧。

李豆花：就你话多，这是上面的规定，让跑就得跑。走喽，大伙跑警报喽。

郑二爷：又跑？我这儿马上自摸了。

李豆花：二爷，您别着急，这把打完再跑都来得及。我先去防空洞占个好位置，今儿这豆花又会卖得不错。

老　黄：（一脸严肃）这次不是演习！

应一曼：红灯笼！

周大牙：（弹起身）日本人真来了？

【此时警报声大作，老黄掏出锣敲出当当当当当的声音，转身跑去，边跑边喊。

老　黄：跑警报喽，跑警报喽，日本飞机来喽。

郑延年：当当当当，飞机马上到成都了！坏了，这次真的来了！

应一曼：红色灯笼……是燃烧弹！

【郑延年赶紧招呼大伙跑警报，周大牙也起身与手下一起叫大伙跑警报。

【舞台灯光大作，飞机的刺耳马达声隐隐响起，众人逐渐乱作一团，街道居民穿衣服的、跑掉鞋的、惊慌失措的等一系列舞台调度。郑延年招呼应一曼赶快组织大家去防空洞，自己去背郑二爷。

郑延年：二爷爷，走了，日本人的飞机来了！二爷爷！

【郑二爷不为所动，神情专注地看着自己的牌，在牌山里缓缓摸了一张牌，用手指摩擦牌面感受。

【郑延年听着越来越近的飞机声，背起郑二爷就跑。

周大牙：延年，快带二爷走。

郑二爷：（在郑延年背上）九万，哈哈，海底捞月！

【此时浅川和几个特务跑上台观望天空，浅川一挥手，各个特务散开，把手伸进怀里，严阵以待。

【周大牙看到这几人，发觉不对，上前拽住浅川的衣领。

周大牙：又是你们几个瓜皮！想干吗？

【浅川推开周大牙的手，掏出手枪向周大牙射击，周大牙见势不对，马上往地上翻滚两圈躲开浅川的射击。听到枪声，跑警报的众人跑得更快。

周大牙：是特务！兄弟们抄家伙上！

【其他特务见浅川开枪，都陆续掏出枪向天空射击。

周大牙：这帮人是给天上的飞机报信呢，兄弟们阻止这帮孙子！

【周大牙和众特务厮打在一起，几个手下袍哥纷纷中弹倒下，周大牙死死拽住浅川的腿不放，浅川向周大牙愤怒地发射出了手枪里所有的子弹，周大牙逐渐无力瘫软在地，几名活着的特务快速逃走。

【此刻红光频闪，爆炸声音效响起，爆炸声不断，街道上人们东倒西歪的、争相奔跑跌倒的等一系列舞台调度。

【灯光渐灭，音效渐收。

第六幕　防空洞门口

【郑延年头戴吊孝白巾，背对舞台立在防空洞前。

应一曼：延年……

郑延年：二爷爷临终前说，我这……这张九万……

应一曼：延年，节哀，人死不能复生。

郑延年：一曼，茶园怎么样？

应一曼：都炸毁了，谭娃子和她母亲没能逃出来。

郑延年：谭娃子她……我还以为她逃出去了。

应一曼：延年，还有件事儿……你要挺住……我在茶园的废墟里找到了爷爷的箱子，里面有一封信……

郑延年：什么信？

【应一曼从怀里掏出信递给郑延年。

应一曼：信是去年六月份从上海寄出的，辗转到二爷爷手里已经是去年年末了。

【郑延年打开信，震惊，痛苦。

应一曼：延年……

郑延年：现在不用去上海了……我连他们的照片都没有！

应一曼：延年你别这样，你还有我。

【应一曼安抚郑延年，突然发现郑延年衣服外套里面还穿着一件衣服，扒开一看是军装。

应一曼：延年，你为什么穿着军装？

郑延年：一曼，我这两天一直在想，你说什么是家。小时候，我觉得父母好狠心，抛下那么小的我就走了，二爷爷就说，他们不希望我长大了像他们一样活着，受人欺负，没有尊严。一曼，你说我是不是也应该做点什么？

应一曼：延年，你要走吗？

郑延年：认识你之后，我觉得现在的生活也不错，我想等战争结束了，我就陪你一起去实现你的梦想，我们一起好好建设我们这个国家。

应一曼：延年，你要走吗？

郑延年：一曼，答应我一件事好不好？

应一曼：你要走吗？

郑延年：以前我经常害怕，害怕死，想好好活着。现在我不怕死了，但是我更害怕了，害怕亡国，害怕中国还会有更多像你、像我一样无家可归的人，害怕还有更多像谭娃子一样的孩子死于战争。

应一曼：延年，答应我一件事好不好？

【郑延年似乎知道一曼要说什么，并没有回应。

应一曼：郑延年，你答应我好不好？

郑延年：好，我答应你。

应一曼：你答应我，等战争结束你就回来，活着回来。

郑延年：一曼，战争结束，我应该死了！

应一曼：郑延年！你答应我一定要活着回来！

应一曼：郑延年！

郑延年：我答应你。

应一曼：你发誓。

郑延年：我发誓。

【应一曼拉着郑延年来到防空洞前，两人一左一右站在洞口两边。

应一曼：这是我们第一次认识的地方，你发誓你一定会活着回来。

郑延年：我发誓，我一定会活着回来！

郑延年：应一曼，你答应我，你一定会好好活下去，替我活下去，替我去看新的中国。

应一曼：郑延年，我答应你，我一定好好活着，去看新中国。

应一曼：这是我们的约定！

郑延年：我一定活着回来！

【此时集结号吹响。

郑延年：一曼，我要走了，部队要集合了。

应一曼：延年，你可以再给我唱一遍那首童谣吗？

郑延年：你闭上眼，我唱给你听。

应一曼：干吗要闭上眼睛？

郑延年：闭上眼睛，你就会记得我的声音，不会记得我离开了。

郑延年：（每唱一句，恋恋不舍地向后退一步）

灯笼悬，锣声笑
过大年，齐欢闹
弟弟爱吃肥肠粉
妹妹吵着要蒸饺
灯笼挂，锣声叫
心慌跳，鞋跑掉
红黑炮弹赶紧逃
两短一长要挂号

【直至最后一句童谣唱完，郑延年已经到舞台右侧边缘，童谣声音越来越远。

应一曼：郑延年！你答应我一定要活着回来！

应一曼：一定要活着回来！郑延年……活着回来。

前场戏：

【现代，停车场。

保　安：老太太，那后来呢？

老年应一曼：后来我和我的老师梁先生，还有他的妻子，去了中国的很多城市测绘、拍摄古代建筑，再后来我出国深造，回国后盖了一栋又一栋房子，一直信守着我们的秘密约定，看着我们的新中国越来越好。

保　安：那郑延年呢？

老年应一曼：安宁啊，现在几点了？

赵安宁：十点十分了，奶奶。

【老年应一曼呆呆地望着天空。

老年应一曼：要跑警报喽……

【童谣、音乐起。

灯笼悬，锣声笑
过大年，齐欢闹
弟弟爱吃肥肠粉
妹妹吵着要蒸饺
灯笼挂，锣声叫
心慌跳，鞋跑掉
红黑炮弹赶紧逃
两短一长要挂号

剧　终

古镇弦歌

朱　为

时　间：1940—1946年。

地　点：留芳饭店，码头，慧光寺门口，刘家院子。

人　物：李二丫——女，13岁至19岁。

管星逸——男，17岁至22岁，同济大学医学院学生，后留校任助教。

哑　巴——男，14岁至20岁，卖花生的小贩，李二丫好朋友。

郝富贵——男，20岁至26岁，镇上船运小老板，与土匪有往来。

老　李——男，40岁至46岁，留芳饭店老板，李二丫父亲。

龙　嫂——女，35岁至41岁，镇上居民，后在一位先生家里当保姆。

张顺周——男，50余岁，李庄当地士绅。

罗成安——男，60余岁，李庄当地士绅。

洪发成——男，40余岁，李庄袍哥。

周胡子——男，当地土匪。

陶孟和——男，中央研究院社会所所长，留芳饭店老主顾。

傅斯年——男，中央研究院历史语言研究所所长。

群众、学生若干。

序

【1940年夏。昆明某地。抗战爆发后迁到昆明的同济大学学生在简陋的教室里上课，书声琅琅。

学生们：To be, or not to be: that is the question: Whether it's nobler in the mind to suffer The slings and arrows of outrageous fortune, Or to take arms against a sea of troubles...

老　师：生存还是毁灭，这是一个问题。这是莎士比亚笔下哈姆雷特王子对自己的叩问，也是日军进逼，国土沦丧的今天，我们应该思考的问题。

【尖锐的防空警报响起，打断了老师的讲课，师生们纷纷躲避，一片混乱，炸弹声响起，浓烟散去后，有同学躲避不及，受伤了。

老　师：同学？同学！快，快送他去医务室。

【老师护送受伤的同学下。学生们渐渐围拢。

学生甲：跑警报，跑警报，什么时候开始我们的生命要交由日本人来决定？

学生乙：从上海到金华，从金华到昆明，我们步步退让，他们步步紧逼。难道这么大一个中国，就找不到一个安安静静读书的地方？

学生丙：覆巢之下，安有完卵！我们的国家支离破碎，我们的民族危在旦夕，我们的家园毁于战事，在这个时刻，再谈读书，实在是太奢侈的事情！

学生甲：你什么意思？

学生丙：各自散伙，各求安稳吧！留得青山在，哪怕没柴烧啊？

学生乙：学校带着我们辗转千里，就是为了不荒废我们的学业，你这个时候说散伙，和战场上的逃兵有什么两样？

学生丙：这种情况你说怎么学？提着脑袋学啊？

管星逸：落后就要挨打，从清末到现在，我们的教训还少吗？国家要强大、民族要复兴，就算是提着脑袋，就算是顶着警报，我们也要坚持学习！

学生们：对，复兴中华、抗战到底、学习到底！

【老师跑上。

老　师：同学们，同学们。

学生们：季老师？

老　师：同学们，我们还要往西南走，我们去李庄！

学生们：李庄？

老　师：对，李庄，一个地图上也找不到的地方，我们安全了！（展开手抄的十六字电文）

齐：同大迁川，李庄欢迎，一切需要，地方供给！

【大家眺望着西南方向，切光。

第一场

【李庄码头。

【江边的黄桷树下，呈现李庄居民缓慢悠闲的日常光景：龙嫂的茶摊前生意最好，人们三三两两在拉家常。哑巴端着自家的花生，游走在茶摊之间，卖麻糖、磨剪子戗菜刀的吆喝铆足劲地叫着。

【嘟——一声缓慢悠长的汽笛声吸引了人们的注意，大家停下手中的事情，朝着同一个方向眺望。

【张顺周、罗成安、洪发成率领着众人，手中举着自制的欢迎标语上。

洪发成：你看，船来了！是他们吧？

张顺周：昨天收到电报，说是同济大学的先遣队伍到了泸州，算算时间应该差不多了。

龙　嫂：张老爷，前些日子说的那些客人要到了？

罗成安：是啊，幺婶，把你的茶摊收拾收拾，把路让出来，好迎接客人啊。

群众甲：到底是些啥子人啊？要把慧光寺东岳庙的菩萨搬出来，给他们腾地盘？

张顺周：都是些读书人，没有了家没有了学校的读书人，被日本人一路从长江下游撵上来的，造孽啊！

群众丙：那也不该把我们的菩萨给搬赶出去啊。

洪发成：不搬出去他们住哪儿，搬出菩萨，请进先生。只是权宜之计啊。

罗成安：你们忘了慧光寺大和尚咋说的啦？“心中有佛，佛即是心”，我们接纳“下江人”就是发大善心，做大善事。

【二丫和哑巴抱着酒坛子和簸箕上。

二　丫：罗幺叔，我爸说今天有客人来，特意让我给客人带了酒，还有白糕，昨晚刚刚做好的。

罗成安：这个老李聪明得很，已经开始下钩子了，哈哈哈。二丫，酒和白糕放在这里，给你爸说，等先生们到的时候，我们肯定要在“留芳饭店”摆几桌的。

二　丫：好，谢谢罗幺叔！

【哑巴凑到二丫跟前，拿花生逗二丫，两人追着玩。

【管星逸和同学们上，罗成安率居民们欢迎。

【二丫正在追闹时没稳住，与管星逸撞个满怀。

洪发成：二丫，没规矩！一边待着去。学生娃，你没事吧？

管星逸：没事没事，这位小姑娘，没碰着你吧？（二丫涨红着脸摇摇头，躲到哑巴背后）

张顺周：欢迎欢迎，小镇偏远简陋，委屈了先生们、同学们！在下张顺周，这位是洪发成、罗成安，十六字电文就是我们几位会同镇上居民代表商议发出的，十分荣幸同济大学能接受这份邀请！

老师甲：“同大迁川，李庄欢迎，一切需要，地方供给”，这是何等气魄与胸怀，我们学校收到电文后，赶紧筹备迁川事宜，这于我们就是雪中送炭啊。我代表同济大学医学院所有师生，感谢李庄乡亲们！

洪发成：先生们、同学们一路辛苦了，先安顿下来，我们再喝着酒慢慢摆，不是很安逸吗？

张顺周：对对对，来人，引着先生们、同学们去东岳庙安顿。

【罗成安母亲端着牌位，带领一群人上。

罗　母：慢着！

罗成安：娘，您这是干什么？

罗　母：听说你要把你爹、你爷爷、你祖上的牌位挪走，把罗家祠堂腾出来？

罗成安：我……

群众甲：还有张家的！

群众乙：还有李家的！

洪发成：闹啥子闹，这里还有客人，有啥子事把客人安顿好再说。

罗　母：我也不是不明事理，之前你们把九宫十八庙的菩萨搬走，安顿那群读书人，我来不及拦着，现在你们得寸进尺，腾地方找到你们祖宗头上了！我们几家自清朝来到李庄，生根发家，开枝散叶，全靠祖上庇护、菩萨保佑，你们这样做是要得罪先人、自绝后路啊！

张顺周：三婶，我们原本以为把九宫十八庙腾一部分出来已经绰绰有余，没想到前些日子中央研究院、中央博物院等机构也表示想迁到李庄，我们不能不管啊！

罗　母：你就为了这群读书人，不管菩萨，不管祖宗了？

洪发成：哎呀老太太，现在外面乱得来活人都顾不上，哪里还顾得上死人？

罗成安：娘，有朋自远方来，不亦乐乎。回去要打要骂随你的便，先给客人让条路，等他们安顿下来可好？

罗　母：可以，但是你得答应我，不得动罗家祠堂！

罗成安：娘……你这……

老　师：大娘，乡亲们，我能说几句吗？

张顺周：先生，不好意思，请讲！

【老师率同学们恭恭敬敬向乡亲们鞠了一躬。

老　师：同济大学来到李庄，要为你们添麻烦，我们早有预料。但是没想到你们为了接纳我们，搬出了菩萨、腾空了祠堂。其大恩大义，我们同济师生，定当铭记在心。自“八一三”淞沪会战后，我校全体师生冒着枪林弹雨步步逃离，浙江、江西、广西、云南，每至一处，稍作喘息，战火又紧随而来。就在上个月，我们的学生还在日军的空袭中被当场炸死……这次沿江而上来到李庄，不过是想在这非常时期寻得一处宁静的地方，不至于让学生们中断学业。还有随之而来的历史语言研究所、中央博物院等，他们拖家带口辗转大半个中国，不过也想在战火纷飞中安顿同仁、保全文献，保存中华文化之血脉。日本人的炮火会伤我同胞之血肉、毁我中华之家园，但只要有我们在，中华文化的火种就不会灭！中华民族就不会亡！

罗成安：（鼓掌）说得好！娘，乡亲们，以前日本人占领了东北，我们想，至少华东还安稳；占领了华东，我们想，至少西南还安稳。现在日本人打到了昆明，谁在奋力抵抗？是我们的战士，誓死守护我们的国土；是他们这些读书人，辗转守护中华的文化。他们为了中华民族的尊严与未来，连生命都可以不要，我们将祠堂、寺庙拿出来安顿他们，有何不可呢？李庄有着天然的地理优势，现在尚且安全，因此更有责任接纳他们，保护他们，一起守护中华文化！

【群众里有人自发鼓掌，喊出欢迎先生们、同学们的口号，罗母带着一帮人愤愤而去。

洪发成：好啦，大家各干各的。张三，你带着他们去东岳庙，二丫，你带着他们去刘家院子。

二　丫：好的。

【大家各自散去，二丫帮管星逸拿行李箱，被管星逸拒绝。

管星逸：女孩子，怎么好提重物？走吧。

【二丫和哑巴带着管星逸及同学往舞台深处小巷走去。只看到他们的背影，听到二丫的声音。

二　丫：我们这儿不大，小半天就走完了。不过巷子很多，弯弯绕绕的，外面来的人容易迷路。刘家院子是个四合院，听爸爸说清代就有了，房子老一点，但独门独院很清静。刘家院子离我们家也不远，走路十分钟就到……呃，对了，你叫什么名字呢？

管星逸：（声音）我叫管星逸，你呢？

二　丫：李二丫，他们都叫我二丫。

【民歌悠然响起，光渐收。

第二场

【舞台一侧光起。

【挑夫甲、挑夫乙在码头边歇脚。

挑夫甲：这天天跑几趟，整得脚都抽筋了。

挑夫乙：可不是，东西又多，箱子又沉，他们还宝贝得很呢，一个劲喊我们轻点轻点，好像那些东西是豆腐做的！

挑夫甲：这些下江人硬是讲究得很咯，说是逃难的，个个还穿得周五正王，说话“精灵梳栳”，比我们罗老爷、张老爷还气派。

挑夫乙：肯定哟，听说这里面还有些大人物，平时都是和上面老总坐一起吃饭的。

挑夫甲：哎哎，我昨天还帮了一个外国人挑东西。

挑夫乙：外国人？啥样子？

挑夫甲：还不是两只眼睛一张嘴巴，头发焦黄，个子有这么高，鼻子跟刀削一样，一看到我就说“哈儿哦”，我心头想，我又没惹着你，喊我哈儿！

挑夫乙：然后呢？

挑夫甲：结果他旁边那个人来喊我，说他是在用英语给我打招呼，喊我过去帮他挑东西。我就过去哟，老子也喊他“哈儿”！

挑夫乙：哈哈，你硬是吃不得亏哦！

挑夫甲：你说到底要来好多人？这些人搬家都搬了两三个月，还有人来！

挑夫乙：要不是外头打仗，哪个愿意从大上海来到我们这个乡林林？我昨天挑滑竿把那个太太抬到月亮田，那样漂亮的女人，脸白得就像白糕，还一路咳不停。造孽啊！

挑夫甲：船来了，有活路了！

挑夫乙：走！

【主表演区光起，留芳饭店。

【陶孟和等人进入饭店。二丫迎上来。

二　丫：先生们好！先生们里面请！

陶孟和：小姑娘挺机灵的，你多大啦？

二　丫：14 岁。

陶孟和：听他们说，你们这家店的菜最好吃？

二　丫：那是先生们看得起！

陶孟和：会说话！（看菜单）我看看。来个凉菜，炒个小菜，再要个你们家的特色菜。

二　丫：好的，先喝点茶，菜一会儿就好！

职员甲：（对客人）董先生，今天托你们的福，我们在所里面早上豆浆馒头、晚上稀饭馒头，我人都快成馒头了！

陶孟和：知足吧，我们所好歹还有馒头，还能种番茄，我听说同济他们的稀饭，能照得见人影。

董先生：适才走田埂，上山丘到你们那儿，贵所驻地虽说有些偏远，倒也算遗世独立，避难研学已是相当难得了。

陶孟和：当地人叫我们那个地方叫“门官田”，我们叫它“闷官田”，取山坳里闷热潮湿，也可闷头工作之意。

【众人笑，老李将一份白肉端上桌。

老　李：菜来了，请慢用！

职员甲：（叫住老李）掌柜的，这个凉菜，肉是不是忘记切啦？

老　李：先生，这个菜就是这样的。

职员甲：这么大？怎么吃？

二　丫：（调皮地笑）先生，要不要我教你啊？

老　李：二丫，没规矩！

陶孟和：掌柜的，我们平日做社会调查，常常要请教别人，不知为不知嘛！小姑娘，你就来当我们吃菜的老师，好不好？

【二丫拿起一双筷子，夹起一块肉，娴熟地一甩，一大片白肉稳稳地卷在筷子上。

二　丫：就是这样一甩，然后蘸这个蘸水。（将肉放在陶孟和碗里）这样就可以吃了。

陶孟和：（饶有兴趣地将一大块肉放进嘴里）咸辣适中，有蒜香回味，肥瘦相宜，入口化渣，好吃！

董先生：这个刀工也不简单啊，竟将猪肉片得像纸片一样薄！好手艺！

老　李：谢谢先生们夸奖！

陶孟和：这道菜叫什么名字？

二　丫：叫蒜泥裹脚肉。

职员甲：（差点没被噎住）裹脚肉？

二　丫：因为它又宽又长，就像……以前的裹脚布。

陶孟和：欠雅，欠雅！如此有特色的菜品，这样一个名字实在有伤食欲。

老　李：（灵机一动）先生见多识广，能不能请先生另起个菜名？

陶孟和：蒜泥为调料之精髓，而菜品的卖相却是全看师父的刀工，不如叫李庄蒜泥刀工白肉，如何？

董先生：孟和兄概括精当，又无粗鄙之气，妙！妙！

老　李：李庄蒜泥刀工白肉！好！好！请问先生尊姓，李某将铭记于心。

职员甲：这是我们中央研究院社会调查所所长陶孟和先生。

老　李：李某有幸，今天这份李庄蒜泥刀工白肉赠送给你们了，感谢陶先生赐名之举。

陶孟和：开店不易，赠送倒不必，能沿用这个名字，就是看得起陶某了。

【远处传来轰炸声，把在座的人吓了一跳。陶孟和疾步走到门外张望。

陶孟和：声音从东边传来，恐怕是下游的哪个城市又遭空袭了！

董先生：回响声如此巨大，规模不小啊，这日本人真是丧心病狂！

二　丫：先生，日本人会炸到我们这儿来吗？

陶孟和：（宽慰地）小姑娘，咱们李庄可是地图上也找不到的地方啊，暂时不会有危险的。

二　丫：暂时，那将来呢？

陶孟和：将来？我们会胜利的！

职员甲：对，我们现在全国上下同仇敌忾，一定会胜利的。

陶孟和：（对职员甲）根据“一战”交战国各方的损失估计，我建议结合这几年我们所做的工厂迁移情况调查、沦陷区经济调查和战时物价变动调查，尽早进行系统的战时经济研究，等到我们胜利那一天，这将是我们与敌军进行谈判的筹码。

董先生：孟和兄高瞻远瞩，我们就是要让日本人知道，被拿走的，总会有理直气壮要回的一天。

陶孟和：好啦，继续吃饭，待会儿你还要坐船呢。

【三人回到饭桌旁，管星逸和同学甲上。

二　丫：（欣喜地）管哥哥，你来啦。

管星逸：我们又想吃鱼香肉丝了。

二　丫：好好，里面坐，我给你们倒水，我马上让爸爸做。

管星逸：还有两个同学，等等也罢。

【二丫摆碗筷，倒水，忙完后从柜台后拿了一个小本出来。

二　丫：管哥哥，这是上次你给我布置的作业，我把这首诗学会了。

管星逸：是吗，那你念给我听。

二　丫：床前明月光，疑是地上霜。举头望明月，低头思故乡。

管星逸：好极了！我考你哦，这个字念什么？

二　丫：头。

管星逸：这个呢？

二　丫：光。

管星逸：这个。（二丫不好意思挠挠头，想逐字念）二丫，识字得学会搬家，单拎出来你也能认，才真正是学会了。

二　丫：我想来问你，爸爸又说你们很忙，让我不要来打扰你。

管星逸：没事，教你识字我还是有时间的，今后你随时都可以来找我。

二　丫：真的？太好了！（说话间同学乙和同学丙上）哎，他们来了，你们点菜吧。

同学甲：还是老规矩，一盘鱼香肉丝。

二　丫：好……马上就来。

【陶孟和一行和管星逸他们点头打过招呼后，结账离去。

同学甲：星逸，你可以啊，来这儿当老师了。

管星逸：我这也是报恩嘛，教人家识字，也是给他们生存的技能，举手之劳而已。

同学乙：哎，说到报恩，我有个想法。

同学甲：什么？

同学乙：昨天晚上，我家房东大娘突然腹痛，上吐下泻，去中医那里拿了药，好像今天也没好转。

同学丙：对，我问了房东，她父亲就是这样发病，最后浑身乏力而死。

管星逸：有没有找到病灶？

同学乙：说是镇上有名的中医都看了，束手无策。

管星逸：好像我们在书上也没见过类似的病例？

同学丙：现在资料有限，哪里查得到！

管星逸：上课的时候我们可以把这个病提出来，看老师有没有解决的办法。（随手翻开德语字典背看单词）

同学乙：英雄所见略同！

同学甲：管星逸，你可真会争分夺秒啊！

管星逸：还说我，你们不也是晚上还在油灯下啃大部头吗？

【大家心照不宣地笑了，二丫端上两盘菜。

二　丫：菜好了。

同学甲：怎么多了一道菜？

老　李：（从厨房出来）一个小菜，不成敬意，感谢大学生教我女娃子认字。

管星逸：李老板，你这样我怎么好意思呢？

老　李：大学生，我虽然是个粗人，但晓得天地君亲师。你们学生的伙食，我晓得，稀饭清得能照见人影，不容易啊！这也算是——互相帮助嘛。

同学甲：投之以桃，报之以李，感谢李老板。

老　李：我先忙，你们慢用。

【三名同学大快朵颐之时，郝富贵带着一名随从进入饭店。

二　丫：吃饭吗？里面请！

郝富贵：（见了二丫眼前一亮，对随从说）哟，我出去闯了两年，这留芳饭店的小丫头都长成大姑娘了！

随　从：这瓜啊，就快熟了！（两人不怀好意地笑）

郝富贵：（两人落座，郝富贵接过菜单）小妹妹，给我来份白肉，要像你一样又白又嫩的白肉。（手不规矩地想摸二丫，二丫机灵地躲过）

二　丫：哎，我让爹来给你点菜。爹！爹！

老　李：（从厨房出来，见是郝富贵，殷勤地）郝当家的，这有日子没见，去哪发财了？

郝富贵：外面兵荒马乱的，发啥子财？挣点小钱，养家糊口。老李，那是你家女娃娃？

老　李：我家丫头，不懂规矩，没惹你生气吧？

郝富贵：规矩嘛，可以学！干脆来我家，我教教她？

老　李：（顿时领会）郝当家的，这丫头从小没娘，野惯了，别去了你家惹人笑话。

随　从：老李，我家老板看上你家丫头，那是她的造化，到了郝家，天天吃香喝辣，要啥子有啥子，总比你这个小馆子强！

老　李：（话里有话）我家丫头从小粗茶淡饭，这吃香喝辣，她恐怕没得这个福气啊！

郝富贵：嘿，还给脸不要脸啦！我郝富贵看上的人还没有到不了手的。这规矩，我还就教定了！

【郝富贵给随从使眼色，随从欲去拉二丫，被管星逸拦住。

管星逸：吃点饭都不让人清静了。这位“坏当家”的……

随　从：我家主子姓“郝”！

管星逸：强人所难，欺负弱小，你还真对不起你这个姓！

郝富贵：你哪个？我和李老板说话关你啥子事？

同学甲：我们是同济大学医学院的学生，你说你一个大老爷们，欺负一个小女孩儿算怎么回事？

随　从：（挥手一拳）这儿没你们说话的份儿！

管星逸：（眼疾手快地捏住随从的手腕）有这力气，留着去打日本人！

郝富贵：老子管不了外面的事，这镇上的事你们也别来掺和！

管星逸：（气定神闲）坏先生，你最近是不是觉得有些时候头晕，提不起精神？

郝富贵：我……你怎么知道？

管星逸：我见你眼袋低垂、肤色晦暗、口气浑浊，还是少惹是生非，大动肝火，免得有性命之虞啊！

郝富贵：说些鸟语，老子听不懂。老李，要想在李庄做生意，就识相点！老子今天就惹是非了！

【郝富贵和随从将碗打碎，手拿锋利的碎片直逼老李而去，混乱中二丫的手被划伤，管星逸他们见状出手相帮，场面陷入混乱。

【一人冲进店子。

路人甲：郝老板，郝老板，别打了，快别打了！

郝富贵：咋啦？

路人甲：你家里让我捎话，说你奶奶在家里晕倒了，让你赶快回去呢。

郝富贵：滚开！（一把将路人甲推开，飞奔而下。随从跟下）

【管星逸连忙查看二丫的伤口。

管星逸：疼不疼？（从兜里掏出手绢欲包扎，老李上前阻止）

老　李：大学生，怎么能脏了你的手绢？等我去灶下抓点灶灰糊上就行。

管星逸：伤口有点深，得先止血！

【星逸将桌上的酒淋到二丫伤口，为二丫包扎止血。二丫呆呆地看着星逸。

【舞台后区定格，收光。二丫和哑巴走到舞台前区。两人并肩坐着。

【哑巴把花生拿出来逗二丫，见二丫在发呆。哑巴做询问状。

二　丫：他怎么能说出那么多奇奇怪怪的话？但就觉得很厉害的样子。

【哑巴不解。

二　丫：他的名字真好听，眼睛也好看，亮亮的就像天上的星星。

【哑巴似乎有点明白了。二丫将星逸的手绢展开看了又看，作绣花状。《绣荷包》歌声起。

【“正月荷包绣起头嘛，绣个荷包有人求。你要荷包你拿去，莫与奴家结冤仇。”

【收光。

第三场

【慧光寺门前茶摊。

【有学生看书，有几桌人喝茶，有群众在树下聚集聊天。哑巴穿梭其间卖花生。

老　人：（神秘兮兮地）我就说把菩萨搬了有报应，现在报应来了406。

妇女甲：啥子报应？

老　人：最近我们镇上好多人生怪病哦，张老汉都没得办法医的。刘家大娘，还有张二爷都是得这个怪病死的。

妇女甲：我也听说了，他们说这个怪病叫“麻脚瘟”。

男　人：我姨妈就是，先是手脚没得力气，然后发烧呕吐，到昏倒了基本上就没得救了。

妇女乙：那咋个整喃？我们又去把菩萨挖起来？

老　人：挖出来放哪里嘛，庙子都被那些人占起的。

妇女甲：那些人，说起了不得，不晓得干些啥子。特别是那个医学院，送菜都只喊送到门口，不晓得一天到黑关起门干啥子。

【李瓦匠惊慌失措地上，在人群里拉起他老婆就准备跑。

妇女乙：你干啥？闯到鬼了啊？

男　人：（逗趣道）李瓦匠，你才跟你婆娘分开好久，就慌得很啊？

李瓦匠：待不得了，李庄待不得了！

男　人：（拦住）哎，你把话说清楚，咋个待不得了？

李瓦匠：（看了看周围吃茶的人，将几个人喊到一起）我……我今天去祖师殿捡瓦，你们猜我看到啥？

众　人：啥子？

李瓦匠：我刚刚把瓦拿开，就看到一群人头碰头围在一起，下面躺着一个光叉叉的死人。

众　人：啊！

男　人：你……你说那些“下江人”？

李瓦匠：啊！

男　人：他们在干啥？

李瓦匠：我也想晓得，就麻起胆子看了一下。哎呀，不摆了！

众　人：快说嘛！

李瓦匠：他们有些拿着这么长的刀，有些拿着这么长的夹夹，正在那个死人身上划！

妇女甲：他们在吃人吗？

老　人：阿弥陀佛，菩萨被搬起走了，却来了一群魔障。这李庄坝怕是要变天了。

妇女乙：那我们咋个办？

男　人：把他们撵起走！

【有学生离开茶摊，和人们礼貌地打招呼，人们如见鬼一般四散跑去。

【郝富贵和周胡子也在喝茶，郝富贵准备跑，被周胡子拉住了。

周胡子：怕个铲铲，老子都是吃人的！

郝富贵：周大哥，你好歹在山上，还有个躲处，我就在街上，万一有啥子情况，跑都跑不脱。

周胡子：这李庄是我们的地盘，未必他强龙还斗得过地头蛇？哎，刚才是哪个龟儿说自家的船遭征用了，要找他们麻烦的？

郝富贵：我！哎呀又遭你洗刷了。我是气不过哒，我就只有一只船，喊帮着他们装生活物资，钱也收不到。我不是看到洪老爷的面子上，能把船交出去？

周胡子：现在时机来了，只要把他们赶走，这船不就回来了？

郝富贵：咋个赶？

周胡子：下江人吃人！你再把这水弄浑点，我在山上拈点肥肉，来个借刀杀人！

郝富贵：借刀杀人？

周胡子：（环顾左右）走，到你屋头说。

【两人下，哑巴从树后出来，望着他们远去的方向。

【切光。

第四场

【随着声声竹梆打更声，光渐亮。

【紧闭的刘家院子门前，刘大娃和端公拿着做法事的器具上。端公准备推门而进，被刘大娃拦住了。

刘大娃：你硬是胆子大哦，没听说下江人要吃人啊，他们还在屋头。

端　公：不在你妈面前做，她的病咋个好得到？

刘大娃：一样的一样的，你多跳会儿，多念会儿嘛。

【端公让刘大娃把照妖镜挂在门口，开始做法事，正把水洒在门上时，门“吱”一声打开了，水洒了管星逸一脸。

管星逸：你们……这是在干吗？

【刘大娃吓得拔腿就跑，边跑边喊“下江人出门了”，关门声次第响起。

【端公趁管星逸愣神的时候，眼疾手快地往他头上贴了道符，拿着桃木剑围着他跳起来，口中念念有词。

【两位同学听到动静出门，手拿扫把准备与端公对峙。二丫跑上来。

二　丫：幺叔，幺叔你不要弄了！

端　公：二丫，你走开，我今天要把他们收了！

二　丫：他们是活生生的人，你咋个收？

端　公：他们要吃人！是妖怪！

二　丫：你亲眼看到他们吃人了？莫听他们乱说，走了走了！

【二丫把端公劝下。

二　丫：管哥哥，你没事吧？

管星逸：二丫，你怎么来了？

二　丫：哑巴告诉我，镇上有人在传你们的坏话，还想让你们在这里待不下去。本来我想去找张老爷，结果就碰到你们。

同学甲：好好的，怎么一下子闹成这样？

同学乙：对啊，我们平日里也没怎么与他们有交集，上课做实验都是把校门关起的，哪里得罪他们了？

管星逸：别管了，做好自己的事，校长他们知道处理的。

【管星逸从门内提出一个箱子。

同学甲：星逸，我和你一起去吧。

管星逸：不用，你不是要去河边背书吗？我一个人能行。

二　丫：管哥哥，你去哪儿？

管星逸：板栗坳，把历史语言研究所的东西还给他们。

二　丫：（脱口而出）我和你一起去……我想，去看看龙嫂。

管星逸：走吧。

【换场，半山腰。

管星逸：你刚才说的龙嫂，是谁啊？

二　丫：龙嫂啊，对我特别好，教我绣花，教我唱歌，帮我做衣服，有时还帮我编头发。

管星逸：感觉她很喜欢你。

二　丫：她对谁都和和气气的。其实龙嫂好可怜，听说她孩子不到十岁就病死了，后来老公在外面干活，被石头砸死了，可你看她整天都笑眯眯的，好像这些事情都没发生过一样。

管星逸：一味沉浸于苦难，只会被苦难压垮。不管怎样，未来的路总要走下去。龙嫂是个有智慧的人。

二　丫：现在她在板栗坳上帮一位先生洗衣服做饭，听她说先生太太对她特别好，吃饭都是一桌吃的。

管星逸：这很正常，人人生而平等，只是从事的工作不一样，予人尊重也是尊重自己。

二　丫：管哥哥，我发现你们……

【这时从拐弯处冲出来三个蒙着面的人，将管星逸和二丫围住。

【管星逸本能地将二丫护在身后。

蒙面甲：站到。

管星逸：好汉，我这里有钱，只要你不伤人，尽管拿去。

蒙面甲：你小子聪明，（接过管星逸的钱）你们学生不是还有米票吗？拿来！

二　丫：管哥哥，米票拿了你怎么办？

蒙面乙：（猥琐地）小妹妹，你身上有没得钱？让我搜一搜。

管星逸：别碰她，你们要的米票全部在这儿。可以放我们走了吧？

蒙面甲：你这箱子里，还有什么宝贝啊？

管星逸：这个你们不能拿！

蒙面甲：嘿，老子就偏要拿，给我！

【管星逸虚晃一招，想拉着二丫跑开，又被三人拦住，双方争抢箱子，不料箱子摔在地上，一个骷髅头滚出来。

【三人呆住，面露惧色。管星逸把骷髅头当宝贝似的捡起来。

蒙面乙：他们说下江人吃人，你看拿起死人脑壳耍，硬是真的哦。

蒙面甲：怕个啥，跟老子上！

管星逸：（听到他们的对话，灵机一动，对蒙面甲）哎，我们还差一副胫骨，哦，就是你们说的筒筒骨，我看你这个身高，估计那个长短正合适。

【管星逸边挽袖子边向蒙面甲走去，吓得三人屁滚尿流地跑开了。

【管星逸蹲下来整理箱子，二丫远远地站着不敢过来。

管星逸：二丫，你没事吧。快过来。

二　丫：你……你箱子……

管星逸：别怕，这是远古人类的头盖骨，很珍贵的。要不是我来个顺水推舟，还不知道怎么赶跑他们。

二　丫：那你把它关上，我不敢看！

管星逸：好了。我们走吧。

二　丫：哎呀，你的胳膊受伤了。快快，那边凉快点。

【管星逸和二丫在黄桷树下坐下，二丫拿出身上的手绢，管星逸教他按压住伤口。

管星逸：咦，这张手绢，好像是我的？

二　丫：哦，拿错了，用这张！

管星逸：你怎么，还带了两张手绢？

二　丫：（又羞又恼）是你的是你的，我们第一次见面的时候，你帮我包扎伤口，现在还你！不许打开！

管星逸：为什么？我看看。

二　丫：让你别看就别看嘛！

【二丫一把按住管星逸的手，四目相对，两人都有些尴尬。

管星逸：（转移视线，远眺）这儿看得真远，江流天地外，山色有无中。多么宁静的世界，多美的江山啊！

二　丫：他们说你们从这条江的那一头过来，这条江有好长啊？

管星逸：从宜宾到上海，将近两千公里，从山川到平原，从腹地到海边。可就是这将近两千公里，我们跌跌撞撞走了两年多。

二　丫：管哥哥，你以前住那个地方是什么样子啊？

管星逸：我的家在上海，十里洋场，全国最繁华最富有的地方。那儿高楼林立，汽车穿梭，外滩就像整日沸腾的开水，从白天到夜晚，永远都是热热闹闹的。可是在上海，最好的房子是外国人修的，最好的东西是从外国进口的，最好的待遇也是给外国人的——虽然我接受的是西方教育，但我更喜欢传统的中国，就像来到李庄，看到这青砖白瓦的小四合院，看到发着幽光的青石板路，看到一大片一大片生机勃勃的庄稼，看到穿着粗布衣服整日为生计忙碌的人们，我就想到了我的乡下老家，古旧又宁静，简朴却踏实。

二　丫：我真羡慕你，能去那么多地方。

管星逸：读万卷书，行万里路。如果不是这场战争，我还以为书中即是世界。可是当我经过了金华、经过了昆明、经过了泸州，到了李庄，一路上看到有那么多衣不蔽体的人，那么多生了病却只能煎熬的人，那么多失去孩子的母亲，我才知道我们曾经拥有的繁华是多么不真实，才更能理解鲁迅先生对中华民族恨铁不成钢的爱与痛："有一分热，发一分光，就令萤火一般，也可以在黑暗里发一点光，不必等候炬火。此后如竟没有炬火，我便是唯一的光。"在这样兵荒马乱的年月，在中华民族最黑暗的时刻，我能做的就是学习、学习，用我的所学帮助人们，用我的所学报效祖国，我希望我能成为那一道光！

二　丫：管哥哥，虽然你说的话我不大听得懂，但我觉得，你一定会成为一个好医生。读万卷书，行万里路，可惜我不识字，也走不了那么远。

管星逸：二丫，你也可以啊。你的脚下就是你的世界，没有人可以限制你的脚步。等战争结束了，你也可以离开李庄，去看看江南，去看看大海，也欢迎你来我家玩。对了，说到上海，我倒想起一首词。

二　丫：什么词？

管星逸：我住长江头，君住长江尾。日日思君不见君，共饮长江水。

二　丫：管哥哥，这说的什么意思啊？

管星逸：等你长大了，就懂了。

【两人并排坐着望向长江，随着悠悠的民歌响起，光减弱。

第五场

【南华宫，地区专员、傅斯年、张顺周、罗成安、洪发成、同济大学代表等人开会。

傅斯年：这阵子我们遇到很大的危机，板栗坳已经被土匪骚扰了四次，我们的采购、我们的学生在半路上也被抢劫。

罗成安：镇上也不太平啊，“吃人”一说被传得沸沸扬扬，李庄居民人人自危，甚至有人对外来的先生和学生产生了强烈的抵触情绪。

洪发成：更过分的是，有人干脆把先生和学生编成鬼怪，娃儿哭闹，说一句同济大学生来了，娃儿马上就不哭了。

专　员：诸位说的这些情况，我来之前就有所耳闻，鉴于目前的情况，为保护在李庄的学校和机构，我建议，地方上要不惜一切代价，加强监控，采取措施，对造谣生事者加以镇压。有一个逮一个，有两个逮一双。一定要把这股风刹住！

罗成安：恕我直言，我认为此举不妥。

专　员：那你认为应当如何呢？

罗成安：在座诸位也相信，研究院、同济吃人吗？（众人摇头）牛肉馆门前堆着牛骨头、猪肉馆院坝堆的猪骨头，你们研究院、同济大学堆的是人骨头，乡间农民无知识，当然会以为研究院吃人。

洪发成：罗老表说得有道理！

罗成安：解铃还须系铃人，民众以为很神秘，那我们就把它公开展览，请他们来看个究竟。

傅斯年：（站起来大声地）好主意！我赞成罗兄的意见，堵塞不如疏导，展览会需尽快筹备！那板栗坳上的土匪？

专　员：这个我已经向上级汇报了，接下来将派遣军队驻守板栗坳，保护师生的安全。

傅斯年：如此甚好，多谢！

洪发成：既然今天大家都在这里，我有件事也想提出来。说来也怪，自从菩萨搬走后，我们镇好多人都得了怪病，大家在说是不是菩萨在怪罪，这个事情我也想不通。

同济某老师：镇上这种流行病，早前已经听到学生们提及，而且我们也接触了部分病患，初步认为这种症状是轻度中毒，也许和饮食有关系，正在进行研究。

张顺周：如果先生们尽早制定出治疗方案，对李庄人民来说可是一大功德啊！

同济某老师：职责所在！定当尽力！

专　员：诸位还有什么问题吗？那我们就开始筹备展览会的具体事项吧。

【众人商议，切光。

【幕后音：乡亲们注意啦，板栗坳上厅房在举办文物科普展览，全是宝贝，欢迎乡亲们前去参观。

【光起，板栗坳上厅房，科普展览现场。人们穿梭其间，好奇且兴奋地看着展览的古化石、古兵器、青铜器、字画等。

【几个讲解场面用光区处理。

讲解员甲：这个是甲骨，我们看到上面这些像符号一样的东西就是甲骨文，这是距今三千多年的文字，也是已知我们国家最早的汉字。我们研究甲骨文，就是为了破译我们祖先的文化密码，知道那时的人们在做什么，吃什么，穿什么。

讲解员乙：这个是类人猿化石。大家知道我们人是怎么来的吗？

群众甲：我妈生下来的。

群众乙：送子观音送来的。

群众丙：没见识，传说啊，是女娲娘娘用泥捏的。

讲解员乙：都不是，我们人类是从类人猿进化来的。你们看这个化石，这就是证据。大约600万年前人类祖先为了适应环境变化，开始从四肢着地到直立行走。这块化石，就是这一过程的见证。

群众丙：哦，我明白了，女娲娘娘也是从猴子进……进化来的。

讲解员乙：大叔，你那只是传说，没有科学依据。我们搞科研，就是要靠实证来推动学术的前进。还有大家别小看这个化石，全中国只有三个，以前都放在中央博物院，这次随着文物西迁，才得以和大家见面。这也像是我们远古的祖先跋山涉水来告诉大家，我们是从哪儿来的。

群众甲：全国只有三个啊，稀奇哦！

群众乙：我要好好看看，回去好给人家吹牛！

群众丙：嗯，这个展览好，也不枉自我走了好几十公里来。

讲解员丙：乡亲们，这是关于各种自然现象的图片。我们研究自然现象，就是为了减少自然灾害，而且在某种程度上还可以利用它们为我们的生产生活服务。

群众甲：这个就是“火闪”哒。

讲解员丙：对，这就是闪电的图片，你们知道闪电的原理吗？

群众甲：老人家说，是天上雷公雷母在打架！

群众丙：人家老师都说了，你那些是传说，要相信……啥子学？

讲解员丙：对，我们要相信科学。打雷和闪电是一种常见的自然现象，简单地说，就是天上带异种电荷的云层相互间因运动而缩小到一定距离时，产生的一种放电现象。打雷和闪电是同时发生的，但因为光的传播速度比声音的传播速度快，所以我们是先看见闪电后听见雷声。

【大家似懂非懂地点点头。

群众丙：哎呀，简单点说，不是雷公雷母打架，是两朵云在打架嘛。

讲解员丙：也可以这么解释，所以说，我们了解科学知识以后，就知道没有鬼怪神仙，大家也不要那么迷信了。那边还有字画展，大家有兴趣可以去那边看看。

【讲解员若干人下，二丫拉着哑巴上。

二　丫：那个猴子头骨好吓人，龇牙咧嘴的！还有那些兵器，我以前只晓得兵器有刀和箭，没有想到还有那么多花样！还有我最喜欢慈禧那件衣服，好漂亮哦，上面有好多宝石！（哑巴点头附和，也跟着兴奋地比画。二丫看到了管星逸，高兴地跑过去打招呼）管哥哥，你也在？

管星逸：二丫？你们来看展览啊？正好我给你们介绍介绍！你来看，这是我们解剖的尸体照片，这可不是我们在“吃人”哦，这是我们在上课。

二　丫：（不敢看）为什么要解剖？

管星逸：我们解剖尸体，是为了研究人体内部结构，发现病理，为临床试验提供数据支撑。（二丫和哑巴听得似懂非懂）这是各种解剖工具……

二　丫：你们不怕鬼吗？

管星逸：我们相信科学，不信鬼神！再说，现在有些人比鬼还可怕。你看，这个是人体结构模型。

【哑巴看到模型下意识地去挡住，二丫很害羞地转过身。

二　丫：哎呀，你们真是，还把这个摆出来。

管星逸：这是我们的必修课。从骨骼、血管、神经、肌肉到皮肤，只有充分地了解人体各种组织，才知道我们的人体有多强大，又有多脆弱。哑巴，你别捂着了，我跟你说，就算你穿了衣服，在我面前也和这个差不多！

【二丫和哑巴羞得跑开，星逸处光区渐弱。

【二丫和哑巴并排坐在河边。

二　丫：他可真了不起，能知道那么多事情。

【哑巴比画。

二　丫：他说我还小，应该去读书。读了书，世界就会变得特别……特别大。

【哑巴歪着头，继续听二丫说。

二　丫：你说，我如果能像那些女学生那样，别着好看的发夹，穿着好看的裙子，每天都抱着书，还可以去演戏、唱歌……那该多好！

【哑巴比画，二丫情绪变得有点低落。

二　丫：我知道，你说我们不一样。他是天上的星星，我只是地上的小草，可是如果每天看着他，我就很高兴了。

【二丫边说边绣手绢，哑巴为她采集江边的野花。《绣荷包》歌声起。

【收光。

第六场

【歌声贯穿，减弱。慧光寺门前茶摊。

【学生们有的背书，有的拿着标本在研究，有的和镇上居民在客气地交谈。

【郝富贵与管星逸在茶摊不期而遇，郝富贵瞪了管星逸一眼，坐到一旁。管星逸见慧光寺墙外公告栏前有几位同学围在一起，有人在埋头传抄，有人在议论纷纷。

管星逸："十九世纪的德国出了一个大胡子，一手拿着解剖刀，把社会的病根，解剖得清清楚楚；一手拿着一支笔，把医疗社会恶疾的良方，具体地写下来……"

同学甲：星逸，小点声，被他们听到了不得了哦。

同学乙：怕什么？这都写出来了，怎么不能念？我们读书会就是要允许各种思潮碰撞，这才是自由之中国。

管星逸：对，前段时间我们读书会就平等与自由之中国做了讨论，我认为共产主义便是基于平等与公正的一个思想体系，这位同学我倒想见一见。

同学乙：我知道他是谁，你若想见他，我可以把他约出来。

管星逸：好啊，今天晚上，我们河滩上碰头。

【二丫上。郝富贵想招呼她，被二丫甩了个冷脸。

二　丫：管哥哥，我就知道你在这。这是前几天你教我的诗，我已经背好了，你看，还写下来了。

管星逸：二丫，你学得真快！我想想今天教你什么呢？嗯，今天我给你讲一个女词人，她写了一首特别好的诗。来，我给你写下来。"生当作人杰，死亦为鬼雄。至今思项羽，不肯过江东。"

【郝富贵凑了过来。

郝富贵：二丫，我前阵子去宜宾，看到这个雪花膏不错，特意给你买的。

二　丫：谢谢，我用不着。

管星逸：这首诗是说真正的男儿就要有所作为，不要苟活于世……

郝富贵：（打断）哎，我看城里姑娘们都兴用这玩意儿，肯定是好东西。拿着吧。

管星逸：宁可为国战死，也不要苟且偷生，畏畏缩缩……

郝富贵：哎，我说你一个读书人，不懂规矩啊，我在和二丫讲话，你讲你啥子文章？

管星逸：郝当家的，你讲讲道理好不啦？我们在上课呢，你跑来插话。哎，你也来听听，这首诗对你很有启发的。

郝富贵：老子没那闲工夫！

二　丫：郝当家的，既然你没闲工夫，就请走吧。我就一乡下丫头，没那福气。

郝富贵：拿着吧，我特意为你买的。

管星逸：哎，我说郝当家的，人家不愿意，你何必强人所难呢？雪花膏是个好东西，给你家里夫人用不好吗？

二　丫：你不走是吧？你不走我们走！

【两人径直走下。

郝富贵：嘿，还给我蹬鼻子上脸了！乡下丫头，乡下丫头跟着背啥子诗？硬是想当女学生啊？硬是想跟着人家跑啊？人家还未必看得上你！

【两巡查上，把慧光寺墙上贴的那首诗撕了下来，还挨着清查学生。

巡查甲：各位都听清楚哈，现在抗战当前，要么就安心读书，要么就给我上前线，不要谈什么主义、什么制度！扰乱民心！要是我们清查到了是哪个，就别怪我们不客气了！

【有学生欲争论，被其他学生劝走了。

郝富贵：三哥，我有一条线索，刚才我听他们说，今晚河边……

【切光。

【晚上河边，黄桷树旁。星逸上，吹了两声口哨。有两个人影闪出。

同学乙：星逸，这位就是我白天说的那位同学。

管星逸：你好，我是医学院管星逸。我知道你们，也在寻找你们。这儿有我的自荐材料，还有我平时写的一些文章，希望能经常与你们交流。

某同学：好，我这里有一些手抄本，今天那首诗引起了一些人的注意，平时你也要多加小心，我们……

【有口哨声响起。

同学乙：不好，有人来了，快撤。

【巡查上来，发现地下有一张手绢。

【第二天，慧光寺门口墙上，人们围着看一张失物招领。有人念：今在河边拾得纯棉手绢一张，上有绣花一朵。望失主看到与治安大队联系。也希望有知道手绢主人的市民与治安大队联系。

【管星逸挎着凳子上，看了看失物招领，驻足片刻，准备离开。

同学甲：星逸，哎，星逸，我看那张手绢好像是你的呢！

管星逸：（使眼色）瞎说什么，我哪有那样的手绢？

同学甲：不对啊，我记得真真的，你看那朵向日葵……

【有巡查闻声而来。

巡　查：你见过这张手绢？

同学甲：啊，我好像在哪儿……

二　丫：刘三哥，那张手绢是我的！

巡　查：你说是你的，有证据吗？

二　丫：那向日葵是我绣的。

巡　查：你怎么证明是你绣的？

二　丫：（拿出围腰）手绢上的向日葵和我这上面的一模一样，一共有九个花瓣，下面的叶子有三片，叶子的位置我先是绣错了，还把线拆了重新绣的。你把手绢拿出来，让大伙儿看看不就知道了。

【大家围拢看。

李大娘：嗯，我来看看，嗯，这针脚，这手工，是一个人绣的。

二　丫：大伙儿都给我作证，可以给我了吧？

巡　查：那你这张手绢在哪儿掉的？

二　丫：哎呀，我每天到处跑，在街上，在河边？哪个晓得嘛……

巡　查：你再仔细想想！

【有老师和几位村民上。

老　师：乡亲们，根据我们的前期实验和临床治疗，现在已经找到了治疗麻脚瘟——也就是你们说那个怪病的方法。

群众甲：是真的，我家婆娘没有上吐下泻了。

群众乙：昨天我娘都可以坐起来喝稀饭了。

众　人：（七嘴八舌）太好了！真是我们的救命恩人啊！硬是活菩萨啊！

老　师：我们可不是菩萨，不过发现了你们吃的食盐里面金属元素超标导致轻微中毒。现在我们向政府提出更换食盐供应地，再对发病人群对症下药，将来在我们李庄，不太可能会有麻脚瘟了！

众　人：太感谢你们了！

老　师：你们要感谢，就感谢管星逸他们吧。是他们先提出了这一课题，才有我们后来的研究和治疗。星逸，这次期末，你们交了一份漂亮的答卷！

管星逸：谢谢老师！

众　人：还是这些先生有办法！先生同学们万岁！

【群众将管星逸师生围住，二丫在一旁和巡查说话。

二　丫：三哥，你把手绢给我了呗。

巡　查：这手绢真是你的？

二　丫：是啊，李大娘不都说了吗？绣这花好费精力的，我手都被针扎了好多次，昨晚发现手绢不在了，我一晚上都没睡好。三哥，好三哥，快还我。不然，我告给刘幺孃听哈！

【巡查乙上场。

巡查乙：刘三哥，听说日本人打进贵州了，头儿让我来找你说征兵的事。

【刘三把手绢递给二丫急下。

【人们听到消息惊了。

群众甲：日本人打进贵州了？

群众乙：贵州就挨着我们哒！

群众丙：跟那狗日的拼了！

老　师：这一剑直插腹地，中国还能坚持多久？

【切光！

第七场

【光起。《中国不会亡》的歌声渐起，“中国不会亡，中国不会亡，你看那民族英雄谢团长；中国不会亡，中国不会亡，你看那八百壮士孤军奋守东战场。”

【同济大学的部分学生在留芳饭店聚集。张顺周、罗成安、洪发成等人也在席间。

同学甲：同学们，明天我们将要奔赴抗战前线，像八百壮士一样，为中华民族献出自己的青春乃至生命，同学们，你们准备好了吗？

齐：　准备好了！

同学乙：国家兴亡，匹夫有责。现在我们的国家、我们的民族已经到了危急存亡的关键时刻，坚守住西南战区，就是坚守住我们的最后一道防线。作为中华民族的一分子，我们不应局限于书桌，我们要投身战斗，这是我们的责任！

同学丙：对，我们时刻准备好，为中华民族的独立与自由奉献自己的力量。

齐：　中国必胜！中国万岁！

张顺周：同学们，老师们，今日在这里为你们饯行，我感慨万分。三年前也在这个饭店，我们与你们的学校结下了这段缘分。三年前，你们的执着感动了我们；今天，你们的热血更感动了我们。我在你们的身上看到了中华民族振兴的希望。这杯酒，我敬你们，愿你们早日凯旋！

同学甲：谢谢张先生，我们不破楼兰终不还！

齐：　中国必胜！早日凯旋！

洪发成：这第二杯酒，我敬在座各位，我是个粗人，说不了那些文绉绉的话，就四个字，雄起！保重！上了战场，就不要当孬种，但是你们都是握笔的，要舞枪弄棒，还是要多动点脑筋哦！

同学乙：古有投笔从戎，今有青年革命军，为民族独立而战，岂能困于职业？我们会雄起！也会保护好自己，洪先生放心吧！

罗成安：我代李庄人民敬大家第三杯酒，你们大多都在李庄待了三年有余，我们早已把你们当成自己的孩子，感谢你们对李庄人民所做的一切，也希望等海晏河清的那一天，你们能回来看看。

同学丙：会的，我们也把李庄当成自己的第二故乡，不管今后在哪里，我们一定会回来看你们！

同学丁：对，还来吃李老板的鱼香肉丝、李庄白肉，还有这李庄白酒！

罗成安：好！等你们回来，我们摆好庆功酒等你们！

齐：　岂曰无衣，与子同袍……

【二丫与哑巴帮着端菜，无意中听到同学们说到管星逸。

同学甲：哎，怎么没见管星逸呢？

二　丫：管哥哥怎么啦？他也要去前线？

同学乙：哪能少了他啊？他可是最早报名的！

二　丫：那他去哪儿了？

同学乙：我们出来的时候，他好像说肚子痛，在刘家院子呢。

【二丫一听，跑下。

【切光。

【黄昏，河边大树下。

【管星逸捧着书，却心不在焉。

【二丫抱着一个坛子，气喘吁吁地上。看到管星逸在发呆，走到后面去把书一下抢走。

管星逸：二丫，你怎么来了？

二　丫：你要去前线打仗了？

管星逸：太阳快下山了，回去吧。

二　丫：他们都在店里吃饭，你为什么不去？

管星逸：你看你跑得满头汗，来擦擦！

二　丫：（哭）你为什么不回答我？你为什么要躲着我？我跑到刘家院子找你，跑到学校找你，跑到茶摊找你，我一条巷子一条巷子地找你，都没见你。要不是听他们说你参军了，要不是我在河边找到你，那是不是从明天起我就见不到你了？

管星逸：二丫，别哭了。我心里很乱，我不知道要怎么跟你说再见。

二　丫：为什么要说再见？管哥哥，你带我走吧，你去前线，我也去！

管星逸：二丫，不要闹小孩子脾气，前线不是女孩儿去的地方。

二　丫：我不是小孩子了，我都十六岁了，我见过你们那些女同学作包扎、作护理，我可以学，我可以照顾……

管星逸：二丫，你听我说，日出前的时刻是最黑暗的时刻，挺过这一段，我们就要胜利了！你安安心心地在这里，等着我们胜利的消息，好吗？

二　丫：那你还会回来吗？

管星逸：如果没有战死沙场……

二　丫：（一下子捂着管星逸的嘴，突然又不好意思地放下）我不要你说死，你一定要活着回来。你说要教我识字、念诗的，我都还没学多少，你可不能说话不算话！

管星逸：好，我答应你！二丫，我……对不起……

二　丫：我知道，你不去和他们吃饭，是怕我伤心。喏，我把酒抱来了，张老爷说，壮士出征，都要喝饯行酒的。

管星逸：你去哪儿弄的？

二　丫：我家后院，我爹说，这酒是要留着等我……那一天才用，我偷偷挖了一罐出来。

管星逸：哪一天？

二　丫：哎呀，你别管了，这还有花生，我想得周到吧？

【二丫把花生放在地上，打开酒坛，递给星逸。

管星逸：（喝一口，心事重重）二丫，谢谢！没想到你会这样为我饯行。

二　丫：为什么不能？如果你要走，我一定要去送你的。就算你躲起来，我也会找到你！

管星逸：来李庄快四年了，从学生到助教，原以为立足学问，也是救国，可现在必须用我们的躯体，去保护我们的祖国。

二　丫：管哥哥，你害怕吗？

管星逸：说不害怕，是假的。但我是中国人，在祖国遭遇危难的时候，我不能袖手旁观坐以待毙。如果在胜利以后，回望这段岁月，我会骄傲地说，我参加了战斗，我曾经为中华民族的自由与独立而作战！我不需要勋章，这句话，这段经历就是勋章！

二　丫：管哥哥，我害怕，我怕你再也不回来了！我怕我们会失败！

管星逸：二丫，不用害怕，我们一定会胜利，我们的民族是一个百折不挠的民族。我们的民族，有埋头苦干的人，有为民请命的人，有舍身求法的人……还有许许多多像你们一样，善良淳朴、心怀大义的人，千千万万中国人拧成一股绳，我们一定会胜利！其实，我们一直在和日本人作战，用孜孜以求的科研成果、用煤油灯下书写的文字、用这辗转了大半个中国保留下来的文物和学校。你知道先生们在李庄，是怎样看待这段日子的吗？

【舞台后区亮，随着管星逸的叙述，依次出现林徽因、梁思永、童第周等人物。

林徽因：我的孩子问我，如果日本人打来，我们怎么办？我对他说，如果日本人打来了，我们的面前就是长江。

梁思永：这李庄的天气，夏天闷热，冬天湿冷，对我等研究学问更有刺激性，激发我们的拼劲儿！我这个肺病，来势凶猛，但只要无性命之虞，我仍旧可以在这病榻上完成书稿。这病榻，就是我的办公桌呀！

童第周：我在镇上旧货店淘到一架德国造双筒显微镜，我花了咱们两人两年的工资买下它。在这偏远的小镇，一架旧显微镜，几缸金鱼，一轮烈日，我拥有了自己的实验室。我又可以继续我的“金鱼试验”。李约瑟曾经问过我，布鲁塞尔有那样好的实验室，你为什么偏要到这样的荒地里进行试验呢？为什么？因为——这是我的祖国。

二　丫：我见过他们，在小巷里，在街边，在我们的饭店，我原以为他们，包括你们，都不太能吃这个苦，没想到你们还能做这么了不起的事情。

管星逸：在这场战争中，我们每个人都是战士，在前线的人奋勇御敌，在后方的人守护家园，所以我相信，我们一定会胜利！属于中华民族的自由与强大也一定会来临！二丫，到时候我带你去看看我们的祖国，去江南、去草原、去海边！你还记得我说过吗？读万卷书，行万里路，你一定要走出去看看我们的山河，去经历不一样的人生，才不枉白白地在这世间走一遭啊！

二　丫：其实我觉得，不管在哪里，只要能在你身边，我就很开心。管哥哥，你一定要回来。不过，你忘记回来也没关系，我知道你住长江的那一边，我顺着长江一直往下，就能找到你了。（从怀里掏出一个荷包）这个本来说绣完再送你的，来不及了，给。还有这张手绢，我帮你要回来了。

管星逸：对了，那天在慧光寺门口，你为什么那么笃定那张手绢是我的？

二　丫：我起初不知道是你的，但知道一定是你们学生的。到了一看失物招领，那不就是我绣的花吗？而且这个失物招领也写得很奇怪，分明就像个圈套，所以我灵机一动，就自认下来啦。

管星逸：二丫，从我认识你的时候觉得你还是个小孩子，快四年时间，你已经成长了很多。

二　丫：如果不是你教我识字、教我背诗、给我讲你们的故事，我或许还是以前那个一天到晚只知道疯玩的二丫，也不会在心里……（二丫打住话，不好意思地瞟了一眼管星逸）

管星逸：二丫，以前你不是问我那首词吗？今晚我就教你，好不好？

二　丫：好！

管星逸：我住长江头，君住长江尾。日日思君不见君，共饮长江水。此水几时休，此恨何时已。只愿君心似我心，定不负相思意。

二　丫：（喃喃）只愿君心似我心，定不负相思意。（就着酒坛喝一口酒，递给管星逸）只愿君心似我心，定不负相思意。管哥哥，干！

【切光。

第八场

【光起，码头。人们送别学生，出发的汽笛声响起，管星逸迟迟不上船，在人群中寻找二丫。哑巴跑来连比带画，星逸不懂。郝富贵见状过来。

郝富贵：哑巴说，二丫被爸爸关在家里，出不来了。二丫让你一定要平平安安回来。

管星逸：老李怎么会这样？他把二丫关在家里干吗？（有同学催促星逸登船）二丫有没有事啊？

郝富贵：（继续为哑巴翻译）二丫没事，就是被老李知道昨晚她和你在河边喝酒聊天，被教训了。我们会好好照顾二丫，你放心吧！（补充）我向你保证，我也不会欺负二丫了。

管星逸：好，好，拜托你们了！马上开船了，我走了！哑巴，谢谢！（对郝富贵）谢谢！

【管星逸登船离开，二丫与龙嫂跑上来，二丫只见到远去的船影。

二　丫：管哥哥，管哥哥！我等你回来！等你回来！

【二丫哭着，龙嫂把二丫抱住。切光。

【第二年夏天，河边，二丫与哑巴并肩而坐。

二　丫：我爹托人给我说亲，（哑巴点头）就在明天？店子里？（哑巴点头，二丫焦急地）我爹也太心急了吧！我才不嫁人！你说，我怎么办？（转头问哑巴，见哑巴目光看向远处）你在看什么？（哑巴的神情有点不好意思，二丫随哑巴看的地方望过去）女学生在河里游泳嘛，管星逸说，这在外面很正常，你们别老是像看西洋镜一样。对了，我有办法了！

【二丫跑下，哑巴跟下。

【河边树下，一群村民在纳凉。

群众甲：（神秘带点兴奋）哎哎，今天我看那些女学生在河头洗澡，又多一个人！

群众乙：多个人有啥子稀奇的？

群众丙：那些女学生在河头洗澡——哦，他们说叫啥子——游泳，这又不是一天两天了。

群众甲：那个人，是我们镇上的女娃娃啊！

众　人：（好奇地）哪个？

群众甲：留芳饭店李老板的女娃子！

众　人：啊！（议论纷纷）这个李二丫在想啥子？白日黄天的下河洗澡，这样子还嫁得出去啊？

啥子时代了，人家女学生不是一样下河洗澡吗？

人家是大地方来的，能和我们小地方一样吗？

【换场，留芳饭店。老李生气地坐在饭桌前，李二丫站在一旁。

老　李：我一大早开始准备，就等着说亲的人来，结果人家不敢来了！

二　丫：他……他不敢来，和我有什么关系？

老　李：好好生生的，你和那些女学生去河里洗啥子澡？你是女娃娃！

二　丫：她们还不是女娃娃！

老　李：她们是下江人！她们有知识，能服人！她们早晚都要离开的！你能和她们比？

二　丫：有什么不一样？我们都是平等的，都可以去过自己想要的生活！

老　李：别说那些我听不懂的！成天跟在他们后头，学些啥子自由、平等？你还没那个命！

二　丫：管哥哥说了，这个世界会发生很大很大的变化，只要我们有知识、有勇气，我也可以过上他们那样的生活。

老　李：别给我提你那个管哥哥！那天晚上的事——也不怕别人说闲话！

二　丫：允许你们给学生饯行，就不许我给他饯行？

老　李：爹知道，女儿大了。所以我想着，给你找一户好人家……

二　丫：（又急又恼）我不嫁人！

老　李：说什么傻话？哪个女娃娃长大了不嫁人？

二　丫：我就守着爹，守着饭店！

老　李：别以为我不知道你心里想的什么，他不会回来了！就算打了胜仗，他也不会回来了。

二　丫：就算，就算他不回来，我也不嫁人！（二丫话音未落，挨了老李一巴掌）

老　李：我是你爹，嫁不嫁人我说了算！从明天起，哪儿也不准去，大堂也别来帮忙，直到你想通为止！

【二丫哭着要跑下时，哑巴冲上来，拖着二丫欲往外面跑。

【老李把哑巴拦着，哑巴激动地比画。隐隐听到外面有人在喊："我们胜利了！我们胜利了！"

【三人站住细听，更清楚地听见更夫敲着竹梆喊："日本投降了！我们胜利了！"

二　丫：（问哑巴）抗战胜利了？（哑巴点头）

老　李：我们打胜仗了？（哑巴点头，老李一蹦而起，马上将店里的菜装在竹筐里，对哑巴和二丫说）把这几坛酒带上，还有这些菜，我们去江边！

【江边开阔的河坝已经聚集了不少人，有当地群众，有同济学生，有中央研究院的先生，大家敲着脸盆，扬着随手抓来的床单，一边舞，一边敲，一边喊："胜利了，胜利了，我们胜利了！"

【草龙舞起来了，人们拥抱在一起，边哭、边笑、边喊："中华民族万岁！""胜利万岁！"

尾　声

【悠长的汽笛声后，读书声、木屐敲打着石板路的声音、吆喝声渐渐远去，二丫从小镇深巷里走出来，目之所及，慧光寺门口、刘家院子、南华宫等同学们和先生们的身影在一一淡去。二丫与哑巴来到河边黄桷树下，仿佛又听到当初二丫接到管星逸时所说的话："我们这儿不大，小半天就走完了。不过巷子很多，弯弯绕绕的，外面来的人容易迷路……对了，你叫什么名字?""我叫管星逸，你呢?""李二丫，他们都叫我二丫"……

二　丫：（喃喃）走了，都走了。龙嫂、筱蕖姐，还有他们……罗大爷说，他们是天上的魁星，下凡到李庄，等抗战胜利，他们就回去了。你说，他们还会回来吗？（哑巴摇头）他不是说，等我们胜利了，他会回来吗？

（哑巴摇头又比画）我住长江头，君住长江尾。日日思君不见君，共饮长江水……你说，这条江有多长呢？（停顿，猛然站起）我要去找他，他说他的家乡就在长江那头，他说他妈妈在上海等他回家，他说等战争结束了，要带我去看看上海、看看江南。我要离开这儿，马上！（哑巴焦急地比画）不要担心我，我现在能识字，我还有手艺，我能养活自己！如果我没有找到他，我就回来！

【二丫跑下，只剩哑巴在黄桷树下呆立，光减弱，民歌《槐花几时开》唱起。

剧　终